dtv

Anne Beets stirbt beinahe hundertjährig. Ihr Leben hat sie bei Familien verbracht, die größer, berühmter, mächtiger waren als sie. Ein scheinbar stilles Leben. Doch während des Begräbnisses kommen bei ihrer Nichte erste Fragen auf: Was hat es mit »dieser Geschichte« auf sich, von der ständig gesprochen wird? Im Nachlass der Tante stößt sie auf Familiendokumente, die es in sich haben und ihre Neugier entfachen. Sie forscht nach und findet heraus, dass die Frau, die sie nur als »Oma Annetje« gekannt hat, sowohl Opfer als auch Täterin war in einer Familiengeschichte, die sich wie ein Kriminalroman liest.

Dorinde van Oort, Jahrgang 1946, studierte Anglistik und arbeitete lange als Journalistin, unter anderem für ›Het Parool‹, ›de Volkskrant‹ und ›NRC Handelsblad‹. Mit der halbbiographischen Familiengeschichte ›Frau im Schatten‹ ist ihr ein Bestseller gelungen.

Dorinde van Oort

Frau im Schatten

Eine Familiengeschichte

Deutsch von
Matthias Müller

Deutscher Taschenbuch Verlag

Dieses Buch liegt auch im Normaldruck als
Band 21221
im Deutschen Taschenbuch Verlag vor.

Ausführliche Informationen über
unsere Autoren und Bücher
finden Sie auf unserer Website
www.dtv.de

Ungekürzte Ausgabe 2013
2. Auflage 2014
Deutscher Taschenbuch Verlag GmbH & Co. KG, München
© 2006 Dorinde van Oort en Uitgeverij Cossee BV, Amsterdam
Titel der niederländischen Originalausgabe:
›Vrouw in de schaduw‹
© 2008 der deutschsprachigen Ausgabe:
Deutscher Taschenbuch Verlag GmbH & Co. KG, München
Umschlagkonzept: Balk & Brumshagen
Umschlagfoto und Fotos im Innenteil: Privatbesitz der Autorin
Gesetzt aus der Stempel Garamond 12/15.
Gesamtherstellung: Druckerei C. H. Beck, Nördlingen
Gedruckt auf säurefreiem, chlorfrei gebleichtem Papier
Printed in Germany · ISBN 978-3-423-25340-6

*Ich widme dieses Buch
dem Andenken meiner Mutter*

Ich verleugne nicht die Schuld;
Aber deine Gnad' und Huld
Ist viel größer als die Sünde,
Die ich stets in mir befinde.

Matthäus-Passion, Choral 48

Prolog

Es ist der 8. April 1941, morgens, Viertel vor zehn. Christiaan ist eben durch die Gartenpforte gegangen, die Allee hinunter, und Annetje blickt ihm vom Erker aus nach.

Lepel ist aus dem Kutschhaus gekommen, als die Stimmen verstummt waren. Sie begegnen sich in der Diele. Er legt die Arme um sie. Sie schmiegt für einen Moment ihr Gesicht an seine magere Brust. Sie reden, gedämpft, und sie nickt.

Sie fasst sich ein Herz. Lepel stößt die Glastür zur Vorhalle auf, in der es nach Silberputzmittel riecht, und hilft ihr in ihren Mantel. Dann schließt er die Haustür auf.

Annetje geht, noch etwas humpelnd, zur Gartenlaube, um sich ihr Fahrrad zu holen. Lepel beobachtet vom Erker aus, wie sie schwankend aufsteigt und, überflüssigerweise, die Hand ausstreckt, bevor sie links abbiegt, in die Vosseveldlaan. Er starrt kurz hinaus, wendet sich dann um, geht aber nicht ins Kutschhaus zurück. Er setzt sich in die Diele, neben das

Telefon, den Kopf in die Hände gestützt. Er wartet. Eine halbe Stunde. Länger. Eine Ewigkeit.

Währenddessen radelt Annetje die Vosseveldlaan entlang und biegt links ab, die Birktstraat hinunter.

Da geht er, Christiaan Mansborg, der berühmte Sänger im Ruhestand, ihr Ehemann. Sein Schritt ist federnd, seine hohe Stirn erhoben, der massige Leib etwas vorgebeugt im Schwung der Bewegung. Wie kommt es, dass er auf einmal etwas Lächerliches an sich hat, jetzt, da sie ihn von hinten beobachtet?

Langsam radelnd hält sie sich hinter ihm, in sicherem Abstand. Er darf sich jetzt bloß nicht umsehen! Für den Fall, dass das doch passiert, hat sie sich schon eine Geschichte zurechtgelegt. Sie sei beunruhigt gewesen wegen seines Blutdrucks, das habe ihr gar nicht gefallen, er habe so blass gewirkt und so weiter.

Er sieht sich nicht um. Sein Gang ist flott, fast geschmeidig.

Sie hat ein paar von den Pillen in seinen Kaffee getan, dann noch die extra Tablette, bevor er ging. Sie werden seine Muskeln schwächen, seinen Gleichgewichtssinn durcheinanderbringen. Innerhalb einer Viertelstunde, schätzt sie.

Aber er ist schon eine Viertelstunde unterwegs, und da läuft er immer noch.

Zwanzig Minuten. Er geht jetzt schon die Kerkstraat hinunter, nähert sich der Oude Kerk – und bleibt stehen. Wankt er?

Sie nimmt das Tempo noch weiter zurück, steigt ab, ihre Augen tränen vom angespannten Beobachten.

Er liest in aller Seelenruhe eine Bekanntmachung, die an der Kirchentür klebt.

Sie wartet, bis er seinen Weg fortsetzt. Jetzt geht es nach Soestdijk immerzu geradeaus. Da wird es gefährlich. Hoffentlich kann sie unbemerkt hinter ihm bleiben. Sie könnte den Kerkpad nehmen. Aber wenn sie es dann nicht mitkriegt, wenn er …?

Den Kerkpad, beschließt sie. Dann kann sie versuchen, ihn zu überholen; ihn an der Ecke vorbeigehen lassen, dann weiter zur nächsten Kreuzung. Dort wieder warten. So kann sie ihn unbemerkt aus einiger Entfernung beobachten.

An der nächsten Ecke steigt sie ab. Sieht ihn kommen. Er geht über die Kreuzung, langsamer jetzt. Mühsam.

Sie steigt wieder auf, tritt in die Pedale, bleibt ihm voraus, bis zur nächsten Ecke.

Es ist die Ecke vom Kruisweg. Sie sieht ihn

schon kommen, immer noch aufrecht, jetzt mit finsterer Miene, aber langsamer, viel langsamer jetzt.

Er nähert sich dem Rathaus. Da sind schon die Eisenbahngleise, wo die Van Weedestraat anfängt.

Und wenn er es schafft? Sie muss ihn unbedingt stoppen! Sie muss einen Vorsprung bekommen. Sie muss vor ihm herfahren, Zeit gewinnen, versuchen, die Hände frei zu bekommen, ihr Rad irgendwo abstellen. Sie fährt die Steenhoffstraat hinunter, ohne sich umzublicken. Sie wagt es, radelt vor ihm her. Von hinten wird er sie schon nicht erkennen.

Sie hat die Gleise überquert. Beim erstbesten Haus steigt sie ab, einer Villa mit zwei Gartentoren.

Erster Teil

Frau im Schatten

It is very singular, how the fact of a man's death often seems to give people a truer idea of his character, whether for good or evil, that they have ever possessed while he was living among them. Death is so genuine a fact that it excludes falsehood, or betrays its emptiness; it is a touchstone that proves the gold, and dishonours the baser metal.

Nathaniel Hawthorne,
The House of the Seven Gables,
Everyman, S. 300

Annetjes Beerdigung und danach

Im Frühjahr 1988 starb meine Oma Annetje, im Alter von fast hundert Jahren. Der Sarg stand auf dem Podium, wir warteten auf ein Abschiedswort.

Alle Blicke waren auf meinen Vater gerichtet, Lepel Mansborg, Oma Annetjes Stiefsohn, Erben und Testamentsvollstrecker. Doch er fühle sich nicht berufen, hatte mein Vater gemurmelt.

Auch Onkel Piet und Rob hatten abgewinkt. Piet befürchtete, er könnte von Rührung übermannt werden – er hing sehr an seiner Tante; und Onkel Rob war der Ansicht, dass er »gute Aussichten habe, Mittelpunkt der nächsten Trauerfeier zu werden«. Die Brüder saßen nebeneinander, ihre Frauen zu beiden Seiten, und gedachten ihrer Tante nur stumm.

So fiel das letzte Wort an meinen Onkel Henk, den jüngsten Spross aus Großvaters erster Ehe, der als Buchhalter immer schon die Finanzen für seinen Vater geregelt und Oma

Annetje auch nach dessen Tod stets zur Seite gestanden hatte.

Onkel Henk entfaltete ein Bündel vollgeschriebener Blätter und suchte lange nach seiner Brille, die ihm schließlich unter dem gedämpften Gelächter der Trauergemeinde von seiner Frau Flor gebracht wurde.

Die Mansborgs und Beetsens machten es sich bequem, die Mansborgs erkennbar an der hohen Stirn mit den senkrecht abstehenden Locken, die bei den Männern von tiefen Geheimratsecken zurückgedrängt wurden, die Beetsens an Oma Annetjes spitzer Nase und schweren Augenlidern.

»Bei Menschen, die so alt geworden sind wie Annetje, wird manchmal vergessen, dass sie auch einmal jung gewesen sind. Deswegen möchte ich zu Anfang Annetjes jüngeren Jahren ein paar Worte widmen.«

Oma Annetjes Leben passierte Revue: ihre Geburt im Jahr 1888, in Purmerend, als viertes von neun Kindern; ihre schauspielerischen Leistungen als junges Mädchen; ihr Entschluss, eine Schwesternausbildung zu machen ... Onkel Henk stellte mit fachmännischer Präzision die Bilanz ihres Lebens auf. Es war alles seit langem bekannt und meine eigenen Erinnerungen drängten sich durch die Spalten und Fugen der Ansprache. Ich war noch so erschüttert von Oma Annetjes Ende, dass ich es jetzt nicht schaffte, mich auf ihren Lebenslauf zu konzentrieren.

Ich dachte an meinen letzten Besuch bei ihr, der noch gar nicht so lange zurücklag. Sie war aus ihrem überheizten Zimmer im Seniorenheim herausgekommen, das vollgestopft war mit Reliquien; verschreckt, argwöhnisch, ungläubig, als hätte sie einen Einbrecher ertappt. Das spitze, früher so hübsche Gesicht war zu einer faltigen Hülse geschrumpft. Die Nase lang und scharf, die Augenlider tief über die Augen gesunken, was ihr etwas Durchtriebenes gab. Die weißen Haare, noch bis vor kurzem hochgesteckt – eitel, so lange es ging –, hingen ihr in gelblichen Strähnen über die Schultern.

»Oma Annetje, erkennst du mich nicht? Ich bin's, deine Enkelin Emma.«

Ich hatte ihr Pralinen mitgebracht – Ananas mit Schokolade, die von früher. Oma Annetje griff nach der Tüte, schüttelte die Pralinen heraus, setzte sich und begann gierig zu futtern. Sie aß alle auf.

»Meine Eltern waren da«, fiel ihr plötzlich ein. »Meine Mutter saß *da*« – sie zeigte auf Großvaters ehemaligen Stuhl – »und mein Va-

ter *da*« – (ihr Bett). »Aber plötzlich waren sie
weg. Ich hab noch drunter nachgesehen, aber
da waren sie auch nicht.«

Ihre Eltern – gekommen, um sie zu holen.
Sie thronten, eingerahmt, oben auf ihrem Sekretär, steif nebeneinander platziert an ihrem
40. Hochzeitstag: *Oktober 1916.* Ihre neun
Kinder der Größe nach hinter ihnen: Vera,
Annetje und Jopie in weißen Spitzenkleidern,
fünf Brüder im dunklen Anzug, nur der Älteste in Uniform.

»Ach, Mädel. Wo du gerade da bist. Ich hab
einen Brief bekommen, Moment…« Sie suchte, langsam, mit tastenden Händen, in dem
kleinen Stapel neben dem Telefon. Einkaufs-
zettel. Anweisungen für Familienmitglieder,
von denen die meisten schon tot waren. Seit
ihrer Vertreibung aus Vosseveld im Jahr 1959
hatte sie jedem, der es hören wollte, ihr baldi-
ges Ende angekündigt. Auf Nachttisch und
Fernseher lagen letzte Verfügungen und ihr
Testament.

Mary, bitte drum kümmern, las ich. Davon,
dass meine Mutter ihr im Tod vorausgegangen
war, wollte sie nichts wissen. Selbst wenn es so
war, rechnete sie weiter auf sie: Der Tod war
keine Ausrede. *Mary, dies bitte durchsehen
nach meinem Ableben.*

DAS DATUM ERZÄHLT DIE WAHRHEIT, stand, in einer noch rüstigen Handschrift, auf einem vergilbten Umschlag, der schon etliche Jahre alt sein musste. Auf der aktuellen Fernsehzeitschrift befanden sich Notizen aus jüngerer Zeit, die erheblich kryptischer aussahen.

Schließlich fand ich den Brief, den sie meinte. Er war von Lous Oud.

Onkel Henk hatte währenddessen immer weitergeredet, er rühmte Oma Annetjes Tüchtigkeit und Durchsetzungsvermögen und erinnerte daran, wie sie nach ihrem Abschluss in Allgemeiner Krankenpflege im damals renommiertesten Krankenhaus des Landes, dem Wilhelmina-Hospital, ihre Ausbildung zur Wochenpflegerin gemacht hatte, in den Jahren des Ersten Weltkriegs.

Bei mir rief das Bild von Oma Annetje als Krankenschwester nur Assoziationen an unsere eigenen Jahre in Vosseveld wach. Oma Annetjes Teewagen (den wir zum Puppenbett umfunktioniert hatten), beladen mit Thermometern, Spucknäpfen, Jod, Pflastern, Gazestücken und Dosen mit Pfefferminzdrops und Wybertpastillen, mit deren Hilfe meine Schwester Lieske und ich unsere Puppen im Nu von den grauenhaftesten Krankheiten heilten. Ich dachte an die Schwesternschürzen, die sie auf ihrer alten Nähmaschine für Lieske und mich genäht hatte – exakte Nachbildungen ihrer eigenen Schürzen, die wir von den Krankenhausfotos in ihrem Album kannten. Und ich dachte auch an ihr schwarzes Notizbuch: *Lehrgang 1914*, das ihr immer als Ratgeber gedient hatte und aus dem sie auf Wunsch markante Passagen zitierte:

… kommt es zu einem Gallengangverschluss, dann häuft sich Galle in der Leber auf und gelangt so schließlich ins Blut. Stuhl sieht dann weiß aus, ist träge und übelriechend, Urin ist sehr gelb …

… Lauge am häufigsten. Salzsäure, durch schludrige Lagerung. Verleiht der Haut pergamentartige Farbe. Arsen: wird im Volk gebraucht für Mäuse und Ratten – schmerzhaft (ungefähr 8 Tage) – Kokain wird viel als Genussmittel verwendet – Sublimat (Quecksilberchlorid) erzeugt Doppelbilder. In schweren Fällen auch tödlich …

Dann der Arzneikasten im Badezimmer, oben drin die Glastöpfchen: Arsen, Borwasser, Schwefel, die unter keinen Umständen anzufassen wir hoch und heilig versprechen mussten.

Inzwischen hatte Onkel Henk Oma Annetjes Jahre als selbstständige Wochenpflegerin abgehandelt und war jetzt bei dem Zeitpunkt angelangt, als die Familie Oud in ihr Leben trat.

Die ewigen Ouds. Allein schon bei der Erwähnung des berühmten Namens hatten Oma Annetjes Augen verschwommen zu glänzen begonnen. Interviews mit den prominenten Männern wurden aus Zeitungen ausgeschnitten. In den letzten Jahrzehnten hatte das Porträt des alten Oud sogar in trautem Einvernehmen neben dem ihres Mannes auf dem Nachttisch gestanden. Die Ouds gehörten zu Oma Annetje so wie ihre Passionsblumen im gekachelten Blumenbehälter von Vosseveld. Der Kontakt zur Familie war freilich im Laufe der Jahre eingeschlafen und lief nur noch über Lous Oud, die Witwe von Ko Oud, dem Architekten. Lou hatte bis zuletzt Geburtstags- und Hochzeitskarten mit ihren wöchentlichen Monologen mitgeschickt, die sie dann schloss mit: »Für denjenigen, der das vorliest, Mary, Tini? Einfach was Nettes, um sie zu beschäftigen. Grüße, Lous.«

Wo war sie eigentlich heute? Ich sah mich um. Tatsächlich. Die pergamentene Dame im Pelz in der hintersten Reihe – das musste sie sein.

Wie die Verbindung mit der berühmten Familie zustande gekommen war, hatte ich mich nie gefragt. Ich versuchte, mich wieder auf Onkel Henks Bericht zu konzentrieren.

»Es war in ihrer Eigenschaft als Krankenschwester, dass Ann im Jahre 1919 ihrem viel älteren Mitbürger H. C. Oud – dem Vater des Politikers und des Architekten – bei der Pflege seiner Gattin zur Seite stand. Frau Oud war nervenkrank, und als sie in eine Heilanstalt aufgenommen werden musste, fragte der alte Herr Oud, ob Ann bei ihm bleiben wolle. Obwohl es nie zu einer gesetzlichen Ehe kam, ist Ann tatsächlich bei ihm geblieben, bis zu seinem Tod, am 1. September 1939. Ich erinnere mich noch so gut an das Datum, weil es der Tag war, an dem der Zweite Weltkrieg begann.«

Jetzt kamen wir allmählich auf vertrautes Gebiet. Mein Vater, Lepel Mansborg, hatte uns oft erzählt, wie Pij, seine Mutter, mit ihrem Liebhaber durchgebrannt war; wie sein Vater und er damals unversorgt und verwahrlost zurückgeblieben waren, bis Oma Annetje als rettender Engel vom Himmel gefallen war und sich um die beiden Männer gekümmert hatte. Erst nach jahrelangem Zögern war sie auf Großvaters Heiratswunsch eingegangen.

Mit dieser Eheschließung war meine eigene Geschichte in Gang gesetzt worden. Ich, Emma

Mansborg, kann ohne Übertreibung behaupten, dass es mich ohne Oma Annetje nicht gäbe. Sie war es ja, die ihre Lieblingsnichte Mary, meine Mutter, mit ihrem taufrischen Stiefsohn Lepel verkuppelt hat – meinem späteren Vater. Die unentwirrbare Verstrickung von Schwieger und Stief, die das zur Folge hatte, hatte Oma Annetje ihre zentrale Position in der Familie verschafft. Selber niemandes Mutter, war sie doch mit jedem verwandt – durch Bande, die ebenso zäh und unausrottbar waren wie die Efeuranken an der Fassade von Vosseveld.

»Ihre späte Heirat mit unserem Vater war die Krönung von Anns Leben«, stellte Onkel Henk fest. »Vater war 1939 gerade in Pension gegangen, nachdem er dreißig Jahre lang am Konservatorium Professor für Gesang gewesen war. Nach der Scheidung von Pij wollte er sich eigentlich in Zandvoort zur Ruhe setzen. Dort hat sich Ann, nach dem Tod des alten Oud, mit ihm zusammengetan. Bald darauf sind sie nach Vosseveld umgezogen, wo sie glückliche Jahre verbrachten – auch wenn Ann sicher auch schwere Zeiten mit Vater hatte. Wir sind ihr heute noch dankbar für die Art und Weise, wie sie ihm vor allem sein Leiden in den Jahren seiner Krankheit erleichtert hat.«

»Außer in der Zeit, wo er im Irrenhaus saß«, sagte mein schwergewichtiger Vetter Philip, der sich zwischen mich und meine Schwester gezwängt hatte. Der Fuß meines Vaters fing an zu wippen. Seine ganze Gestalt strahlte Verärgerung aus, und eine meiner Tanten zischte laut: »Pssst.«

Ich hatte mich gerade gefragt, warum Oma Annetje so lange gezögert hatte, bevor sie auf Großvaters Heiratswunsch einging, wenn sie doch anscheinend gleich nach Ouds Tod zu ihm gezogen war – als Onkel Henk ein Thema anschnitt, bei dem jeder aufmerkte.

»… vielleicht nett, hier noch einen Aspekt von Ann zu erwähnen, der uns allen wohlbekannt ist: ihre übersinnlichen Fähigkeiten.«

Amüsiertes Gegrinse. Wer erinnerte sich nicht an Oma Annetjes Kartenlegen, ihre rituelle Besprechung von Warzen, ihre Handschriftendeutung und, in Fällen von unerwiderter Liebe, ihre Beschwörung von Taschentüchern der angebeteten Personen.

»Ich habe ehrlich gesagt nicht so viel davon gehalten«, bemerkte Onkel Henk. »Ich bin zu nüchtern für solche Dinge. Doch war ich schon beeindruckt, als ich auf Vosseveld mal einer spiritistischen Sitzung beiwohnte. Ann fungierte dabei als Medium, und es kamen allerlei

Verstorbene zu ihr durch, sogar das Hündchen des alten Oud.« Geschmunzel und Geflüster, doch Onkel Henk setzte seine Rede unbeirrt fort. »Als Vater 1953 gestorben war, blieb Ann allein auf Vosseveld zurück. Auf die Dauer konnte sie das große Haus allerdings nicht unterhalten ...« Der Fuß meines Vaters wippte heftiger. »Und dann sind Lepel und Mary Anfang 1958 mit ihren Kindern bei ihr eingezogen. Das Zusammenleben verlief bedauerlicherweise nicht ohne Reibungen.«

Takt war noch nie Onkel Henks Stärke gewesen, aber dass er hier jetzt das ganze Debakel des Zusammenlebens von meinen Eltern, uns Kindern und Oma Annetje auf Vosseveld ausbreitete, ging einfach zu weit. Das Gerangel um den Besitz, der Umbau, die ganze Zerrerei und schließlich Oma Annetjes Auszug – nichts blieb der Trauergemeinde erspart.

»... nach einem guten Jahr war es gründlich schiefgelaufen und Ann musste sich eine andere Bleibe suchen. Über den Abschied von Vosseveld ist sie eigentlich nie hinweggekommen ...«

Es folgte eine kurze Zusammenfassung von Omas letzten drei Lebensjahrzehnten, in denen eigentlich nicht mehr viel passiert war. Fünfzehn Jahre hatte sie noch in ihrer kleinen

Wohnung in Baarn in ihrem Grimm geschmort, hinter ihrem Teeservice hockend wie eine entthronte Monarchin. Dann kamen die letzten Jahre, als Zimmerpflanze im Seniorenheim.

»Das Ende dürfte für Ann eine Erlösung gewesen sein«, schloss Onkel Henk. »Sie war eine fleißige, resolute Frau, die mit ihrer so typischen Herzlichkeit und Großzügigkeit stets für andere da war. Möge sie in Frieden ruhen und in unserer Erinnerung lebendig bleiben. Amen.«

Erleichtert atmeten alle auf. Als die Prozession sich zum Grab in Bewegung setzte, wollte ich mich zu meinem Vater gesellen, aber er wehrte meinen Arm ab und ging vor. Er legte ein solches Tempo vor, dass er beinahe den Sarg überholt hätte.

»Dass Lepel nichts sagen wollte«, bemerkte eine der Beetsens. »Er war früher doch so versessen auf Tante Ann.«

Mein Vater war in ihren letzten Stunden bei Oma Annetje gewesen, hatte über diesen Abschied aber wenig verlauten lassen. Ich hatte bei ihm eher Unmut als Trauer verspürt.

Mehr noch: Als wir vor drei Tagen ihr Zimmer im Seniorenheim ausgeräumt haben, war er äußerst ungeduldig. Kleidung und Wäsche

～ 28 ～

hat er in Müllsäcke gestopft und Briefe, Papiere und Nippes lieblos in einen großen Kabinenkoffer gepackt. Ich musste ihn eindringlich bitten, auf keinen Fall etwas wegzuschmeißen, bevor wir es nicht zusammen durchgesehen hatten, sonst hätte er womöglich alles gleich weggeworfen.

War die Stimmung am Grab gemäßigt gelassen, so war der Leichenschmaus rundheraus fröhlich. Die Onkel Rob und Piet waren auf Lous Oud zugeeilt und ergingen sich in Erinnerungen an Aufenthalte im reichen Haus des alten Oud am Amsterdamer Overtoom. Ich hatte gehofft, auch selbst ein Wort mit der alten Dame wechseln zu können, aber bevor ich die Gelegenheit dazu bekam, wurde sie schon wieder von ihrem Chauffeur zu ihrem Auto eskortiert, den Pelzmantel um die Schultern.

Der Umtrunk mit Häppchen, den Tante Tini organisiert hatte, trug ganz sichtbar den Charakter einer Familienfeier. Es waren so viele Leute gekommen, die ich schon seit Jahren nicht mehr gesehen hatte. Einige Namen musste ich raten. Ich war sehr zufrieden, dass meine *Éminences Grises* – Porträts von prominenten Frauen aus Kunst, Musik und Politik, die ich für die Kulturzeitschrift *Neerlands*

Diep verfasst hatte – offenbar rundum gelesen wurden.

Aus der Ecke der Beetsens wurden gemütvolle Geschichten über unsere eigene *éminence grise* zum Besten gegeben.

»… eine bildschöne Frau, als sie jung war. Deswegen kapier ich nicht …«

»… aber in ihren jungen Jahren tatsächlich schon mal verlobt gewesen. Mit diesem Maler, wie hieß er doch gleich wieder …?«

»Melk«, erinnerte sich Tante Tini. »Sie hat mit ihm Schluss gemacht, weil sie in die Krankenpflege wollte.«

»Ich hab mich immer gefragt, warum sie eigentlich bei dem alten Oud hängen blieb.«

»Oh, der war großzügig und herzlich. Sie hatte ein Luxusleben bei ihm.«

»Aber er war ein dicker kleiner Mann, der einen von Kopf bis Fuß gemustert hat, wenn man zufällig eine Frau war …«

»Habt ihr gesehen, dass Lous Oud gekommen ist?«, fragte jemand. »Die Frau von dem Architekten! Sag mal, und der andere Sohn vom Oud – der Politiker – wie lange ist der eigentlich schon tot?«

»Schon lange. Der ist 1968 gestorben, glaub ich. Die Zeitungen waren damals voll davon.«

»1919 war sie schon einunddreißig«, sinnierte eine der Frauen. »Vielleicht dachte sie, dass für sie in Sachen Heiratschancen der Zug allmählich abgefahren war.«

»Warum hat sie dann vorher eigentlich nie geheiratet? Attraktiv genug war sie doch.«

»Du darfst nicht vergessen, dass sie in so einem Schwesternheim wohnte. Da hatte sie keine Gelegenheit, Männer kennenzulernen. Und als sie erst mal ihr Diplom hatte, hat sie als Wochenpflegerin gearbeitet. Das lief über eine Agentur. Sie wurde von einer Familie zur nächsten geschickt und wusste nie, wo sie landen würde.«

»Und dann hat sie sich schließlich doch Christiaan Mansborg geangelt. Der war seinerzeit nämlich berühmt, euer Großvater. Ich hab ihn noch gehört, als Jesus in der *Matthäus-Passion*.«

Ich gesellte mich zu den Mansborgs, wo weniger euphorische Worte über die Verstorbene zu vernehmen waren.

»Die hatte es faustdick hinter den Ohren. Meine Mutter konnte sie nicht ausstehen. Das ganze Theater um Großvaters Erbschaft ...«

1953 war ich zwar erst sieben gewesen, aber ich konnte mich an das ›Theater‹ noch sehr gut erinnern. Es drehte sich alles um Vosseveld. Es

~ 31 ~

waren Briefe von ›den *Indiërs*‹ gekommen –
das waren Christiaan Mansborgs älteste Kinder Johan und Rita, die den Krieg in japani-
schen Gefangenenlagern im besetzten Nieder-
ländisch-Indien verbracht hatten. Mein Vater
war äußerst beleidigt. Oma Annetje hatte das
Haus schließlich uns versprochen. Sie hatte
immer gesagt: »Nach Christiaans Tod gehört
Vosseveld euch. Ich ganz allein in dem großen
Haus? Da denke ich doch nicht im Traum
dran.«

Die *Indiërs* zeigten sich von diesem Versprechen unangenehm überrascht. Erst Onkel
Henk war es gelungen, die Gemüter zu besänftigen.

Im entscheidenden Moment hatte Oma Annetje es sich dann aber anders überlegt und
wollte überhaupt nicht mehr ausziehen. Es hatte den Anschein, als sei sie aus dem Haus gar
nicht mehr rauszukriegen. Inzwischen war es
längst abgerissen.

Der Überlieferung zufolge war Vosseveld
ursprünglich ein Teepavillon gewesen, der zu
einem größeren, nahe gelegenen Landgut gehörte. Prinz Hendrik persönlich soll vor dem
Kamin in der Diele seine königlichen Beine
ausgestreckt haben, nach Jagdausflügen mit
Freunden in den umliegenden Wäldern. Der

❧ 32 ❧

gekachelte, mit Blumen gefüllte Pflanzenbehälter in der Diele soll früher einmal Dienst getan haben als Trinktrog für seine Pferde. Und sein Gefährt war, so hieß es, im Kutschhaus untergebracht – einem kleinen Replikat des großen Hauses, mit dem gleichen Rieddach, aber mit riesigen Türen. Oma Annetje hatte jedem, der es hören wollte, die Geschichte erzählt, und Besucher nahmen sie ihr ohne Weiteres ab: »Pferde! Prinz Hendrik! Ein Trinktrog! Ein Kutschhaus!«

Doch mein Vetter Philip wusste die Legende rückwirkend grausam zu demontieren. Er hatte mal einen Grundriss des Hauses gesehen. »Es wurde 1910 als kleiner Landsitz gebaut. Es gab nur *ein* Wohnzimmer unten (das Vorderzimmer) und *ein* Schlafzimmer oben (das alte Gästezimmer). Sage und schreibe eine Fläche von sechs mal vier Metern. Sollte es damals schon eine Toilette und eine Küche gegeben haben, müssen die in dem kleinen Anbau gewesen sein, der bei der Erweiterung im Jahr 1923 verschwand, als die Diele und die neue Küche angebaut wurden. Über der Diele kam damals das zweite Schlafzimmer hinzu, das mit dem Balkon.«

Von wegen Teepavillon. Von wegen Trinktrog für Pferde.

»Wie hätten die übrigens überhaupt hereinkommen sollen?«, sagte mein boshafter Vetter.
»Wohl durch die kleine Vorhalle, wie?«

»Und das Kutschhaus?«, fragte meine
Schwester Lieske enttäuscht.

»Das wurde im Bauplan nicht einmal erwähnt. Das heißt wohl, dass es später illegal
dazugebaut wurde. Allenfalls die hohen Türen
könnten aus dem Abriss eines alten Kutschhauses stammen.«

Blieb die Frage, ob Wilhelminas jagender
Gemahl überhaupt jemals einen Fuß in das
Haus gesetzt hatte.

Wir erinnerten uns an Großvaters achtzigsten Geburtstag, kurz vor seinem Tod. Es kamen viele ehemalige Schüler, das Haus stand
voll mit Blumensträußen, der Postbote brachte ständig neue Glückwunschtelegramme und
es erschien sogar ein Fotograf. Verschiedene
Zeitungen brachten Berichte und abends fand
das große Familienfestessen statt.

»Wir Kinder saßen an einem Extratisch«,
wusste meine Schwester noch. »Onkel Henk
hat damals auch eine Rede gehalten.«

»Damals ging's ihm noch bestens«, sagte
mein Vetter Philip.

»Onkel Henk?«

»Nein, Großvater.«

»Er hat mich auf den Schultern herumgetragen«, erinnerte sich Lieske, obwohl sie damals erst sechs gewesen war.

»Drei Monate später war er tot«, bemerkte jemand.

Philip sagte: »Die Todesursache wurde nie festgestellt.«

»Einfach Altersschwäche«, sagte jemand. »Immerhin war er achtzig.«

»Er war geistig verwirrt«, sagte Lieske. »Vielleicht hatte es damit zu tun.«

»Habt ihr eigentlich jemals irgendwas davon gemerkt?«, fragte mein Vetter.

»Er konnte manchmal verrückte Dinge von sich geben«, sagte meine Schwester in die plötzliche Stille hinein. »Einmal saßen wir am Tisch und aßen Obst, und dann sagte er plötzlich: ›Ach Pflaume, was machst du mir Laune.‹ Ohne die Miene zu verziehen. Wir versuchten, uns das Lachen zu verkneifen, aber dann mussten wir umso heftiger losprusten.«

»Er war halt ein bisschen senil«, sagte eine der Tanten. »Alzheimer oder so etwas.«

Doch Philip wusste es besser. »1941, als es anfing, war er erst achtundsechzig. Wenn es Alzheimer gewesen wäre, hätte es sich im Laufe der Jahre verschlimmern müssen, und das ist gerade …«

»Ich kannte ihn eigentlich kaum«, sagte mein Vetter Peter, der Sohn von den *Indiërs*. »Wir sind ja erst 1950 aus Indonesien zurückgekommen. Das hat meine Eltern übrigens auch sehr geärgert. Sie haben es nie geschafft, mal mit ihm allein zu sein. Immer war Ann dabei.«

Eine Nichte der Beetsens mischte sich jetzt in unser Gespräch. »Onkel Christiaan? Ja, der war sehr seltsam. Der ging manchmal ins Dorf und klingelte bei allen möglichen Nachbarn.«

»Und dann?«, fragte Philip. »Kamen sich die Nachbarn beschweren?«

»Nein, aber ich weiß noch, dass Tante Ann es erzählt hat.«

»Das müsste doch eigentlich dein Vater wissen«, sagte Peter zu mir. »Der war doch von Anfang bis Ende dabei.«

Ich sah zu meinem Vater hinüber, der sich auf dem Sofa mit Onkel Piet Vlek unterhielt, Oma Annetjes Lieblingsneffen, der immer noch etwas niedergeschlagen dasaß.

Ich murmelte: »Lass lieber die Finger davon. Das ist tabu. Mein Vater wollte nie darüber reden, nicht einmal mit meiner Mutter. Er war gerade erst zwanzig, als Großvater eingewiesen werden musste. Das war ein traumatisches Erlebnis für ihn.«

Mein Blick blieb an den beiden Männern

hängen. Es sah so aus, als hätten sie sich gestritten. Onkel Piet war böse, weil mein Vater ihn nicht mehr zu seiner Tante gelassen hatte, um Abschied zu nehmen.

»Einfach Arterienverkalkung«, sagte Martin Mansborg, der Sohn vom seligen Onkel Johan.

»Ach was«, widersprach seine Frau. »Dein Vater hat sich ja bei Ann noch haarklein erkundigt, als ihr nach dem Krieg aus Indonesien wiedergekommen seid. Das kam von den Medikamenten, die …«

»Emma! Mit dir hab ich ja noch gar nicht gesprochen«, unterbrach eine Beets'sche Tante vergnügt unser Mansborg-Palaver. »Toll, deine Serie über die *Éminences Grises*. Sag mal, warum schreibst du nicht ein postumes Porträt deiner Großmutter? Sie hatte ja ein bewegtes Leben, und sie konnte so herrlich über ihre Zeit als Krankenschwester erzählen.«

Ich lachte. Oma Annetje war zwar beinahe hundert Jahre alt geworden, aber abgesehen von den paar Jahren in der Pflege hatte sie wenig anderes getan als alte Herren versorgt. Auf so was hatten die bei *Neerlands Diep* gerade gewartet. In Gedanken war ich noch bei den widersprüchlichen Theorien, die über Großvaters Geistesverwirrung die Runde machten. Und so ergriff ich die Gelegenheit, diese Tante zu fragen, ob sie sich noch an irgendwas davon erinnere.

»Du meinst seinen Aufenthalt in Den Dolder? Ja, das haben wir selber aus nächster Nähe erlebt. Welches Jahr war das gleich? Ich komm nicht mehr drauf. Es war im Krieg, so viel weiß ich noch. Tante Ann und Onkel Christiaan wohnten noch nicht so lange auf Vosseveld. Wir sollten das Haus besichtigen kommen, aber die Verbindungen waren damals sehr schlecht, und es dauerte etwas, bis was daraus wurde. Es war gerade Hochsommer. Wir waren überrascht, dass Onkel Christiaan nicht da war. Anscheinend war er gerade am Tag zuvor nach Den Dolder gebracht worden. Warum? Es hatte, glaube ich, einen Wortwechsel gegeben, einen Wutausbruch. Onkel Christiaan war aggressiv gegen Tante Ann geworden oder so.«

»Wegen so was steckt man einen doch nicht in die Anstalt.«

»Tja. Anscheinend doch. Ann wusste sich keinen Rat mehr, und so blieb ihr wohl nichts anderes übrig. Vergesst nicht, es war ja auch Krieg. Damals gab es noch nicht die medizinischen Möglichkeiten von heute. Tante Ann hat übrigens gar nicht viel Aufhebens davon gemacht. Wir haben sogar noch Billard gespielt, erinnere ich mich. Wenn ihr mich fragt, war es ein Sturm im Wasserglas. Und nach ein paar Wochen durfte Onkel Christiaan ja auch schon wieder heim.«

»Und danach?«

»Was danach?«

»Ist dir davor oder danach irgendwas Merkwürdiges an ihm aufgefallen?«

Die Tante überlegte. »Nein. Nein. Wir waren oft auf Vossenveld, und es war immer sehr nett. Tante Ann war eine erstklassige Gastgeberin und Onkel Christiaan hat oft für uns gesungen und gespielt. Nein – wie gesagt: Es muss ein Sturm im Wasserglas gewesen sein.«

Als alle voneinander Abschied genommen hatten und auch mein Vater Anstalten machte, aufzubrechen, sagte ich kurz entschlossen: »Ich komm noch auf einen Kaffee mit zu dir.«

Ich stieg zu ihm ins Auto. Er reagierte nicht gerade begeistert, und als ich sagte: »Ich wollte dich noch was fragen«, entgegnete er kurz angebunden: »Jetzt mal nicht reden, ich muss mich auf den Verkehr konzentrieren.«

Als ich das Haus betrat, wurde mir klar, warum mein Vater nicht gerade scharf war auf meinen unerwarteten Besuch. Oma Annetjes großer Kabinenkoffer stand geöffnet auf einem dicken Teppich, ihre Briefe und Fotos waren überall auf dem Boden verstreut und der Papierkorb neben dem Schreibtisch war vollgestopft mit ihren Papieren. Darunter ihr Krankenschwesterdiplom, ihr Pass und das schwarze Notizbuch, sogar ihr kleines weißes Kreuz, ihr Schwesternabzeichen, und das *Ooievaartje* (Störchlein), auf das sie so stolz gewesen war.

»Aber Papa! Das wirfst du doch nicht etwa alles weg? Es war abgesprochen, dass wir das zusammen durchsehen.« Ich zog aufs Geratewohl ein Dokument heraus. *Übertragungsurkunde*, las ich. Ich entfaltete sie. Es war der Kaufvertrag für Vosseveld.

Am heutigen Tage, dem 15. November 1940, erschienen vor mir, Johannes Zwart, Notar zu Amsterdam, persönlich die folgenden Zeugen: Herr Lois François Liera, Altkapitän der Genie, wohnhaft in Zeist, einerseits, und Frau Annetje Mansborg, geborene Beets, Privatperson, unter Vereinbarung der Gütertrennung verheiratet mit Herrn Christiaan Mansborg, Hochschullehrer im Ruhestand, wohnhaft in Zandvoort, in Begleitung ihres hier zu ihrem Beistand erschienenen Ehemanns, andererseits.
Der Komparent erklärte, an vorgenannte

Frau Annetje Mansborg geb. Beets das unten näher bezeichnete Anwesen verkauft und hiermit in vollem, freiem und unbelastetem Eigentum übertragen zu haben …

»Gehörte Vosseveld denn Oma Annetje?«, fragte ich erstaunt. »Ich dachte immer, es habe Großvater gehört.«

»Nein, es war ihres. Vater besaß keinen Cent«, sagte mein Vater. »Das Konservatorium hat ihn nach dreißig Jahren Lehrtätigkeit mit einer Pension von jämmerlichen dreißig Gulden im Jahr abgespeist. Denkst du, dass er damit ein Haus hätte kaufen können?«

Damit erschien das ›Theater‹ um Großvaters Erbschaft plötzlich in einem ganz anderen Licht. Dass Oma Annetje nicht hatte raus wollen, ihrem Versprechen zum Trotz, war so gesehen nicht weiter verwunderlich, da sie ja anscheinend berechtigte Ansprüche auf das Haus hatte.

»Aber wovon hat sie es denn bezahlt?«

»Mein Gott, kennst du die Geschichte etwa nicht?« Mein Vater hatte sich eine Pfeife gestopft und war nach all den gefühlsgeladenen Ereignissen tatsächlich in einer mitteilsamen Stimmung. »Als der alte Oud im Sterben lag, sah es so aus, als ob Ann vor die Tür gesetzt werden würde. Weil die Söhne vom Oud sie nicht ausstehen konnten. Die haben auch verhindert, dass ihr Vater sie heiratet. Das Haus am Overtoom sollte verkauft werden, und dann würde Ann auf der Straße stehen. Da ist meine Großmutter auf ihren Krücken zum alten Oud gehumpelt ...«

»Deine Großmutter? Hat die denn Oma Annetje gekannt?«

»Ja – die alten Braakensieks wohnten ein paar Häuser weiter. Und Großmutter Braakensiek – die hieß nicht umsonst die Oberin vom Overtoom. Die hatte immer für jeden das Beste im Sinn. Hat sich überall eingemischt. Sie würde sich mal um die arme Ann kümmern, hat sie gesagt. Also ist sie auf ihren Krücken zum Haus vom Oud gehumpelt ...«

»Aber dann müssen sich ja Oma Annetje und deine Mutter auch gekannt haben«, sinnierte ich. »Ihr habt doch auch am Overtoom gewohnt. Können Großvater und Oma Annetje nicht schon vorher was miteinander gehabt haben, ich meine, vor der Scheidung deiner Eltern?«

»Ausgeschlossen«, sagte mein Vater und zündete seine Pfeife noch einmal an.

»Onkel Henk hat doch vorhin gesagt, dass sie direkt nach Großvaters Scheidung geheiratet hätten. Gleich nach dem Tod von dem alten Oud.«

»Henk geht's nicht mehr so gut. Der bringt alles durcheinander.«

»Aber ihr kanntet Oma Annetje also schon.«

»Wir waren Nachbarn!«, sagte mein Vater und wirkte überrascht, dass ich das nicht wusste. »Wir wohnten oben, Oud wohnte im Nachbarhaus im Parterre. Ann – tja. Sie wird ab und zu schon mal bei uns gewesen sein. Ich kann mich nicht mehr erinnern. Ich weiß nur noch, dass ich aus meinem Dachkammerfenster in ihren Garten gucken konnte und dass ich da manchmal ein Mädchen hab spielen sehen: Das war Mary, die da bei ihrer Tante übernachtete. Natürlich ahnten wir beide nicht, dass sie später mal meine Frau werden sollte und deine Mutter … Aber um die Geschichte abzuschließen«, fuhr er nach einem kurzen Augenblick fort: »Großmutter Braakensiek, alias die Oberin, ist damals zu Oud ins Krankenzimmer gehumpelt, auf ihren Krücken, und hat ihn ganz direkt gefragt: ›Oud, hast du was für Annetje getan? Weil die steht sonst auf der Straße.‹ Großmutter ist eine halbe Stunde lang bei ihm gewesen, und als sie nach dieser halben Stunde wieder rauskam, hat sie zu Ann gesagt: ›So, jetzt ist alles geregelt.‹ Wie sich dann zeigte, hat der alte Oud Ann zehntausend Gulden vermacht. Na ja, und davon hat sie dann Vosseveld gekauft.«

Mein Vater war völlig außer Atem nach diesem für ihn ungewöhnlich langen Wortschwall, aber ich sah zu meiner Befriedigung, dass er wieder etwas von seiner früheren Lebendigkeit hatte; sogar seine Wangen hatten jetzt ein bisschen Farbe. Seit dem Tod meiner Mutter vor einem Jahr war sein Gesicht meist schrecklich bleich gewesen.

Als mein Vater in die Küche ging, um den Hund zu füttern, schnappte ich mir das Krankenschwesterdiplom, die Übertragungsurkunde, das schwarze Notizbuch und das Störchlein, tat einen ordentlichen Griff in den Papierkorb und stopfte alles in meine Tasche.

Mein Blick fiel noch auf einen Brief in der schönen, allerdings beinahe unentzifferbaren Handschrift von Lous Oud:

Und wegen dem, was Du am Telefon gesagt hast: Mach Dir deswegen keinen Kopf. Die Geschichte? Was meinst Du damit? Da redet doch schon lange niemand mehr drüber. Und einer wie Christiaan, auf den konntest Du stolz sein. Die Zeit seiner Krankheit musst Du vergessen. Was für ein Unsinn, was sollst Du denn für eine Schuld dran haben? Solche Dinge passieren nun einmal, und er hat seine guten Zeiten gehabt. Besonders die ältere Generation hat ihn noch gehört, wenn auch nur als Jesus in der *Matthäus Passion*. Und vergib mir, dass ich das sage – alles in allem ist es Dir doch gut ergangen. Du konntest Vosseveld genießen, solange es währte. Irgendwann hat alles ein Ende, und Du musst doch einsehen, dass Du es schon lange nicht mehr allein geschafft hättest …

Eine Geschichte. Deren Einzelheiten selbst Lous Oud anscheinend nicht kannte.

Auch diesen Brief nahm ich an mich.

Ich tigerte ein bisschen im Zimmer herum, leicht verärgert. Warum hatte mein Vater sich nicht an unsere Absprache gehalten? Er sollte doch nichts von Oma Annetjes Sachen wegwerfen, bevor ich sie mir nicht angeschaut hatte!

Als ich am Kamin vorbeikam, nahm ich Brandgeruch wahr. Hatte mein Vater ein Feuer gemacht? Jetzt, wo es schon beinahe Sommer war? Ich sah ein dickes Bündel Briefe in der Asche liegen, die am Rand schon recht angekohlt waren. Auf den ersten Blick erkannte ich Großvaters Hanschrift. Ich angelte die Briefe eilig heraus und steckte sie in die Tasche.

Als mein Vater wieder hereinkam, stand ich unschuldig da mit Oma Annetjes Fotoalbum in der Hand. »Kann ich die Bilder mitnehmen? Dir bedeuten sie ja doch nichts …«

Er wirkte erleichtert, als ich endlich ging.

Erst im Zug betrachtete ich meine Beute. Briefe an Oma Annetje, mit Poststempeln aus den Jahren des Ersten Weltkriegs, mit schicken Namen, oft Doppelnamen, auf den Absendern. Ein Umschlag, gestempelt im Jahr 1917, von einer Frau Van Reemst aus Sleen, trug Oma Annetjes Kommentar: *Für dieses Bürschchen war ich gerade rechtzeitig zur Stelle, um es ins Leben zurückzurufen, seine Speiseröhre funktionierte nicht gut.*

Eine Frau Manssen Frijlinck schrieb: *Wir erwarten das Kind Ende Mai … Gerne hätte ich das eine und andere mündlich mit Ihnen besprochen, doch durch Ihre plötzliche Abreise kam das nicht zustande …*

Auf einen Umschlag von einer Frau E. De Beaufort hatte Oma Annetje notiert: *Das war eine Wochenpflege, die ich annahm, um von Oud wegzukommen.*

～ 46 ～

Briefe von Wöchnerinnen. Von wildfremden Frauen.

Interessanter fand ich die elfenbeinfarbenen Umschläge, die mit den Initialen des alten Oud bedruckt waren. Auch die waren mit Oma Annetjes Kommentaren versehen.

DAS DATUM ERZÄHLT DIE WAHRHEIT.

Es schien tatsächlich so, als hätte Oma Annetje damit gerechnet, dass irgendjemand einmal die Bedeutung ihres Lebens erkennen würde. Dass sie mehr oder weniger erwartet hatte, dass sich jemand für diese Dokumente interessieren würde. An wen, dachte ich belustigt, mochte sie dabei gedacht haben? An ihren Stiefsohn Lepel, meinen Vater? An Onkel Piet Vlek, der so vernarrt in sie gewesen war? Oder dessen Bruder, Onkel Rob Vlek, der immer so geistreich erzählen konnte? Aber der würde es wohl selbst nicht mehr lange machen.

An meinen Vater, das wäre das Naheliegendste gewesen. Doch von seiner früheren Wertschätzung für seine Stiefmutter war anscheinend wenig übrig geblieben. Dokumente, die sie ein Leben lang wie einen Schatz gehütet hatte, wären im Feuer oder im Müll gelandet, wenn ich sie nicht in allerletzter Minute gerettet hätte. Behutsam machte ich das Bündel aus dem Kamin auf.

∼ 47 ∼

Das waren viel spätere Briefe, aus den dreißiger, vierziger Jahren, aus Zeist, aus Den Dolder. Aus der Zeit von Großvaters Geistesverwirrung. Unheimlich. Ich würde sie zu Hause in aller Ruhe studieren.

Aber wann? Ich hatte auch was anderes zu tun. Warum hatte ich all die Papiere eigentlich so dringend mitschleppen müssen? Wenn ich das alles lesen wollte, musste ich mir Urlaub nehmen, und das war vorläufig nicht drin.

Ich sah aus dem Fenster. *Duivendrecht.* Noch eine Viertelstunde, dann war ich in Amsterdam. Ich begegnete meinem eigenen Gesicht in der Scheibe, in dem die Züge der Beetsens und Mansborgs sich mischten, mit noch einem ordentlichen Schuss Braakensiekblut dazu – ich scheine meiner ›Oma Overtoom‹ ähnlich zu sehen, der geschmähten Pij, die meinen Großvater Christaan verlassen hatte, in Wirklichkeit aber wohl von Annetje verdrängt worden war, wie heftig auch immer mein Vater das bestritten hat.

Das war jedenfalls eine Frage, über die mir diese Briefe vielleicht Klarheit verschaffen konnten. Ich schloss die Augen und wühlte in meiner Tasche wie in einer Lostrommel. Manchmal befinde ich mich in diesem ›gesegneten Zustand‹. Dann finde ich alles instinktiv.

～ 48 ～

In antiquarischen Buchhandlungen werde ich zum Beispiel genau zu jenem Buch hingezogen, das ich in dem Moment brauche. Finde ich es nicht sofort, dann kann ich es vergessen …

Schließlich zog ich einen hellgrünen Umschlag heraus, der Annetjes Namen trug, in der zittrigen Handschrift von Pij.

Amsterdam, 27. September 1939

Liebe Ann, herzlichen Dank für Deinen herzlichen Brief. Mein Herz ist so voll von allem, dass es mir schwerfällt, das, was in mir vorgeht, in Worte zu fassen. Ich kann Dir nicht sagen, wie dankbar ich Dir bin, dass Du für meinen Jungen sorgen willst, jetzt, da ich es selber nicht mehr tun darf, und dass gerade Du es bist, ist mir schon ein Trost. Von allen Frauen, die ich kenne, fällt mir keine ein, die so gut für ihn wäre wie Du, jetzt, da er so verwirrt ist und seine Gesundheit so schwach. Mit einem Missverständnis möchte ich freilich aufräumen. Glaube mir, ich wäre nicht freiwillig fortgegangen. Ich habe die Entscheidung voll und ganz Christiaan überlassen. Wie sehr ich unter all dem gelitten habe und noch leide, kann ich Dir nicht beschreiben. Ich hoffe nur inständig, dass auch Dir noch etwas Gutes beschieden sein möge. Liebe Ann, wann und unter welchen Umständen werden wir uns wohl wieder begegnen? Vor allem das Allerbeste, mein Herz ist voller Dankbarkeit für Dich.

Ein Brief, geschrieben drei Wochen nach Ouds Tod. Dann stimmte Onkel Henks Geschichte also doch. Gleich danach haben sich Oma Overtoom – die geschmähte Pij – und mein Großvater Christiaan für immer getrennt. Und im Dezember hatte er Ann geheiratet. Großvater hatte also wohl schon vor der Scheidung etwas mit ihr gehabt – das war anders nicht möglich. Warum druckste mein Vater da so herum? Warum stand er nicht zu seiner Mutter?

Andererseits musste man aus dem Brief schließen, dass Pij von der geplanten Wiederverehelichung ihres Mannes zu diesem Zeitpunkt noch nicht das Geringste geahnt hatte.

Was aber kein Beweis war für eine böse Absicht aufseiten von Oma Annetje.

Als der Zug in den Amsterdamer Hauptbahnhof einfuhr und ich alles eilig einpacken musste, glitt mir ein Foto vom Schoß. Es hatte im Rahmen von Oma Annetjes Spiegel gesteckt, vergilbt und gekrümmt von den Jahren.

Es waren zwei Paare, ein altes und ein junges, im Garten von Vosseveld. Großvater und Oma Annetje, mein Vater und meine Mutter, lachend, alle vier. Sie stehen vor der Akazie. Das Haus ist nicht zu sehen. Nur der Schatten auf dem Rasen, der muss vom Haus sein. Der Schatten von Vosseveld, der reicht bis an ihre Füße.

Éminence par excellence

Ein paar Tage später hatte ich endlich mal Zeit, um mich weiter in Oma Annetjes rätselhafte Geschichte zu vertiefen. Ich holte die Schachtel hervor, in der ich ihre Papiere einstweilen verstaut hatte. Ich hoffte, noch mehr über sie und ihre Rivalin Pij zu erfahren – und stieß dabei auf etwas anderes.

Ich hatte Annetjes Pass aufgeschlagen, um mir das Foto anzusehen: ein schmales, trauriges Gesicht mit großen, schwarzen Augen. Der Stempel war von 1936. Das war drei Jahre vor Ouds Tod. Falls da schon Hoffnung auf ihre spätere Heirat mit Großvater bestanden hatte, war jedenfalls auf diesem Bild noch nichts davon zu bemerken.

Hinten im Dokument steckten, wie es schien, noch Bezugsscheine aus dem Krieg. Dazwischen fand ich das Passfoto eines unbekannten jungen Mannes und ein zusammengefaltetes Blatt. Es war ein nur zur Hälfte ausgefülltes Formular, das, nach dem Aufdruck zu schließen, aus dem Wilhelmina-Hospital stammte.

∼ 52 ∼

Datum: 17. Februar 1916.

Name der Mutter: blanko.

Name des Kindes (m/w): Willem

Name des Vaters: Mit etwas gutem Willen konnte man da die Initialen H. C. herauslesen. Der Familienname war nur ein Strich.

Erstaunt starrte ich auf das Blatt. Eine Geburtsurkunde. Hatte Oma Annetje mitten in ihrer Krankenschwesternausbildung ein Kind auf die Welt gebracht? Wer der Vater gewesen war, war nicht schwer zu erraten: H. C. – wer anders als der alte H. C. Oud? Der war mindestens ein Vierteljahrhundert älter gewesen als Oma Annetje und hatte drei Söhne in ihrem Alter gehabt. Das Foto – wenn es ihn darstellte – musste aus seinen jüngeren Jahren stammen.

Ich suchte die Umschläge zusammen, die H. C. Ouds Briefkopf trugen.

Auf den ersten, abgestempelt 20. März 1919, hatte Oma Annetje geschrieben: *Das war der Anfang von allem. Ich glaube, ich lehnte aus einer Art Vorahnung ab.*

Tatsächlich war Oma Annetje – Onkel Henk hatte es richtig behalten – im Jahr 1919 bei dem alten Herrn Oud eingezogen und geblieben. Aber das konnte nicht der wirkliche Anfang gewesen sein. Wenn ›Willem‹ sein Kind und Oma Annetje die Mutter war, mussten sie sich

～ 53 ～

schon einige Jahre früher begegnet sein. Der Inhalt des Briefes bestätigte meine Vermutung:

Geehrte Schwester Beets, herzlichen Dank für Ihren lieben Brief. Wie sehr haben wir es bedauert, dass Sie uns nicht helfen konnten. Meine Frau ist mehr als überspannt und musste sich einer Ruhekur unterziehen. Hätten Sie – als alte Bekannte – ihr mit Ihrem stets angenehmen und aufgeweckten Naturell beistehen können, wäre das für sie eine zusätzliche Medizin gewesen und hätte auch uns Gesunden eine wohltuende Stimmung beschert. Es hat nicht so sein sollen. Wir haben jetzt durch Vermittlung Schwester Boon bei uns – sie meint Sie zu kennen. Es wird, so hoffe ich, gut gehen, und wir müssen es abwarten. Wir sind keinesfalls auf sie festgelegt, doch sorgte sie recht gut für meine Frau, und nach den wenigen Tagen kann man noch so wenig sagen. Ich gedenke daher weiterhin Ihrer, aber womöglich sind Sie für längere Zeit in Dienst und es wird keine Gelegenheit geben.

Oud hatte Oma Annetje also als »alte Bekannte« gebeten, für seine »mehr als überspannte« Gattin zu sorgen.

Hieß das, dass H. C. und Ann ein paar Jahre davor ein Verhältnis gehabt hatten? Aus dem ein Kind namens ›Willem‹ hervorging, das nur ganz kurz gelebt hatte? Gerade so lange, dass das Formular halb ausgefüllt wurde? Oder war es schon bei der Geburt tot gewesen? Und als H. C. Ouds Gattin ein paar Jahre später erkrankt war, hatte dieser sich an seine frühere Liebe erinnert und sie – mittlerweile als ausgelernte Krankenschwester – gebeten, für sie zu sorgen. So musste es gewesen sein!

Mit dieser Entdeckung waren mein Bild von Oma Annetje und meine frühere Erinnerung an sie mit einem Schlag verändert. Wenn sie wirklich 1916 ein Kind bekommen hatte, tot oder lebendig, dann war das eine gute Erklärung für ihr lebenslanges Sehnen nach allem, was Baby war. Eine Geburtsanzeige von einem soundsovielten neuen kleinen Oud hatte sie mit einer kritischen Randbemerkung versehen:

Was für ein Engelchen! Merkwürdig, aber die Mutter würde ich gerne glücklicher sehen. Wenn man so etwas Kostbares im Arm hat, dann muss nach meinem Gefühl doch das Glück von einem abstrahlen! – aber ich weiß selber, dass ich mich einfach nur freue über so ein kleines Wunder – das mit dem

~ 55 ~

bloßen Köpfchen auf der Sessellehne würde
ich allerdings nicht machen …

Das erinnerte mich an das Tauziehen um meinen Bruder Jaapje, früher, auf Vosseveld. Ich
sah es wieder vor mir: Oma Annetje hinter ihrem silbernen Teeservice, meine Mutter mit
dem schlafenden kleinen Jaapje auf dem Schoß,
meine Schwester Lieske und ich, die Krankenhaus spielten, das Teeritual, der Apfelkuchen,
der angeschnitten wurde. Lieske, die zuerst
ihre Kruste aß, während ich meine bis zum
Schluss aufhob; unser kleiner Bruder Bennie
stopfte sich alles in den Mund und wollte danach zu meiner Mutter auf den Schoß.

Die protestierte: »Komm, Bennie. Du siehst
doch, dass ich – aua, mein Arm!« Mary – meine Mutter – hatte sich eine Nervenentzündung
geholt von all dem Waschen, Wringen, Bügeln
und dem Schleppen von Bennie und dem neu-
en Baby, das jetzt auch noch zu brüllen anfing.

»Gib ihn mir ruhig, Liebes«, sagte Oma Annetje, und auf ihrem Schoß kam Jaapje tatsächlich zur Ruhe. Doch meine Mutter schlug mit
dem Absatz auf die Bodenfliesen und machte
ihre Kaubewegung, was nie etwas Gutes ver-
hieß. Sie war schon auf dem Weg nach Vosseveld verärgert gewesen, weil Bennie so schwie-

rig war, und jetzt fing auch noch der kleine Jaapje an zu schreien.

»Er hat Hunger, der kleine Mann«, sagte Oma Annetje.

Meine Mutter sagte: »Tja, liebe Tante. Dann musst du ihn wohl doch kurz mal wieder hergeben!« Sie hatte ihre Bluse aufgeknöpft.

Oma Annetje gab ihr das Baby. »Ich würde das Köpfchen nicht so hängen lassen«, sagte sie hilfsbereit. »Und den Rücken etwas stützen. Die Wirbel …«

Doch meine Mutter entgegnete schnippisch: »Ich werde doch wohl allmählich selber wissen, wie ich mein Kind halten muss!«

Jaapjes geöffnetes Mündchen suchte, schnappte daneben, fand schließlich den Nippel. Ächzend trank er aus der vollen, weißen Brust, auf der sich blaue Äderchen abzeichneten. Man konnte das Blut in seiner Fontanelle pochen sehen, die zuwuchs, wenn das Kind größer wurde, wie wir von Oma Annetje wussten.

Omas Hände streichelten die Griffe ihres Teetabletts, strichen eingebildete Falten in der persischen Tischdecke glatt. Sie starrte aus dem Fenster. Der Wind wehte kräftig. Die hohen Kiefern um Vosseveld stöhnten. Omas lange Ohrringe aus Blutkoralle glänzten matt im letzten Licht des Tages. Ihre Augen, unter den schweren Lidern, waren zwei schiefe, nach unten gerichtete Dreiecke. Die traurigen Augen, die verkrampft hochgezogenen Mundwinkel. Sie hörte nicht einmal, dass meine Schwester Lieske sie rief.

Kein Wunder, dass sie neidisch war auf meine Mutter, die das Geschenk von vier Kindern nur mit Ach und Krach zu tragen vermochte! Sie hatte natürlich an ihren ›Willem‹ gedacht.

Jetzt erinnerte ich mich auch plötzlich an unsere Meinungsverschiedenheiten um die *Dolle Minas* von der niederländischen Frauenbewegung, die unter anderem die Pille auf Krankenschein und die Legalisierung der Abtreibung forderten.

Das war im Jahr 1970, als ich schon in Amsterdam studierte und Oma Annetje ab und zu in ihrer Wohnung in Baarns besuchte. Die Zeitung hatte ein Foto von Frauen mit hochgezogenen T-Shirts gebracht, die ihren nackten Bauch zeigten: Mein Bauch gehört mir! Ich sehe Oma Annetje noch mit der Zeitung in den Händen dastehen: sprachlos, das Gesicht verzogen von Abscheu und Fassungslosigkeit. Ich habe damals wohl eine Lanze für die Minas gebrochen, was nicht gut bei ihr ankam. Jedenfalls hatte ich unlängst einen Brief darüber gefunden, von mir geschrieben, den Oma Annetje mir einmal zurückgegeben hatte, so wie sie es zu tun pflegte:

Liebe Oma Annetje, es tut mir leid, dass unsere Diskussion am Sonntag so stürmisch verlief. Lass mich dich jedoch beruhigen: Ich habe nie bei den Bloßer-Bauch-Aktionen der Dolle Minas mitgemacht, dafür bin ich einfach nicht der Typ. Aber für diese streitlustigen Damen hab ich doch schon Bewunderung, wenn auch nur deswegen, weil sie sich für Veränderungen einsetzen, von denen auch ich profitieren kann. Du schreibst in deinem Brief, du hättest gehofft, dass diese Stürme eine Verbesserung herbeiführen mögen. Nun, ich bin überzeugt, dass dem so ist, wenn auch die Mittel dir vielleicht etwas roh erscheinen. Nein, ich glaube wirklich nicht, dass die alten Werte verloren gehen, aber schon, dass nach neuen Formen gesucht werden muss. Wirklich, ich finde diese Zeit ebenso chaotisch und unbegreifbar wie du! Auch junge Menschen tappen im Dunkeln darüber, wie ihre Zukunft aussehen wird, woran sie sich festhalten sollen. Die ganzen Proteste und Demonstrationen sind auch kein Hochmutswahnsinn, so wie du meinst, sondern die gegenwärtig gängige Methode, um Menschen wachzurütteln. Natürlich bist du nicht »zu alt, um die Jugend zu begreifen«. Wer begreift denn schon, was hier vor sich geht? Vielleicht wird das in fünfzig Jahren deutlich, ob der ganze Stress sich gelohnt hat. Liebe Oma Annetje, ich hoffe, dass du ein bisschen nachempfinden kannst, was ich meine, ansonsten reden wir einfach noch mal drüber. Dir alles Liebe und einen dicken Kuss auf dein liebes Gesicht.

Der Brief hatte nichts genützt. Vielleicht waren die Dolle Minas nicht das Einzige gewesen. Oma Annetje war enttäuscht von mir. Wie oft hatte sie mir die Karten gelegt. Sie hatte mir Kinder prophezeit, Eheglück; sie hatte mir den Himmel versprochen, die Welt, Reichtum. Ihre Prophezeiungen hatten sich nicht bewahrheitet. Ich heiratete nicht jung. Aus Kindern wurde nichts. Allerdings schrieb mir Oma Annetje einen lieben Brief, als meine Hoffnung darauf endgültig verflogen war. Eine Passage daraus könnte man, bei näherer Betrachtung, als Hinweis auf einen ›Willem‹ deuten.

Ich selber hatte auch einmal den größten Kummer, ich dachte, ich würde nie mehr darüber hinwegkommen – weil ich nicht *allein* davon betroffen war. Nach etwa einem Jahr ging ich eines Weihnachtsabends zur Kirche, sah ganze Familien vor der Krippe voller Liebe miteinander, und da sah ich deutlich meinen Fehler: Ich war dabei gewesen, Risse in einer anderen Familie zu verursachen. Zum Glück konnten wir das später voneinander begreifen ... Als ich später mal mit einem Pfarrer sprach (ein älterer, sehr feiner Mensch), sagte ich, dass die Strafe, die uns trifft, doch oft verteufelt hart ausfallen könne. Da musste er herzhaft lachen: Ach, meine liebe Frau ... Strafe? Wenn wir an eine Strafe glauben sollten, dann würde kein einziger Mensch mehr auf zwei Beinen herumlaufen. Wer ohne Sünde ist, der werfe den ersten Stein! Das Leben ist voller »Warum«, wir werden es nie begreifen ...

Ich hatte damals angenommen, dass sich das alles auf ihre Ehe mit meinem Großvater bezog. Die Vermutung, dass Annetje ihn meiner echten Oma Pij – der Mutter meines Vaters – ausgespannt haben könnte, war also nicht völlig neu. Ich hatte sie nie nach Einzelheiten gefragt, hatte damals genug mit meinen eigenen Problemen zu tun. Aber die Risse in einer Familie?

≈ 61 ≈

Mein Vater war 1939 schon achtzehn. Und er hatte für seine Mutter nie ein freundliches Wort übrig.

Sie musste also wohl das Jahr 1916 und die arme Frau Oud gemeint haben.

Ich blätterte Oma Annetjes Fotoalbum durch auf der Suche nach weiteren Hinweisen. Ich fand keine. Im Gegenteil: Wenn ›Willem‹ wirklich Oma Annetjes Sohn war, geboren am 17. Februar 1916, dann saß sie kaum zwei Monate später auf einem Foto wieder fröhlich und wohlauf zwischen ihren frisch diplomierten Mitschwestern auf dem Rasen vor dem Wilhelmina-Hospital.

Die übrigen Krankenhausschnappschüsse? Kein einziger Mann drauf zu sehen. Die Fotos aus ihren Jahren als Wochenpflegerin? Dasselbe. Dann folgten die *Roaring Twenties*, als sie mit Oud am Overtoom wohnte: Oma Annetje neben einer offenen Limousine, in einem eleganten langen Kleid mit Spitzen. Oma Annetje mit Oud, gemeinsam über den Overtoom schreitend, mit Hut, in einem eleganten Kostüm und hochhackigen Schuhen. Oma Annetje neben Oud auf einer Vergnügungsjacht, im weißen Matrosenkleid. Oma Annetje am Strand, mit dem Rücken zum Meer, die Augen

im Schatten unter ihrem Sonnenhut, inmitten
der sommerlich gekleideten großen und kleinen Ouds: Scheveningen, 1920.

DAS DATUM ERZÄHLT DIE WAHRHEIT, schrie
es mir zu. Meine Neugier war nicht mehr zu
bändigen. Was hielt das schöne Gesicht mit den
traurigen Augen noch für Geheimnisse verborgen? Ich kippte die Schachtel mit Briefen
auf meinen Schreibtisch und fing an, sie nach
Datum zu ordnen. Ich suchte das Jahr 1915 –
das Jahr, in dem sie schwanger geworden sein
musste. Ich fand nur einen Brief, vom Sommer
1915, in dem eine gewisse Schwester Van der
Wal aus dem Wilhelmina-Hospital ihrer jungen Kollegin alles Gute wünschte:

Liebe Schwester Beets, danke für Ihren
freundlichen Brief. Es tat mir leid, dass wir
uns nicht mehr gesehen haben. Doch hoffe
ich sehr, noch persönlich von Ihnen Abschied nehmen zu können.
Sehen Sie zu, dass Sie schnell wieder auf den
Damm kommen, damit Sie auf jeden Fall
vor dem Kreißsaal und Ihrer Prüfung wieder zurück sind. Es wäre schade, wenn Sie
das nicht schafften.
Wenn Sie wieder ordentlich zu Kräften gekommen sind und Ihnen der Sinn wieder

nach Arbeit steht, kommt Ihnen das Diplom bestimmt sehr zustatten.

Also, Mädel, nur Mut, lassen Sie sich nicht allzu sehr niederdrücken, durch Mattigkeit und vielleicht Misère, was weiß ich. Lassen Sie sich nicht hängen, arbeiten Sie sich mit aller Kraft wieder hoch, Sie sind noch so jung.

Oma Annetjes Kommentar auf dem Umschlag lautete: *Von meiner Oberschwester, einer sehr besonderen Frau. Bin krank geworden, überarbeitet. Meine Schwester Vera war wieder meine Zuflucht. Zum Glück kurz vor meiner Prüfung wieder auf dem Posten.*

Die Prüfung? Das musste dann im März 1916 gewesen sein.

›Misère, was weiß ich‹: Dann war Annetje also tatsächlich schwanger gewesen! Von dem alten Oud, der sie vielleicht zur Abtreibung gedrängt hat? Der sich später, als seine Frau von der Bühne verschwunden war, um sie gekümmert hat – aus Liebe oder vielleicht auch aus Mitleid. Der sie bei seinem Tod so großzügig bedacht hat – aus einem Schuldgefühl, weil sie sein Kind hatte wegmachen lassen und er sie dazu gebracht hatte?

War Vosseveld also mit Blutgeld gekauft worden?

Oma Annetjes Leben, so schien es, war doch ein Stück interessanter gewesen, als ich immer gedacht hatte. Sie war keine wirkliche *Éminence* im strengen Sinne des Wortes gewesen, aber die Idee der Beets'schen Tanten war gar nicht so abwegig. Vielleicht waren all die Kommentare und Hinweise von Oma Annetje ja für mich bestimmt? Sie hatte schließlich gewusst, dass ich schreibe.

Das Leben einer Hundertjährigen. Die Idee ließ mich nicht mehr los. Gleich bei meinem nächsten Besuch holte ich mir die restlichen Dokumente, die noch bei meinem Vater herumlagen.

Wenn ich da schon geahnt hätte, wie viele Jahre das in Anspruch nehmen würde: das endlose Graben in Archiven, die vielen Reisen zu den unwahrscheinlichsten Orten, das stundenlange Brüten über Fotos, die nicht immer einfachen Gespräche mit widerwilligen Familienmitgliedern; hätte ich gewusst, zu welch düsteren Schlussfolgerungen mich das letztendlich bringen würde – dann hätte ich es mir wohl zweimal überlegt, ob ich mich auf dieses Abenteuer einlassen sollte.

Zuallererst wollte ich eine Inventur der Fotos aus dem Album machen.

Das früheste Bild von Oma Annetje stammte aus dem Jahr 1902, zwischen ihren beiden Schwestern. Annetjes Schwester Vera ist darauf achtzehn, Annetje zwölf, Jopie erst acht. Es war die Zeit der glücklichen Jugend, von der alle drei so schön erzählen konnten und die – wenn man ihnen glauben wollte – aus lauter Eislaufpartien, Pfannkuchen backen und ausgelassenen Festen bestand, mit Brüdern, die ihre Schwestern mit Aufmerksamkeiten überhäuften und die nettesten Freunde mit nach Hause brachten.

Das Foto vom Eislaufen schloss sich schön daran an: Mädchen in langen Röcken, die über eine Eisbahn schweben – obwohl ich nicht mit Sicherheit wusste, ob das tatsächlich Annetje, Vera und Jopie waren. Und die Jungs auf dem Schlitten? Welche von den vielen Brüdern waren das nun genau? Es hätte ebenso gut ein Schnappschuss aus späteren Jahren sein können, zum Beispiel von Veras Söhnen Jan, Rob und Piet, die wahllos in dem Album herumgeisterten. Die sogar willkürlich auf leeren Stellen eingeklebt worden waren, wo andere Fotos abgerissen oder mitsamt dem Karton herausgeschnitten worden waren.

Bei näherer Betrachtung schien Oma Annetjes ganzes Album ziemlich chaotisch. Mitten in den wilden zwanziger Jahren fand ich einen Schnappschuss von 1907, dem Jahr von Veras Heirat mit Jacob Vlek. Das junge Paar war nach der Hochzeit nach Arnheim gezogen, wo Jacob seine Fabrik gründete. Vera sitzt hinter ihrem Teetablett, auf dem ein Service aus Jacobs Fabrik prunkt. Annetje, in einer weißen Schürze, muss gerade auf einen Sprung aus dem nahe gelegenen Elisabeth-Hospital herübergekommen sein, wo sie Tante Tini zufolge in ihren Arnheimer Jahren als Pflegekraft gearbeitet hat. Sie ist neunzehn, ihr Gesicht ist noch kindlich rund und auch die Figur ist recht füllig.

Irgendwo hinten steckte noch ein Porträt ihrer älteren Schwester Vera aus dem Jahr 1900. Vera, mit achtzehn Jahren bei einem Vortragsabend deklamierend, ihre üppige Figur in einem gestreiften weißen Kleid, ihre Haare zu dicken Zöpfen geflochten, routiniert gestikulierende Hände. Ihre Stimme mit dem singenden Tonfall, die mir so vertraut war, konnte ich beinahe hören. Vera war ein Star auf den Purmerend'schen Brettern. Oma Annetje ja auch.

Auf Grundlage der dürftigen Informationen, die ich jetzt hatte, begann ich mit einer kurzen Skizze von Oma Annetjes Jugend.

Frau im Schatten

Annetje Beets wurde am 25. August 1888 geboren und starb im März 1988, beinahe hundertjährig.

In diesem langen Leben hat sie sich keinen großen Namen gemacht, keinen Ruhm erworben, nichts geleistet, was ein Buch über sie rechtfertigen könnte. Sie lebte eher im Schatten von Menschen, die größer, berühmter und mächtiger waren als sie. Und doch hat sie das Leben vieler entscheidend bestimmt.

Annetjes Vater, Pieter Beets, war ›Lieferant‹, später ›Kapitän des Alkmaarer Paketdienstes‹. Er war vierundzwanzig, als er die neunzehnjährige Maartje Klopper ehelichte, die damals schon im vierten Monat schwanger war. Ihre Tochter Vera wurde im März 1882 geboren, 1883 folgte Simon, 1885 eine Annetje, die allerdings im Mai 1888 verstarb. Drei Monate nach ihrem Tod kam eine zweite Annetje. Es folgten noch fünf Söhne und eine Tochter, Jopie (die Mutter meiner Mutter). Zehn Kinder also, von denen neun überlebten.

Eine hohe Kindersterblichkeit war zu jener Zeit nichts Ungewöhnliches. Der Begriff ›Ersatzkind‹ war damals noch nicht im Schwange, galt aber schon uneingeschränkt: Dass ein Kind, das in Trauer geboren wird, doppelt so erfolgreich sein muss, doppelt so sehr gefallen muss, um den Verlust der Eltern wettzumachen. Auf dem Leben dieser zweiten Annetje hat von Anfang an eine schwere Bürde gelastet.

Zum Beispiel die vielen Variationen ihres Namens. In der Schule wurde aus Annetje *Annie*. In ihrer Pflegerinnenzeit hieß sie *Anneke*. *Tanneke, Ant, Annie, Antje* wurde sie dann in ihren Jahren als Wochenpflegerin meist genannt. In den zwanziger Jahren tauchen *Ans* und *Ank* auf. Und in ihrer späten Ehe mit dem Sänger Christiaan Mansborg ist es *Ann*. Für uns Enkelkinder war sie *Oma Annetje*.

Annetje muss Mühe gehabt haben, sich ihren eigenen Platz in der Welt zu erobern. Um die für sie im besten Fall erreichbaren Segnungen, einen eigenen Mann, ein eigenes Haus, ein eigenes Kind, musste sie sehr hart kämpfen, mit mäßigem Erfolg.

Vera war sechs, als die erste Annetje starb und durch die zweite ersetzt wurde. Kein Wunder, dass diese jüngere Schwester ihr immer besonders nahestand. Näher als die Brü-

~ 69 ~

der, und sogar näher als Jopie, die jüngste der Schwestern. Ihr ganzes Leben hindurch hat zwischen den beiden ältesten Schwestern immer ein ganz besonders enges Band bestanden.

Annetjes Kindheit war glücklich. Im Haus der Beetsens ging es zwar streng zu, doch es war auch gesellig. Es gab die Eislaufausflüge, auf die alle ganz versessen waren; Kirmes und Sommerfeste, später die Tanzabende; und die Brüder brachten nette Freunde mit nach Hause. Die drei Schwestern waren schön, wie die erhalten gebliebenen Fotos beweisen: Vera blond und stattlich, Annetje dunkel und ernst, mit kohlschwarzen Augen, und Jopie sah mit ihren schwarzen Locken fast wie eine kleine Zigeunerin aus. Alle drei standen schon in jungen Jahren auf den Brettern des Theatervereins *Voorwaarts*, dessen Vorsitzender Vater Beets war. Vor allem Vera und Annetje müssen vielversprechende Schauspielerinnen gewesen sein. Vera erhielt, so scheint es, sogar vom damals bekannten Schauspieler Eduard Verkade das Angebot einer Theaterkarriere. Doch stattdessen wählte sie die Krankenpflege, das war auch viel sicherer, und so viele seriöse Berufe für Mädchen gab es ja damals noch nicht. Etwa 1905 erwarb sie ihr psychiatrisches Pflegediplom, ihr ›schwarzes Kreuz‹, in der Klinik

Meerenberg in Santpoort. Ihre Laufbahn als Pflegerin musste sie allerdings schon zwei Jahre später aufgeben, als sie den jungen Fayencenhersteller Jacob Vlek heiratete.

Das junge Paar zog nach Arnheim, wo Jacob seine neue, später berühmte, Fabrik gründete, in der Nähe ihres Hauses am Rhein. Annetje, mittlerweile neunzehn, zog mit um – fand eine Stelle als Pflegehelferin im nahe gelegenen Elisabeth-Hospital, pendelte aber noch oft genug zwischen Arnheim und Purmerend hin und her, um auf den Purmerend'schen Brettern Triumphe feiern zu können.

1908 nimmt Annetje sogar an einem internationalen Theaterwettbewerb in Ostende teil, wo sie eine lobende Erwähnung einheimst:

Voorwaarts aus Purmerend (2. Preis, 300 Franc) gab am Sonntag dem 12. Januar 1908 das Lustspiel *In Politiek*. Schwungvoll gespielt, gefiel es vorzüglich. Hervorzuheben ist Frl. Beets. Sie war eine glänzende Besetzung für die vielschichtige Rolle der ›Jenny‹ in dieser Komödie.

So weit, so gut. Das war mein erster Ansatz für Oma Annetjes Geschichte. Beim Jahr 1909 stieß ich auf ihre Verlobung mit Dick Melk und zögerte, ob ich die erwähnen sollte oder nicht.

Melk war ein junger Fayencenmaler, der Veras Ehemann, Jacob Vlek, nach Arnheim gefolgt war, um in dem neuen Werk zu arbeiten. Dass er auch ein verdienstvoller Sonntagsmaler gewesen ist, beweist das offizielle Porträt von Mutter Beets, das ihr 1906 zu ihrem fünfundzwanzigsten Hochzeitstag von der versammelten Nachkommenschaft überreicht wurde. Und es gab auch zahlreiche Purmerend'sche Mühlenansichten von ihm, die noch in verschiedenen Treppenhäusern der Verwandtschaft zu bewundern sind. Doch in Oma Annetjes Nachlass hatte ich kein Wort oder Bild von Melk gefunden. Das war irgendwie merkwürdig, angesichts der unzähligen Briefe, Fotos und Dokumente, die sie aufgehoben hatte. Sie sprach immer abfällig über Melk. Und im Gegensatz zu ihrer Schwester hatte sie ihre Verlobung irgendwann gelöst. Ihre Karriere hatte sie weitaus höher geschätzt als eine Ehe.

Oder hatte etwa der sehr viel ältere, verheiratete H. C. Oud damals schon ihre Gefühle beherrscht?

Ich rief beim Archiv von Noord-Holland an. Anscheinend gab es dort noch gebundene

Jahrgänge vom *Purmerend'sche Courant*. Womöglich ließ sich dort noch das ein oder andere über ihre frühen Jahre herausfinden.

Allein schon mit den Jahrgängen 1907, 1908 und 1909 brachte ich einen ganzen Tag zu. Die Familie Beets wurde viele Male darin erwähnt. Mein Urgroßvater, Pieter Beets, hatte schließlich im Gemeinderat gesessen und war ja auch Vorsitzender des Theatervereins, in dem alle drei Töchter geglänzt hatten.

Die Tätigkeiten dieses Vereins wurden vom *Courant* besonders aufmerksam verfolgt:

Die Bürgervereinigung *Burgernut* hielt am Sonnabend, den 28. dieses Monats, ihre erste Zusammenkunft im Café des Herrn De Jong ab. Der Saal war restlos gefüllt, was nicht verwunderlich war, da unter anderem Herr Beets, der Leiter des Theatervereins *Voorwaarts*, und seine Tochter, Frl. Annie, auftreten sollten, die bekannte und mehrmals ausgezeichnete Declamatrice. Mit einer geistreichen Ansprache des Vorsitzenden der Bürgervereinigung wurde die Sitzung eröffnet. Danach trat Herr Beets auf, sein Vortrag *Verzweiflung und Verbrechen* erntete tosenden Beifall. Dann gab Frl. Beets einige Darbietungen, die ebenfalls sehr wohlwollende

Aufnahme fanden. Frl. Beets hat eine schöne Stimme und versteht sie sowohl in ernsten wie auch in humorvollen Stücken trefflich einzusetzen, ihr Freimut und ihre Ausdrucksstärke sind außerordentlich bemerkenswert. Abwechselnd traten Vater und Tochter vor uns auf …

Neben Pieter Beets und seinen schauspielernden Töchtern stieß ich aber mit ebenso großer Regelmäßigkeit auf einen anderen guten Bekannten. Auch die Familie Oud stammte aus Purmerend. H. C. Oud hatte zusammen mit Annetjes Vater im Gemeinderat gesessen.

Im Januar 1909 wurde H. C. Oud einstimmig zum Stadtrat für Öffentliche Bauten ernannt. Wie es scheint, war er Vorstandsmitglied der Handwerkervereinigung *Vooruit*, aus der dann der Theaterverein *Voorwaarts* hervorging. Anlässlich der Feier zum zwölfeinhalbjährigen Jubiläum des Vereins, im Mai 1909, wird er als Ehrenmitglied erwähnt. Zudem war er Diakon der Niederländischen Reformierten Kirche, in der alle Beetsens getauft wurden, und Vorsitzender des Eisklubs, wo Pieters Kinder ihre herrlichen Eislauf-Erinnerungen sammelten.

Sogar Tante Tinis Geschichte, dass Annetje

sich das Geld für ihre Krankenschwesteraus-
stattung angeblich von H. C. Oud geliehen
hatte, nahm an Wahrscheinlichkeit zu, als ich
auf folgende Anzeige stieß:

H. C. OUD, Purmerend, übernimmt zu an-
gemessenen Bedingungen das Ausführen
von Effecten-Ordern. Abschluss und Anla-
ge von Prolongationen und Beleihungen,
An- und Verkauf von Coupons, Versiche-
rungen usw. Gelder verfügbar für erste Hy-
potheken (ohne Vorauszahlung von Zinsen).

H. C. Oud, so schien es, war von Anfang an im
Spiel gewesen. Er hatte Annetje als junges
Mädchen auftreten sehen, hatte sie eislaufen
sehen, zur Schule gehen sehen. Seine Söhne
mussten mit Annetjes Brüdern auf der Schule
gewesen sein, wenn sie nicht sogar die netten
Freunde waren, die die Brüder mit nach Hause
brachten.

Gegen Ende 1909 bewirbt sich Annetje um einen Ausbildungsplatz am Städtischen Krankenhaus in Utrecht. Das bisschen Mathematik,
Deutsch und Englisch, das dafür verlangt wird,
bringen ihr die Sekretärinnen ihres Schwagers
bei. Als Annetje die Nachricht erhält, dass sie

im Januar 1910 anfangen kann, ist sie im siebten Himmel. Aber es gibt ein Problem: die Schwesternausstattung, für die sie selber aufkommen muss. Von ihrem ersten verdienten Geld hat sie sich zwar schon eine Singer-Nähmaschine gekauft, und Muster für Uniformen kann sie sich aus der *Zeitschrift für Krankenschwestern* heraussuchen. Aber den Stoff für die Schwesterntracht, die Kragen und Manschetten, die Strümpfe, Schuhe, der Mantel, Hut, das Schlafzeug – wovon soll sie das alles bezahlen? Ihr Schwager Jacob hat nach der Geburt des Erstlings Jan, dem Umzug in ein größeres Haus in einer besseren Gegend und wegen der bevorstehenden Erweiterung der Fabrik nicht den finanziellen Spielraum, um ihr zu helfen.

Annetje kennt nur eine Person, die in dieser Lage helfen kann: H. C. Oud, ein angesehener Bürger ersten Ranges, der neben seinen vielen gesellschaftlichen Funktionen auch Grundstücks- und Wertpapiermakler ist und von seinem Büro über seinem Zigarrenladen in der Peperstraat aus eine Kreditbank betreibt. Kein Purmerender mit Mut und Unternehmungsgeist hat je vergeblich bei ihm angeklopft.

Auf einem offiziellen Foto aus dem bewussten Jahr 1909 steht H. C. Oud in vollem Ornat da: achtundvierzig Jahre alt, klein und stämmig, mit Schnurrbart und Melone, in tadellosem Anzug mit Weste, an seinem Arm eine noch kleinere, gesetzte Dame, mit einem freundlichen Gesicht und dunklen Augen unter ihrem großen Federhut.

Das Ehepaar Oud hat drei Söhne. Der älteste, Piet, der spätere Politiker, ist dreiundzwanzig. Er hat schon auf der *Hogere Burgerschool* in Amsterdam das Mädchen kennengelernt, mit dem er jetzt verlobt ist; er hat seinen Wehrdienst geleistet, Notarrecht studiert und seine ersten Schritte auf dem Weg der Politik getan. Den Januar zuvor hat er vor der Protestantischen Wählervereinigung *De Vrijheid* in Purmerend noch einen Vortrag gehalten mit dem Titel *Die politische Lage*. Dabei wurden ausnahmsweise auch Damen unter dem Publikum gesichtet. Es ist nicht einmal undenkbar, dass Annetje unter diesen Damen gewesen sein könnte.

H. C. Ouds zweiter Sohn ist neunzehn. Ko studiert an der Grafischen Schule in Amsterdam, wo er von dem berühmten Architekten H. P. Berlage unterrichtet wird. Ko soll sich dann auch zu einem Architekten von Weltruhm entwickeln. Er ist mit seiner Cousine Lous verlobt.

Der dritte Sohn, Gerrit, arbeitet in H. C. Ouds Getränkehandlung in der Dubbele Buurt und wird gleichzeitig als designierter Nachfolger seines Vaters in die Geheimnisse des Bank- und Versicherungswesens eingeweiht.

Als Annetje an einem Spätherbsttag im Jahr 1909 in Ouds Büro über dem Zigarrenladen vorstellig wird, hat Vater Beets seinem Freund bereits etwas zugeflüstert über die teure Schwesternausstattung, die Annetje unmöglich aus eigener Tasche bezahlen kann.

H. C. Oud begrüßt sie herzlichst. Sosehr er dem Billardspielen und einem guten Glas zugetan ist, für weibliche Schönheit hat er eine noch größere Schwäche. Wie sie da jetzt vor ihm steht in ihrem eleganten Mantel, den Hut halb über die Augen gezogen, können ihm ihre Reize nicht verborgen bleiben. Er mustert sie von Kopf bis Fuß, kneift ihr in die Wange, bewundert das Grübchen in ihrem Kinn, das er so charmant findet. Er sieht, dass aus dem Mädchen eine junge Frau geworden ist, und eine, die weiß, was sie will. Er erlaubt sich einen frechen Scherz. Annetje, die größer ist als er, wirft den Kopf zurück und schleudert ihm einen flammenden Blick zu; denselben Blick, mit dem sie ganze Säle in ihren Bann gezogen hat.

～ 78 ～

H. C. Oud mag Frauen mit Pepp. Annetje besitzt die drei Eigenschaften, die er am meisten bei einer Frau bewundert: Talent, Zartheit und Temperament.

Sie legt los. Oud hebt beschwichtigend die Hand. Aus seiner Schublade holt er das Dokument, das er bereits aufgesetzt hat. Es ist eine Vereinbarung für ein großzügiges Darlehen, zinslos, in vier Raten zurückzuzahlen, die letzte nach ihrem Abschluss. Annetje wird in Utrecht, neben freiem Wohnen und Badbenutzung, ja ein bescheidenes Gehalt verdienen.

Annetje liest das Dokument. Sie blickt auf. Sie nickt – dankbar, erfreut. Es ist mehr, als sie selbst zu verlangen sich je getraut hätte.

Oud lässt seinen dicken Montblanc eine Weile über dem Papier kreisen, setzt dann seine unlesbare Unterschrift unter den Vertrag. Er überreicht Annetje feierlich den Füllfederhalter. Sie klemmt ihn zwischen Zeige- und Mittelfinger und setzt ihr eigenes schwungvolles Autogramm unter seines.

Damit ist ein Bund besiegelt, der ein Leben lang halten wird und der nicht nur ihr eigenes Leben, sondern auch das von anderen einschneidend beeinflussen wird.

Aber das ahnt Annetje noch nicht. Sie verlässt das Büro wie auf einer Wolke. Sie umarmt

Frau Oud, die ihr in der kleinen Küche einen Kaffee serviert. Sie plaudern noch etwas, dann geht sie. Jetzt kann sie die Einkäufe tätigen, bei denen Vera ihr helfen wird. Das blaue Leinen für die Uniformen, das weiße für die Schürzen. Die vorgeschriebenen Knöpfe, Ärmel, Kragen und Manschetten; den Stoff für ihre Sonntagskleider, Schlafsachen, Strümpfe und Schuhe; einen Sommer- und einen Wintermantel; einen Hut für wochentags und einen für sonntags.

In den letzten Wochen des Jahres 1909 ist Annetje wie eine Verrückte mit Nähen beschäftigt. Vera hilft mit Schneiden und Säumen. Was fertig ist, packen sie in den Kabinenkoffer, den Annetje zu ihrem einundzwanzigsten Geburtstag von ihren Eltern bekommen hat.

Kurz vor ihrer Abreise lässt sie Passfotos machen, die später mit kleinen Variationen in diversen Familienalben auftauchen werden. Auf allen steht sie stolz und aufrecht, willensstark und unverzagt, in ihrem neuen Mantel und einem exquisiten Kopfschmuck, der mit einer Schleife um ihr Kinn geknüpft ist.

Bruder Han, ebenso wie sein Vater im Transport beschäftigt, bringt seine Schwester mit dem Lieferwagen bis vor die Tore des neuen Schwesternhauses in Utrecht, wo Annetjes neues Leben beginnen wird.

Für meine Geschichte war die Episode in Utrecht nicht so wesentlich, doch ein Gedenkbuch mit dem Titel *Einiges aus der Geschichte der Kliniken für Heilkunde und Geburtshilfe der Reichs-Universität Utrecht mit einer Beschreibung der neuen Einrichtung* lieferte einen Schatz von Einzelheiten, die eigentlich zu schön waren, um sie nicht zu gebrauchen. Dutzende messerscharfe Fotos zeigen die jungfräulichen Räume, in denen Annetje damals herumgegangen ist. Den Krankensaal, noch unbelegt; die weißen und gelben Fliesen, mit denen die Korridore und Krankensäle ausgelegt sind; den Waschsaal, die Laboratorien, die Vorlesungssäle, wo die Krankenschwestern ihren theoretischen Unterricht erhalten. Sogar ein Schwesternzimmer, wie Annetje eines bewohnt haben muss: Bett, Tisch, Wasserkanne, Stuhl, Nachttisch, Frisierkommode.

»Zu klein«, räumt der Verfasser ein, »als Folge unseres Bestrebens, jeder Schwester ihr eigenes Zimmer zu geben und ihr, vermittels einer beträchtlichen Anzahl Schwestern, die Arbeit nicht zu mühsam werden zu lassen und zugleich für eine Pflege höchstmöglicher Güte Sorge zu tragen.« Die Zimmer sind mit Zentralheizung und elektrischem Licht ausgestattet, verfügen allerdings nicht über fließendes

Wasser, da man befürchtet, die Wasserleitungen könnten einfrieren. Auch hatte man Angst, »dass die zahlreichen Abflussrohre aus den Waschbecken durch Verstopfung große Probleme verursachen könnten«.

Die sanitären Einrichtungen waren also in mancher Hinsicht eher typisch für das neunzehnte Jahrhundert als für das zwanzigste. Dem gegenüber stand, dass die Schwestern sich in ihrer Freizeit in »einem stattlichen Ess- und einem großen Wohnzimmer mit Balkon« aufhalten konnten. Es gab einen Konversationsraum mit Veranda, von der man einen Blick hatte »auf den schönen Garten« und »die vorbeischnellenden Eisenbahnzüge«.

Nicht nur die sanitären Einrichtungen ließen zu wünschen übrig – man schaudert, wenn man an die Kälte denkt, der Annetje getrotzt haben muss. Der Verfasser äußert die Befürchtung, dass »Schwestern und Kranke über die Kälte eines Steinfußbodens klagen werden. Durch die Benutzung von Pantoffeln mit Sohlen aus Filz oder Stroh oder Seilwerk hoffen wir freilich, dass dem entgegengewirkt werden kann.«

Ganz zu schweigen von der ewigen Zugluft in den schwellenlosen Fluren, die »rundum auf die bequeme Beförderung mit Rollbahnen oder fahrbaren Betten eingerichtet« sein mussten.

»Dieser natürlichen, doch ungewünschten Lüftung kann wohl nicht anders Abhilfe geschaffen werden als durch Dichtungspolster und derartige Hilfsmittel ...«

Andererseits gab es allerlei technische Glanzstücke, die das Leben der Schwestern annehmlicher machen sollten. Wie etwa der »Elektromagnet«, mit dem das Badewasser automatisch auf einer Temperatur zwischen 34 und 40 Grad gehalten werden sollte; die Kartoffelschälmaschine in der Nebenküche, angetrieben durch einen Elektromotor; der große Gasherd; der Apparat, »in welchem das benutzte Geschirr maschinell durch kochende Seifenlauge gereinigt wird«; und der Keller mit »Dampf- und Kondensleitungen« für die Zentralheizung, die Warmwassereinrichtung, die zahlreichen Sterilisatoren, die beheizten Schränke für Wäsche in den Krankensälen, für die Dampfkochkessel und Wärmeschränke in den Teeküchen, für den Küchenbetrieb und die Tellerwäsche.

In Annetjes Album findet sich auch noch einiges Fotomaterial aus dieser Zeit. Ein Gruppenfoto mit Kolleginnen. Ein paar winzige Schnappschüsse, auf denen mit dem bloßen Auge nur weiße Betten und emsige Gestalten zu sehen sind. Ein Scanner aber zaubert haarscharfe Dias auf den Computerschirm – Einblicke ins Jahr 1911. Da ist ein Patient zu sehen, den Kopf dick verbunden; ein Arzt in einem weißen Kittel; und vor einem der Betten die Schwester Annetje, in Uniform, mit steifen weißen Manschetten und gestärktem Kragen.

Kragen und Uniform sind in der *Zeitschrift für Krankenpflege* von 1913 Gegenstand hitziger Diskussionen:

Weiß doch jede Schwester, wie oft am Tage die Ärmel für unsere Arbeit hochgekrempelt werden müssen, von den stets verlegten Manschetten ganz zu schweigen! Und dann der Kragen! Was für eine Hitze im Sommer, und was für eine Behinderung, wenn man unter Kopfschmerzen leidet! Und sind sich denn nicht alle Hals-Kapazitäten darin einig, dass ein Kragen des Teufels sei?

Im *Monatsblatt für Krankenpflege* findet man eine anschauliche Schilderung der Umstände, unter denen Annetje lebte und arbeitete, Zwölfstundentage, die dann im Jahr 1912 auf zehn reduziert wurden. Selbst von Annetjes Nachtdiensten – an ihrem kleinen Tisch mit speziell entworfener Schirmlampe – wird ein nahezu euphorisches Bild gezeichnet:

Eine Nachtschwester erblicke nie das Tageslicht ... keine Auffassung ist weiter von der Wahrheit entfernt als diese. Just im Gegenteil erblickt sie das Schönste und Herrlichste davon! Sie gewahrt die Natur in ihrem Morgengewande und atmet die reine Morgenluft ein. Die Vögel jubilieren ihre Gesänge zu Ehren der auferstandenen Tagesfürstin ... In solchen Augenblicken kann uns so friedlich zumute sein (...) Wir vergessen, dass wir vielleicht erst wenige Stunden zuvor geklagt haben über das Ermüdende und Eintönige der Nachtpflege. Gewiss würden wir immer in einer solchen Stimmung bleiben wollen. Doch ach! Die Verzauberung währt nicht lange. Schon sehr bald wird sie gebrochen durch den prosaischen Lärm des erwachenden Alltages. Wecker klingeln – Milchwagen und Brotkarren rattern über das Straßenpflaster – der normale Trott des Tages nimmt seinen Anfang.

Auf dem letzten Schnappschuss aus der Utrechter Zeit, der die Unterschrift *Auf der Veranda* trägt, sitzt sie mitten zwischen ihren Kolleginnen, in Uniform, komplett mit drückendem Kragen und Manschetten. Sie ist sichtlich schlanker geworden, und ihre Miene ist ruhig und glücklich.

Am 8. Januar 1914 wird ihr das Diplom für Allgemeine Krankenpflege überreicht. Unter ihren Reliquien befinden sich die Glückwunschtelegramme ihrer Eltern und ihres Lieblingsbruders Han. Die Kunde ihrer Diplomierung dringt sogar bis zum *Purmerend'schen Courant* durch. Am 22. Januar 1914 erhält sie ein Schreiben des örtlichen Krankenhauses:

Wertes Fräulein, da wir im *Courant* gelesen haben, dass Sie nun diplomiert sind, möchten die Damen Regentinnen des Hospitals in Purmerend Ihnen den Vorschlag machen, zeitweilig Dienst als Pflegerin zu verrichten. Es ist ein sehr einfacher Arbeitskreis, da wir im Augenblick nur eine Kranke haben, die Entlohnung beträgt *f* 250 pro Jahr, freie Kost und Logis, kostenloses Waschen und kostenlose medizinische Behandlung.

Trotz der nahezu idealen Arbeitsbedingungen nimmt Annetje die Stelle nicht an. Sie bewirbt sich beim Amsterdamer Wilhelmina-Hospital und will sich als Wochenpflegerin ausbilden lassen.

Das beste Krankenhaus der Niederlande geht keine Risiken ein. Von den Kandidatinnen wird nicht nur eine gute Grundausbildung verlangt, sondern auch Kultiviertheit sowie fundamentale Qualitäten des Pflegefachs, als da sind Pünktlichkeit und Gewissenhaftigkeit, Disziplin, sorgfältige Beobachtung und Versorgung des Patienten.

Man zieht Erkundigungen in Utrecht ein. Die Direktorin erhält eine kurze Empfehlung:

Schwester A. Beets hat sich zu allen Zeiten als eine sanfte, freundliche, eifrige Pflegerin hervorgetan, eine Person, mit der es nie Schwierigkeiten gegeben hat. Sie ist jemand, den ich Ihnen als gewöhnliche Krankenschwester getrost empfehlen kann, zur Oberschwester, oder um selbst die Leitung zu übernehmen, fehlt ihr freilich die nötige Eignung. Sie verlässt die Einrichtung nach Erwerb des Diploms.

Annetje wird angenommen.

Das Wilhelmina-Hospital

Das Schwesternhaus des Wilhelmina-Hospitals an der Eerste Helmersstraat – zwischen der Wohnung des Ärztlichen Direktors und des Anatomiegebäudes – wurde 1906 seiner Bestimmung übergeben und war somit bei Annetjes Eintritt, Anfang 1914, noch ziemlich neu. Das *Monatsblatt für Krankenpflege* aus jenem Jahr widmete dem einen Artikel, komplett mit Grundrissen von allen Etagen.

Beim Entwurf des Gebäudes war man darauf bedacht, einen schönen, geräumigen Gesprächsraum zu schaffen, wo die Schwestern Gelegenheit finden sollen, sich zu entspannen. Es ist ein anheimelnder, heller Raum, dessen drei Flügeltüren zu der Grünanlage führen, die das Schwesternhaus umgibt …
Die um zwei Säulen platzierten Bänke locken zusammen mit den bequemen Lehnstühlen und Sesseln zum Ausruhen. Nebst weiteren gemütlichen Ecken, die für diesen Zweck geschaffen wurden, bietet eine

feine doppelte Schreibtafel Gelegenheit zum Schreiben und Arbeiten.

Im Schwesternheim gab es auch einen geräumigen neuen Speisesaal mit einer prachtvollen Aussicht. Die Badezimmer waren »praktischerweise neben den Schwesternzimmern gelegen«, mit »auch nach sieben Uhr verfügbarem« warmem Wasser, verglichen mit den Zuständen in Utrecht ein unerhörter Luxus. Dann die Frage der Freizeit: Es wurde »besonders darauf geachtet, dass die Schwestern außerhalb ihrer Dienstzeit auch außerhalb des Krankenhauses ihre Entwicklung und ihre Zerstreuung suchen und nicht auch in ihrer Freizeit noch an die Anstalt gebunden bleiben«.

Zeitvertreib gab es genug: Der Tennisplatz im nahe gelegenen Vondelpark wird mehrmals erwähnt in Briefen von Annetjes Freundin, Schwester Baars. Ferner gab es Konzerte und Kulturabende, organisiert von der Vereinigung *Wer rastet, der rostet*, dem *Geselligkeitsverein* des Wilhelmina-Hospitals.

Das Verhältnis mit H. C. Oud musste in diesen Jahren begonnen haben, wenn es Anfang 1916 wirklich zur Geburt ihres heimlichen Kindes gekommen war. Wie konnte die Affäre sich abgespielt haben? Annetje muss H. C. Oud heimlich getroffen haben, wenn sie auf Urlaub in Purmerend war, um ihre Eltern zu besuchen. Aber wo hatte das Paar Gelegenheit finden können, sich in Liebe zu begegnen? Wie oft hatte Annetje eigentlich Urlaub gehabt? Aus Briefen von Vera aus jenen Jahren konnte ich schließen, dass sie gewöhnlich in Arnheim ihre Zuflucht suchte. Jedenfalls weilte sie dort auch im Sommer von 1915, der Zeit ihrer ›Krankheit‹.

Somit hätte der alte Oud sie dort besucht? Dort hätte er, ein verheirateter Mann, sie geliebt und ihr den Hof gemacht, unter den Augen von Schwester Vera und ihrer jungen Familie?

Je konkreter ich versuchte, mir das vorzustellen, desto unwahrscheinlicher kam mir die Geschichte vor. Ich rief beim Amsterdamer Gemeindearchiv an, mit der Bitte, die Geburtsregister des Wilhelmina-Hospitals einsehen zu dürfen. Darin, so wurde mir versichert, wurden auch die Totgeburten verzeichnet.

Ich ackerte den ganzen Jahrgang 1916 durch, stieß aber auf keinen Willem, keine Mutter namens Annetje Beets.

Dann musste Annetje anderswo niedergekommen sein. Aber woher dann dieser Geburtsschein vom Wilhelmina-Hospital?

Ich war schon drauf und dran, meine eigene

Fantasie auf die Willem-Episode loszulassen, als ich eine Eingebung hatte. Die Personalakten des Krankenhauses mussten noch irgendwo existieren. Auf ein Neues zum Gemeindearchiv.

»Meine Großmutter war da zwei Jahre lang in der Ausbildung und hat 1916 ihr *Ooievaartje* gemacht«, sagte ich zu dem freundlichen Archivar. »Ist da vielleicht noch etwas drüber zu finden?«

»Die Akten des Hospitals befinden sich in der Tat bei uns, aber das Archiv ist noch nicht katalogisiert«, berichtete er. »Es kann Monate dauern, bevor die Sachen zur Verfügung stehen.«

Auch die Fotos aus Annetjes ersten Schwesternjahren verschafften mir wenig Klarheit. Sie stammten allesamt erst aus der zweiten Jahreshälfte 1916, nach Annetjes Examen, als sie noch ein paar Monate im Dienst geblieben war. Sie saß blass und mager zwischen ihren Kolleginnen. Dann war da noch das Familienbild, das bis zum Schluss auf ihrem Sekretär gestanden hatte: Die neun Kinder sind nebeneinander der Größe nach aufgestellt, hinter dem Jubiläum feiernden Elternpaar Beets. *Oktober 1916.* ›Willem‹ war da schon ein halbes Jahr tot. In Anbetracht der Umstände sah Annetje bemerkenswert gut aus. Ihr Gesicht war wieder etwas runder und zeigte keine Spur von Kummer, keinerlei Anzeichen von jüngst durchlebter Trauer.

Hinten im Album, zwischen Szenen aus den zwanziger und dreißiger Jahren, fand ich noch einen Schnappschuss ohne Datum, der auch aus dieser frühen Periode stammen musste. Ein Sommer in Arnheim. Annetjes Schwester Vera thront hinter ihrem Teeservice, ihr Gatte Jacob Vlek steht hinter ihr mit ihrem ältesten Sohn Jan; der kleine Rob steht im Vordergrund aufrecht im Laufstall, die Händchen fest um die Gitterstäbe geklammert; Annetje liegt schmachtend in einem Lehnstuhl.

Ich überprüfte in meiner chronologischen Übersicht Robs Geburtsjahr: 13. Juni 1914. Auf diesem Foto war er höchstens ein Jahr alt. Dann muss das also der Sommer 1915 gewesen sein. Piet, der Jüngste von Veras drei Söhnen, war also schon unterwegs; der wurde im November 1915 geboren.

Vera war da so im vierten, fünften Monat. Besonders schwanger sah sie noch nicht aus.

Das hieß aber, dass die beiden Schwestern Annetje und Vera im selben Jahr, 1915, gleichzeitig schwanger gewesen sein mussten. Wenn ›Willem‹ Mitte Februar 1916 geboren wurde, musste er ja im Mai 1915 gezeugt worden sein. Es sei denn, die Schwangerschaft war irgendwie abgekürzt worden …

Ich beugte mich noch einmal über das Foto. Annetjes Bauch verbarg sich hinter der Lehne ihres Stuhls. Nichts zu sehen. Vielleicht wusste sie selbst noch nicht einmal, dass sie schwanger war, als dieses Foto aufgenommen wurde. Die ›Willem‹-Frage blieb also weiter in Nebel gehüllt.

Dann mal probieren, ob ich über die Vergangenheit des alten H. C. Oud noch etwas in Erfahrung bringen konnte. Ich holte mir zwei Biografien über seine beiden berühmten Söhne aus der Bibliothek.

In einer Studie über den Architekten wurde berichtet, dass der älteste Sohn, Piet, immer der Liebling des Vaters und die Mutter depressiv gewesen sei; und dass die Brüder untereinander wenig Kontakt gehabt hätten.

Ich blätterte die Biografie des ältesten Sohnes durch. Und stieß auf eine Fotobeilage. Da stand Piet Oud in Uniform. *Als junger Sergeant in Amsterdam mobilisiert, 1915.* Ein gut aussehender junger Mann, breiter Kiefer, tiefliegende Augen, regelmäßige Züge. Mein Blick blieb an diesem Gesicht kleben. Er sah dem alten H. C. Oud ähnlich – und doch wieder nicht.

Ich hatte das unbestimmte Gefühl, dass ich dieses Gesicht schon einmal gesehen hatte. Und auf einmal wusste ich es! Ich legte das Foto von dem jungen Mann aus Oma Annetjes Pass daneben. Das war nicht der alte H. C. Es war kein Zweifel möglich: Es war ein Jugendbild des prominenten Politikers P. J. Oud!

Piet war 1886 geboren, also zwei Jahre älter als Annetje und in dem bewussten Jahr 1915 schon längst verheiratet. Piet, Ouds brillanter ältester Sohn, der 1915, als die Affäre mit Annetje auf dem Höhepunkt gewesen sein musste, schon seinen kometenhaften Aufstieg begonnen hatte, war zur Zeit ihrer Ausbildung im Wilhelmina-Hospital in Amsterdam beim Militär gewesen.

Plötzlich passte alles zusammen. Ich suchte in Annetjes Album wieder das Strandfoto auf: *Scheveningen 1920*. Vater Oud, dick und fast sechzigjährig, sitzt wie ein Pascha in der Mitte, den Kopf etwas schief gelegt, die Augen unter einem Sonnenhut, in die Linse schauend. Er wird flankiert von Annetje, mittlerweile zweiunddreißig, und ihrer Schwester Vera. Neben ihnen sitzen mir unbekannte Ouds, aber Oma Annetje hatte glücklicherweise die Namen darunter geschrieben.

Ganz links sitzt er: Piet; ganz rechts seine

Frau, beide zusammen mit einem kleinen Sohn der Familie Vlek. Ihr eigener Sohn sitzt im Sand zu ihren Füßen. Das Foto wurde vier Jahre nach Annetjes Drama aufgenommen. Vielleicht ist es sogar das erste Wiedersehen mit dem Exgeliebten.

Annetje sieht schräg zur Seite, mit dem Gesichtsausdruck, der mir so vertraut ist. Sie schaut zur jungen Mutter des kleinen Hein Oud hin – die gesund aussieht und glücklich lächelt. Annetje muss an seinen Halbbruder ›Willem‹ gedacht haben, der – hätte er gelebt – nur zwei Jahre jünger als der kleine Hein gewesen wäre. Sie dachte an das Kind, dass sie nicht hatte haben dürfen.

Wie gut kannte ich diesen Blick, von früher, von Vosseveld. Wenn meine Mutter mit ihrem Jaapje an der Brust dasaß. Wenn sie ihren Anspruch auf ihn geltend zu machen versuchte. Eifersucht, zweifellos. Aber es war schlimmer. Es war Erniedrigung, Ohnmacht.

Die junge Frau Oud lächelt, das zufriedene Lächeln der glücklichen jungen Mutter. Falls sie jemals eine betrogene Ehefrau gewesen sein sollte – wenn sie etwas vermutet oder gewusst hatte –, dann hat sie jedenfalls am längeren Hebel gesessen.

Jetzt konnte ich mir vorstellen, wie es sich

vielleicht abgespielt hatte. Mit H. C. Ouds Namen auf dem Geburtsschein des toten Kindes sollte die Vaterschaft zum alten Herrn verlegt werden, für den Fall, dass irgendetwas über Annetjes Verhältnis mit seinem Sohn herauskommen sollte. Der Alte hatte sich in der Folge um Annetje gekümmert – wenn nicht aus Liebe, dann wohl um ihr Schweigen zu sichern. Um einen Skandal zu vermeiden, der seinen vielversprechenden Sohn den Kopf hätte kosten können.

Über Piet Ouds Amsterdamer Jahre fand ich in den Biografien nichts. Aber im Staatsarchiv in Den Haag musste mehr über ihn zu finden sein. Und so war es auch: Schon das Material über seine frühen Jahren nahm einen ganzen Wagen voller Schachteln in Anspruch. Ich fand es beinahe peinlich, so viele Dokumente über einen Menschen zu finden, der im Leben äußerst verschlossen gewesen war. Ich sah mir sein Familienstammbuch an, das Abgangszeugnis der *Hogere Burgerschool*, einer Art Gymnasium; betrachtete seine Promotionsurkunde und blätterte in seiner Dissertation. Ich überflog Mappen mit Zeitungsauschnitten, nahm Interviews aus der Zeit des Ersten Weltkriegs unter die Lupe.

Piet Oud scheint über jene Periode auffallend wenig geäußert zu haben. Kein Wunder, dass sein Biograf so wenig darüber berichtet. Nichts über seine Erfahrungen als Sergeant bei der Infanterie; nichts über seine Amsterdamer Jahre, fern von Frau und Kind, wo er viel Zeit gehabt haben muss, um etwas mit Annetje anzufangen.

Aber ich bekam auch noch etwas anderes in die Hände, das wohl sehr persönlich war: Piet Ouds Militärpass. Ich ließ ihn mir vollständig kopieren.

Ich kannte jetzt seine Augenfarbe, seine Schuhgröße. Ich kannte die Adresse in Overijssel, wohin er Anfang 1914 mit seiner jungen Familie umzog; in ein Haus in prächtiger Lage gegenüber dem Rathaus, wo er als Steuerinspekteur arbeitete.

Bis er, in der Tat, am 30. August – so lautet die Order in seinem Militärpass – als Sergeant des 7. Infanterie-Regiments aufgerufen wurde, sich in der Kaserne von Oranje-Nassau in Amsterdam zu melden.

Über die Amsterdamer Periode konnte ich nicht viel mehr in Erfahrung bringen als das Inventar seiner Ausrüstung. Allerdings sah ich, dass er am 1. Januar 1916 in ein anderes Regiment versetzt wurde, das in Coevorden lag, deutlich näher an seinem Wohnort. Das bedeutete, dass er an dem bewussten 17. Februar 1916, als Annetje ihren ›Willem‹ zur Welt brachte, schon wieder zu Hause in Overijssel war.

Die Affäre mit Annetje kann somit höchstens ein Jahr gedauert haben. Höchstwahrscheinlich hatten Annetje und er einander, als alte Bekannte aus Purmerend, im Herbst 1914 wiedergesehen – vielleicht sogar über Annetjes Bruder Han, der in den Jahren ja auch in Uniform war –, und da war der Funke übergesprungen.

Das Ende des Verhältnisses muss im Sommer 1915 gekommen sein – der Zeitpunkt des Gartenfotos –, als Annetje ›krank‹ nach Arnheim geflüchtet war.

In diesem Sommer war Piet noch in Amsterdam. Er muss von Annetjes ›Krankheit‹ gewusst haben. Auch von der Schwangerschaft? Der misslungenen Niederkunft im Februar?

Was für ein Mensch war Piet Oud, dass er so etwas zulassen konnte?

Ich forderte Ouds Fotomappe an und ließ sein Leben an mir vorbeiziehen wie einen Film. Ich erschrak, als ich das Porträt erkannte, das ich in Oma Annetjes Pass gefunden hatte, auf der Rückseite Ort und Jahr: *Amsterdam, 1914.* Das muss er Annetje in dem Jahr geschenkt haben, als sie ihr Verhältnis begonnen hatten.

Ich sah Piet Ouds Frau in allerlei Stadien; manchmal hatte sie sogar Ähnlichkeit mit Annetje, fand ich, ihr Gesicht ebenso zart und spitz – obwohl sie kleiner und blond war und weniger feurig dreinblickte.

Und doch. Jetzt, da ich Piet Oud hatte sprechen sehen, als Parlamentsabgeordneter, als Staatsminister; jetzt, da ich ihn auf Eröffnungen gesehen hatte, bei Grundsteinlegungen, Verleihungen, Diners und Staatsbesuchen im Ausland; jetzt, da ich den Staatsmann im vollen Ornat sah, hatte ich beinahe Angst, weiter in die Richtung zu denken, in die ich nun einmal dachte. Manchmal hatte ich das Gefühl, er stehe hinter mir und blicke mir über die Schulter. Wenn ich in seinem Militärpass herumschnüffelte, sah ich seinen gestrengen Zeigefinger, hörte ich die mahnende Stimme der alten Polygoon-Wochenschau: Was mischst du dich da ein? Lass doch die Toten ruhen.

Ich ertappte mich sogar bei dem Gedanken, dass Oma Annetje das Porträt möglicherweise auch vom alten Oud bekommen hatte – später, als sie schon bei ihm wohnte. Aber auch dann blieb die Frage, warum sie es aufgehoben hatte, und dann auch noch in ihrem Pass. Zusammen mit diesem Geburtsschein.

Und warum sollte ich Piet Oud eigentlich noch den Vorteil des Zweifels gönnen? Wenn er wirklich Oma Annetjes große Liebe gewesen war, dann konnte ich mir schon das eine oder andere vorstellen. Jedenfalls erschien er mir als erheblich plausiblerer Vater für Annetjes Bastardkind als der alte H. C.

Das Fotomaterial, die Interviews und die Beschreibungen, die ich zu Gesicht bekam, ergaben folgendes Bild:

Piet Oud war eine markante Erscheinung, nicht groß, aber wohlproportioniert. Er sah seinem Vater ähnlich, war aber weniger stämmig, war feinsinniger, ernster. Er rauchte. Er war religiös. Er war gewissenhaft, integer, sorgfältig. Er hätte nie leichtfertig gehandelt. Wenn er sich einen Seitensprung geleistet hatte, dann dürfte er das bis zu seinem Lebensende bereut haben.

Ich fand ein Interview aus dem Jahr 1963, anlässlich seines Abschieds aus der Politik. Wie üblich wischte er darin jede persönliche Frage vom Tisch und die Interviewerin fühlte sich dadurch ziemlich grob behandelt. Aber dann gelang es ihr, ihm im letzten Moment ein sehr bezeichnendes Zitat zu entlocken, von dem er sagte, es habe ihn immer sehr berührt: *Erscheinen Deine Wege dunkel, Sieh, so frag ich nicht: Warum?*

Ein befreundeter Kirchenbesucher konnte es für mich ausfindig machen. Es stammt aus dem Lied 293 des Gesangbuchs. Die zweite und dritte Strophe lauten:

Herr, will Deine Liebe loben
Begreift Dich meine Seel' auch nicht.
Selig, der da wagt zu glauben,
Auch wenn's dem Aug' an Blick gebricht.
Erscheinen Deine Wege dunkel,
Sieh, so frag ich nicht: Warum?
Seh'n werd' ich Deinen Glanz, Dein Funkeln
Wenn ich in Deinen Himmel komm.

Lass mich nicht mein Los besiegeln
Ich wagt' es nicht, es wär' mir eine Qual.
Ach, wie würde ich's verfehlen
Ließest Du mir freie Wahl!
Will ich doch ein Kind Dir sein
Das den Weg allein nicht weiß
Nimm meine Hand in Hände Dein
Und führe mich nach Dei'm Geheiß.

Ließest Du mir freie Wahl! ... Es fiel mir schwer, hier keine Schlussfolgerungen zu ziehen. Piet

Oud hatte vor mindestens *einer* schweren Wahl gestanden. Einer Wahl, vielleicht, zwischen zwei Frauen?

In der Fotomappe blätternd sah ich Piet Oud als Jungen, als jungen Mann. Ich sah ihn altern, alt, krank. Immer sah ich etwas Trauriges in diesem Gesicht. Das letzte Foto stammte aus dem Jahr 1968, seinem Todesjahr. Das Gesicht ist kreideweiß, überbelichtet. In diesem todbleichen Gesicht, die Augen. Ihr Blick wild und wütend.

An einem heißen Sommernachmittag kramte ich wieder einmal in Oma Annetjes Papieren. Die Jahre des Ersten Weltkriegs; Oma Annetjes Phantomkind; welche Geschichte steckte nun hinter ›Willem‹? Zum zigsten Mal dachte ich an das Gemeindearchiv. Ich hatte erst kürzlich wieder dort angerufen. Nichts, noch immer nichts. Ich griff zum Telefon. Die Mitarbeiterin wollte sich bei der Abteilung Dokumentation erkundigen. Es dauerte lang. Es dauerte ewig. Die Verbindung wurde unterbrochen.

Ich saß da, den Kopf in den Händen. Ich schloss die Augen – vor Müdigkeit, Verdruss, Ohnmacht darüber, dass ich keine Ordnung bekam. Ich musste ganz kurz eingenickt sein. Ich schreckte auf, den Kopf auf den Armen.

Dieser Kopf war jetzt wach, auf einmal, und klar. Ich war in meinem ›gesegneten Zustand‹. Ich musste zum Archiv, *jetzt*. Ich musste den freundlichen Archivar sprechen.

Die Stadt war träge, die Hitze drückend, während ich an der Amstel entlangradelte, zum ehemaligen Rathaus, wo das Archiv jetzt untergebracht war. Ich deponierte meine Tasche in einem Schließfach und meldete mich am Schalter des Lesesaals, den ›Geburtsschein‹ in der Hand.

»Er ist heute auf einem Lehrgang«, lautete die entmutigende Mitteilung.

Ich stand unentschlossen da. Umkehren, in der Hitze, unverrichteter Dinge? Erst mal kurz verschnaufen, dachte ich. Vielleicht fiel mir ja etwas ein, wonach ich, da ich schon mal hier war, ebenso gut suchen konnte. Ich ging draußen auf den Stufen eine Zigarette rauchen und starrte auf die Amstel, ohne irgendwas zu sehen. Mein Kopf war leer. Wonach sollte ich noch suchen? Nach Piet Ouds Aufenthaltsort in Amsterdam, in den Jahren des Ersten Weltkrieges, hatte ich mich schon mal erkundigt. Er sei nicht in Amsterdam gemeldet gewesen, lautete das Ergebnis. Er konnte in der Kaserne gewohnt haben oder in Zimmern logiert, an einer nicht mehr aufspürbaren Adresse.

103

Ich drückte meine Zigarette aus und sammelte Mut für die Rückfahrt nach Hause. Nachdem ich meine Sachen aus dem Schließfach geholt hatte, stand ich plötzlich dem Archivar gegenüber, der gerade von seinem Lehrgang zurückkam.

»Leider, leider sind sie mit dem Archiv des Krankenhauses noch nicht so weit«, sagte er bedauernd.

Aber jetzt war ich fest entschlossen. »Ich suche doch nur *ein* Datum. Ich muss nur *eine* Sache wissen.« Ich zeigte ihm den Geburtsschein. »17. Februar 1916. Da hat meine Großmutter ein Kind bekommen. Da *muss* doch was drüber zu finden sein?«

Der Archivar nahm mir das Dokument aus der Hand. »Aber das ist ja was ganz Konkretes«, sagte er. »Damit kann ich schon etwas anfangen. Ich seh mal nach.«

Ich wartete im Lesesaal, wo muntere Senioren auf Computern herumtippten und in Karteikästen nach Familienangaben suchten.

Er kam viel zu schnell wieder. Ich sah es schon: mit leeren Händen.

»Die Sachen stehen da meterweise«, sagte er. »Aber immerhin schon nach Jahren geordnet. Kommen Sie doch mit, dann sehen wir mal, ob wir was finden können.« Er schleuste mich durch Gänge, eine Treppe hinunter. Dann öffnete er die schweren Türen der Katakomben unter dem Gebäude. Es war dort kühl und totenstill. Riesige Kästen standen in Reih und Glied. Ich sog den Geruch des alten Papiers ein.

Zwischen zwei verschiebbaren, hohen Regalen war eine Öffnung. Dort standen die Personalakten des Wilhelmina-Hospitals – in der Tat: meterweise Ordner und Mappen, mit uralten Kordeln verschnürt.

»In welchem Jahr ist Ihre Großmutter dort eingetreten? Die sind nach dem Datum des Dienstantritts geordnet.«

»Januar 1914.«

Er fand die Schachtel auf Anhieb, und der Umschlag befand sich genau dort, wo er sich befinden musste: unter B. *Annetje Beets, 1914–1916.* An der Innenseite des Umschlags steckte ein kleines Foto von Annetje, in Uniform.

Ich konnte meine Tränen nicht zurückhalten.

»Das erlebe ich öfter«, sagte der Archivar beruhigend. »Es kommen Leute zu mir, die ihre Familie im Krieg verloren haben und hier dann plötzlich ein Foto finden.«

Vorsichtig öffneten wir die Mappe. Sie enthielt Briefe – ein Bewerbungsformular –

Zeugnisse – und ein paar Urlaubsgesuche und Krankmeldungen.

»Sehen Sie sich die Sachen in aller Ruhe an«, sagte der Archivar. »Sie können Sie mit rauf in den Lesesaal nehmen. Sagen Sie mir Bescheid, wenn Sie Fragen haben. Und was Sie brauchen, können Sie später kopieren lassen.«

Ich nahm wieder in dem brütend heißen Lesesaal Platz. Ich holte tief Luft. Mit zitternden Fingern leerte ich den Umschlag.

Ein Stapel Zeugnisse. Annetjes Noten reichten von ›ja‹ für *Gehorsam, Ordnung, Zuverlässigkeit, Geschick* und *Gemütsruhe*, bis ›gut‹ für *allgemeines Verhalten, Pflegekenntnisse, Charakter* und *Kultiviertheit*.

Die Papiere trugen die Unterschrift einer gewissen ›Schwester De Liefde‹. Auf eines von ihnen hatte Schwester De Liefde den Randvermerk gesetzt: *Die Schwester ist nicht stark.*

Schwester De Liefde hatte guten Grund für ihre Bemerkung. Ich studierte die Formulare, auf denen Annetjes Krankentage aufgelistet waren. Waren es 1914 nur drei gewesen, so waren es 1915 einundachtzig. Dazu waren auch noch die genauen Daten und besondere Umstände vermerkt.

Ich suchte das Jahr 1916. Wie ich sah, hatte Annetje ihre Ausbildung im Januar wieder aufgenommen, im März 1916 hatte sie ihr Schwesternabzeichen, ihr *Ooievaartje*, erworben. Im Juni wurde sie ehrenvoll entlassen.

»Keine«, stand in diesem Jahr bei den Krankmeldungen.

Wie war das möglich? 1916 kein einziges Mal krank gemeldet? Dann konnte Annetje nicht am 17. Februar niedergekommen sein.

Perplex saß ich an meinem kleinen Tisch. Ich sah meine ganze Geschichte wie ein Kartenhaus zusammenfallen. Es war nicht wahr, ich hatte mir etwas eingebildet. Es hatte kein Kind von Piet Oud gegeben.

Als der Archivar an meinem Tisch vorbeikam, war ich so in Gedanken versunken, dass ich ihn nicht einmal kommen sah.

»Ist irgendwas nicht in Ordnung?«, flüsterte er, um die anderen Besucher nicht zu stören.

»Da stimmt was nicht«, sagte ich. »Die Daten stimmen nicht.«

Ich zeigte ihm den Brief aus der Personalakte, in dem Annetje ihre Direktorin darum bat, nach einem Krankenurlaub von sieben Monaten, im Januar ihre Arbeit im Krankenhaus wieder aufnehmen zu können.

Ich zeigte auf das Datum: 23. Dezember 1915. »Sie kann daher unmöglich im Februar 1916 einen Willem zur Welt gebracht haben.«

Doch dem fachkundigen Auge des Archivars fiel etwas Merkwürdiges auf.

»Das ist dieselbe Handschrift.« Er legte den Geburtsschein neben den Brief. »Sehen Sie mal, das l, das t. Sie muss dieses Formular selber ausgefüllt haben.«

Ich sah ihn sprachlos an.

»Und der Name, hinter ›der Vater‹?«

»Das ist eine andere Handschrift. Ich lese da die Buchstaben H. C. heraus, aber weiter?«

Der Familienname war ein unlesbarer Strich.

»Wollen Sie eine Kopie von dem Brief haben?«, fragte er.

»Ich will *von allem* eine Kopie haben«, erwiderte ich.

Annetjes Geliebter

Annetje hat sich im Wilhelmina-Hospital schon bestens eingelebt, als Vera im Juni 1914 ihren zweiten Sohn Rob bekommt. Annetje bedauert es, dass sie ihrer Schwester nicht beistehen kann, denn die Geburt ist beschwerlich. Vera bleibt wochenlang im Elisabeth-Hospital in Arnheim wegen Komplikationen mit den Nieren. Dann erholt sie sich wieder, Jacobs Fayencenfabrik blüht und gedeiht wie nie zuvor, und nur allzu bald soll das Haus an der Lawick van Pabststraat wie früher Annetjes Arnheimer Zufluchtsort werden.

Aus ihrer Personalakte beim Wilhelmina-Hospital, die ich im Amsterdamer Gemeindearchiv gefunden habe, lässt sich folgendes Szenarium rekonstruieren: Annetje tritt dort im Februar 1914 ihren Dienst an. Alles verläuft nach Plan. Sie leistet ihren Theoriekurs und ihr Praktikum in der Frauenklinik ab. Aber am 30. April 1915 meldet sie sich krank. Einen guten Monat später – am 2. Juni – scheint sie sich wieder berappelt zu haben. Sie schreibt ihrem

Direktor, Doktor Kuiper, von Veras Wohnsitz in Arnheim aus:

Sehr geehrter Herr Direktor,
Ihrer Bitte Folge leistend, Sie über den Zustand meiner Gesundheit auf dem Laufenden zu halten, kann ich Ihnen mitteilen, dass ich mich jetzt schon viel besser und munterer fühle und auch an Gewicht zugenommen habe.
Dementsprechend bin ich überzeugt, nach Ablauf der von Ihnen vorgegebenen Zeit wieder vollkommen in der Lage zu sein, meine Arbeit aufzunehmen.
Hochachtungsvoll,
Ihre ergebene Schwester A. Beets

Drei Wochen später scheint sich ihr Zustand allerdings plötzlich verschlechtert zu haben.

Arnheim, 23. Juni 1915
Sehr geehrter Herr Direktor,
können Sie mich den Sonnabend zwischen ein und zwei Uhr empfangen? Meine sechs Wochen Urlaub sind jetzt ungefähr um, aber ich glaube nicht, dass es mir möglich sein wird, meine Arbeit jetzt wieder aufzunehmen. Etwa vor 14 Tagen fühlte ich

mich durch heftige Menstruationsstörungen wirklich krank, und danach hatte ich ständige Kopfschmerzen. Ich habe nicht den geringsten Appetit, ganz gleich, was dagegen unternommen wird.

So lange wie möglich habe ich damit gewartet, Ihnen das zu berichten, weil ich immer hoffte, dass sich mein Zustand noch bessern würde. Bis jetzt aber leider vergeblich. Selber will ich versuchen, ob es vielleicht nicht doch geht, aber meine Familie wehrt sich sehr hiergegen. Vielleicht können Sie mir in dieser Sache einen Rat geben, ich würde es so schrecklich schade finden, wenn dieses Jahr für mein Wochenpflegerinnen-Diplom verloren wäre.

Hochachtungsvoll,
Ihre ergebene A. Beets

Wieder einige Wochen später, um Mitte Juli, muss Annetje ihrer Oberschwester einen Abschiedsbrief geschrieben haben. Jedenfalls erhält sie folgende Antwort:

Amsterdam, 18. Juli 1915

Liebe Schwester Beets,
    danke für Ihren freundlichen Brief. Es tat mir wirklich leid, dass wir uns nicht mehr

gesehen haben. Doch hoffe ich sehr, noch persönlich von Ihnen Abschied nehmen zu können.

Sehen Sie zu, dass Sie schnell wieder auf den Damm kommen, damit Sie auf jeden Fall vor dem Kreißsaal und Ihrer Prüfung wieder zurück sind. Es wäre schade, wenn Sie das nicht schafften. Wenn Sie wieder ordentlich zu Kräften gekommen sind und Ihnen der Sinn wieder nach Arbeit steht, kommt Ihnen das Diplom bestimmt sehr zustatten.

Also, Mädel, nur Mut, lassen Sie sich nicht allzu sehr niederdrücken, durch Mattigkeit und vielleicht Misère, was weiß ich. Lassen Sie sich nicht hängen, arbeiten Sie sich mit aller Kraft wieder hoch, Sie sind noch so jung.

Vorläufig sage ich Ihnen Ade, seien Sie aber unter allen Umständen wieder hier, um abzuschließen.

Also auf Wiedersehen, fleißig sein und schön für Ihre Gesundheit leben! Seien Sie herzlich gegrüßt, L. M. v/d. Wal

Der Umschlag trägt Annetjes Kommentar aus späteren Jahren: *Von meiner Oberschwester, einer sehr besonderen Frau. Bin krank geworden, überarbeitet. Meine Schwester Vera war*

~ 112 ~

wieder meine Zuflucht. Zum Glück kurz vor meiner Prüfung wieder auf dem Posten.

Überarbeitet! Um das restliche Jahr 1915 in Arnheim zu bleiben, bei Vera – im Januar 1916 ihre Ausbildung fortzusetzen – und im März 1916 doch noch ihr *Ooievaartje* zu machen.

Das ergibt insgesamt acht Monate Versäumnis.

Ein geheimnisvoller, nur halb ausgefüllter Geburtsschein von einem ›Willem‹, nach ihrem Tod in Annetjes Pass gefunden, trägt als Datum den 17. Februar 1916. Bei genauerer Betrachtung scheint er in Annetjes eigener Handschrift ausgefüllt zu sein. Dabei hat sich Annetje, wie aus der Akte hervorgeht, im gesamten Jahr 1916 keinen einzigen Tag krank gemeldet.

Wenn es also tatsächlich einen Sohn ›Willem‹ gegeben hat, tot oder lebendig, dann muss er im Jahr davor geboren worden sein. 1915.

Das Datum erzählt die Wahrheit – außer wenn es nicht stimmt.

Am Freitag, den 23. April 1915, besuchte Annetje eine Soirée Musicale, die von der Vereinigung *Wer rastet, der rostet* organisiert wurde. Geboten werden Auftritte eines Fräuleins Rie Kraan, Altistin, eines Terzetts, bestehend aus Fräulein Annie de Jonge, den Herren F. Hoefman und S. Spijer, und als Begleiterin Fräulein H. Robert. Sollte Annetje dieses Programm wirklich ihr ganzes Leben lang aufgehoben haben, weil der Auftritt einen so tiefen Eindruck auf sie gemacht hatte oder vielleicht wegen ihres Begleiters an diesem Abend?

Wenn Annetjes Krankheitswochen die Folge einer Schwangerschaft waren – in der Tat eine besondere Form der ›Menstruationsstörung‹ –, muss sie bei ihrer ersten Krankmeldung, am 30. April 1915, etwa im zweiten Monat gewesen sein. Dann wäre sie Mitte Februar schwanger geworden.

Ein kleines Gedicht auf einem vergilbten Blatt, dem Anschein nach irgendwo abgeschrieben, dürfte aus dem frühen Frühjahr 1915 stammen:

Der Frühling kommt, die Liebe naht!
Liebe und Frühling sind schon da.
Zeigen sich in wechselhaftem Reigen
und finden's ein vergänglich Spiel,
Aber wo der Frühling drängt, dort weilt
die Liebe auch. Ein neuer Frühling,
und immerfort derselbe Klang.
Oh, Frühling, weißer Frühling, der so
weich, so rein uns stimmt,

der das Blut in Wallung bringt
und das Verlangen, das,
wird es auch gestillt, erneut aufschwillt,
emporschießt, wie durch Zauber,
wunderbar –

Annetje hat offensichtlich einen Geliebten. Den alten Oud, so wollen die Buchstaben H. C. auf dem bewussten Geburtsschein uns glauben machen.

Doch der alte Oud war 1915 schon ein korpulenter, verheirateter Mann von vierundfünfzig, der dazu noch weit entfernt in Purmerend wohnte. Was hätte Annetje in diesen Jahren dort noch zu suchen gehabt? Vera wohnte schon seit langem in Arnheim, ihre Schwester Jopie war nach ihrer Hochzeit ebenfalls dorthin gezogen, und die Eltern Beets, wie auch diverse Brüder und ihre Familien, wohnten jetzt in Den Haag.

Dabei zeigt uns das ovale offizielle Porträt von Annetje, das aus diesen Jahren datieren muss und das immer über ihrem Frisiertisch gehangen hatte, eine vollkommene Schönheit. Annetje dürfte an der Männerfront auf Höheres abgezielt haben als auf diesen alten, beleibten, verheirateten Mann. Und sie war dabei gewiss auch nicht untätig.

≈ 115 ≈

Welche Männer kann Annetje in diesen Jahren gekannt haben?

Es musste Patienten gegeben haben, die sich in sie verliebten. Ein kleines Gedicht mit dem Titel *Dunkle Augen – ein Albumblatt*, das wir hier nicht zitieren wollen, weist zum Beispiel in diese Richtung. Annetjes Kommentar auf dem mit zittriger Hand geschriebenen Gedichtblatt: *Meine erste Erfahrung mit einem Tbc-Knaben (19 Jahre), der mir unter den Händen weggestorben ist. Aus Briefen, die ich später bekam, begriff ich seine linkische Verliebtheit …*

Das scheint kein plausibler Kandidat.

Ärzte. Aber die hätten wegen eines Techtelmechtels mit dem Pflegepersonal ihre Karriere verspielen können. Doktor Treub, der gestrenge Professor, von dem ein Porträt in Annetjes Album steckt, paffend an der Zigarre, die er zwischen den Operationen gern zu genießen pflegte, dürfte ganz besonders auf der Hut gewesen sein. Gerade in jener Zeit ereignete sich der Skandal um seinen Bruder, den Politiker Prof. Dr. M. W. F. Treub, der Anfang 1916 zurücktreten musste wegen, unter anderem, seines außerehelichen Verhältnisses mit einer »noch nicht geschiedenen« Geliebten.

Es gibt nur *einen* konkreten Hinweis auf die Identität von Annetjes Geliebtem. Eine einzi-

ge Zeile, hinten in ihrem schwarzen Notizbuch *Lehrgang 1914*, geschrieben in einer
energischen Männerhandschrift: *Hallo meine
Liederjänin, kommst du heute Abend um halb
neun mal vorbei? P.*

Sehr viele P.s kann es in jenen Jahren nicht in
Annetjes Leben gegeben haben. In dem Geburtstagsbuch, das sie, der Widmung nach zu
schließen, 1912 von ihrer Kollegin Baars geschenkt bekommen hat, kommt nur ein einziger vor: Piet Oud, ältester Sohn ihres früheren
Wohltäters, des alten H. C. Oud. Piet Oud, ihr
wohlbekannt aus ihrer Jugendzeit in Purmerend, ist inzwischen ein angehender Politiker
und seit 1912 verheiratet mit seiner Jugend-
freundin Jo – deren Name in grimmigen Buchstaben in Annetjes Geburtstagsbuch niedergeschrieben ist. Auch der ihres Ende 1912 geborenen Sohnes.

Piet Oud, Steuerinspekteur in Overijssel,
wird beim Ausbruch des Ersten Weltkriegs
nach Amsterdam einberufen. Dort trifft er alte
Bekannte aus seiner Geburtsstadt, die ebenfalls mobilisiert wurden – Klassenkameraden,
Freunde, darunter Annetjes Lieblingsbruder
Han.

Die Niederlande bleiben neutral. Die Soldaten langweilen sich zu Tode. Die sinnlosen

Übungen, die erzwungene Trennung von Frau und Kindern, die Entbehrungen, das Gezänk. Es steht alles lebhaft beschrieben in A. M. de Jongs kritischen *Notizen eines Landwehrmannes,* die ab 1917 anonym in *Het Volk* erscheinen. Die Reihe prangert die Verschwendung von Intelligenz und Menschenkraft während der Mobilisierung an und wirbelt viel Staub auf.

Piet Oud wird derweil von seinen Vorgesetzten verschont. Er bekommt die Erlaubnis, sein Studium und seine politischen Aktivitäten fortzusetzen, solange es die Kriegssituation erlaubt.

Die Kriegssituation erlaubt es.

Während der Zeit der obligaten Übungen bereitet er sich auf sein juristisches Staatsexamen an der Universität Amsterdam vor. In der Folge arbeitet er an seiner Promotion, hält Vorträge im Land, wird bei der Vorbereitung eines Gesetzesentwurfes eingesetzt. Er meidet die Kaserne, so oft er kann, weiß Diny, eine Nichte, noch zu erzählen. Die Verpflegung sagt ihm nicht zu, er bekommt Magenschmerzen davon. Seine politischen Angelegenheiten rufen ihn oft woandershin, er findet immer einen Grund, sich dort auch zum Essen einladen zu lassen.

Um in Ruhe arbeiten zu können, hat er sich eine Unterkunft in Zuid gemietet. Diny weiß nicht mehr genau wo, nur dass es eine Erdgeschosswohnung war, mit Garten, bequem gelegen irgendwo zwischen der Kaserne an der Sarphatistraat und dem Vondelpark. An den Wochenenden reist er, wenn es geht, nach Overijssel. Wegen seiner vielen Aktivitäten kommt es längst nicht immer dazu.

Piet Oud ist ein gut aussehender junger Mann von achtundzwanzig, dunkles gelocktes Haar, schlank, imposant in seiner Uniform. Er hat eine Familie, ist aber fern von Zuhause. Als Han Beets, der in Pampus kaserniert ist, seine Schwester Annetje im Wilhelmina-Hospital besucht, erzählt er ihr von dem Wiedersehen mit seinem früheren Kamerad. Er wird Piet Oud auch von ihr erzählt haben.

Im Herbst 1914 sieht Piet Oud die schöne, talentierte junge Frau wieder, die er schon als Kind kannte, die er eislaufen und tanzen gesehen hatte, die er auf der Purmerender Bühne hatte glänzen sehen. Vielleicht war er ja gerade bei seinen Eltern an dem Tag, als Annetje, Ende des Jahres 1909, den Zigarrenladen seines Vaters betrat, um das Darlehen abzuschließen, das sie inzwischen zurückgezahlt hat. Sie war damals gerade einundzwanzig gewesen.

~ 119 ~

Vielleicht hat er sogar gedacht, irgendwie sei er schuld an dem Verlobungsdebakel mit Melk, das seinerzeit ein gefundenes Fressen für die Purmerend'sche Gerüchteküche war ... jedenfalls hat er sie nicht vergessen.

Als mögliche Ehefrau war sie nie in Betracht gekommen, und nicht nur wegen Piets früher Verlobung. Die intellektuelle Kluft zwischen ihnen war zu groß. Sie hatte nur die Grundschule besucht. Seine eigene Frau ist aus guter Familie und auch intellektuell mehr von seinem Niveau.

Aber jetzt ist Annetje eine Frau von sechsundzwanzig, und ihre kohlschwarzen Augen, ihr Temperament und ihr Charme lassen Piet nicht kalt. Sie ist schöner als früher, schlanker, selbstbewusst. Sie ist glücklich in ihrem Beruf. Nichts anziehender als das.

Er nimmt sie mit zu einem Abendessen. Sie gehen ins Kino. Sie gehen tanzen. Er ist schlank, aber nicht sonderlich groß. Sie überragt ihn auf ihren hohen Absätzen. Aber sein Kopf, mit den durchdringenden Augen, dem willensstarken Kiefer, ist markant. Seine Stimme ist eindringlich, wenn er sich erregt, um dann auf einmal in ein atemberaubendes Pianissimo zurückzufallen. Er hat prächtige Hände.

Ist sie noch Jungfrau? Sie ist ausweichend hinsichtlich ihrer Beziehung zu Melk.

Piet flüstert ihr etwas ins Ohr, herzzerreißend leise. In dieser Nacht hat sie keine Mühe, im Krankenhaus wach zu bleiben. Sie braucht jede Stunde der Nachtwache, um sich zu überlegen, ob sie es richtig verstanden hat.

Am nächsten Tag kommt Piet Oud im Schwesternhaus vorbei. Sie haben sich locker im Konversationssaal verabredet.

»Sie hat sich gerade kurz zur Ruhe gelegt«, sagt eine hilfreiche Kollegin – Annetjes Vertraute Baars. »Sie können hier warten. Sie hat heute Abend frei.«

Piet Oud zögert. Will schon wieder gehen. Sieht dann auf dem Lesetisch das schwarze Notizbuch, das sie immer bei sich hat, aber in ihrer Müdigkeit anscheinend hat liegen lassen. Er schlägt es auf, sieht ihr Gekrakel, das Wissen, das sie sich in ihr hübsches Köpfchen eingetrichtert hat. Er schüttelt lächelnd den Kopf, gerührt. Das Büchlein ist beinahe voll. Ganz hinten sind noch ein paar Blätter frei. Er schreibt seine impulsive Einladung hinein.

Hallo meine Liederjänin, kommst du heute Abend um halb neun mal vorbei? P.

Sogleich bereut er es. Er hat sich kompromittiert. Er ist ein verheirateter Mann. Er macht sich lächerlich.

Vielleicht kommt sie ja gar nicht.

Und falls sie doch kommt?

Sie kommt, um halb neun, zu seiner Bude.

Warum soll Leidenschaft damals anders gewesen sein als heute? So muss es sich abgespielt haben.

Zunächst scheut sie sich noch – körperlich ist er für sie noch gar nicht gegenwärtig. Aber als der Gedanke an seinen Körper dann doch kommt, vorerst nur neugierig, keusch, ist sie von seiner Stimme schon längst verführt.

Die gemeinsamen Mahlzeiten. Der rituelle Genuss von Speise und Trank: Dieser Wein ist mein Blut. Dieses Brot ist mein Leib. Nach so einer Mahlzeit der erste Kuss. Nach so einem Kuss, das Wort, das zu Fleisch wird.

Augen. Nase. Lippen. Die feinen Linien um seinen Mund.

»Du bist ein offenes Buch«, sagt er.

Auch in seinem Buch darf sie einige Kapitel lesen. Aber in der Liebe heißt es: alles oder nichts.

Wie riskant das ist, und wie schrecklich. Es geht über die Grenzen des Verstandes.

Die warme Nacht, und draußen der sanfte Regen.

Verliebtheit ist eine Krankheit, die vorübergeht. Eine Schwangerschaft, die Ernüchterung gebärt, mit einer Tragezeit von neun Monaten.

»Das hier«, sagt er, »ist das Verliebtheit?«

Sie sagt: »Nur Verliebtheit reicht hierfür nicht.«

Er will sie nicht gebrauchen, diese beladenen Worte wie Mätresse, Affäre. Aber Körper sprechen ihre eigene Sprache. Hingabe kommt ohne Worte aus.

»Wir sind Geliebte«, sagt sie. »Auch wenn wir es nie mehr tun, werden wir für immer Geliebte bleiben.«

Er sagt, mit ihr schlafe er besser als allein. Und nachts träume er immer, dass sie zu ihm kommt, um ihn noch einmal und noch einmal zu verführen.

Wie gerne würde Annetje sie nachholen wollen, all die Nächte, in denen er nicht so geliebt wurde. Nur der Stärkste kann Leidenschaft ertragen, und das ist derjenige, der verliert. Aber vorläufig sind für sie die ineinander übergehenden Zimmer auf der anderen Seite des Vondelparks der Vorhof zum Himmel. Der Garten, wo sie vor fremden Blicken geschützt sind, wo der späte Sommer, der frühe Herbst, die Passionsblumen blühen, ist das Paradies.

Worüber reden sie, die Geliebten?

Über ihre Familie, über Bekannte? Über Aletta Jacobs, vielleicht, die Frauenrechtlerin. Piet Oud hat sie persönlich kennengelernt. Annetje, die sich übrigens nur mäßig für Politik interessiert, hat im *Monatsblatt für Krankenpflege* über sie gelesen. Die geniale Ärztin, die für das Frauenwahlrecht auf die Barrikaden ging, ist im Konversationssaal *das* Gesprächsthema.

Für das Frauenwahlrecht, das Annetje leidenschaftlich befürwortet, ist seiner Meinung nach die Zeit noch nicht reif. Exzesse wie die, zu denen sich die englischen Suffragetten hinreißen ließen, verurteilt er kategorisch.

Sie müssen über den Krieg geredet haben. Annetje hat belgische Flüchtlinge im Saal, Opfer der Spanischen Grippe, Frauen, deren Männer an der Front sind, die mittellos mit ihren Kindern zurückgeblieben sind. Was soll aus den Kindern werden, wenn jetzt auch die Mutter ausfällt? Die Mütter wollen nach Hause, bevor sie wieder gesund sind, erzählt Annetje, mit allen Folgen für ihre Gesundheit.

Piet Oud wird sich für solche Geschichten interessiert haben; die soziale Frage liegt ihm am Herzen.

Es wird auch Themen gegeben haben, über die sie nicht redeten. Annetje wird sich, als erfahrene Pflegerin, so ihre eigenen Gedanken über Schwangerschaftsverhütung gemacht haben. Doch die Knaus-Ogino-Methode sollte erst in den dreißiger Jahren erfunden werden. »Aufpassen« lautet noch die Devise.

Das tun sie. Es geht gut. Es geht noch einmal gut. Es geht ständig gut. Dann, im Zustand der Verzückung, in dem sich beide befinden an diesem prächtigen, fatalen Abend im frühen Frühjahr 1915, sind sie ein klein wenig übermütig.

Es wird April. Annetje ist spät dran mit ihren Tagen. Sie sind öfter unregelmäßig. Jetzt, mit der Spannung, der Verliebtheit, ist da natürlich irgendwas durcheinandergeraten.

Die Geliebten sehen sich wie üblich, lieben sich wie üblich. Annetje sagt nichts. Dann ist es nicht mehr zu übersehen. Sie ruft ihre Freundin Baars zu Hilfe. Sie versuchen, die Frucht abzutreiben mit Seifenschaum und Ballonspritze. Sie verliert einiges Blut. Sie meldet sich krank. Sie flüchtet nach Arnheim, zu Vera. Sie fühlt sich fiebrig, fröstelt. Aus Arnheim schickt sie ihrem Geliebten die Mitteilung, dass sie krank sei, überanstrengt. Sie bleibt in Arnheim und wartet ab.

Der dritte Monat bricht an. Es wird Mitte Mai, aber die Tage bleiben aus. Sie beißt die Zähne zusammen. Sie unternimmt noch einen Versuch, diesmal mit Seifenlauge und Stricknadel. Sie verliert wieder Blut, jetzt noch viel mehr. Sie bekommt kalte Schauer, Durchfall, hohes Fieber. Ihre Haut fühlt sich warm und trocken an, dann wieder ist sie bleich, klamm und kalt. Sie hat Schmerzen, aber es hat wenigstens geklappt, denken die Schwestern.

Nach einer Woche geht es Annetje besser. Sie fühlt sich bestens, sogar besser als je zuvor, und so erleichtert. Ihre Karriere gerettet, die Liebe auch. Soviel lässt sich jedenfalls aus ihrem munteren Brief vom 2. Juni 1915 schließen, der an den Direktor des Wilhelmina-Hospitals gerichtet ist.

So verläuft es öfter, ist in gynäkologischen Studien nachzulesen.

Der vierte Monat ist angebrochen. Bruder Han hat Piet Oud wissen lassen, dass es Annetje besser geht, dass sie bald ihre Arbeit wieder aufnehmen wird. Aber zur Bestürzung der Schwestern ist die Periode ein weiteres Mal ausgeblieben. Annetje weiß sich keinen Rat. Das Gefühl in ihrem Bauch, die Übelkeit, die sie den Nachwehen des Eingriffs zugeschrieben hat; jetzt ist sie klüger.

Vera hat sich nach professionellen Engelmachern erkundigt. Sie hat einen aufgetan, der als absolut vertrauenswürdig gilt. Annetje zögert, einen Termin zu machen. Sie meint schon fühlen zu können, wie sich das Kind bewegt. Es ist ein Kind der Liebe. Alles kommt so, wie es kommen muss, ist immer ihre Devise gewesen. Der Gedanke, es jetzt noch wegmachen zu lassen, ist ihr unerträglich.

Während sie nächtens schlaflos in ihrem Bett liegt, bestimmt sie den Kurs. Es ist ein hoher Einsatz. Aber wer nicht alles wagt, der gewinnt auch nicht. *Er* wird sich für sie entscheiden. Sie lieben sich, haben sie sich doch des Nachts zugeflüstert. Das eine Kind gegen das andere. Sie wagt es, das Duell mit der Ehefrau.

Zumindest nachts wagt sie es. Im hellen Morgenlicht ist ihr Übermut verflogen, und ihr ist bang ums Herz. Es ist ein Duell auf Leben und Tod. Das Kind ist ihr höchster Trumpf, der Einsatz der Rest ihres Lebens. Sie schreibt Piet Oud einen Brief.

Piet schreibt nicht zurück. Jedes geschriebene Zeichen von ihm kann, wenn sie ihm Böses will, ja ein Beweis sein, ein *corpus delicti*. Daraus kann man ihm einen Strick drehen.

Annetje wartet. Kein Wort des Mitleids. Kein Wort, auf dessen Grundlage sie einen Entschluss fassen kann. Kein Wort, das besänftigt oder erklärt. Noch schlimmer ist es, auf seinen Körper, auf seine Berührung verzichten zu müssen. Phantomschmerzen.

Sie weiß, dass sie ohne schnelles Handeln ihr Wochenpflegerin-Diplom in den Wind schreiben kann. Das Hospital hat keinen Platz für unverheiratete Mütter.

Zuallererst muss sie ihre Zukunft retten.

Sie bittet um eine Unterredung mit Direktor Kuipers. Sie ist im vierten Monat. Unter dem lockeren, sachte fallenden Kleid ist wenig davon zu sehen. Im Übrigen kann sie sich auf ihr Schauspieltalent verlassen.

Es bereitet ihr keine große Mühe, Doktor Kuipers zu überzeugen, dass sie stark überarbeitet ist. Doch jetzt, da ihre zweimal sechs Wochen Krankenurlaub verstrichen sind – das Maximum, um im Dienst bleiben zu können –, wird sie unwiderruflich entlassen. Doktor Kuipers rät ihr, sich zu melden, sowie sie sich wieder erholt hat. Da es nie Beschwerden über sie gegeben hat, ist er bereit zu versprechen, dass sie auch nach dieser langen Abwesenheit noch im laufenden Lehrjahr ihre Ausbildung abschließen kann.

Annetje nimmt Abschied von den anderen Schwestern. Ihre Oberschwester, die ihr so nahe stand, ist an diesem Tag nicht da. Sie packt ihre Sachen in ihren Kabinenkoffer und lässt sich von Bruder Han nach Arnheim bringen.

Bei Piet wächst mittlerweile die Panik. Er hat

auf ihren zweiten flehenden Brief nicht reagiert: Ich bin dann und dann in Amsterdam. Komm, lass uns reden. Nein! Wenn er jetzt mit ihr gesehen wird, könnte es das Ende seiner Ehe sein, vielleicht seiner Karriere. Gerade jetzt, wo sich ihm seine Zukunft auftut.

Es gibt nur *eine* Person, die vielleicht etwas tun kann.

Piet Oud reist nach Purmerend. Er geht unauffällig in das Geschäft seines Vaters. Nachbarn stehen da und suchen sich ihre Zigarren aus. Oben auf der Treppe steht seine Mutter, im Gespräch mit einem Bekannten, die Kaffeekanne im Anschlag, sprachlos, dass er so unangekündigt aus dem Nichts erscheint. »Ich muss Papa sprechen. Es ist dringend.«

Er trifft sich mit seinem Vater allein in dessen Büro.

Wie wird der Alte reagiert haben?

Wie konntest du nur so *dumm* sein?

Wo hast du denn deinen Verstand gelassen? Ist dir nicht klar, dass dies deine Zukunft zerstören kann?

Und du denkst, dass du Chancen hast, ins Parlament gewählt zu werden, mit so einem Skandal am Bein?

H. C. Oud sagt nichts von alldem. Er schweigt. Stellt dann eine einzige Frage.

»Weiß Jo Bescheid?«

»Nein. Noch nicht.«

Oud nickt. Er hat Piet den Rücken zugekehrt. Er blickt aus dem Fenster, doch ohne zu
sehen, was sich unten abspielt. Er ist ein ge-
wiefter Geschäftsmann. Es dauert nicht lange,
bis er sich zu seinem Sohn umdreht.

»Ich bezahle professionelle Hilfe für sie. Die
beste. Wir packen sie in Watte.«

Sohn Piet schüttelt den Kopf. »Sie hat es
schon zweimal versucht. Sie hatte Blutungen;
sie dachte, es wäre weg. Anscheinend ist es
misslungen. Sie traut sich nicht, es noch mal zu
probieren, es wäre ihr Tod, schreibt sie. Sie
weiß sich keinen Rat, und sie will …«

»Im wievielten Monat ist sie?«

»Ich weiß nicht – im zweiten, hat sie geschrieben, aber das ist auch schon wieder …«

»Das ist noch zu machen.«

»Papa, es ist schlimmer. Sie will es behalten.
Sie will, dass ich Jo verlasse und *sie* heirate.«

»Junge, das kostet dich deinen Kopf.«

»Ich weiß, Papa, ich weiß.«

»Sie muss es wegmachen lassen.«

»Selbst dann. Was ist, wenn sie plaudert?«

Die Männer schweigen. Das späte Licht fällt
schräg über Ouds Schreibtisch. Dort stehen
die drei Porträts seiner Söhne. Das größte ist

～ 130 ～

von Piet, dem Ältesten, seinem Lieblingssohn. Der alte Oud dreht sich zu ihm um.

»Du sorgst dafür, dass du aus Amsterdam verschwindest. Kein Kontakt mehr. Keinerlei Kontakt mehr, verstanden? Du lässt dich versetzen. Geh wieder zu Jo. Schweige. Ich lade sie hierher ein. Das Kind muss weg. Und sollte etwas rauskommen, dann nehme ich es auf meine Kappe.«

Das Kapitel ›Willem‹

Annetje liegt in dem bequemen Lehnstuhl.
Vera sitzt hinter ihrem Teeservice. Jacob steht
hinter seiner Frau, neben dem kleinen Jan, der
schon sechs ist. Rob, kaum ein Jahr alt, steht in
seinem Laufstall auf dem Rasen. Der befreun-
dete Nachbar, der das Foto machen soll, sagt:
»Lächeln!«

Annetje lächelt. Sie sieht blühend aus. Ihre
Wangen sind rund, ihre Augen strahlen.

Sie hat eine Nachricht erhalten, nicht von
Piet Oud, sondern von seinem Vater, der sie
nach Purmerend bittet. Das ist es, worauf sie
gehofft hat.

Schon am nächsten Tag reist sie nach Purmerend. Sie geht durch den Zigarrenladen nach
hinten, wo Frau Oud, die von nichts weiß, sie
fröhlich begrüßt.

Oud erwartet sie oben in seinem Büro. Diesmal macht er keine freche Bemerkung, kneift
sie nicht in die Wange. Seine Miene ist ange-
spannt und streng. Aber sie sieht, dass seine
Augen feucht sind. Er betrachtet sie lange. Sie

ist schlanker geworden, und schöner, seit er sie das letzte Mal gesehen hat: Sie strahlt etwas aus. Von ihrem Zustand ist unter dem wallenden Sommerkleid auf den ersten Blick nichts zu sehen.

Er schließt die Tür, ehe er sich zu ihr umwendet.

»Ihnen ist klar, dass dieser Scherz meinen Sohn die Karriere kosten kann?«

Annetje ist wie versteinert.

»Welcher Scherz?« Ihre schwarzen Augen lodern feurig, und diesmal ist nichts gespielt.

»Es geht um Piets Zukunft. Ist Ihnen klar, was für ihn auf dem Spiel steht?«

»Und meine Zukunft?«, sagt sie leise, mit rauer Stimme. »Bedeutet die nichts?«

Das verschlägt dem alten Oud kurz die Sprache. Damit hat er nicht gerechnet. Sie stehen sich direkt gegenüber. Sie trägt hohe Absätze. Er blickt zu ihr auf. Er spürt ihre Wut und dass sie berechtigt ist. Sie war nicht nur Piet verfallen – Piet auch ihr. Und er, H. C., kann sich das nur allzu gut vorstellen.

Mit einer förmlichen Geste weist er ihr einen Stuhl. Sie wendet sich, den Blick noch auf ihn gerichtet, langsam von ihm ab. Dann nimmt sie behutsam Platz, wobei sie ihren schwangeren Zustand nicht verhehlt. Sie sitzen sich schwei-

~ 133 ~

gend gegenüber, in diesem Büro, wo sonst so wenig geschwiegen wird. Sie nimmt Maß von der Wirkung, die sie auf ihn hat, und wartet ab.

Auf seinem Schreibtisch prangen die Bilder von seiner Frau, seinen drei Söhnen. Er hat alles, sie nichts. Es bedarf keiner Worte. Das Schweigen ist nicht einmal beklemmend. Es wird mit diesem Schweigen alles gesagt, was es zu sagen gibt. Nach etwa einer Minute lässt Annetje den Kopf in die Hände sinken und bricht in Schluchzen aus. Er sieht die Tränen über ihre Hände rinnen. Sie ist ohne Arbeit, ohne Einkommen – und klammert sich immer noch verzweifelt an ihre Hoffnung. Die muss er ihr erst einmal austreiben.

»Das geht nicht«, sagt er. »Was Sie wollen, das geht wirklich nicht. Ich kenne die Wünsche meines Sohnes.«

Sie schweigt.

»Ich möchte Ihnen helfen«, sagt er. »Ich sorge dafür, dass Sie da durchkommen. Und zwar gut. Aber unter drei Bedingungen.«

Sie sieht nicht auf. Sie hat unendlich viel Zeit.

»Erstens. Das Kind muss weg. Zweitens: Ihr seht euch nicht mehr. Ist Ihnen das klar. Nie mehr. Sie tun so, als würden Sie ihn nicht kennen. Drittens: Sie schweigen. Jetzt bis in alle Ewigkeit.«

Sie hebt den Blick. Sie sehen sich an. Sie sagt: »Das kommt darauf an, ob es möglich ist.«

Das Luder, sieht sie ihn denken. Doch ist eine Spur von Bewunderung in seinem Blick.

»Ich biete Ihnen tausend Gulden.«

Sie überlegt. In ihrem Kopf brodelt es, aber sie muss sich gelassen geben. Tausend Gulden. Tausend, für das Leben ihres Kindes. Das ist viel. Aber ist es genug?

Nichts ist genug. Keine Million. Sie zwingt sich, ruhig zu bleiben. Sie muss praktisch sein. Sie wird vorläufig ein Auskommen haben, und mehr als das. Sie wird nach ihrem Diplom eine eigene Praxis eröffnen können.

Sie sieht ihn fest an. »Zwölfhundert.«

Ihre Blicke saugen sich aneinander fest.

»Einverstanden. Aber dann kommt was dazu. Sollte jemals etwas herauskommen, dann war *ich* der Vater, nicht er. Sollte es nötig sein, einen Namen zu nennen.«

Annetje reißt die Augen auf. Und nickt.

Der offizielle Teil des Gesprächs ist vorüber. H. C. Oud geleitet Annetje nach draußen. Er bietet ihr, höflich mit ihr plaudernd, den Arm und begleitet sie bis zum Koemarkt. Dort schlägt er vor, noch etwas zu trinken, in dem

Café um die Ecke. Sie stimmt zu, ihr Zug fährt ja noch nicht. Sie trinken etwas, begrüßen alte Bekannte.

Beim Abschied sagt er es noch einmal. Sie muss schwören zu schweigen, zu schweigen, zu schweigen.

»Aber Vera weiß alles.«

»Dann muss Vera auch schweigen.«

Annetje schwört es.

Auf dem Rückweg spürt sie, wie ihr Kind sich bewegt. Sie legt die Hand auf die Rundung unter ihrem Kleid, die nur für den sichtbar ist, der es weiß.

In Arnheim hat sie Vera dann alles erzählt. Es wird beratschlagt, im Garten, beim Tee, wenn Jacob in der Fabrik ist. Nach dem Essen, wenn die Jungen draußen spielen und Jacob noch mal kurz in die Fabrik geht.

Schließlich wird Jacob auch eingeweiht.

Stimmte meine Rekonstruktion, dann war nur eine Schlussfolgerung möglich: Hatte ›Willem‹ bei der Geburt gelebt, dann lebte er immer noch, dann war er alt geworden, unter einem anderen Namen: Piet. Dem Namen seines biologischen Vaters.

Ich eilte zu Tante Tini nach Arnheim und bat sie um Fotos. Ich blätterte in einem Album, das

Onkel Rob über seine Jugend dort angelegt hatte. Es gab nur einen Schnappschuss aus dem bewussten Jahr. *Oktober 1915.* Veras ältere Söhne Jan und Rob stehen mit etwas entgeisterten Blicken da, Hand in Hand. Es war einen Monat vor der Geburt ihres Brüderchens Piet. Die Unterschrift lautete: *Wann kommt Mutter endlich zurück?*

»Wo kann Vera gewesen ein?«, lautete meine Frage an Tante Tini.

»Vera war damals ernstlich krank«, sagte sie, »in den Monaten vor Piets Geburt. Es war irgendwas mit den Nieren, oder war das bei Rob?«

Tante Tini blieb vage. Und Onkel Rob wollte über alles reden, außer über die Vergangenheit. Er sah durchscheinend bleich aus. Sein Ende nahte.

Aber, dachte ich – wenn Vera während einer Schwangerschaft krank gewesen war, diesmal mit ihrem jüngsten Sohn Piet; und wieder Monate im Krankenhaus gelegen hatte; dann muss auch Piet, genau wie Rob, dort geboren worden sein. Nierenprobleme und Schwangerschaft passen ja bekanntlich sehr schlecht zusammen. Sie brauchte sicher ständig ärztliche Betreuung.

Das Gemeindearchiv Arnheim wurde im

Krieg schwer beschädigt und viele Dokumente waren verloren gegangen. Doch diese Akte wurde gefunden: Piet Vlek wurde ›zu Hause‹ geboren.

»Ja, eigentlich merkwürdig«, musste Tante Tini zugeben, als ich damit bei meinem nächsten Besuch ankam. Und ging in die Küche, um Häppchen zu backen, die zum Sherry gereicht wurden.

Das Dokument förderte übrigens noch eine weitere Überraschung zutage: dass Piet einen zweiten, niemals von jemand gebrauchten Vornamen trug – Willem.

Ich stürzte mich noch einmal auf Oma Annetjes Fotoalbum, das voll war mit Kindheitsfotos der kleinen Vleks. Kurz nach Piets Geburt posiert Vera mit dem neuen Kind. Sie sieht besser aus, als man nach so einem Leidensweg hätte erwarten können. Das Baby ist in dasselbe Kleidchen gehüllt, das auch schon ihre beiden älteren Söhne getragen haben. Sie hält es irgendwie von sich weg: Seht, dies ist mein Sohn.

Oder: Seht, dies ist *ihr* Sohn.

Fieberhafte Suche nach mehr, nach späteren Fotos, nach Briefen. Ein langer Brief von Piet an seine ›Tante‹ Ann, aus den siebziger Jahren, als sie schon im Seniorenheim wohnt. Der Ton rundum liebevoll und herzlich. Onkel Piet, der

Außenseiter. Onkel Piet, der solche Schwierigkeiten hatte, sich zurechtzufinden. Der etwas Undurchsichtiges im Bergbau tat, später bei der Firma *Nederlandse Heidemij*. Der nach dem Krieg nach Indonesien gegangen war, um beim Roten Kreuz zu arbeiten. Der dort seine Frau kennengelernt hatte und Anfang der sechziger Jahre mit ihr nach Holland zurückgekehrt war. Onkel Piet, den ich eigentlich nie gut gekannt hatte. Der gern ein Gläschen trank, noch lieber zwei; der nicht mehr so gut ansprechbar war und der übers Telefon wissen ließ, dass er über alles reden wolle, außer über die Vergangenheit.

Aber es gab ja auch den Neffen Piet, der jede Ferien mit seinem Bruder Rob bei seiner Lieblingstante Ann wohnte, am Overtoom; immer gleich gekleidet, als wären sie Zwillinge. Der Gedichte für sie schrieb, Zeichnungen für sie anfertigte und von Tante Ann und ›Onkel Oud‹ immer so schrecklich verwöhnt wurde.

Onkel Piet, geboren am 15. November 1915 – der, wenn man gut hinsah, seiner Tante sehr ähnlich sah; viel mehr als seiner Mutter. Der es meinem Vater, Lepel, übel genommen hat, dass er keinen Abschied von seiner Tante nehmen konnte. Der bei Oma Annetjes Beerdigung so gerührt war.

~ 139 ~

Am 23. Dezember 1915 schrieb Annetje ihrer
Direktorin:

Sollten Sie mich folgenden Monat wieder in
der Frauenklinik platzieren können, wäre
ich hierzu gerne bereit. Was meine Gesundheit betrifft, so hätte ich schon früher kommen können, aber meine Schwester war
schwer erkrankt, so dass ich nicht wegkonn-
te. Die Gefahr ist zum Glück vorbei, und
jetzt verlangt es mich sehr, wieder an die Arbeit gehen zu können. In der Hoffnung, dass
dies möglich sei, verbleibe ich, hochachtungsvoll, Ihre ergebene A. Beets.

Merkwürdig, dass Annetje hier von einer
›Krankheit‹ ihrer Schwester spricht, nicht von
ihrer Niederkunft. Kein Wort über das Kind,
das am 15. November geboren wurde, wo doch
Annetje die Notwendigkeit ihrer Anwesenheit
in Arnheim, als angehende Wochenhelferin,
viel plausibler hätte begründen können.

Die Antwort der Direktorin kommt post-
wendend. Annetje wird nach ihrer langen Abwesenheit nicht wieder als reguläre Schwester
in Dienst genommen. Die Direktorin rät ihr,
Doktor Kuiper ein Ansuchen zu unterbreiten,
um in zeitweiligem Dienst bleiben zu dürfen,

mit dem Ziel, ihre Ausbildung als Wochenpflegerin zu vollenden. Sie fügt hinzu: Doch bei Krankheit betrachten Sie sich als umgehend entlassen.

So ist Annetje am 2. Januar 1916 zurück im Wilhelmina-Hospital. Sie schließt mit großer Eile ihre Ausbildung ab und besteht die erste Prüfungsrunde. Auf dem Gruppenfoto der frischgebackenen Pflegerinnen im Mai 1916 sitzt sie wieder beherzt inmitten ihrer Mitdiplomierten. Sie bleibt noch bis Mitte Mai im Dienst – das Wilhelmina-Hospital verliert nicht gerne seine diplomierten Kräfte – und kehrt dann zu Vera und ihren drei Jungs zurück.

Irgendetwas muss sie veranlasst haben, während ihrer letzten Ausbildungsphase, im Februar 1916, einen Blanko-Geburtsschein vom Schreibtisch der Oberschwester zu entwenden und teilweise in ihrer eigenen Handschrift auszufüllen; mit einer gefälschten Unterschrift von H. C. Oud. Weshalb hat sie das getan?

Wegen der Vereinbarung natürlich mit dem alten Herrn Oud, dass er die Vaterschaft auf sich nehmen würde, sollte jemals etwas herauskommen. Oder als Beweis – sollte jemals in der Zukunft danach gefragt werden – für die Existenz eines Kindes. Absichtlich wählte sie einen

141

Geburts- und Todestag, der in einem sicheren zeitlichen Abstand zum Geburtstag jenes zuvor tatsächlich geborenen Kindes lag, dessen wahre Eltern niemand kennen durfte.

Im Juli 1916 machte Annetje Urlaub in dem Ort Bergen, mit Vera und den Kindern. Ihre Freundin Baars schreibt ihr dorthin über die Routine auf der Frauen- und Kinderstation im Wilhelmina-Hospital:

Schwester De Liefde führt wie immer das Zepter; sagt dem Doktor, was er sagen soll, wirft die Schwestern wie Bälle in die von ihr gewünschte Richtung usw. Es sind wieder einige weggegangen wie Putten, De Wilde u. a. Putten ist bei Schwester Van de Wal als Außenschwester. Aber es kommen doch immer wieder viele zurück.

Doch Annetje kehrt nicht zurück. Mit ihrem *Ooievaartje* in der Tasche und dem Geld vom alten Oud kann sie ihre eigene Praxis eröffnen. Ein gutes Jahr lang gelingt es ihr, in Eigenregie zu arbeiten. Anscheinend ist das aber recht schwierig. Denn im Mai 1917 meldet sie sich bei einer Agentur für private Krankenpflege in Arnheim, um sich Aufträge als Wochenpflegerin vermitteln zu lassen. Die Leiterin ersucht um eine Referenz beim Wilhelmina-Hospital. Sie ist ebenso knapp wie vielsagend:

Schwester A. Beets hat vom 15. Juli 1914 bis 26. Juni 1915 und vom 17. Januar 1916 bis 16. Mai 1916 hier in der Frauenklinik gearbeitet. Sie ist nicht stark. Sie hat hier einen sehr guten Eindruck hinterlassen.

Die Zweelo-Verbindung

An dieser Stelle kam ich nicht weiter. Die Jahre, in denen Annetje als Wochenpflegerin gearbeitet hatte, schienen so eintönig. All die Briefe von glücklichen jungen Müttern, die ihr »liebstes *Bakertje**« anflehten, doch noch einmal vorbeizukommen, um zu sehen, wie der Sprössling gedieh, und ihr ständig für Vasen und Milchbecher dankten, die sie ihnen zugesandt hatte – zweifellos ausgemusterte Exemplare aus Jacobs Fabrik. Am liebsten hätte ich diese Zeit übergangen. Nach der Episode mit Piet Oud, die so abrupt mit Annetjes Schwangerschaft und Geburt ihres heimlichen Kindes geendet hatte, stellten die Jahre als Wochenpflegerin eine schwierige Periode dar.

Eine Reihe Fotos aus *Holwerd, Mai 1918*, zum Beispiel, zeigt eine hochschwangere, blühende Mutter mit einem wohlgenährten, lächelnden Knirps in einer windigen Polderland-

---

* *baker* ist die niederländische Bezeichnung für Wochenpflegerin schaft – im Hintergrund Annetje, den Kopf in die Hand gestützt, ins Nichts starrend, ihr Gesicht beinahe weggewischt.

Es betraf eine Wochenpflege bei einem Doktor Knip. Auf einer in der Breite durchgerissenen Karte, die neben das Foto geklebt war, stand in schwer lesbarer Handschrift:

Holwerd, 11. November 1917
Liebe Schwester Beets,
herzlich bedankt für das Becherchen, ich finde es so ein schönes kleines Stück. Und jetzt etwas anderes. Können Sie im April zu mir kommen, um mit dem 2. Wicht zu helfen? Der …

Der Text brach ab, wo die Karte abgerissen war.

Der dicke Bauch. Der zweite Wicht. Das gnadenlose Mutterglück. Was mochte es für Annetje bedeutet haben, für die Säuglinge von anderen zu sorgen, während sie auf ihr eigenes Kind verzichten musste?

Aber wenn ich ergründen wollte, was Annetje eigentlich veranlasst hatte, im Jahr 1919 bei dem alten Oud einzuziehen und dann zwanzig Jahre lang bei ihm zu bleiben (und damit ihre Chance auf eine eigene Familie end-

~ 145 ~

gültig zu verspielen), dann würde ich hier beginnen müssen.

Einen Anhaltspunkt bildete ein heiteres Nikolausgeschenk, das unerwartet bei Tante Tini auftauchte: ein kleines Album, das Schwager Jacob 1918 für seine Schwägerin angefertigt hatte, kleine Verse und Aquarelle, die eine Reihe von verbeulten, zu dick oder zu dünn geratenen Säuglingen darstellten, angeblich alle durch ›Schwester Anni‹ betreut. Es steht kein Datum dabei, doch zumindest nennt Jacob die aufeinanderfolgenden Geburtsorte der bedauernswerten neuen Erdenbürger: Sleen, Bussum, Hilversum, Holwerd, Rotterdam, Arnheim, Sloten und Ede. Der erste war aus Den Haag:

Den Haag, Nikolaus 1918
Ich bin der erste von dem Spann
Betreut durch unsere Schwester Ann;
Geschickt war sie noch nicht, von wegen!
Und deshalb ging's bei mir daneben.
Denn eines Tags, es war beim Baden,
Knickt sie mein Ärmchen, was für'n Schaden!

Im Album fand ich tatsächlich ein Foto mit der Unterschrift *Den Haag, August 1916.* ›Schwester Ann‹ sitzt mit einem Baby auf dem Deck

eines Schiffes, ein Streifen ihres Spitzenunter-
rocks lugt verführerisch unter dem langen
Rock vor. *Eine wunderschöne Zeit* hat sie beherzt darunter geschrieben. Ich zog das Foto
vorsichtig ab. Auf der Rückseite schreibt eine
Jane Lensvelt Key:

*Den Haag, 18 IX 1916. Für Schwester Beets.
Baby Lensvelt mit seinem Ännchen an Bord
der ›Olga‹ bei der ›Eenzaamheid‹. Kager
Meer, zur Erinnerung an Juli/August 1916.*

Merkwürdig, dachte ich, dass Annetje so plötzlich in Den Haag gelandet war. Ich hätte sie im
ersten Jahr nach ihrer Niederkunft eher in der
Nähe von Arnheim erwartet, in der Nähe ihrer
Schwester Vera und ihres Kindes. Vielleicht
war es nicht leicht gewesen, als private Pflegerin Arbeit zu finden, dachte ich, und sie konnte
sich die Aufträge nicht aussuchen. Oder vielleicht hatten ihr auch ihre Eltern, die inzwischen in Den Haag wohnten, zu diesem Auftrag verholfen.

Das zweite Gedicht erinnerte an einen Säugling aus Sleen – wo immer das auch liegen mag.

›Killekille‹ fand Ann so fein
Und nannt’ mich immer ›Popolein‹

∼ 147 ∼

Doch was sie aus dem Häuschen brachte
Das war mein Köpfchen, weich und sachte.
Drum hat's auch so die Form verloren
Die anders war, als ich geboren.

Es gab mehrere Briefe aus Sleen. Der früheste, vom 16. März 1917, bezog sich auf eine Wochenpflege im Januar jenes Jahres – wieder Monate nach der in Den Haag. Schwager Jacob musste einige Einsätze übergangen haben, oder vielleicht hatte er sich nur an die spektakulärsten erinnert?

In einem zweiten Brief aus Sleen ging es um eine Pflegeanfrage für Mai. Annetje muss sich also monatelang in Sleen aufgehalten haben.

Es gab auch ein Foto von Dezember/Januar 1916/1917 aus Zweelo – wieder so ein unwahrscheinlicher Ort (der übrigens in Jacobs Säuglingsparade nicht vorkommt). Ein altes Mütterchen sitzt vor einem Bauernhof, in Tracht, mit Mütze und Trachtenspiegeln. Annetje, in Pflegerinnenschürze, steht hinter ihrem Stuhl. Sie blickt in die Ferne, hinaus aufs flache Ackerland. Sie sieht etwas schmal aus, aber nicht traurig. Eher munter.

Vielleicht die Oma eines Pflegebabys?

Annetje hatte neben das Foto eine der gedruckten Karten geklebt, die sie als private Wo-

chenpflegerin benutzte: *TARIFE* von *Schwstr.*
A. Beets, dipl. Wochenpflegerin.

Auf der Rückseite stand das Honorar, das
sie für diese Periode erhalten hatte, komplett
mit Reise- und Unkosten und dem Namen der
Patientin: eine Frau Lubbers-Boetting.

Vom 16. Dezember 1916 bis einschl. 18. Januar 1917
34 Tage à f 4 = f 136.–
Reise Arnheim-Hoogeven f 3.15
Hoogeven-Arnheim f 3,75 Tarif 20% erh.
Drent'sche Tram f 1,20
Wäsche von 14 Tagen à 10 Cent pro Tag f 1,40
Insgesamt f 136 + f 9,50 = f 145,50

Ich fand auch einen Brief aus Zweelo, verfasst
von derselben alten Dame, von August 1917 –
wieder Monate später.

Liebe Schwester Beets, endlich komme ich
dazu, Ihnen zu berichten, wie es um mich
steht; ich habe auch noch damit gewartet.
Das Rheuma und die Steifheit in den Beinen
sind schon etwas besser, aber nicht weg, und
davon werde ich wohl auch nicht mehr los-
kommen, sagt Dr. Hadders. Aber ich merke
schon, dass ich ansonsten zu Kräften kom-

me, ich habe immer einen gesegneten Appetit. Doktor Hadders ist hier außerordentlich beschäftigt; aber Doktor van Reemst kommt gar nicht mehr, wie mir scheinen will.

Wie sehr bedaure ich es, dass Sie nicht einmal kommen können, um hier zu übernachten, wegen der schlimmen, hässlichen, kostspieligen Zeiten. Sie bräuchten auch keine Brotkarte mitzubringen, für eine Person haben wir immer genug und Gemüse und Kartoffeln selber im Garten, und Beeren und Himbeeren im Überfluss, dass ich davon noch eine ganze Menge weggegeben habe und selber mehr als genug für Beerensaft und Gelee. Oh, ich wünschte, Sie würden noch einmal hierherkommen, es ist zur Zeit so schön in Zweelo, und dann gingen wir auch einmal nach O., das würde Gonda auch gut gefallen …

Annetje hatte um den Jahreswechsel 1916/17 also kein Kind gepflegt, sondern eine bejahrte Rheumapatientin. Anscheinend war für sie in ganz Arnheim, in ganz Den Haag keine einzige Wochenpflege zu finden gewesen und sie war gezwungen, auch ›normale‹ Pflegefälle anzunehmen und dafür sogar in ein Nest wie Zweelo zu reisen.

Dem Namen van Reemst, den die alte Dame nannte, war ich übrigens schon vorher begegnet. Er stand in dem zweiten Brief aus Sleen, vom März 1917, in dem eine Frau Manssen Frijlinck schreibt:

Da ich mit viel Vergnügen Ihre Bekanntschaft machte, bei der Familie van Reemst, wäre es mir sehr angenehm, wenn Sie die Wochenpflege für mich und mein Kind übernehmen könnten. Gerne hätte ich das eine oder andere mündlich mit Ihnen besprochen, doch durch Ihre plötzliche Abreise war das nicht möglich. Ich hoffe, ich komme jetzt nicht zu spät mit meiner Anfrage …

Das muss dann der Säugling aus Sleen gewesen sein, der mit dem abgeflachten Kopf – die zweite Wochenpflege aus dem kleinen Album von Schwager Jacob.

Ein dritter Brief aus Sleen, vom 24. August 1917, stammte von der oben erwähnten Frau van Reemst selbst. Auf dem Umschlag fand sich Annetjes Kommentar: *Für dieses Bürsch chen war ich gerade rechtzeitig zur Stelle, um es ins Leben zurückzurufen, seine Speiseröhre funktionierte nicht gut. Es war eine seltsame*

Zeit, einem Arzt musste man durch so was wie einen Ausrufer auf die Spur kommen.

Frau van Reemst hatte ein Foto mitgeschickt von *Gertrudusje van Reemst, geboren den 23. Januar 1917.* Das Bürschchen sprach selbst ›persönlich‹ von sich und gratulierte Schwester Beets zu ihrem neunundzwanzigsten Geburtstag:

Liebe Schwester Beets, kennen Sie mich noch? Ich bin Gertrudusje van Reemst. Ich denke immer noch oft an Sie, weil Sie so gut für mich gesorgt haben. Und jetzt gratuliere ich Ihnen zum Geburtstag und hoffe, dass Sie einen schönen Tag haben werden. Ich fände es so schön, wenn Sie wieder einmal hier vorbeikämen und nach mir sähen, das würde ich so nett finden. Papa und Mama fragen, ob ich auch in ihrem Namen Ihnen zum Geburtstag gratulieren will. Ganz viele Grüße von ihnen. Dann also auf Wiedersehen, liebe Schwester Beets!
Ein Kuss von Ihrem kleinen Gertrudus

Endlich kam Struktur in die Chronologie: Die zweite Wochenpflege aus Jacobs Nikolausalbum war identifiziert. Frau van Reemst hatte Annetje verschiedende Fotos von sich mitgeschickt, mit und ohne Gertrudus; selbst eines von Wöchnerin und Pflegerin zusammen, in eleganten Korbstühlen, in einem schicken Sleen'schen Interieur: *Zur Erinnerung an Sleen, Februar/März 1917.*

Annetje hatte es offensichtlich monatelang bei den van Reemsts ausgehalten. Und dann war da ja auch noch die Zeit bei Manssen Frijlinck, für die sie im Mai angefordert worden war.

Sleen. Im Atlas war es nicht verzeichnet. Ich nahm zusätzlich noch eine Straßenkarte zur Hand und suchte im Kleingedruckten des angegebenen Quadranten. Es lag in Drenthe, westlich von Emmen. In der Nähe fand ich das ebenso winzige Zweelo. Annetje hatte also mindestens von Dezember 1916 bis Mai 1917 in dieser Gegend gesteckt.

Es war mir ein Rätsel, was sie in diesen abgelegenen Winkel gelockt hatte. Wollte sie dort eine Praxis errichten, weil da so viele Babys zur Welt gebracht wurden?

Dann sah ich es. *Coevorden.* Zweelo und Sleen lagen in der Nähe von Coevorden. Wohin Piet Oud, zum 1. Januar 1916, aus Amsterdam versetzt worden war. Coevorden, das so bequem nahe bei seinem Wohnort in Overijssel gelegen war.

Ich tauchte wieder in das Fotoalbum ein und wurde auch fündig: ein kleiner Saal, ein paar Frauen mit Baby. Ich zog das Foto ab. *Entbindungsklinik Aleida, Coevorden, April 1917*, stand auf der Rückseite.

Annetje, die dem alten Oud versprochen hatte, ihren Geliebten nicht mehr zu sehen; Piet Oud, der es seinem Vater geschworen hatte: Die Liebe war stärker gewesen als der Schwur.

Ich fiel mit neuem Eifer über die Briefe her. Was hatte die Frau Manssen Frijlinck Annetje noch mal genau geschrieben, am 16. März 1917?

Wir erwarten das Kind in den letzten Maitagen, am 27. oder 28., aber ich habe bereits zweimal festgestellt, dass ich zehn Tage später bin als zum normalen Datum. Nun möchte ich Ihnen ehrlich sagen, dass es uns zu kostspielig wäre, wenn Sie hier zehn oder zwölf Tage im Voraus anwesend wären und wir Ihnen die Tage vergüten müßten. In diesen Zeiten und nach einem sehr teuren Umzug kommt uns eine Extra-Ausgabe nicht zupass. Seien Sie bitte daher so gut, uns noch Ihre Bedingungen zu schreiben und auch, auf welche Weise Sie gewöhnlich die Frage des Kommens handhaben. In der Hoffnung auf eine baldige Antwort, verbleibe ich, mit freundlichen Grüßen, Ihre J. E. Manssen Frijlinck.

Annetje muss schon ihre guten Gründe gehabt haben, derartig unattraktive Angebote zu akzeptieren, wo sie sich auf Abruf einfinden sollte und selbst dafür sorgen musste, wie sie ihre unbezahlten Wartezeiten überbrückte. Sie muss Reserven gehabt haben, um die Durststrecken durchzustehen. Geld, das vermutlich aus der Abfindung von Oud stammte.

Das Briefpapier trug den Kopf: *Bürgermeister von Sleen.*

Annetje verkehrte also in den besten Kreisen. Sie ging als Wochenpflegerin von Haus zu Haus. Sie hatte hier tatsächlich eine Praxis aufbauen wollen – um in der Nähe ihres Geliebten sein zu können. In jenem halben Jahr, oder vielleicht noch länger, hatten die Geliebten sich an Orten ihrer Wahl treffen können.

Ich eilte zur Bibliothek, um mehr Informationen über die Gegend einzuholen. Es gab dort keine Kaserne, erfuhr ich. Die normalen Mannschaften wurden einquartiert, die Sergeanten und Offiziere mussten sich um ihre eigene Unterkunft kümmern. In einem Buch mit alten Ansichten von Coevorden fand ich das damals namhafte Hotel van Wely am Bahnhofsplatz, inzwischen abgerissen. Es war wohl sehr beliebt beim begüterten Bürgertum und dem Adel, ideal gelegen an der Bahn. Gut möglich, dass Piet Oud hier wohnte, wenn ihn seine militärischen Pflichten nach Coevorden riefen. Sehr wahrscheinlich, dass Annetje ihn dort von Zeit zu Zeit aufgesucht hat.

Als ich, auf der Suche nach weiteren Hinweisen, in einem Bildband von Zweelo blätterte, stieß ich auf die kleine mittelalterliche Kirche – den Stolz der Region. Ich las noch einmal, was Oma Annetje mir geschrieben hatte, in ihrem Trostbrief, als das Urteil über meine eigene Kinderlosigkeit gefällt war.

Ich selber hatte auch einmal den größten Kummer, ich dachte, ich würde nie mehr darüber hinwegkommen – weil ich nicht *allein* davon betroffen war. Nach etwa einem Jahr ging ich eines Weihnachtsabends zur Kirche, sah ganze Familien vor der Krippe voller Liebe miteinander, und da sah ich deutlich meinen Fehler: Ich war dabei gewesen, Risse in einer anderen Familie zu verursachen. Zum Glück konnten wir das später voneinander begreifen …

Zweelo, Weihnachten 1916. Ein gutes Jahr nach der Geburt des Sohnes, den sie hatte weggeben müssen.

Von dem Mann hatte sie sich nicht getrennt.

Ich sah mir noch einmal das Gruppenfoto von der Familie Beets an, das in Den Haag gemacht worden war: *Oktober 1916.*

Die neun Kinder stehen hinter ihren Eltern, ohne Zuwachs von Ehepartnern oder Kindern. *Alle zusammen*, hatte Annetje darunter geschrieben. Oktober 1916 – fast ein Jahr nach Piets Geburt. Wer von all den Brüdern und Schwestern wird wohl von Annetjes Drama gewusst haben? Vera auf jeden Fall, stolz und aufrecht in ihrem engschließenden weißen Kleid, ohne jegliche Spur von jüngst überstandener Krankheit oder Schwangerschaft, und Jopie, inzwischen eine Schönheit. Annetje selbst steht rank und schlank da, auch wenn sie schwere Brüste hat. Sie blickt zufrieden, sogar ein bisschen herausfordernd.

Da musste die Zweeloer Episode längst begonnen haben.

Zweelo revisited

Zweelo liegt zwischen alten Bäumen im glühenden Bauernland. Auch jetzt noch, achtzig Jahre danach, ist es eine Enklave in Ort und Zeit. Piet Oud hätte keinen idyllischeren Ort wählen können, um seine Geliebte unterzubringen – es sei denn, es war Annetjes Idee gewesen.

Als Vincent van Gogh 1832 das Kirchlein zeichnete, schrieb er seinem Bruder Theo:

Stell Dir eine Fahrt durch die Heide vor, morgens um 3, auf einem offenen Karren … Ich kam an einer alten Kirche vorbei, genau wie l'Église de Gréville von dem Gemälde von Millet, das im Luxemburg hängt. Hier kam anstelle des Bauern mit dem Spaten ein Hirte mit einer Schar Schafe die Hecke entlang. Im Hintergrund sah man nicht den Durchblick zum Meer, sondern nur auf das Meer von jungem Korn, das Meer der Furchen, anstelle des Wellenmeers. Der Effekt ist derselbe.

Viel dürfte sich zwischen 1883 und 1916 nicht verändert haben, als Annetje in dieser Gegend eintraf. Zwischen 1916 und heute allerdings hat sich sehr viel verändert.

Auf den Feldern wird Mais angebaut anstelle von Getreide. Am Horizont erheben sich Neubauten. An der Stelle der Arztwohnung steht jetzt ein Einfamilienhaus. Die Villa von Bürgermeister Manssen, dessen Kind Annetje gepflegt hat, ist einer Tankstelle gewichen. Die meisten Bauernhöfe sind verschwunden, einige umgebaut im Gartenzwergstil, aber es gibt auch welche, die unverändert geblieben sind, bewohnt durch alteingesessene Familien, die anscheinend alle miteinander verwandt sind. Darunter eine Großnichte von Doktor Hadders.

»Ich hatte einen Onkel, der Arzt in Emmen war«, erzählte sie mir. »Nach dem Wegzug des hiesigen Doktors – sein Name ist mir entfallen – hat er die Praxis hier auch noch übernommen. Das war schon schwer. Als Schul- und Gemeindearzt musste er die jährlichen Impfungen für die Kinder in der Gegend vornehmen, seine Runde per Kutsche kostete ihn Stunden, dann noch die Hausbesuche. Manchmal musste ihm Doktor van Reemst aus Sleen beispringen ...«

Da war er wieder, der Doktor van Reemst. Und es fielen noch mehr bekannte Namen. Die Großnichte zeigte mir Fotos von dörflichen Szenen. Sie deutete auf eine alte Dame, die noch Mütze und Trachtenspiegel trug: »Meine Großtante Lubbers.« Es war dieselbe Frau Lubbers-Boetting, die Annetje Ende 1916 gepflegt hatte, hier noch ein paar Jahre älter: Das Foto war 1921 gemacht worden. Sie war umringt von Familienmitgliedern der Lubbers und Hadders.

»Ihre Enkelinnen, ihr Sohn Niklaas, also ein Neffe von meinem Vater ...«

Der Name Niklaas kam auch in dem Brief der alten Frau vor.

»Was hat der Niklaas gemacht?«, fragte ich.

»Er war in Den Haag, im Finanzministerium.«

Ich erkundigte mich nach seiner Funktion.

»Steuerinspektor.«

Dann war also Niklaas Lubbers – geboren 1888 – ein Kollege und Altersgenosse von Piet Oud gewesen. Das *missing link* zwischen Den Haag und Zweelo war gefunden. Piet Oud stand ja ebenfalls im Dienst des Ministeriums und dürfte sich mit ziemlicher Sicherheit regelmäßig in Den Haag blicken gelassen haben.

Ich fand sogar einen Einwohner, der sich

noch daran erinnerte, dass in den Jahren 1916–
1917 eine Pflegerin aus dem Westen in der Gegend tätig gewesen war. »Das muss dann über den Hausarzt gegangen sein«, vermutete er. »Wer war das doch gleich. Doktor Knip. Der war damals gerade neu hier.«

Doktor Knip hatte sich, so scheint es, im Sommer 1916 in Zweelo niedergelassen, damals war Annetje noch in Den Haag. Sollte Piet Oud bei seinem Kollegen Lubbers vorgefühlt haben, ob er vielleicht von einer Arbeitsmöglichkeit für eine Krankenschwester hier wisse? Da war Niklaas Lubbers vielleicht dieser junge Arzt eingefallen, der eine Assistentin schon brauchen konnte. Oder sonst seine Mutter mit ihrem Rheuma.

Annetje war also möglicherweise bald nach Beendigung ihrer Arbeit in Den Haag nach Zweelo gekommen. Vielleicht bereits Ende August, Anfang September, als das Land am schönsten war, die Ernte in vollem Gange, die Sonne warm und tief, die Düfte träge und schwer über dem glühenden Land.

Die Arztwohnung von Doktor Knip lag direkt neben der Herberge. Die Drent'sche Tram hielt vor der Haustür.

»Es war eine Station nach Oosterhesselen, wo man nach Assen, Emmen und Coevorden

≈ 161 ≈

umsteigen konnte. Es war übrigens auch zu Fuß gut zu schaffen«, versicherte mir die Groß- nichte Hadders. »Der alte Botenpfad kürzte den Weg sogar noch etwas ab. Eine halbe Stun- de, höchstens.«

Den Botenpfad gab es wohl nicht mehr, und auch das idyllische Brückchen über den Ael- derstroom aus dem Ansichtsbuch war nicht mehr da. Da war jetzt eine Autobahn drüber- gebaut; doch die alte Herberge stand noch. Ebenfalls die Kirche etwas außerhalb des Dor- fes. Die majestätische Buche dahinter breitete ihre beinahe kahlen Äste aus, genau wie im Herbst 1916. Die Kirche war unlängst restau- riert worden, der alte Kirchhof größtenteils geräumt. Nur die verwitterten Grabsteine von einer Handvoll Lubbers und Hadders standen noch aufrecht im ordentlich gemähten Gras. Vor dem Eingang lag ein Opferstein aus heid- nischen Zeiten. Der Zauber dieses Fleckens musste schon lange vor der Christianisierung entdeckt worden sein.

Als ich eintrat, spürte ich es: Hier herrschte die Vergangenheit.

Es ist Heiligabend 1916, und die Kirche füllt sich langsam. Auf der neuen Orgel, 1904 er- baut, erklingt *Het daghet in den Oosten* (Es tagt schon im Osten). Auf beiden Seiten der hölzernen Galerie sind zusätzliche Stühle aufgestellt; es werden Besucher von nah und fern erwartet. Annetje hat sich direkt rechts neben die Orgel gesetzt. Hier ist sie verborgen im Schatten. Doch wenn sie sich vorbeugt, kann sie das ganze Schiff unter sich überblicken.

Mit halbem Ohr hört sie der Frau des Neffen von Frau Hadders zu, die neben ihr sitzt und zu allen bekannten Gesichtern, die hereinkommen, ihre Kommentare abgibt.

Die alte Frau Lubbers, die es so schlimm an den Beinen hat, sitzt vorne auf ihrem Ehrenplatz; Annetje hat sie selber dort hingebracht. Jetzt, da Doktor Knip es wieder etwas ruhiger hat und es gerade keine Babys in der Gegend zu pflegen gibt, pflegt sie die alte Dame, um ihr durch diese kalten Wochen zu helfen.

Da ist Doktor Knip selber, mit seiner Frau und seiner Tochter. Annetje hat ein paar Monate in seiner Praxis mitgearbeitet. Er erwägt, seine Kündigung einzureichen, es gefällt ihm nur mäßig in Zweelo. Doch braucht Annetje vorläufig keine Angst zu haben, dass sie plötzlich ohne Arbeit dasteht. Da ist zum Beispiel Doktor van Reemst aus Sleen mit seiner hochschwangeren Frau. Hat sich da jemand mit dem Datum der Niederkunft geirrt, fragt sich

Annetje mit Kennerblick. Das kann nicht mehr lange dauern. Sie würde wetten, dass das Kind schon im Januar kommt. Und da ist der Bürgermeister von Sleen. Seine Frau, in Pelzmantel und Muff, ist im vierten Monat. Das vornehme Haus, das sie bauen ließen, ist jetzt zum Glück beinahe fertig. Frau Manssen soll im Mai niederkommen.

Die Kinder bestaunen den Stall mit Tieren und Hirten und dem hölzernen Jesuskind, der vor dem Altar aufgestellt ist. Die Orgel spielt das traditionelle Weihnachtslied *O kerstnacht schooner dan de dagen* (Weihnachtsnacht, schöner als die Tage).

Wo bleiben sie? Es wird doch nichts dazwischengekommen sein? Jetzt, da die Stunde naht, wird Annetje bang ums Herz. Ob das überhaupt so eine gute Idee war? Angenommen, jemand erkennt ihn, vom Gasthof, wo sie jetzt so oft gewesen sind, wo er gelegentlich auch genächtigt hat und wo sie ihn, wenn alles schlief, heimlich aufgesucht hat. Oder von der Station in Oosterhesselen, wo sie so oft auf ihn gewartet hat, um einen Spaziergang nach Aalden mit ihm zu machen oder im *Hoes van het Hol-An* einen Speckpfannkuchen zu essen …

Da sind sie! Annetje blickt senkrecht auf sie hinunter. Sie zögern, wo sie sich hinsetzen sollen. Er deutet zu einer der vordersten Bänke, wo noch zwei Plätze frei sind. Annetje sperrt die Augen auf. Sie tränen. Sie blinzelt, um sehen zu können. Der Vater, die Mutter, das Kind. Die Frau ist kleiner als sie, magerer. Sie hat ein freundliches und nicht unhübsches Gesicht. Annetje erinnert sich vage an sie. Sie war auf der Höheren Bürgerschule in Amsterdam, genau wie er. Zu hoch. Zu hoch für sie.

Er lässt seiner Frau den Vortritt, sie setzen sich neben die Bauersfrauen mit ihren Mützen und Trachtenspiegeln. Er dreht sich um, hievt das vierjährige Bürschchen auf seinen Schoß, das dünn und blond ist, wie seine Mutter.

Der Mann und die Frau beugen sich zueinander. Sie fragt ihn etwas – sagt ihm etwas ins Ohr. Sie sehen sich an. Er nickt. Er lächelt. Lächelt. Dann erst, sieht sie, blickt er sich um. Unauffällig lässt er den Blick über die versammelte Menge schweifen. Annetje lehnt sich zurück. Sie hat ihre Gesichtszüge nicht unter Kontrolle. Sie spürt, wie ihr das Herz in der Brust klopft.

Er wendet sich zum Kind. Sie atmet auf. Er hat sie nicht gesehen. Jetzt fragt sie sich, warum sie sich diese Qual angetan hat, was sie sich in Gottes Namen von dieser Konfrontation erhofft hat. Sicherheit, ja. Einen Durchbruch.

Sie hat sich selbst überschätzt. Der Anblick ist unerträglich. Diese Menschen da gehören zusammen. Nach dem Ende wird er ohne Gruß fortgehen, so wie sie es abgesprochen haben. Sie steht draußen. Nicht nur hier draußen. Sie hat sich überall ausgegrenzt. Sie steht auch außerhalb von Veras Familie.

Der kleine Piet, der im letzten Monat ein Jahr alt wurde, ist beim ersten Weihnachtsfest seines Lebens nicht bei seiner richtigen Mutter und sie nicht bei ihm.

Hätte sie nicht doch lieber zu Vera gehen sollen? Aber das wäre vielleicht noch schwieriger geworden. Welchen Anspruch kann sie auf den Jungen erheben? Eine Tante hat keine Rechte, das hat sie im Sommer in Bergen mehr als deutlich gespürt. Sie musste ihn abtreten, basta.

Sie sieht nicht, wer noch in die Kirche hereingeschlurft kommt, hört nicht, was die Frau des Neffen der alten Dame neben ihr sagt. Sie nickt, verzieht den Mund zu einem Lächeln. Ihr Blick bleibt an den drei Menschen haften, die da unten sitzen. Sie sieht es jetzt mit eigenen Augen, was sie nicht hatte glauben können und wollen: Er liebt seine Frau, trotz seiner Liebe für sie, Annetje.

Sie holt die ledergebundene Bibel aus ihrer

Tasche, die sie sich neuerdings angeschafft hat. Sie ist sonntags immer mit den Familien mitgegangen, obwohl sie nicht kirchlich erzogen wurde. Pfarrer Winsemius ist ein feiner Mensch und ein guter Prediger. Mit ihm hat sie einmal über ihre Situation gesprochen. Als sie sagte, die Strafe für die Sünde könne vielleicht sehr schwer ausfallen, hat er gelacht: Aber liebe Schwester! Strafe! Wenn es eine Strafe gäbe, liefe jetzt kein Mensch mehr auf zwei Beinen herum. Sie schlägt die Bibel aufs Geratewohl auf und hofft auf ein helfendes Wort. Sie blinzelt, um lesen zu können.

Prediger 5,3: Wenn du Gott ein Gelübde tust, so verzieh nicht, es zu halten; denn er hat kein Gefallen an den Narren. Was du gelobst, das halte.

5,4: Es ist besser, du gelobest nichts, denn dass du nicht hältst, was du gelobest.

5,5: Lass deinem Mund nicht zu, dass er dein Fleisch verführe; und sprich vor dem Engel nicht: Es war ein Versehen. Gott möchte erzürnen über deine Stimme und verderben alle Werke deiner Hände.

Die Weihnachtsgeschichte von Pfarrer Winsemius rauscht an Annetje vorbei. Sie hat ihren eigenen Text, über den sie nachdenken muss. Ouds Geld hat sie angenommen, aber sie ist ihrem Versprechen ihm gegenüber nicht nachgekommen. Das Kind hat sie nicht wegmachen lassen. Den Mann sieht sie immer noch. Sie ist dabei, in seiner Familie Risse zu erzeugen. Nur ihr drittes Versprechen hat sie gehalten: Sie hat geschwiegen, geschwiegen, geschwiegen. Der Engelmacher habe sein Werk getan, hat sie ihrem Geliebten erzählt.

Der letzte Sommer ist der glücklichste ihres Lebens gewesen. Die Wochenpflege in Den Haag war ein strategischer Meisterzug; er musste regelmäßig im Ministerium sein. Dann die Verbindung mit seinem Kollegen Niklaas Lubbers, der, wie es schien, aus dieser Gegend hier kommt. Er, Piet, hat es selber für sie geregelt. Er wollte es auch.

Aber dieser Weihnachtsabend ist ein Wendepunkt. Sie fasst einen Entschluss. So kann es nicht weitergehen.

Als sie Piet wiedersieht nach den Festtagen, sagt sie ihm, dass sie so nicht weitermachen kann. Er begreift sie nicht. Es hat sich etwas verändert, sagt sie. Gewissensbisse. Aber warum jetzt auf einmal? Seine Familie war doch seine Verantwortung? Ihr eigener Verlust – er weiß nicht, worauf sie hinauswill. Sie kann es ihm nicht erklären, nicht ohne das Kind zu erwähnen, von dem er nichts weiß. Ganz kurz erwägt sie, es ihm trotz allem doch noch zu sagen. Und überlegt es sich anders. Es würde alles verderben. Er würde böse werden, wütend. Schließlich hat sie ihn getäuscht. Sie kennt ihn gut genug: Er würde es ihr nie verzeihen.

Sie beißt sich auf die Lippen und schweigt.

Er streichelt ihre Schultern, ihr tränenbenetztes Gesicht. Er nimmt sie in den Arm. Seine Stimme ist herzzerreißend leise. Sie lässt sich beruhigen. Sie lieben sich wie zuvor. Sie erholt sich von ihrer Gewissensnot. Teilweise gelingt es ihr, das Bild von der glücklichen kleinen Familie zu verdrängen, auf ihren Kutschenfahrten mit der alten Rheumapatientin, bei den Teestunden mit der schwangeren Doktorsgattin aus Sleen.

Sie treffen sich weiterhin. Nicht mehr in der Herberge von Zweelo. Nach dem gemeinsamen Weihnachtsgottesdienst ist die Gefahr zu groß, dass er von irgendwelchen Dorfbewohnern erkannt wird. Doch das Hotel van Wely, neben dem Bahnhof von Coevorden, ist neutrales Gebiet. Sie können sich unabhängig von einander eintragen, unabhängig voneinander kommen und gehen, sich in einem der luxuriösen Zimmer lieben.

So muss es gewesen sein.

Dann, Mitte März, war etwas schiefgelaufen – so viel war dem Brief von Frau Manssen Frijlinck zu entnehmen, der von Annetjes ›plötzlicher Abreise‹ spricht. Ein P S wirft sogar etwas Licht auf den möglichen Grund:

Herzlich hoffe ich, dass das Kindchen, das Sie pflegen werden, von dem Gegenstand in seiner Luftröhre befreit wurde. Wie besorgniserregend für Ihre Schwester und schrecklich beklemmend für den kleinen Patienten!

Wie besorgniserregend *für Ihre Schwester.* Annetje, plötzlich nach Arnheim abgereist, um ihren kleinen Piet vor dem Erstickungstod zu retten – der die ganze Reise von Zweelo nach Arnheim irgendwie hatte ausharren müssen; sollte in Arnheim wirklich kein Arzt aufzutreiben gewesen sein? Eine unwahrscheinliche Geschichte. Sie klang eher wie eine Ausrede. Vielleicht war Annetje, anstatt nach Arnheim, schnurstracks nach Coevorden gereist, wo sich ihr Geliebter befand. Wegen einer Krise, einer Auseinandersetzung, einer Stunde der Wahrheit. Aber welcher Wahrheit?

Ich fand keinen Hinweis, dass Annetje die

für Ende Mai geplante Wochenpflege bei Frau J. E. Manssen Frijlinck auch tatsächlich geleistet hatte, im Gegenteil. Am 14. Mai 1917 bewarb sie sich bei der Agentur für Private Krankenpflege in Arnheim. Die Leiterin holte Erkundigungen beim Wilhelmina-Hospital ein. Die Referenz war positiv. Von nun an ließ sich Annetje durch diese Arnheimer Agentur verschicken, nach Bussum, Hilversum, Ede …

Doch hatte sie sich, wie es aufgrund der Fotos aus Holwerd den Anschein hatte, im Mai 1918 plötzlich an der Nordküste von Friesland befunden; ein Lichtjahr von Arnheim entfernt. Eine Wochenpflege, die eigentlich kaum durch die Agentur hätte vermittelt werden können.

Ich besah mir noch einmal die durchgerissene Karte, die Frau Doktor Knip ihr im November 1917 aus Friesland geschickt hatte und die sie so demonstrativ neben Fotos von der Wochenpflege in Holwerd geklebt hatte. Nicht nur der Text auf der Vorderseite, sondern auch der auf der Rückseite brach abrupt vor dem Riss ab:

Wir finden es so herrlich, dass Beppie ein Brüderchen oder Schwesterchen bekommt, und hoffen natürlich auf einen Jungen. Es ist hier besser auszuhalten als in Zweelo, das werden Sie schon feststellen, wenn Sie kommen. Herzliche Grüße von uns 3 und sollten …

Doktor Knip war anscheinend im April 1917 zu seiner vollsten Zufriedenheit nach Holwerd umgezogen. Man könnte beinahe denken, dass auf dem abgerissenen Teil der Karte ein Name gestanden hatte. Vielleicht der Name desjenigen, der Annetje ein Jahr zuvor an Doktor Knip empfohlen hatte und unbedingt aus der Geschichte getilgt werden musste. Der Name Piet Oud. Und doch hatte sie diese Karte sorgfältig aufgehoben, vielleicht in der heimlichen Hoffnung, dass irgendjemand dem Namen doch noch irgendwann auf die Spur käme und ihrer Liebe doch noch eine Existenzberechtigung verleihen würde.

Annetje hatte sich, vielleicht mit gutem Grund, Doktor Knip verpflichtet gefühlt und diese Wochenpflege anständigerweise nicht ablehnen können. Egal, wie weit sie dafür reisen musste und wie wenig sie dort inzwischen zu suchen gehabt hatte.

In Holwerd half sie einem dickbäuchigen Bürschchen auf die Welt, das von Schwager Jacob folgendermaßen porträtiert wurde:

Schwester Ann, die hört mich rufen:
Annetje, ich muss mal pupen
Igitt ist das und riechen tu ich's auch
Dazu sieht man es an meinem Bauch.

Meine Exkursion nach Zweelo hatte jetzt doch einige Struktur in das Material aus dem Jahr 1917 gebracht. Ich nahm das Fotoalbum und die diversen Dokumente noch mal dazu und konnte das Kapitel mit einer Anzahl neuer Erkenntnisse abschließen:

In Zweelo ist Annetje glücklich, hinterm Stuhl der alten Dame stehend, den Blick in die Ferne gerichtet.

In Sleen ist sie ruhig und zufrieden, in ihrem Korbsessel, Tee trinkend mit der Frau des Bürgermeisters.

Die Traurigkeit schlägt in Bussum zu, wo sie im Sommer 1917 den x-ten Neugeborenen mit sichtbarer Mühe auf dem Arm hält. In Ede sitzt sie mager und kümmerlich neben einer Wiege. In Holwerd, Mai 1918, hinter der strahlenden Frau Knip und ihrem lächelnden ersten Knirps. Es ist etwas schiefgegangen. Was das war, darüber gibt die Biografie von Piet Oud ein paar Hinweise.

Im April legt Piet Oud sein juristisches

Staatsexamen ab. Im selben Monat wird er als Kandidat für die Volksvertretung aufgestellt.

Am 14. Mai – dem Tag vor Annetjes Bewerbung bei der Arnheimer Agentur – hält er einen Vortrag in Den Helder.

Am 17. Mai wird er als Abgeordneter ins Parlament, die *Tweede Kamer*, gewählt.

Mitte Juli – er ist mittlerweile nach Den Haag umgezogen – promoviert P. J. Oud zum Doktor der Rechte – während Annetje eine Wochenpflege in Bussum macht.

Es sieht ganz danach aus, als ob Annetje im März 1917, zum Zeitpunkt ihrer ›plötzlichen Abreise‹, bereits geahnt hätte, dass ihre Liebe zum Scheitern verurteilt war. Dass Piet Ouds Karriere sich nicht mehr mit ihrem Verhältnis vereinbaren ließ. Dass sie bei seinem Höhenflug nie würde mithalten können – nicht als Geliebte, nicht als Frau, und schon gar nicht als Mutter seines Kindes.

Nach dem Verzicht auf ihren Sohn musste sie jetzt auch auf den Mann verzichten – und zwar endgültig.

Wie Piet Oud den Abschied von seiner Geliebten erlebt hat, das lässt sich nur mutmaßen. Das einzige Foto aus dieser Periode, ausgegraben aus einer seiner Biografien, wurde während des Promotionsdiners gemacht, im Juli

1917. Er sitzt neben seiner Ehefrau, umringt von Freunden und Verwandten. Das Glas neben seinem Teller ist voll. Seine Miene ist gespannt und düster – auffallend bei einem so festlichen Anlass. Die Vermutung liegt nahe, dass auch während dieses Diners seine Gedanken immer noch um Annetje kreisten.

1919: Der Wendepunkt

Nach dem Intermezzo in Holwerd nahmen Annetjes Engagements drastisch ab. Es kam noch Ede, es folgte noch Sloten. Im August 1918 schickte die Wöchnerin von Sloten – anscheinend eine gute Bekannte im Hause Vlek – einen liebevollen Brief an Veras Adresse, adressiert an ›Tanneke‹, wie sie Annetje nannte.

Und wie geht es Dir, Tanneke? Ich habe Dich die ersten Tage doch sehr vermisst und hätte Dich am liebsten zurückgerufen. Wann kommst Du wieder? Noch einmal herzlichen Dank für die Becher. Wie geht es Vera? Hat sie sich wieder erholt? Waren die Jungs froh, dass Du wieder da warst und rackert ihr euch jetzt zusammen im Haushalt ab?

Annetje war in jenen Wochen also zu Hause bei Vera, die krank war.

Was konnte Vera gefehlt haben, fragte ich mich. Tante Tini zufolge war es erneut das

Nierenleiden gewesen, an dem Vera auch schon zur Zeit um Robs Geburt gelitten hatte, 1914, und wieder bei der von Piet, anderthalb Jahre später. Auf den Aufnahmen nach Piets Geburt steht Vera freilich stolz und schlank mit dem neuen Baby im Arm da. Ihre Miene ist ausgeglichen und ruhig. Die Schlussfolgerung liegt denn auch nahe, dass die beiden Schwestern den zweiten Anfall des Nierenleidens im Jahre 1915 nur vorgetäuscht hatten, um so die Vorkehrungen zu Piets Geburt besser verschleiern zu können. Dafür erwischte es Vera 1918 aber erneut.

Das Nikolausfest von 1918 scheint reichlich dokumentiert. Neben dem vorher erwähnten lustigen Album von Schwager Jacob gab es noch ein Gruppenfoto mit der Unterschrift *Nikolaus 1918* und einen Brief vom 5. Dezember.

Auf dem Foto sitzt Vera in einem Lehnstuhl neben einem Stapel noch nicht ausgepackter Geschenke, Jacob festlich an ihrer Seite. Die Geschwister Jan und Rob stehen etwas belämmert vor einem als Nikolaus verkleideten Nachbarn. Der kleine Piet sitzt auf dem Schoß seiner ›Tante‹ Ann, deren Gesichtsausdruck ziemlich unglücklich wirkt.

Der Nikolausbrief war wieder von der anhänglichen Mutter aus Sloten:

Liebstes Tanneke! Was war ich glücklich, endlich von Dir zu hören. Wie schade, dass ihr wieder so eine schlechte Zeit gehabt habt. Ich hoffe, es geht jetzt besser und Du kannst wieder arbeiten. Ich hoffe sehr, dass Du mal vorbeikommst, um zu sehen, wie unser Kindchen gewachsen ist. Es ist ein herrliches Püppchen. So gesund und rund und mollig und lacht den ganzen Tag …

Also hatte auch Annetje gekränkelt.

Die Frage drängt sich auf, wie die Stimmung im Hause Vlek gewesen sein mag, mit den zwei kranken Kapitänen auf *einem* Schiff. Wie hat wohl Vater Jacob zu seinem Kuckucksjungen gestanden? Und wie hat ihm der Dauerbesuch seiner Schwägerin gefallen? Es kann beinahe nicht anders sein: diese Situation muss zu Problemen geführt haben.

So brach das Jahr 1919 an. Mitte März versorgte Annetje noch einen Beppie in Gouda. Und sie bekam einen Brief nachgeschickt, vom Vater ihres ehemaligen Geliebten, der anfragte, ob sie seine Ehefrau pflegen könne, die »schwer überspannt« sei.

Aber bevor ich mich mit dieser Wendung in Annetjes Leben beschäftigen konnte, musste ich erst mal erkunden, wie es dem alten Oud und seiner Frau inzwischen ergangen war.

Anfang 1916 – als Annetje ihre Ausbildung als Wochenpflegerin abschloss (und den falschen Geburtsschein für ›Willem‹ ausfüllte) – zog H. C. Oud überraschend um, in den Middenweg in De Meer. Sein Wegzug wurde im *Purmerend'sche Courant* ausführlich gewürdigt, da H. C. Oud damit auch sämtliche Ämter und Ehrenämter ablegte. Ein Grund für den überraschenden Umzug wird aber nirgends genannt. Seine Enkelin Diny – die Tochter von H. C.s jüngstem Sohn Gerrit – meinte, das günstigere Steuerklima in Amsterdam könne den Ausschlag gegeben haben. Ich halte es aber auch für denkbar, dass der Alte einen Skandal um seinen Sohn Piet fürchtete.

De Meer war damals noch eine selbstständige Gemeinde, die Amsterdam erst 1920 eingemeindet wurde. Von der Stadt aus musste man über eine schmale Zug- oder Klappbrücke gehen, um von der Linnaeusstraat in den neuen Stadtteil zu gelangen. Links war dann das Gericht, rechts das Zollhaus, wo Fahrzeuge bezahlen mussten, um nach De Meer hineinfahren zu dürfen. Der Middenweg war noch eine breite Allee mit jungen Bäumen und Vorgärten vor den Häusern. Die dampfbetriebene Tram, im Volksmund ›Gooise moordenaar‹ genannt, hielt direkt vor Ouds neuem Haus. Sie zog viele Blicke auf sich, genau wie die ersten Automobile.

H. C. Oud lebte sich in seiner neuen Umgebung schnell ein. Er betrieb sein Wertpapier- und Maklerbüro von Zuhause aus, besuchte die Börse, knüpfte neue Kontakte, trank sein Gläschen in seinem Stammlokal oder auf einer der Terrassen. Es gefiel ihm bestens in De Meer, Diny zufolge. Doch bei seiner Frau war das anders.

Der plötzliche Entschluss ihres Ehemanns, von Purmerend wegzuziehen, traf sie völlig unvorbereitet. Mit zweiundfünfzig war sie mit einem Schlag von ihrer vertrauten Umgebung abgeschnitten, von ihren Freundinnen, dem Laden in der Peperstraat, wo alle vorbeikamen. Sie fühlte sich entwurzelt. Ihr fehlte die Flexibilität ihres Mannes, die Leichtigkeit, mit der er, wo er auch war, neue Kontakte zu knüpfen vermochte. Während er fröhlich ausging, saß sie allein zu Hause, kannte niemanden in der Gegend und fand keinen Anschluss. Die Ausflüge, die H. C. Oud organisierte, zu den Gartenwirtschaften am Ringvaart oder zum Café

Oost-Indië, wo es sogar Theaterdarbietungen gab, vermochten ihren wachsenden Trübsinn nicht aufzuhellen.

Die Depression, in welche Neeltje versank, schrieb Diny dann auch, ohne zu zögern, diesem unglücklichen Umzug zu. »Meine Oma war überspannt. So nannte man das damals, wenn jemand unglücklich war.«

Dazu kamen noch die gesellschaftliche Unruhe und die ständige Kriegsdrohung. Ihren Sohn Piet sah sie selten. Als dieser in Amsterdam war, war er mit seinem Abschlussexamen beschäftigt, danach mit der Promotion. Er musste jedes Mal zurück nach Overijssel, um Frau und Kind zu sehen, hielt Vorträge hier und dort im Land und hatte gute Chancen, bei der anstehenden Parlamentswahl gewählt zu werden.

Der zweite Sohn hatte als angehender Architekt Häuser und andere Gebäude in Arbeit und reiste oft ins Ausland. Auch sein Stern war im Aufsteigen begriffen. Auch er besuchte seine Mutter nur selten. Nur der Jüngste, Gerrit – Dinys Vater –, wohnte noch zu Hause.

Auf dem Foto von Piets Promotionsdiner im Juli 1917 sitzt Neeltje Oud noch recht munter dabei: eine kleine, graue Dame mit einem lieben Lächeln. Ihr Ehemann, in Weste und

Schnauzbart, steht galant hinter ihrem Stuhl.
Und doch war Neeltje Oud im Jahr 1918 wegen ›Nervenspannung‹ in einem Sanatorium in
Bloemendaal aufgenommen worden. Sie erholte sich. Und kam zurück. Doch Anfang 1919
sah es wieder sehr schlecht aus.

Die junge Krankenschwester Annetje mit
der fatalen Beziehung zu seinem Sohn musste
der alte Oud in den vergangenen vier Jahren
aus den Augen verloren haben. Er wird nicht
gewusst haben, ob der Bruch mit Piet wirklich
endgültig war. Trotzdem dürfte er neugierig
gewesen sein, was aus ihr geworden sein mochte. Jetzt fiel sie ihm wieder ein, als ideale Pflegerin für seine Frau.

Aber Annetje lehnte ab, und Oud schrieb
seine bekannte Antwort: »Ich gedenke daher
weiterhin Ihrer, aber womöglich sind Sie für
längere Zeit in Dienst und es wird keine Gelegenheit geben.«

DIES WAR DER ANFANG VON ALLEM,
lautet Annetjes Kommentar auf dem Umschlag, und sie fährt fort: *Ich glaube, ich lehnte aus einer Art Vorahnung ab. Als Frau Oud
freilich versuchte, sich das Leben zu nehmen,
und ich danach gerufen wurde, dachte ich,
dass es bei dem körperlichen Wrack, das sie*

war, nur für ein paar wenige Tage wäre, au-
ßerdem pflegte ich sie im Bürgerkranken-
haus.

Eine Vorahnung. Aber was für eine Vorahnung? Es scheint plausibel, dass auch Annetjes
schlechtes Gewissen eine gewisse Rolle gespielt
hat. Sie hatte Angst, dem alten Oud unter die
Augen zu treten.

Diny konnte auf den Selbstmordversuch ihrer Oma übrigens noch einiges Licht werfen.
Ihr Vater Gerrit, damals dreiundzwanzig, hatte
an jenem Nachmittag bei der Heimkehr von
der Arbeit einen Krankenwagen vor der Haustür vorgefunden. Wie es schien, war seine Mutter auf der Rückseite des Hauses vom zweiten
Stock aus dem Fenster gesprungen und musste,
schwerverletzt, ins nahe gelegene Bürgerkrankenhaus gebracht werden. Man fürchtete um
ihr Leben.

Der alte Oud hatte noch mal eine Bitte an
Annetje gerichtet, und diesmal wagte sie nicht
abzulehnen. So hat sie wohl im Krankenhaus
als Privatschwester gearbeitet – möglicherweise intern, um rund um die Uhr erreichbar zu
sein: *Außerdem pflegte ich sie im Bürgerkran-*
kenhaus. Damals konnte man offenbar noch
seine eigene Krankenschwester anstellen. Wäh-

rend der Pflege ist sie bestimmt auch häufig im nahe gelegenen Middenweg gewesen. Jedenfalls oft genug, um sich in kürzester Zeit unersetzlich zu machen.

Sie wollte trotzdem noch weg. Eine Pflegeanfrage von einer Frau Kleijmans aus Arnheim, datiert vom 29. Mai 1919, bewahrte sie als ›Beweis‹ auf. Der Umschlag trug Annetjes Kommentar: *Das Datum erzählt die Wahrheit. Eine Pflege, die ich annahm, um aus Amsterdam wegzukommen ...*

Am 21. Juni war sie tatsächlich bei Vera in Arnheim. Sie wird dort ihre neue Patientin kennengelernt und die Einzelheiten der Wochenpflege verabredet haben. Ihr Kommentar zu einem Hilferuf von Oud, vom 26. Juni: *Dies war ein Brief, als ich fortgegangen war, aus Furcht vor meinen eigenen Gefühlen, die ich selber ablehnte und vor denen ich Angst hatte ...*

Diese ›eigenen Gefühle‹ müssen sehr komplex gewesen sein. Sie werden dem Vater gegolten haben, aber auch dem Sohn. Womöglich hatte sie Angst vor zu großer Vertraulichkeit, Angst, dass die Wahrheit ans Licht kommen könnte. Die materielle Geborgenheit aber, die der alte Oud ihr bieten konnte, wird in ihrer Lage sicher eine Versuchung dargestellt haben.

Für den alten Oud dürften die Pflege und die Bequemlichkeit, die Annetje ihrerseits ihm bieten konnte, schwer gewogen haben. Doch sein wiederholtes Drängen hatte möglicherweise noch einen anderen Grund. Vielleicht hatten während der Pflegezeit vertrauliche Gespräche stattgefunden. Und er hatte den Braten gerochen, hatte aus Annetjes Gemütszustand, ihren Äußerungen, vielleicht aus ihrer Niedergeschlagenheit geschlossen, dass die Liebe zu seinem Sohn noch nicht gänzlich erloschen war. Und vielleicht hat er gedacht, dass er sie besser im Auge behalten sollte. Als Wochenpflegerin kam sie ja in den besten Kreisen herum. Ein falsches Wort von ihr konnte auch jetzt noch viel Schaden anrichten, gerade jetzt, wo sich Piets Karriere optimal in die erwünschte Richtung entwickelte.

Bei all ihrer Zurückhaltung gegenüber seinen Annäherungsversuchen war Annetje doch ambivalent in ihren Signalen dem alten Oud gegenüber. Den Sohn Gerrit hatte sie inzwischen völlig in der Hand. Der liebäugelte zu der Zeit gerade mit einem Motorrad und hatte in ihr eine Fürsprecherin gefunden, die sich für ihn, anscheinend mit Erfolg, bei seinem Vater verwandte.

Am 3. Juli 1919 schrieb er ihr aus De Meer:

Liebe Ann, bereits einige Male durfte ich aus Deinen Briefen an Papa Deine Grüße empfangen und habe zu meiner Schande bis jetzt noch nichts von mir hören lassen. Ich denke, dass Pa durch Deine Vermittlung schon ein bisschen anders denkt bezüglich eines Motorrads! Ich hoffe natürlich, Dich in erster Linie wegen Mutter, aber auch wegen uns, bald wieder in unserer Mitte zu sehen. Mit Blick auf Dein Kommen werden die Pralinen schon eingelagert und der Kaffee aufgebrüht… Es wird für Papa ein Vergnügen sein, nach Arnheim zu kommen, doch dann immer mit der Erwartung, dass er Dich mit nach Hause nehmen kann. Gerrit.

Es musste zwischen der ›lieben Ann‹ und seinem Vater auch schon etwas vorgefallen sein. Denn der alte Oud fügte selber noch hinzu:

An meine liebe Ann noch einen Nachtgruß – als Fortsetzung des Briefes von Gerrit. Schade, dass ich das Licht am Eingang nicht kurz mal für Dich hochdrehen kann, das würde mir *so* gut tun.
Heute Abend ist mir wieder wohler zumute – dank Deiner frohen Botschaft. Der neue Erdenbürger geht mit Deiner Hilfe und Pfle-

ge gewiss einer schönen Zukunft entgegen. Alle, die unter Deine Leitung geraten, fühlen den wohltätigen Einfluss Deiner schönen und klugen Lebensweisheit. Nun, liebe Ann, schlafe gut und träume mal vom Middenweg und den Bewohnern von Nr. 36. Ob unsere Gedanken bei Dir sind? Darauf ist keine Antwort nötig. Mit allem Guten und vielen herzlichen Grüßen. Dein H. C. Oud

Das Licht für Dich hochdrehen. War das ein intimer Augenblick gewesen im Bürgerkrankenhaus, wo die schwerverletzte Frau Oud damals lag? Wahrscheinlicher scheint mir eine Annäherung zu Hause bei Oud, im Middenweg. Es hatte stark den Anschein, als hätte Oud ihr Avancen gemacht und als hätte Annetje ihm womöglich nachgegeben.

Währenddessen absolvierte sie ihre Wochenpflege bei Frau Kleijmans in Arnheim, wie das Kärtchen mit ihrem Honorar beweist, das sie aufgehoben hatte: *Für Pflegeleistungen vom 26. Juni bis 27. Juli = 32 Tage à f 4.–, insg. f 138.– inklusive Waschgeld.*

Ich konnte mir allmählich vorstellen, was in diesem Sommer 1919 geschehen war: In den Wochen ihres Pflegeeinsatzes in Arnheim pen-

delt Annetje zwischen der Pflegestelle am Bo-
thaplein und Veras Wohnung auf der anderen
Seite des Sonsbeek-Parks. Dort empfängt sie
H. C. Ouds diverse Hilferufe, dass sie doch bitte nach Amsterdam zurückkehren möge. Dort
will er sie irgendwann selber besuchen. Wie
wird Annetje diesem gefürchteten, vielleicht
ersehnten, auf jeden Fall entscheidenden Besuch entgegengeblickt haben?

Sie ist jetzt fast einunddreißig. Die Hoffnung auf eine eigene Familie scheint verflogen.
Es ist auch zu bezweifeln, dass sie noch Kinder
gebären kann, nach dem Gepfusche in den ersten Monaten ihrer Schwangerschaft.

H. C. Oud ist achtundfünfzig. Er ist verheiratet, wenn auch mit einer Nervenpatientin. Er
ist auch der Vater ihres Geliebten.

Jetzt, da der Sohn für sie verloren ist, macht
ihr der Vater den Hof. Sie erschauert, ist aber
auch geschmeichelt. Wird sie je noch einmal so
eine Gelegenheit in ihrem Leben bekommen –
Sicherheit, Wohlstand, ein Luxusleben, ein
hübsches Zuhause? Aber was ist mit Piet Oud,
denkt Annetje dann angstvoll. Was wird der
von dieser Entwicklung halten?

Sie überlegt, während der Mühsal und Küm-
mernis ihrer Arbeit. Sie bespricht sich mit Vera.
Die Alternative liegt auf der Hand. Annetje

wird notgedrungen weiter von einem Pflege-
auftrag zum anderen ziehen und in der Zwischenzeit bei Vera zu Gast sein, solange es geht.
Und solange sie dieses Leben aushalten kann.

Vera wird sicherlich die Aussicht auf einen
sicheren Hafen für ihre Schwester für überle-
genswert befunden haben, wenn sie sie nicht
schon rundheraus begrüßt hatte. Annetjes
zwiespältige Rolle in ihrer Familie dürfte un-
vermeidlich zu Problemen geführt haben –
zwischen Vera und ihrem Mann, zwischen den
Eltern und den Kindern, aber vielleicht auch
zwischen den Schwestern untereinander.

Dazu kommt die finanzielle Lage. Die Fabrik macht eine schwierige Zeit durch. Die Erweiterung, die jetzt nötig wäre, erfordert In-
vestitionen, die sich Jacob nicht leisten kann.
Sollte der reiche alte Oud nicht auch hier Abhilfe schaffen können? In diesem Sinne berat-
schlagen die Schwestern, jetzt, da H. C. nach
Arnheim kommen will, um Annetje mit nach
Amsterdam zu nehmen, sobald das Kind der
Familie Kleijmans sie nicht mehr braucht.

Am 26. Juni 1919 schreibt er Annetje noch
einmal, ›wie bedauerlich doch Deine Abreise
war – und wie Du in unserer Wohnung vermisst wirst‹. Der Brief schließt mit einem PS
von Piet Oud.

Der Zusatz ist reichlich förmlich für einen früheren Nachbarn, und für einen Exgeliebten erst recht. Aber natürlich gilt noch immer, dass kein geschriebenes Wort ihre frühere Beziehung verraten darf.

Annetje liest zwischen den Zeilen.

Verehrte Schwester Beets, gerne füge ich meine herzlichen Grüße denen meines Vaters hinzu und danke Ihnen sehr für die Art und Weise, mit der Sie ihm in diesen trüben Tagen das Leben angenehmer gemacht haben. Ich bin zwar erst seit einer halben Stunde hier im Hause, doch hatte ich bereits alle Gelegenheit, festzustellen, wie sehr Sie hier vermisst werden. Ich bin daher so dreist, dem Drängen meines Vaters mein eigenes hinzuzufügen und Sie zu fragen, ob es nicht möglich ist, dass Sie Ihre jetzige Pflegeverpflichtung einer anderen Person übertragen und wieder hierherkommen. Es ist vielleicht sehr viel verlangt, doch gebe ich Ihnen die Versicherung, dass Sie hiermit nicht nur meinem Vater, sondern auch uns allen einen sehr großen Gefallen täten.

Das wiegt schwer für Annetje. Piet Oud selber drängt auf ihre Rückkehr.

Aber das letzte und größte Problem ist der kleine Junge, ihr Sohn. Wenn sie mit offenen Karten spielt, es darauf ankommen lässt – wie würde der alte Oud dann reagieren? Und wenn er es einmal weiß, wie können sie es dann Piet gegenüber noch weiter verheimlichen?

Andererseits: Länger zu schweigen lässt sich auch nicht mehr durchhalten. Es ist vielleicht auch nicht klug. Ein reicher Gönner könnte ja in mehrfacher Hinsicht ein Ausweg sein.

Am 10. Juli 1919 kommt der alte Oud schließlich nach Arnheim. Er wird mit offenen Armen empfangen – Veras Gastfreundlichkeit ist sprichwörtlich, und jetzt zieht sie alle Register.

Annetje lässt sich noch nicht blicken, sie hat sich hinter der Tür des Vestibüls vesteckt. Das Herz klopft ihr bis zum Hals. Sie hört, wie der alte Oud ihren Schwager begrüßt, den er seit Jahren nicht mehr gesehen hat. Sie hört ihn Veras Ältesten loben. Von der Türöffnung aus sieht sie, wie er auf den dritten Sohn zugeht, den kleinen Piet. Er hält im Schritt inne. Er guckt überrascht. Noch ein Sohn? Noch so jung? Wie alt ist er, fragt er. Vier Jahre? Annetje sicht ihn denken: also 1915 geboren – dem Jahr von Annetjes Schwangerschaft. Von einer Schwangerschaft ihrer Schwester hatte sie nichts erzählt.

Der alte Oud ist nicht dumm. Der Junge sieht Vera nicht ähnlich. Und Jacob schon gar nicht. Er ist Annetje wie aus dem Gesicht geschnitten. Gott sei Dank nicht seinem ältesten Sohn.

Der alte Oud setzt sich, perplex.

Vera hebt den Kleinen hoch, setzt ihn seinem Großvater auf den Schoß, und da sitzt H. C. Oud – sprachlos. Er hat seinen Enkel auf dem Arm. Und er ist nicht aus Stein.

Erst als Annetje von der Türöffnung aus seine Verwirrung bemerkt, als sie sieht, wie sein Mund zittert, ihm Tränen in die Augen schießen, macht sie ihr Entree in das Zimmer, bleich, ernst, mit schwarzen Augen. Sie gibt ihm Zeit, sich zu fassen.

Dann geht sie auf ihn zu und fällt ihm um den Hals. H. C. Oud schmilzt. Er gibt nach. Die Schwestern können aufatmen. Zwei Tage nach seinem Besuch, am 12. Juli, schreibt H. C. Oud an Annetje:

Zustand meiner Frau traurig. Möchte auch Schwester Vera noch einmal danken – die Woche hat mir ordentlich gut getan – sie ist ja auch so herzlich, genau wie unsere liebe Ann. Ich hoffe, irgendwann eine Entschädigung leisten zu können für ihre großherzige Gastfreundlichkeit.

Die ›Entschädigung‹ für Veras Gastfreundlichkeit fällt ausnehmend großzügig aus. Das Jahr
1919 läutet für Veras Familie und Jacobs Fabrik eine glückliche Periode ein. Sogar so sehr,
dass es Befremden bei Frau Kleijmans, der jungen Wöchnerin weckt, auf der anderen Seite
vom Sonsbeek-Park. Sie schreibt im Oktober
an Annetje, als diese schon längst bei Oud im
Middenweg ist:

Es war schon eine große Enttäuschung für
uns, dass Du am Sonntag nicht kamst, ob-
gleich wir uns auch gesorgt haben, als es
gleich am Morgen so heftig zu regnen begann. Es ist ja auch eine beschwerliche Reise, von De Meer zu uns zu kommen. Böse
waren wir natürlich nicht, dass wir Dich so
lange nicht gesehen haben, es war bloß einfach nicht schön. Und jetzt mit Vera. Von
böse sein ist auch hier keine Rede. Ich hatte
nur das höchst unangenehme Gefühl, dass
ich mich ihnen zu sehr aufdrängte. Als ich
im September wieder zu Hause war, sollte
Vera am Sonnabendnachmittag kommen.
Jacob kam dann an ihrer Stelle, um zu sagen,
dass Vera unpässlich sei und nicht kommen
könne. Ich eilte in der Meinung, sie im Bett
vorzufinden, zu ihr und fand statt einer

Kranken eine festlich gekleidete Vera, die gerade mit Gästen dinierte. Ich machte mich natürlich völlig unmöglich und war ziemlich wütend. (...)
Der Höhenflug, den Veras Wohlstand und Haushalt genommen haben, schüchtern mich ein bisschen ein. Aber von böse sein keine Rede! Bitte beruhige Vera vollkommen in diesem Punkt. Wie bedauerlich für die Frau Oud, dass es sich bei ihr nicht bessert. Richte vor allem unsere herzlichen Grüße an Herrn Oud aus.

Frau Ouds Zustand bessert sich in der Tat nicht. Nach einem langen Aufenthalt in der Valeriusklinik wird sie Ende 1919 in die psychiatrische Klinik Meerenberg in Santpoort verlegt. Vera, die inzwischen mehrmals im Middenweg Hausgast gewesen ist und in Meerenberg ihr Diplom, das schwarze Kreuz, gemacht hat, wird vielleicht zu dieser Lösung gedrängt haben.

Neeltje Oud sollte bis zu ihrem Tod in der Klinik bleiben.

Ihre Enkelin Diny erinnert sich, dass sie ihre Oma dort als kleines Mädchen noch mit ihren Eltern besucht hat. »Die ersten beiden Jahre sprach sie kein Wort. Danach ging es wieder etwas bergauf. Sie nahm ihre Handarbeit auf, fing wieder an zu sprechen. Sie hatte ein sonniges, geräumiges Zimmer. Ich denke, sie hatte es da wirklich gut. Sie hatte ihre Mitpatientinnen und genoss die Familienbesuche. Sie ist nie mehr nach Hause gekommen. Nicht zum Middenweg, nein – und schon gar nicht zum Overtoom.« Annetje schien noch ein paar Briefe von Frau Oud aufgehoben zu haben, in denen diese ihr für die Geburtstagsgeschenke und verschiedene Aufmerksamkeiten dankte: Strickgarn, ein *Gedicht von einem Kleid*, Wollknäuel, um die sie gebeten hatte.

Mit der Verlegung der Kranken nach Meerenberg im Herbst 1919 war Annetjes Rolle als Pflegerin im Hause Oud streng genommen zu Ende. Aber sie übernahm bald eine neue Aufgabe: die einer Haushälterin.

Sie hatte sich schon daran gewöhnt. Bei Kosters Buchhandel in der Linnaeusstraat kaufte sie ein kartoniertes Schreibheft. Dort notierte sie Haushaltstipps: für das Säubern von Marmor (*mit warmem Salatöl*), das Entfernen von Kerzenwachs (*mit Löschpapier und einem erhitzten Messer, geht schneller als mit dem Bügeleisen!*) und von Rostflecken (*Reinigungssalz mit Wasser, oder erst reinen Alkohol, dann Zitronensäure, nach 10 Min. mit klarem Wasser spülen*). Außerdem Rezepte für Desserts wie Schokoladentrüffel und Marrons Glacés.

Es steht auch ein Gedicht darin, das sie aufgeschrieben haben muss und das wenig Zweifel an ihrem Gemütszustand zulässt:

Lied vom Verlangen

Der Tag, da wir zuletzt uns sahen
Und ich mein bittres Exil begann,
fühlt ich beim kühlen Abschiednehmen
Dass ich Dich nicht vergessen kann.

Dort bat ich: Denk nicht mehr an mich,
Tu, als hätt's mich nie gegeben,
Weil ich begriff: Es kränkt Dein' Stolz,
Zum Gruß auch nur die Hand zu heben.

Als Fremde sind wir dann geschieden,
Den Mund in Förmlichkeit gehüllt.
So blieb für alle Ewigkeit
Das Lied der Liebe unerfüllt …

Nun tastet, schwankender als je zuvor,
Im dunklen Labyrinth des Lebens meine
Hand.
So manchem ging die Seel' verloren
Weil sie – allein – das Ziel nicht fand.

Oft lieg' ich schlaflos in der Nacht,
Verstummt sind alle Laute um mich her,
Ich warte sehnsuchtsvoll auf Dich, Geliebter,
Und weiß ich doch, Du kommst nie mehr.

Der Overtoom in Amsterdam

Piet Oud dürfte kaum vorausgesehen haben, dass Annetje, nach ihrer Rückkehr als Pflegerin seiner Mutter, für das restliche Leben seines Vaters dessen Geliebte und Hausgenossin sein würde. Er dürfte anfangs nicht allzu begierig gewesen sein, seinen Vater aufzusuchen: *Als Fremde sind wir dann geschieden.* Es muss zu einer Abkühlung gekommen sein zwischen den früheren Geliebten, aber seit wann, wie lange, aus welchen Gründen, das lässt sich nicht mehr nachvollziehen.

Am Anfang – so stellte ich es mir vor – konnte Piet die Besuche bei seinem Vater noch eine Zeit lang so legen, dass Annetje gerade nicht da war, sondern bei Vera. Zu Nikolaus und Weihnachten 1919, zum Beispiel, wurde sie dort, beladen mit Päckchen, wie eine Göttin empfangen, das belegen diverse Dankesbezeugungen.

Auch zu Pfingsten 1920 war Annetje in Arnheim: Ihr Name prangt auf einer Menükarte des ›Pfingstessens 1920 im Hause Vlek‹.

Aber als Annetje Anfang 1920 offiziell mit

~ 198 ~

umgezogen war in Ouds neue Wohnung am
Overtoom, muss die Tragweite der Situation
auch zu Piet durchgedrungen sein.

Auf die Dauer war eine Konfrontation mit
seiner früheren Geliebten nicht mehr zu vermeiden. Die Beziehung dürfte sich allmählich
normalisiert haben: *Zum Glück konnten wir
das später voneinander begreifen.*

Das Strandfoto, *Scheveningen 1920*, zeigt
jedenfalls die Exgeliebten zusammen mit ihren nächsten Verwandten. Womöglich war das
Piets erste Begegnung mit seinem jüngsten
Sohn. Aber ob er schon früher über dessen
Existenz Bescheid gewusst hat, und falls ja,
seit wann; ob seine Liebe für Annetje teilweise
auch wegen dieser Entdeckung abgekühlt
war – es bleibt alles Spekulation. Es scheint –
erstaunlich genug – beinahe unmöglich, dass er
1919 noch immer ahnungslos war.

Ich besah mir das Strandfoto noch einmal
näher. Es musste von Jacob aufgenommen
worden sein, denn der fehlt auf dem Bild. Piets
Augen sind schwarze Löcher unter dem Schatten seines Sonnenhutes. Seine Schultern hängen herab, seine Hände ruhen resigniert auf
seinen Knien. Wenn ich ein Wort finden müsste für diese Körpersprache, dann wäre das
›Niedergeschlagenheit‹. Er ist inzwischen Par-

lamentsmitglied. Seine Exgeliebte ist mittlerweile die Partnerin seines Vaters. Sein kleiner Sohn Piet sitzt eingeklemmt zwischen seinem Vater und dessen Frau. Die Ironie der Situation ist komplett.

Doch sollte in den folgenden Jahren der Overtoom immer mehr das Zentrum des Oud'schen Familienlebens werden. Von nun an trafen sich die drei Söhne dort, mit ihren Familien; sie feierten dort Weihnachten und Nikolaus mit ihrem Vater und seiner Hausgefährtin. Enkel, Nichten und Neffen, aber auch Verwandtschaft von Annetjes Seite, kamen oft zu mehrtägigen Besuchen.

Piet und Rob Vlek verbrachten dort ihre Ferien, immer zusammen, immer gleich gekleidet.

Ob für Annetje ihr Leben am Overtoom immer ein Vergnügen war, mag bezweifelt werden.

In einem Brief von 1921 – kaum zwei Jahre nach Annetjes Entree bei Oud – antwortet die Leiterin der Arnheimer Agentur für Private Krankenpflege auf eine Bitte Annetjes um Papiere, die sie braucht: Sie will sich als Wochenpflegerin in Den Haag eintragen lassen.

Liebe Schwester Beets, es war keine Unfreundlichkeit von mir, dass ich Ihnen nicht gleich geantwortet habe. Ich war außerhalb der Stadt, als mich Ihr Schreiben erreichte, zusammen mit Ihren freundlichen Grüßen in Form der schönen Vase mit Blumen. Dafür danke ich Ihnen ganz herzlich. Was tut es mir leid, dass Sie uns so untreu geworden sind, aber es ging natürlich nicht anders. Ich werde Ihre Unterlagen nach Den Haag schicken, doch in dem Fall muss ich von Ihnen noch *f* 6 Beitrag für dieses Jahr erhalten. Ich lege Ihren Nachweis der Mitgliedschaft bei. Ich rechne übrigens fest damit, dass Sie mich aufsuchen, wenn Sie nach Arnheim kommen. Sind Sie die ganze Zeit bei der Fam. Oud gewesen? Ist die gnädige Frau genesen, wie ist es gegangen? Nun, Schwester Beets, ich wünsche Ihnen viel und schöne Arbeit in Den Haag. Sollte es Ihnen dort nicht gefallen, kommen Sie bitte nach Arnheim zurück, wo Sie immer willkommen sind. Mit freundl. Grüßen, Ihre ergebene L. I. van Ginkel van den Hoebe

In den ersten Jahren am Overtoom hat Annetje also durchaus noch Versuche unternommen, sich von Oud zu trennen und wieder ihren alten Beruf zu ergreifen. »Eine Zeit lang war es aus zwischen ihnen, das weiß ich noch gut«, bestätigte Diny. Doch zu einem Wegzug nach Den Haag kam es nie. Oud muss Annetje irgendwie überredet haben zu bleiben.

1923 bekam ihre jüngste Schwester Jopie ihr erstes Kind: Mary, meine Mutter. 1926 folgte ein Bruder, Wim. Ihre ›Tante Ann‹ empfing sie am Overtoom, wo die Kleinen auf ihrem Schoß thronen in dem schicken Interieur, zwischen Möbeln herumkrabbeln, die später in Vosseveld gelandet sind. Auf den Schnappschüssen ist sogar das Spielzeug zu erkennen, mit dem auch wir als Kinder gespielt haben: das Murmelspiel, das Mosaik aus Holz, der Baukasten, die inzwischen von vielen Lesern zerfledderten *Fahrten und Abenteuer des Herrn Steckelbein.*

Meine Mutter hat ihre Kindheitserinnerungen an das Haus am Overtoom einmal niedergeschrieben, etwa fünf Jahre nach Oma Annetjes Auszug aus Vosseveld. Es war ein Versuch, die Beziehung zwischen ihnen zu kitten, die durch die katastrophale Zeit des Zusammenlebens arg gelitten hatte. Meine Mutter war damals einundfünfzig. Oma Annetje hat ihr den liebevollen Bericht kommentarlos zurückgegeben.

Ich weiß noch, wie tief das meine Mutter damals verletzt hat.

Eine Handvoll Notizen, Erinnerungen an die liebste Tante der Welt, niedergeschrieben von ihrer Nichte Mary im Jahr 1974

Unvergessliche Feste waren die Besuche am Overtoom. Das Gästezimmer oben vorne mit dem großen Doppelbett, das geheimnisvolle Schwämmchen mit Mückenzeugs über dem Bett, an der Zugleine des Lichtschalters. Das Geräusch der ersten Schritte auf der Straße, wenn man aufwachte, das bald in ein anhaltendes Verkehrsgesumm überging. (...) Der Garten, die Gartenbank und die Stühle, der Weg aus Muschelsand, das steinerne Füchschen. Johan Braakensiek, der auf Besuch kam und sich meinen Zeichenblock ansah und mir Ratschläge gab, welche Bleistifte ich benutzen sollte. Das Billardspielen mit Onkel Oud. Das Fest der Teestunde. Der Sessel von Onkel Oud, in dem er sein Nickerchen hielt mit dem Hündchen Tim auf der Schulter; das Bild mit dem rauchenden Mann, der die Buchstaben OUD aus seiner Pfeife kringeln ließ. Das hatte Johan Braakensiek ihm geschenkt. Wim und ich hatten stundenlang zu tun mit einem Stapel *Humoristen*, später mit den gebundenen Jahrgängen von *Het Leven*. Das Glas ›Fosco‹, noch herrlicher als zu Hause, so wie alles, das man dort aß und trank. Das glatte Toilettenpapier in der Toilette oben, neben der noch ein Treppchen hinaufführte zur Bügelkammer – von der halben Treppe nach oben konnte man einfach so ins WC gucken! Der Lockenstab mit Heizung mittels ›Metawürfeln‹, wie sie, glaube ich, hießen, die Schränke mit den blauen Büchern der Oud'schen Jungs; der Baukasten mit den Steinklötzen und die kleinen Bleisoldaten! Und die Glastierchen mit den glänzenden Augen und den kupfernen Halsbändern. Der antike Schrank im Vorderzimmer, wo unerschöpfliche Mengen Schokoladenriegel und andere Köstlichkeiten drin waren, die Vitrinen, in einer davon der Schwan, modelliert von Diny, die ich nicht kannte, aber heftig beneidete, ebenso wie Hans Oud. SIE waren wirklich Verwandte von Onkel Oud. Das Foto von Onkel Oud mit einem ziemlich langhaarigen Hans, den ich anfangs für ein Mädchen hielt, was war ich eifersüchtig, ich wollte auch so ein Foto von Onkel Oud mit MIR!! Die Atmosphäre in diesem Haus ist ein Teil meines Wesens geworden. Die Gipsskulptur von dem Mädchen mit Hut unter der Treppe; das kleine Gemälde von der Birkenallee von

204

Nachbar Christiaan Mansborg, das ich so schön fand; das Porträt oben im Schlafzimmer von Frau Oud, große dunkle Augen, hübsches Gesicht. Und das Telefon auf dem Nachttisch. Onkel Oud, der uns zu einem Süßigkeitenladen mitnahm – ich wollte *Drop* (Lakritze), aber Onkel Oud sagte *Drops* (Drops), also bekam ich ›Frujetta‹, wie die damals hießen, ich traute mich natürlich nichts zu sagen. Die Großzügigkeit von Ann, von Onkel Oud, das gab einem das Gefühl, als wäre alles möglich, das Leben war ein einziges langes Fest.

Mit dem, was ich inzwischen über die Overtoomer Connection in Erfahrung gebracht hatte, gab mir Marys Bericht auch zu denken. Das Gemälde von Nachbar Mansborg? Oud und mein Großvater hatten sich also gekannt, in den zwanziger Jahren. Aber dann mussten Annetje und Pij, meine ›Oma Overtoom‹, sich auch gekannt haben, das war nicht anders möglich. Und Annetje musste auch Lepel, meinen Vater, schon gekannt haben, als der noch ein Kind war. Ich überprüfte, in welchem Jahr die Familie Mansborg in das Nachbarhaus eingezogen war. Schon 1922, ein Jahr nach Lepels Geburt. Wenn das Haus ein solches Paradies für Kinder gewesen war, dann wäre der Nachbarsjunge sicher auch hin und wieder dort erschienen. Annetje hätte sich, wie ich sie kannte, so einen kleinen Jungen in der Nähe sicher nicht entgehen lassen.

Ich fragte meinen Vater noch einmal danach. »Gut möglich, aber ...«, begann er, und dann passierte etwas, der Hund bellte oder es wurde geklingelt, jedenfalls wurden wir abgelenkt, wodurch ich vergaß, meine Frage zu wiederholen.

Aber ich ließ nicht locker. Hans Oud, der Junge mit den langen Haaren, den meine Mutter erwähnte und auf den sie so eifersüchtig war, musste der Sohn des mittleren Bruders (Architekt J. J. P. Oud, Ko für Eingeweihte) und seiner Frau Lous, Oma Annetjes treuer Freundin, gewesen sein, von der ich so viele Briefe gefunden hatte. Es gelang mir, diesen Hans Oud aufzuspüren. Er war inzwischen um die siebzig. Ich schaffte es, ihn zum alten Haus am Overtoom zu lotsen, und der gegenwärtige Bewohner ließ uns dort ungestört eine Runde machen.

Hans Oud kannte das Haus noch wie seine Westentasche. Er war als kleiner Junge häufig und lange bei seinem Großvater und dessen Hausgenossin gewesen, wenn seine Mutter ihren Mann auf dessen Auslandsreisen begleitete. Hans konnte mir noch die Bolzen zeigen, mit denen der Tresor seines Opas auf dem Boden befestigt gewesen war. Er zeigte mir das Schlafzimmer auf der Vorderseite, wo meine Mutter Mary immer logiert hatte, und das Zimmer hinten, wo ein französisches Bett gestanden hatte, wie er behauptete. Er bestätigte, dass darüber in der Tat ein Porträt seiner Oma gehangen hatte. Er zeigte mir, wo der Nachttisch mit dem Telefon gestanden hatte; erzählte, wie sein Opa es morgens immer mit nach unten genommen hatte, um sich, eine feste Gewohnheit, telefonisch über die Börsenkurse zu unterrichten. Hans Oud zeigte mir auch das ›Opkamertje‹, das Zimmerchen im Halbgeschoss, das Mary erwähnte, mit dem Fenster zur Treppe, von wo man immer noch ins WC schauen konnte.

»Anns Zimmer«, sagte er munter. »Das war ihr Zimmer. Hier schlief sie.«

Das Zimmer war winzig. Es hatte drei Türen: eine zur Treppe, eine zum Flur und eine zu Ouds Schlafzimmer.

»Ich habe sie schon mal beim alten Baas gesehen, morgens, in ihrem Nachthemd. Ja! Ich hab sie sogar mal nackt gesehen, am Waschbecken. Aber das lief *undercover*. Sie blieb die

Haushälterin. Hier stand ihr Sofa. Darauf hatte sie etliche von diesen langbeinigen Mädchenpuppen liegen. Ich hab damit, muss ich zu meiner Schande gestehen, noch gespielt. Tja – es gab schon so ein paar Gerüchte in der Familie. Meine selige Mutter, Lous, wusste sicher Bescheid. Und ja, als dann Oma erst mal gestorben war, im Jahr 1932, hat Opa schon mal vorsichtig bei meinem Vater und meinen Onkeln vorgefühlt, ob er jetzt nicht mal Ann heiraten sollte. Mein Onkel Piet hat damals gesagt: Wenn du das tust, dann siehst du mich hier nie wieder.«

Also hatte Annetje auch am Overtoom ein Doppelleben geführt. Wie bei Vera. Für Vera und die Jungs und für Mary und ihren Bruder war sie die gefeierte, reiche Tante gewesen. Für die Ouds allerdings nicht mehr als eine etwas dubiose Haushälterin, von der einige noch wussten, dass sie in grauer Vorzeit die verstorbene Frau des Hausherrn gepflegt hatte.

Hans erinnerte sich, dass sein Großvater seine Haushälterin bestimmt nicht immer rücksichtsvoll behandelt hatte. »Er kniff ihr schon mal in den Hintern. Oder er stopfte ihr ein Kerngehäuse in den Ausschnitt.«

Auch Hans Oud selber war als Knabe richtig scharf auf Annetje gewesen. »Es gab so eine

Art stillschweigendes Einverständnis«, sagte er. Und grinste. Ihm fiel etwas ein. »An ihren Brüsten hab ich viel Freude gehabt«, sagte er.

»Doch nicht im wörtlichen Sinn?«

»Ja. Doch. Sie hatte so etwas an sich, was sexuelle Bedürfnisse weckte. Sie hatte es faustdick hinter den Ohren. So als könnte ihr jeden Augenblick ein Hamster aus dem Ärmel gucken.«

Hans Oud kannte noch die Schwelle an der Tür zum Garten und bemerkte, dass die alte Treppe, wo in den zwanziger Jahren so viele sommerliche Schnappschüsse aufgenommen worden waren, inzwischen durch eine neue ersetzt worden war. Alle waren sie hier fotografiert worden: die drei Söhne der Vleks; Piet Oud, seine Frau und sein Sohn; Mary auf dem Schoß vom alten Oud; Annetje, die ihre dunklen Augen auf die Fotografen richtete: Jo Oud, den alten Oud und ihren ehemaligen Geliebten Piet Oud.

Die fröhlichen *Roaring Twenties*, wie *roaring* waren sie eigentlich für Annetje und ihre Familie?

1924 ereignete sich eine Katastrophe. Die Arnheimer Fayencenfabrik, die zum Teil dank Ouds finanzieller Unterstützung zu großer Blüte gelangt war, stand plötzlich vor dem

Bankrott. Die letzte Erweiterung, ein neues Ofengebäude, war unverantwortlich gewesen. Annetjes Schwager Jacob, dreiundvierzig Jahre alt, reiste nach London, um einen letzten Rettungsversuch zu unternehmen. Er sollte dort Geschäftsleute treffen, bezog ein Hotelzimmer. Von einem Treffen mit ihnen am 25. Mai 1924 kehrte er nicht zurück. Am Morgen des nächsten Tages wurde er in der Themse gefunden.

Sein Schwager, Annetjes Lieblingsbruder Han, der ihn auf der Londonreise begleitet hatte, musste den Leichnam identifizieren, der Polizei Rede und Antwort stehen und die Beerdigung regeln. Das Geld, um die sterblichen Überreste in die Niederlande zu überführen, war anscheinend nicht vorhanden. Jacob Vlek wurde in England bestattet. In Annetjes Papieren befand sich der herzzerreißende Brief, den ihr Bruder Han aus London geschrieben hatte. Die Todesursache erwähnte er nicht. Doch ein Satz, der mir besonders im Gedächtnis haften geblieben ist, lautete: »Gib auf Vera acht.«

Die offizielle Version der Familie behauptet, es wäre ein Raubmord gewesen. Obwohl Jacob doch gerade Geld nicht dabei gehabt hatte.

Dass man über die wahren Umstände aber durchaus im Bilde war, ergibt sich aus Lous'

∾ 210 ∾

Reaktion auf einen Brief von Annetje, wenige Wochen nach der Tragödie:

Was Du wieder über Vera geschrieben hast – ich finde es schrecklich für sie, dass jetzt alles so zusammenkommt, dass man gar nicht mehr anders kann als mitzuversinken in dem Jammer. Manchmal sieht man alles schon wieder heller, aber von den tatsächlichen Dingen kann man so schwer etwas vertuschen! Es ist furchtbar, und sie ist noch so jung. Es ist schrecklich, dass sie das jetzt alles ertragen muss und dass es so anders hätte sein können. Aber auch darüber darf man kein Urteil fällen – denn was wissen wir über das Elend, das Jacob mitmachte, jetzt, da es so weit mit ihm kam.

›Jetzt, da es so weit mit ihm kam.‹ Das deutete nicht auf einen Raubmord hin. Jacob hatte anscheinend keinen Ausweg mehr gesehen.

Er hatte keinerlei Vorkehrungen getroffen für die Familie, die er zurückließ. Vera musste so schnell wie möglich weg aus der Lawick van Pabststraat. Das Haus war zu kostspielig. Sie bezog mit ihren Jungen ein Haus auf einem größeren Grundstück gegenüber, wo sie eine Pension für wohlhabende Damen einrichtete.

Das Projekt kam nur mühsam in Gang. Es bedeutete viel Arbeit für Vera, Öfen heizen, kochen für viele, die Dienstmädchen auf Trab bringen.

Es ist bemerkenswert, dass Vera das größere Grundstück, wohin die Familie zog, trotz ihrer prekären Lage anscheinend doch hatte bezahlen können. Allein schon die ganze Einrichtung der zu vermietenden Zimmer, das Geschirr, die Öfen, die Betten und das Bettzeug müssen eine ordentliche Stange Geld gekostet haben, und die Pension würde nicht so bald etwas einbringen. Es war nicht anders erklärlich: Auch diesmal war der alte Oud der Familie zu Hilfe gekommen.

Wie angeschlagen dieser durch das Drama war, geht aus demselben Brief von Lous an Annetje hervor:

Fand Vater es neulich noch ein bisschen nett? Ich tat schon mein Bestes, und Ko tat auch, was er konnte, aber das war nur wenig. Es ging ihm miserabel. Er ging so niedergeschlagen weg, wie ein kleiner Junge …

Wie Annetje auf den Tod ihres Schwagers reagiert hat, scheint nirgends dokumentiert zu sein. Ebenso wenig wie Piet Ouds Reaktion auf die Ereignisse. Aber in einer Briefkarte vom September 1924 an seine frühere Geliebte, in der er sie einlud, gemeinsam den Prinsjesdag, die feierliche Parlamentseröffnung durch die Königin, zu verbringen, war schon ein neues Entgegenkommen zu spüren. Vielleicht war es ein Versuch, sie etwas aufzumuntern.

Liebe Ann, bereits seit langem habe ich Dir versprochen, Dir einmal die Gelegenheit zu geben, der Parlamentseröffnung im Rittersaal beizuwohnen. Letztes Jahr ging es nicht, weil ihr damals gerade auf Reisen wart. Solltest Du diesmal Lust haben (das Datum ist Dienstag, 16. September), dann steht die Karte zur Verfügung. Du kannst nach Wahl Dienstagmorgen aus Amsterdam kommen oder Montagabend und dann bei uns übernachten. Auf jeden Fall rechnen wir damit, dass Du, wenn Du kommst, Dienstag mit Kaffee und Essen unser Gast sein wirst, es sei denn, Du gehst lieber zu Deinen Eltern, was wir natürlich auch gut verstehen können.
Uns geht es allen gut, und wir hoffen, dass dies am Overtoom auch der Fall ist. Ich hatte bei Vaters Geburtstag noch einen wirklich anregenden Nachmittag bei euch verlebt. Der Zug hatte nur eine halbe Stunde Verspä-

tung; alle Trams waren schon weg, sodass ich
per Taxi nach Hause musste. Das war es mir
freilich wert für das gemütliche Stündchen,
das ich länger bleiben konnte. Viele Grüße an
Opa und Gerrit, auch von Jo und Hein,
Der Dir stets zugeneigte Piet

Annetje blieb beim alten Oud. Die Turbulen-
zen in ihrer Beziehung waren aus den Niko-
laus- und Geburtstagsgedichten abzulesen, die
Oud traditionsgetreu für sie niederschrieb.
Sein Gedicht zu ihrem achtunddreißigsten Geburtstag im Jahr 1926 schien auf ihre turbulen-
te Liebesbeziehung mit seinem Sohn anzuspielen, die ihr immer noch Probleme machte:

Ruf Vergangenes zurück nicht mehr
Lass sie ruh'n, die alte Zeit
Lern zu leben im Heut und Hier –
Ohne Reu' und Traurigkeit!
Ein jeder hat Erinnerungen, von denen er
nicht spricht, doch die in seiner Seele wei-
terleben, Gedanken, die das stärkste Herz
erweichen, einen Schleier vor die Augen ziehen –

H. C. Ouds Gedicht fiel dieses Jahr länger aus
als üblich und ging in einen Brief über:

Dein Arbeitskreis ist schwieriger geworden. Mein Alter – im Vergleich mit dem Deinen – fliegt schneller dahin. Die Auffassungen im fortgeschrittenen Alter werden ›konservativ‹, und der Blick verliert an Weite. Ich genieße gegenüber vielen noch ein Privileg, das erfahre und sehe ich täglich – und doch kann auch ich mich gegen die Anzeichen, die sich in unserm Altersunterschied zeigen, nicht wehren, und das wird auch die Ursache sein, warum der Wagen nicht mehr startet – das Anpassungsvermögen wirkt jetzt bremsend. Wir müssen uns anstrengen und uns bemühen, uns – soweit es möglich ist – ineinander zu fügen. Ich habe das Bedürfnis, Dir heute wieder einmal zu sagen, dass Du in den Jahren, die Du bei mir warst, so viel Sonne geschenkt hast – und dass ich da auch sehr oft dran denke. Je mehr mein Alter fordert, desto weniger merkst Du das vielleicht selbst, wenn überhaupt.

Aber jetzt, meine liebe Ann, mit einem Kuss auf beide Wangen, sei von Herzen beglückwünscht! Glaube ruhig, und das weißt Du auch, dass es mein brennendster Wunsch ist, dass Du noch einmal das Glück finden mögest, das Du so vollauf verdienst. Es möge Dir Erfüllung und Zufriedenheit schenken.

Oud wünscht seiner ›Ann‹ das Glück, das sie verdiente, aber wie hätte sie seiner teilhaftig werden können, in ihrer Position als Haushälterin dieses Herrn in vorgerücktem Alter? Ihre Chancen, dieses Glück zu verwirklichen, nahmen schließlich Jahr um Jahr ab. Vielleicht hielt er sie bei der Stange, indem er ihr eine Ehe in Aussicht stellte, wenn seine Frau gestorben wäre. In der Zwischenzeit profitierte er von ihr auf allerlei Weise. Nach seinen umständlichen Entschuldigungen zu schließen, war das mit einigen Spannungen einhergegangen.

Es hat sogar den Anschein, als hätte Annetje 1928 einen weiteren Versuch unternommen, Oud zu verlassen, einen, der beinahe drastische Folgen gehabt hätte.

Anfang August 1928 mietete Oud eine Limousine mit Chauffeur für eine gemeinsame Autotour mit Freunden durch die Schweiz, eine Idylle wie aus einem der Romane von Cissy van Marxveldt, die Annetje in jenen Jahren verschlang. Am 14. August landete der Wagen in einer Schlucht – so wird erzählt –, wobei Annetje schwer verletzt wurde. Sie verbrachte ihren vierzigsten Geburtstag in einem Krankenhaus in Interlaken. Ein unscharfer Schnappschuss mit der Unterschrift *Nach ei-*

nem Unfall in der Schweiz zeigt, über dem Fußende eines Bettes, einen überbelichteten Blu-
menstrauß und das Gesicht eines zutiefst er-
schütterten Oud.

Er brachte ihr damals, neben den Blumen,
auch einen Geburtstagsbrief mit.

Hotel Helvetia, Interlaken-Unterseen
26. August 1928

Allerliebste Ann!
Wenige Worte müssen ausdrücken, dass ich
sehr froh bin, dass wir angesichts der Umstände diesen Tag noch so festlich feiern dürfen. Lebe noch lange und glücklich und bleibe – soweit möglich – auch weiter meine gute
sorgende Hausgefährtin. Dieser Tage habe
ich Dich so erneut schätzen gelernt. Erst
wenn es einem fehlt, spürt man das doppelt.
Du kennst mich gut genug, um zu wissen,
dass ich meine, was ich schreibe. Also, Ankie, dann also gemeinsam wieder mit vollem
Mut voraus!
Herzliche Glückwünsche von Deinem
dankbaren Baas

Das ›Also gemeinsam wieder mit vollem Mut
voraus!‹ schien mir auf eine Krise hinzudeuten,
die diesem Unglück vorausgegangen war. Die-

~ 217 ~

ser Eindruck wurde noch verstärkt durch eine
Zueignung von Oud von Anfang Oktober des-
selben Jahres, anlässlich Annetjes beginnender
Genesung.

Der lieben Ann zur Rückkehr in die gute
Stube

Am 14. August in die Schlucht hinein,
Am 29. August wieder daheim.
Der Doktor macht' uns allen Mut,
Gab Hoffnung uns, wie tut das gut.
Nun herrscht hier wieder Fröhlichkeit,
Am 6. Oktober von Sorgen befreit.
Der Blumengruß an Dich erhellt
Wie es um Baasens Herz bestellt.
Und jetzt schließ' ich wie einst Génestet
dichtete:
Am 14. August war's eine Zeit zum Gehen,
Am 29. August die Zeit zum Kommen.
Das könn' wir aus voller Seel' verstehen
Und haben's am 6. Oktober auch gut ver-
nommen.
LASS NUN HURTIG ALLES LEID VERSCHWINDEN
UND DICH IM SONN'SCHEIN WIEDERFINDEN
Das ist der Herzenswunsch von
Deinem Baas

～ 218 ～

Was genau der alte Oud ›verstanden‹ und ›vernommen‹ hatte, bleibt unklar. Doch die Tatsache, dass weder Oud selber, noch sein Chauffeur, noch die Freunde, noch der Mietwagen bei jenem ›Unglück‹ auch nur im Geringsten Schaden genommen hatten, bestärkte mich in meiner Vermutung, dass Annetje diese Schlucht womöglich aus eigenem Antrieb aufgesucht hatte.

Es brachte mir ein anderes Unglück in Erinnerung, vor vielen Jahren, auf Vosseveld, als Oma Annetje auf ihrem Fahrrad von einem Auto angefahren wurde.

Es war ein paar Jahre nach Großvater Mansborgs Tod. Oma Annetjes Versprechen, sie würde Vosseveld uns überlassen, wurde immer wieder verschoben, wodurch unsere sonntäglichen Familienbesuche immer häufiger von Spannungen und Streitereien beherrscht wurden.

Die Wirren schleppten sich fort, bis Ende 1957 das Schicksal zuschlug. Niemand wusste, ob es an den Problemen lag, derentwegen Oma Annetje geistesabwesend und unaufmerksam geworden war, oder an der Glätte auf der Straße (es hatte geregnet). Fest steht, dass sie an einem dunklen Dezembermorgen mit ihrem Rad auf dem Weg ins Dorf war, um

Nikolauseinkäufe zu machen – ein rührendes Detail, das mir immer im Gedächtnis geblieben ist. Beim Überqueren des Amerfoortseweg wurde sie auf ihrem Fahrrad von einem Auto erfasst.

Mein Vater Lepel, der umgehend von einem aufmerksamen Tankwart benachrichtigt wurde, war noch vor dem Krankenwagen zur Stelle.

»Ich will nicht ins Krankenhaus«, stöhnte Oma Annetje mit aller Kraft, die sie noch in sich hatte. »Bring mich nach Vosseveld! Ich will zu Hause sterben.«

Hätte Lepel ihre flehentliche Bitte erfüllt, hätte es Oma Annetje mit ihrer gerissenen Niere, ihren gebrochenen Rippen und ihrem ernstlich verletzten Bein sicher nicht überlebt.

Lepel wies die Sanitäter an, die Verletzte mit größter Eile ins Krankenhaus zu bringen. »Gerade noch rechtzeitig. Eine Frage von Minuten, und sie wäre verblutet«, meinte der behandelnde Chirurg.

Oma Annetje musste Wochen im Krankenhaus bleiben. Als man sie, klein und zitterig, nach Vosseveld zurückgebracht hatte, wurde sie, in ihren eigenen Worten, nur noch durch die Verbandsklammern zusammengehalten.

Wochenlang bivakierte sie in einer Art erhöhtem Gebärbett im oberen Schlafzimmer, abwechselnd gepflegt von ihrer Schwester Vera und Baars, ihrer ehemaligen Kollegin aus dem Krankenhaus.

Nach ihrer Genesung blieb Oma Annetje schwach und für den Rest ihres Lebens hinkte sie. Undenkbar, dass sie in diesem Zustand zahlende Gäste ins Haus nehmen konnte, so wie sie es vorgehabt hatte, um die Kosten zu decken. In diesen Wochen entstand der Plan, Vosseveld umzubauen.

Die Parallelen sprangen ins Auge. Auch damals war der Verdacht eines Selbstmordversuchs aufgekommen. Auch damals wurde noch lange an einem Fuß herumlaboriert. Auch damals wurde ein halbherziges Bemühen, andernorts Unterkunft oder Arbeit zu finden, durch Krankheit und Schwäche vereitelt.

Ouds Schrecken und Besorgtheit schienen dem Zusammensein am Overtoom jedenfalls wieder neues Leben eingehaucht zu haben. So gedachte er in seinem Nikolausgedicht von 1928 voller Einfühlsamkeit Annetjes kurz zuvor verstorbener Mutter:

Auch Dir ward dieses Jahr viel Leid beschie-
den,
Doch fasse Mut – zeige, Du bist eingedenk
hinieden,
Dass dies es sich gewünscht, die Dir so
schmerzlich fehlt,
Deine Freud' tat ihr stets gut – sie hat es nie
verhehlt.
Für sie soll es die größte Freude sein
Zu wissen, dass ihrer lieben Ann
Dereinst Glück und Gutes widerfährt.

Wieder schien Oud auf eine alternative Zukunft für Annetje anzuspielen. Aber als seine
Frau 1932 dann endlich verstarb, folgte nicht
der Heiratsantrag, auf den Annetje vielleicht
noch gehofft hatte. Die Söhne blieben strikt
dagegen. Hans Oud zufolge am allerheftigsten
ihr früherer Geliebter: »Wenn du das tust,
siehst du mich hier nie wieder.«
Falls die Urlaubsreisen nach Deutschland
und Österreich, die Oud in den dreißiger Jahren veranstaltete, vielleicht als Trostpflaster gemeint waren, dann verfehlten sie ihr Ziel. Die
entsprechenden Urlaubsfotos zeigen eine hin-
kende, verwelkte Annetje mit einem bitter ver-
zogenen Mund. Das einzige Mal, dass sie noch
mit einem breiten, glücklichen Lächeln er-

wischt wurde, an einem Sommertag im Jahr
1936, irgendwo in den Dünen von Bergen, steht
sie Arm in Arm mit ihrem Sohn Piet (für die
Außenwelt: ihrem Neffen), der in jenem Herbst
einundzwanzig wird.

Ende 1937 gab es Anzeichen einer neuen
Krise. Ouds Nikolausgedicht fehlte! Lous
Oud erinnerte sich noch Jahrzehnte später an
Annetjes ungewöhnliche Abwesenheit an diesem Tag. »Wo warst Du damals? Denn ich ent-
sinne mich nicht, dass Du da warst. In früheren Jahren war es doch so lustig …«

Nikolaus 1937 verbrachte Annetje bei Vera.

Als jedoch 1938 bei Oud Krebs konstatiert
wurde, der ihn letztendlich zu Fall brachte,
war Annetje wieder auf ihrem Posten. In dem
letzten erhaltenen Gedicht, das er an sie richtete, sein Nikolausgedicht von 1938, bringt Oud
seiner ›liebsten Ann‹ seinen tief empfundenen
Dank zum Ausdruck.

Nicht gedacht, dass ich diesen Tag noch erleben würde –
Wohl gedacht an Deine außergewöhnlich
gute und kundige Pflege, die dazu so unbe-
nennbar viel beigetragen hat –
Was Du für mich tatest und noch tust,
das ist nicht hoch genug zu schätzen.

Ich will Dir denn auch an diesem Tag
noch einmal extra herzlich danken –
Nacht wie Tag sind Deine guten Taten in
meinen Gedanken.
Was wäre aus mir geworden ohne meine
liebste Ann?
Und sollte ich genesen,
Wem ist das dann vor allem zu danken?
Jedenfalls sind dies Versuche, um für die lie-
be Ann zu sorgen – als Zeichen inniger Ver-
bundenheit.
Nochmals vielen Dank – mit ein paar kräfti-
gen Küssen
Dein Dich liebender Baas

›Versuche, um für die liebe Ann zu sorgen.‹
Daraus sollte man schließen können, dass Oud
sie jetzt, da er sein Ende nahen fühlte, doch
mit Geld oder Wertpapieren bedacht haben
könnte.

Nach einer Periode scheinbarer Genesung
starb Oud, immer noch ziemlich unerwartet,
am 1. September 1939. Ann war zu dem Zeitpunkt einundfünfzig. In der Todesanzeige
steht sie, nach Ouds Söhnen, deren Familien
und der weiteren Verwandtschaft ganz unten,
bezeichnet als *Annetje Beets, Hausgefährtin.*

Zeit zum Trauern gab es nicht. Das Haus am

Overtoom sollte verkauft werden. Was die Söhne nicht für sich forderten, musste weg – oder mit in das Haus, das Christiaan Mansborg, nach dem plötzlichen Zusammenbruch seiner Ehe mit Pij, überstürzt in Zandvoort gemietet hatte. Es war das Haus, wo er nur wenige Wochen später Annetje begrüßen und zu seiner dritten rechtmäßigen Ehefrau machen sollte.

Zweiter Teil

Intrigen

Rivalinnen

Nachdem ich mein Material über die Zeit am Overtoom ausgewählt und geordnet hatte, stieß ich auf eine Lücke: Und das war Pij.

Was wusste ich eigentlich von meiner ›echten‹ Oma, außer dass mein Vater sie hasste, weil sie in seiner Jugend einen Liebhaber hatte, den ebenfalls geschmähten Pim, den sie nach der Scheidung von Großvater notgedrungen heiratete?

Ich erinnerte mich an den Zorn meines Vaters, wenn ein Brief oder ein Anruf von seiner Mutter kam; an seine entrüsteten Geschichten; an seine hämischen Reaktionen, wenn an Geburts- und Festtagen pünktlich ihre Päckchen kamen, bedeckt mit Adressen und eingehenden Hinweisen für den Postboten, in schlaufigen, schwungvollen Buchstaben, frankiert mit einem Vielfachen des benötigten Portos. Mein Vater hielt dann die selbst gestrickte Krawatte, die Wildlederhandschuhe oder die neue Unterhose Marke Jaeger mit seinen langen Armen hoch und äffte seine Mutter nach. Den Mund gequält verzogen, die Halsmuskeln in wilden Zuckungen, heftig schluckend, mit hervorquellendem Adamsapfel, züngelnd wie eine Schlange: »Junge, ziehst du dich auch warm genug an? Junge, trägst du auch eine lange Unterhose?«

Aber wie war es Pij in ihren jungen Jahren ergangen? Wie hatten sich ihre und Oma Annetjes Wege gekreuzt? Ehe ich mich an Spekulationen wagen wollte über das, was man als Annetjes zweite große Liebe betrachten könnte, nämlich die zu Christiaan Mansborg, musste ich erst einmal diesen fehlenden Faden aufnehmen.

Meine Erinnerungen an ›Oma Overtoom‹ sind dürftig und bruchstückhaft, die Gelegenheiten, an denen ich sie leibhaftig gesehen hatte, konnte ich an den Fingern zweier Hände abzählen. Wenn sie Geburtstag hatte, fuhren wir manchmal alle zusammen nach Amsterdam. Kaum waren wir am Overtoom ausgestiegen, sahen wir auch schon das kreidebleich gepuderte Gesicht sehnsüchtig zwischen den Gardinen nach uns Ausschau halten. An der Tür warf sie sich zuerst immer in die abwehrenden Arme meines Vaters Lepel. Nach dem unentrinnbaren Kuss auf seinen Mund, den er widerlich fand, wischte er sich vor versammelter Gesellschaft die Lippen ab. Und zuallerletzt, nachdem wir Kinder gedrückt und geherzt worden waren, wurde meine Mutter Mary kühl begrüßt.

In meinem allerersten Tagebuch, das ich kürzlich wiederentdeckt habe, fand ich noch einen Bericht von so einem Besuch.

Wir betraten das stickige Zimmer, und dort saß der berüchtigte Pim vor seinem Schachbrett in seiner gestreiften Hausjacke. Seine blauen Augen schienen noch glupschiger geworden zu sein und sein Haar noch schütterer. Er hatte es sich ordentlich über den Schädel gekämmt, damit es noch nach was aussah. Er sah nicht auf, um uns guten Tag zu sagen, rief nur: »Pij! Pij!«. Oma Overtoom flüsterte »psst«, dass er angeblich taub sei, aber immer alles verstehe. Sie zog uns mit zum hinteren Zimmer, das noch dunkler ist, voll mit Vasen und Figuren und Bildern aus Indonesien. Der Bücherschrank ist voll mit französischen Romanen, Pappi nennt sie ›die gelben Bändchen‹. Er sagt, Oma Overtoom bildet sich ein, sie sei Madame Bovary.
Sie erkundigte sich nach Pappis Blutdruck, und er knurrte, sein Blutdruck sei bestens. Diesmal sagte sie nicht einmal: »Junge, was

siehst du blass aus«, worauf wir schon alle gewartet hatten.

Mammi überreichte ihr die Vase zu ihrem Geburtstag, und dann wollte Lepel auch schon wieder weg.

Genau ein einziges Mal übernachtete ich am Overtoom, ich war damals gerade zwölf. Mein Vater hatte in Amsterdam einen Kongress, und ich durfte aus irgendeinem Grund mit. Er und ich sollten zusammen in der Dachkammer schlafen, in dem einzig vorhandenen Bett. Ich musste schon früh hinauf. Ich versuchte, wach zu bleiben, bis auch mein Vater nach oben kam, aber anscheinend gelang mir das nicht. Ich kann mich an nichts mehr erinnern, aber mein Tagebuch berichtet:

Mitten in der Nacht bin ich von ihren Stimmen auf der Treppe aufgeschreckt. Oma Overtoom wollte schreien, aber sie klang heiser – sie hat ihre Stimme früh verloren, wo sie doch auch gesungen hat und auf dem Konservatorium sogar Unterricht von Opa bekommen hat. Ich hörte irgendwas von wegen ›den Beweis‹. Pappi war rasend. »Du mit deinen krankhaften Anschuldigungen. Als hättest du das nicht alles selber ins Rollen gebracht. *Du* warst doch diejenige, die weggegangen ist. *Du* hast uns unversorgt zurückgelassen«, die bekannte Geschichte.

Oma Overtoom war den Tränen nahe. Sie sagte: »Es war eine List, Junge. Es war eine List von ihr. Junge, warum willst du denn deiner Mutter nie glauben?«

Sie tat mir leid, aber Pappi schrie: »Du bist ja krank. Du gehörst in die Anstalt! Das ist doch eine fixe Idee, weiter nichts!«

Oma Overtooms Stimme überschlug sich: »Hier. Lies. Lies es, Junge!«

Dann riss Pappi die Tür zu unserm Zimmer auf, das Licht war so grell, dass ich mir die Hände schützend vor die Augen hielt. Ich stellte mich schlafend. Ich hörte ihn keuchen, während er sich im Dunkeln auszog und dann ins Bett stieg. Eine Weile lag er still da, dann fing er an, sich so zu wälzen, dass das Bett ächzte und knarrte, warf sich von einer Seite auf die andere, und ich durfte auf der Matratze mittanzen.

Doch muss ich wieder eingeschlafen sein. Morgens brachte Oma Overtoom uns eine Schale mit Brötchen ans Bett, ziemlich altbacken und mit wenig Butter. Ich hab nur eins runtergekriegt und Pappi ein halbes. Er musste schon früh zu seinem Kongress. Als ich nach unten kam, war Pim nicht daheim. Ich war noch nie mit Oma Overtoom allein gewesen und wusste nicht recht, was ich sagen sollte. Zum Glück hatte sie eine Schachtel mit Silberpapier, Zigaretten- und Schokoladeverpackungen, Pralinenpapier und Milchflaschenverschlüssen, das musste alles zu Kugeln zusammengedrückt werden, für die Blinden.

»Das scheint mir jetzt aber eine hübsche Arbeit für dich«, sagte sie, weil sie anscheinend auch nicht recht wusste, was sie sonst sagen sollte.

Das Silberpapier roch so scharf, dass ich es an meinen Zähnen spürte. Oma Overtoom hat mich ständig betrachtet. Sie lächelte mir immer freundlich zu. Sie erkundigte sich nach meiner Schule. Zum Glück hatte ich gerade das Referat gehalten, und so hatte ich was Nettes zu erzählen, denn ich hatte eine Zwei dafür bekommen. Sie fragte, ob ich Musik liebe. Was für eine Frage! Sie weiß doch, dass ich Sängerin werden will.

Sie fragte, wer mein Lieblingskomponist ist. Ich sagte natürlich: Schubert.

Und dein Lieblingslied?

»Der Atlas!«, sagte ich, und Oma Overtoom nickte, als würde sie das Lied auch kennen.

Vielleicht ist es ja auch ihr Lieblingslied. Es fuhr eine Straßenbahn vorbei, danach war es so still im Haus, dass mir nichts mehr einfiel, was ich noch sagen könnte. Ich glaube, Oma Overtoom musste weinen, denn auf einmal stand sie auf, ging zum Fenster und starrte hinaus.

Dann kam Pappi wieder, und dann ging das alte Lied wieder los: Du hast deine Familie im Stich gelassen.

Oma Overtoom sagte: »Du warst doch schon achtzehn, Junge. Du warst doch kein Kind mehr.«

»Du musstest unbedingt mit diesem ... diesem ...«, sagte Pappi und meinte natürlich Pim.

»Das hat damals schon lange nichts mehr bedeutet«, sagte Oma Overtoom.

»Als du mit dem Schuft was angefangen hast, war ich fünf!«, schrie Pappi.

Da kam Pim plötzlich ins Zimmer. Wir hatten ihn nicht die Treppe hochkommen hören. Wir gingen dann schnell weg, aber als wir schon auf der Straße standen, rief Oma Overtoom noch, dass sie ihn immer geliebt habe, und damit hat sie wohl Opa gemeint. Ich fand es eine ziemlich traurige Geschichte, aber Pappi war immer noch böse.

235

Pij hatte ihre Untreue teuer bezahlen müssen, das war mir damals schon deutlich gewesen. Auch die Passage über den ›Atlas‹ überraschte mich jetzt. Mein Großvater war schon seit Jahren tot, als ich diesen kleinen Bericht schrieb. Jetzt sah ich es wieder vor mir, hörte wieder, wie er das Lied gesungen hatte. Die deutschen Worte konnte ich damals noch nicht verstehen, aber der wackelige Bass, das wüste Geflatter von Haaren und Händen und das tolle Flügelgetöse ließen keinen Zweifel daran, worum es in dem Lied ging: um unerträgliches Leid.

Ich trage Unerträgliches
Und brechen will mir das Herz im Leibe!

Und in dem leisen Stakkatomittelteil so viel Bedauern, so viel Trauer um verlorenes Glück, dass Großvaters Stimme beinahe versagte.

Du wolltest glücklich sein,
unendlich glücklich!
Oder unendlich elend.

Hat er vielleicht damals schon seine Scheidung bereut?, schoss es mir jetzt durch den Kopf. Hatte er sich nach Pij gesehnt, so wie sie sich nach ihm?

Das frühere Ehepaar hat sich nie wiedergesehen. Pij ist nie auf Vosseveld gewesen, auch nicht nach Großvaters Tod, nicht einmal als Oma Annetje schon längst ausgezogen war.

Zu seiner Einäscherung waren sie allerdings beide gekommen. Es hieß, sie und Oma Annetje seien sich über Großvaters Sarg in die Arme gefallen. Uns hatte man leider für zu jung befunden, um bei dem Schauspiel anwesend zu sein.

Pij überlebte Großvater um dreizehn Jahre. Ihr eigenes Ende, im Jahr 1966, war nicht ohne Tragik. Nach einem Sturz, bei dem sie sich die Hüfte brach, hatte sie vier Tage (und Nächte!) lang in ihrem Flur gelegen, bis sie von einer Nachbarin gefunden wurde. Nicht von Pim, der sein Heil inzwischen woanders gesucht hatte. Im Krankenhaus wurde neben dem Hüftbruch auch noch eine Gehirnembolie festgestellt. Die Frage war, wie lange sie die schon gehabt hatte.

»Plemplem! Siehst du«, sagte mein Vater nicht ohne Triumph in der Stimme.

Pij lebte danach noch eine Woche. Ihr Herz wollte einfach nicht Schluss machen. Man sah und hörte es schlagen, wie ein besessenes Tier, das heraus wollte, ein durchgedrehter Motor, der sich nicht abstellen ließ. Als es endlich vorbei war und Tante Cora ihr die Augenlider zudrückte, wollte sich das linke Auge nicht schließen.

Das Begräbnis war eine kühle Angelegenheit – was für ein Gegensatz zu dem von Oma Annetje. Es kamen wenige Leute und niemand hielt eine Ansprache. Als ich an den offenen Sarg trat, war das linke Auge immer noch nicht geschlossen. Es schaute drein, als würde sie, der zu Lebzeiten niemand geglaubt hatte, jetzt selber an nichts und niemand mehr glauben. Nicht an den Tod. Nicht an unsere Trauerbezeugung, die sich in der Tat schnell in eine feuchtfröhliche Angelegenheit auflöste. Mein Vater war beinahe ausgelassen. Doch nicht lange danach versank er in eine Depression, die Monate, vielleicht sogar Jahre anhielt. ›Pappi geht der Tod seiner Mutter viel mehr ans Herz, als wir uns das jemals hatten vorstellen können‹, schrieb ich in jenen Tagen in mein Tagebuch.

Das Haus am Overtoom auszuräumen war für sich genommen schon deprimierend genug. Die Decke war eingestürzt und mit Matten abgestützt, der Garten sah katastrophal aus. Hausrat, Krempel und Papierkram, Lepel warf alles haufenweise in einen Container. Mit sichtlicher Befriedigung schmiss er die gelben

~ 238 ~

Bändchen hinterher: »Da gehst du hin, Frau
Bovary!«

Alles verschwand damals. Aber einmal be-
hielt Lepel für einen Moment etwas in den
Händen. Ich sah ihn von hinten. Das Bild dieses gespannten Lesens ist mir immer in Erinnerung geblieben.

Schließlich zerriss er es, was immer es war,
und warf es zu dem übrigen Müll.

Nach dem Tod seiner Mutter hat sich bei Lepel
nicht nur eine Depression eingestellt, sondern
er ging auch plötzlich zu seiner Stiefmutter auf
Distanz. Und das zu einem Zeitpunkt, als sich
die Beziehungen durch Oma Annetjes Fort-
gang aus Vosseveld gerade wieder einigermaßen normalisiert hatten. Er muss damals etwas
erfahren haben, was ihn veranlasste, seine Meinung über sie gründlich zu ändern.

Ich rief ihn an, um ein Treffen zu vereinbaren, aber das stieß auf Hindernisse, wie stets in
letzter Zeit: Er hatte Grippe, musste zum Arzt,
der Hund war krank, der Gärtner kam oder
dann eben die Putzfrau.

Ich würde mich mit dem vorhandenen Material behelfen müssen. Was für eine Frau war
Oma Overtoom eigentlich gewesen? Wer
weiß, vielleicht warf eine Charakterskizze von

ihr etwas Licht auf ihren und Großvaters umstrittenen Partnerwechsel.

Die Damen haben am selben Tag Geburtstag. Pij, geboren 1889, ist genau ein Jahr jünger als Annetje. Aber damit hören die Gemeinsamkeiten auch schon auf. Die Gegensätze springen mehr ins Auge.

Während die Beets'schen Mädchen eine ganze Reihe Brüder haben, denen sie als Empfänger elterlicher Zukunftsinvestitionen den Vortritt lassen müssen, haben die Braakensiek'schen Schwestern keine männliche Konkurrenz. Für den allseits geachteten Johan Braakensiek und seine ehrgeizige Oberin ist selbst das Beste für ihre Töchter noch nicht gut genug. Pij, mit ihrer schönen Stimme, geht aufs Konservatorium; Griet, mit ihrer zeichnerischen Begabung, auf die Akademie, während Neeltje, die sich am liebsten mit Büchern umgibt, auf die Universität geschickt wird. Auch an Unterhaltung fehlt es den Mädchen nicht. Meine Großnichte Ida, die Tochter von Pijs Schwester Griet, weiß noch viel davon zu erzählen. Diepenbrock, Breitner und Frederik van Eden; die Malerin Lizzy Ansingh, der Cellist Gérard Hekking, die Pianistin Dora de Haas und viele andere Berühmtheiten sind gern gesehene Gäste im sonntäglichen Salon ihrer Mutter. Die Oberin ist eine vorzügliche Gastgeberin. Sie kann wunderbar kochen, ist aber auch eine meisterhafte Schneiderin. Ihre eigenen Kleider, und die ihrer Töchter, fertigt sie nach der Vorlage echter Couture-Modelle.

Als Annetje ihre Schwesternuniformen auf ihrer selbst verdienten Nähmaschine näht, aus Stoff, den sie von geborgtem Geld hat kaufen müssen, absolviert Pij, in die letzte Mode gehüllt, ihr Entree am Konservatorium im Hauptfach Gesang.

»Sie war schwierig, schon als Mädchen«, erzählt Nichte Ida. »Sogar schwer zu handhaben, wie es scheint. Und ständig Liebschaften. Mit achtzehn hatte sie ihre erste Abtreibung. Und auf dem Konservatorium hatte sie bereits diverse Dozenten verschlissen, bevor sie sich auf Christiaan Mansborg stürzte. Sie hatte eine schöne Stimme, das ja – aber wenn du mich fragst, war sie vollkommen unmusikalisch. Ich hab sie noch singen hören …« Ida verdrehte die Augen. »Frag mich nicht, wie sie ihre Abschlussprüfung geschafft hat. Die Beziehung lief zu dem Zeitpunkt bereits ein paar Jahre. Christiaan hat sie durchgezogen. Ganz schön gefährlich. So macht man sich erpressbar.«

Als Annetje ihre keusche Schwesternexis-

241

tenz in der Heilkunde- und Frauenklinik in Utrecht führt, singt Pij unter Christiaans Leitung *Aller Seelen* von Richard Strauss und *Liebesfeuer* von Felix Weingartner. Als Annetje 1914 mit ihrer Wochenpflegerinnenausbildung im Wilhelmina-Hospital beginnt, studiert die sinnliche Pij die *Zigeunerlieder* von Brahms, interpretiert *Viens! mon bien-aimé* von Chaminade und singt auf ihrer Abschlussprüfung eine Arie aus *Samson und Dalila* von Saint-Saëns. Christaan Mansborg, ihr eigener Samson, ist zu dem Zeitpunkt noch nicht wirksam gestutzt: Er ist noch verheiratet. Sein jüngstes Kind ist gerade ein Jahr alt.

Aber das wird gelöst. Während Annetje im Sommer 1915 ihren langen ›Krankenurlaub‹ aussitzt, mit der Aussicht, ihr uneheliches Kind an ihre Schwester abgeben zu müssen, muss Pij lediglich eine Schwangerschaft vortäuschen, um ihren verheirateten Geliebten von seiner Frau loszueisen.

»Meine Großmutter sah in dem fröhlichen Sänger schon eine geeignete Partie für ihre Tochter«, erzählt Ida. »Als sie ihre Abschlussprüfung bestanden hatte und er immer noch keine Anstalten machte, sich scheiden zu lassen, hatten sie Angst, dass er aus Pijs Leben verschwinden könnte. Da hat Großmutter ihn einbestellt und gesagt: Sie haben meine Tochter geschwängert. Von wegen! Natürlich war nichts davon wahr …, aber er ist in die Falle gegangen. Danach sind sie bei den Alten am Overtoom eingezogen.«

Ida rückte mit einem Gruppenporträt aus dem Jahr 1915 heraus, einer Art ›lebendes Bild‹. Die stämmige Oberin steht im vollen Ornat neben ihrem schmalen Ehemann Braakensiek. Die luftig gekleideten Töchter sitzen dekorativ um den frischgebackenen Schwager-Ehemann Mansborg geschart, der sich, zur selbst gespielten Laute singend, die kollektive Bewunderung wohl gefallen lässt.

In den Jahren 1916–1917, als Annetje in ihrer nüchternen Schürze anderer Frauen Babys herumschleppt, posiert Pij stark geschminkt in eleganten Kleidern mit Spitzencapes, zierlichen Schärpen und reich geschmückten Hüten für ihren berühmten Ehemann, der sich als ein leidenschaftlicher Amateurfotograf entpuppt.

1919 – in dem Jahr, in dem Annetje dem Vater ihres verlorenen Geliebten nachgibt – hält Pij ihren gesetzlichen Erstling, das Töchterchen Cora, im Arm; und 1921, als Annetje zusammen mit H. C. Oud zum Overtoom umzog, posiert ihre Nachbarin schon mit Nummer zwei, ihrem Söhnchen Lepel, meinem Va-

ter, der freilich, Ida zufolge, »ein Missgeschick«
war.

H. C. Oud, treuer Leser von *De Groene
Amsterdammer*, hat den populären Karikatu-
risten Braakensiek schon in seinem Cape und
Schlapphut vor seinem Haus entlangstolzieren
sehen. Die Herren trennt nur ein Altersunter-
scheid von vier Jahren. Sie freunden sich an.
Schon bald kommt Braakensiek einmal die
Woche vorbei, zu einer Partie Carambolage an
Ouds prächtigem Billardtisch. Annetje ist
dann auch mit dabei, und sie steht ihren Mann,
den Queue elegant hinterm Rücken. Als Braakensiek vom jüngsten Familiennachwuchs erzählt, den beengten Verhältnissen für die junge
Familie, die immer noch bei den Eltern wohnt,
wird der alte Oud, Immobilien- und Wertpapiermakler, seinen Freund vielleicht auf das
frei werdende Obergeschoss im Haus nebenan
aufmerksam gemacht haben; vielleicht hatte er
das Grundstück sogar in seinem eigenen Portefeuille.
Anfang 1922 zieht die Familie Mansborg in
das Obergeschoss neben Oud und Annetje,
und in diesem Jahr muss es auch mit dem Netz
von Freundschaft, Verrat und Intrigen seinen
Anfang genommen haben, in das beide Famili-

en und ihre Nachkommen bis zum heutigen Tage verstrickt bleiben sollten.

Annetje sieht ihre neue Nachbarin täglich mit dem Kinderwagen vorbeigehen, unterwegs zum Vondelpark, neben sich ihr ausgelassenes Töchterchen. Sollte Pij Annetje schon einmal gefragt haben, ob sie den kleinen Lepel für ein Stündchen bei ihr unterbringen könne, dann hat diese sich sicher nicht lange bitten lassen.

Christiaan Mansborg kann sich vorläufig der gegenseitigen Geselligkeit noch entziehen; er hat ja seine Arbeit im Konservatorium. Doch seine imposante Gestalt von beinahe zwei Meter Länge, die Künstlermähne, die runde Brille und der schwungvolle Hut sind im Overtoom'schen Straßenbild kaum zu übersehen. Natürlich hat Annetje den neuen Nachbarn morgens zur Tramhaltestelle schreiten sehen, auf dem Weg zum Konservatorium; ihn zum Concertgebouw durch den Vondelpark wandern sehen. Sie hat Besprechungen seiner Konzerte gelesen, Interviews in *Eigen Haard* und *De Nederlandsche Dameskroniek*.

Mansborg ist ein begehrter Solist, auf dem Höhepunkt seiner Karriere. Er singt Hauptpartien in Opern von Wagner, Röntgen und Elgar, er singt *Boris Godunow* von Mussorgski und seine Glanzrolle: den komischen *Barbier von Bagdad* von Peter Cornelius. Er gibt Liederabende im Kleinen Saal, singt in Oratorien im ganzen Land und ist vor allem renommiert wegen seines Jesus in der *Matthäus-Passion.* Nebenher gibt er in diesen Jahren zusammen mit Pij noch regelmäßig Duettabende in der Provinz, wo sie Lob zu ernten wissen. ›Frau Mansborgs strahlender, klarer Sopran mischte sich auf wunderbare Weise mit dem sonoren Klang ihres berühmten Gatten.‹

Schon bald geht auch Mansborg beim alten Oud ein und aus – und schenkt ihm, im Tausch für seine Gastfreundschaft, ein kleines Gemälde aus eigener Werkstatt.

Und vice versa. Ein einzigartiges Foto von dem gemeinsam musizierenden Ehepaar Mansborg – aufgenommen irgendwann Mitte der zwanziger Jahre, bei einem Hauskonzert oder einer Generalprobe – tauchte unerwartet zwischen Oma Annetjes Papieren auf. Sie wird also bei dieser Gelegenheit anwesend gewesen sein.

Auf dem bewussten Schnappschuss sitzt Christiaan Mansborg an seinem Flügel, ein schwungvoller Fünfziger in einem weißen Anzug mit weißen Schuhen. Er blickt geradeaus in die Linse, durch eine kleine Brille, deren Glas heftig funkelt. Pij, Mitte dreißig, steht hinter ihm, eine Hand auf seiner Schulter, und schaut stolz auf ihn hinab, mit besitzergreifendem, aber auch etwas angstvollem Blick; als würde sie die Beute, die sie früher einmal so raffiniert gefangen hat, jetzt kaum noch zu berühren wagen. Ihr Haar ist hochgesteckt, ihre Augen sind stark geschminkt, die Augenbrauen dick und schwarz, die vollen Lippen sorgfältig nachgezogen. Ihre Figur ist üppig, aber aus den Puffärmeln ihres bestickten Gewandes kommen verhältnismäßig schlanke Arme zum Vorschein. Sie trägt ein Spitzencape, weiße Strümpfe und schwarze Pumps mit Knöchelriemen. Vielleicht waren sie da als *Schubert und Gretchen am Spinnrad* aufgetreten oder als *Schöne Müllerin.*

Ihr Geliebter Pim hat da schon längst sein Entree in Pijs Ehe gemacht. Er ist einer der vielen Schüler, die Christiaan zu Hause empfängt. Er bleibt – so Ida – nach dem Unterricht oft noch eine Weile, um mit Pij in der Küche zu plaudern; ein Gespräch, das sich allmählich zum Diwan im Wohnzimmer verlegt haben dürfte. Wo der fünfjährige Lepel das Paar zu seiner bleibenden Bestürzung einmal *in flagrante delictu* erwischt hat.

Einige Zeit nach dieser Episode ist es mit den gemeinsamen Auftritten von Herrn und Frau

Mansborg vorbei. Die jubelnden Besprechungen verstummen. Hinfort sucht sich Christiaan andere junge, schöne Sängerinnen aus, um auf Konzertreise zu gehen.

Irgendwann in dieser Periode verliert Pij ihre Stimme. Vielleicht weil sie jetzt Gewissensbisse wegen ihrer Untreue bekommt, die sie wohl doch nicht so kalt gelassen hat, wie in der Familie allgemein angenommen wird? Hat Christiaan etwas mit einer dieser schönen, jungen und zweifellos begabteren Sängerinnen angefangen? Wie dem auch sei, das Blatt scheint sich jetzt gegen Pij zu wenden. Sie findet ihren Weg zu der herzlichen, mitfühlenden Nachbarin.

Pij hat alles, was Annetje selbst entbehren muss: ein eigenes Haus, einen rechtmäßigen Ehemann, Kinder, eine Karriere und, wie es jetzt scheint, auch noch einen Geliebten. Und eben dieser Pij droht jetzt mit eigener Münze heimgezahlt zu werden. Wahrscheinlich gönnt Annetje ihr das Unglück.

Es bleibt vorläufig bei einem Vorgeschmack. Die Situation im Hause Mansborg entspannt sich zunächst wieder. Auf Urlaubsfotos aus den späten zwanziger, frühen dreißiger Jahren steht Christiaan friedlich hinter seiner Staffelei in lauschigen Wäldern, die hohe Stirn voll mit Schubert und Hugo Wolf, während Pij und

Pim sich unter seinen Augen vergnügen und herumturteln. Es werden Rundtänze vor einer Taverne veranstaltet, Pim und Christiaan im Vordergrund, lächelnd, mit schäumenden Bierkrügen anstoßend. Es macht den Eindruck eines beherrschbaren Status quo.

Und die ganze Zeit kann Annetje ihren berühmten Nachbarn von ihren Fenstern aus kommen und gehen sehen; auch die untreue Pij, und den Hausfreund-Geliebten, und den tief empörten jungen Sohn Lepel. Sie sieht alles. Sie sagt nichts. Sie wartet ab.

Ich zögerte bei dem, was jetzt kommen musste.

Worauf wartete Oma Annetje? Hielt sie sich zurück, um in der Folge ihren Charme auf sorgfältig vorbereitete Weise auszuspielen, wenn die Zeit reif war?

Zwischen Oma Annetjes wirren letzten Mitteilungen fand ich diese: ›Allerliebste Nachbarin, kannst du mir verzeihen?‹

Die Frage war nicht, ob gesündigt worden war. Die Frage war: Wann und wie?

Wieder war ich in einer Sackgasse gelandet. So leicht es mir gefallen war, mir Annetjes heimliche Liebe zu Piet Oud auszumalen – so schwer konnte ich mir jetzt eine plötzliche

Leidenschaft oder auch nur eine allmählich gewachsene Intimität zwischen Annetje und meinem Großvater Christiaan Mansborg vorstellen. Annetje hatte in diesen Jahren ja alle Hände voll zu tun mit dem immerzu älter und kränker werdenden Oud. Und falls sie ihre Hoffnung noch auf ein eigenes spätes Glück gerichtet hatte, warum hat sie sich dann wieder ausgerechnet auf einen älteren, verheirateten Mann eingeschossen, der zudem noch mit einer ›Herzensfreundin‹ verheiratet war?

Ich sah es nicht vor mir. Doch standen die Tatsachen fest. Mansborg *war* im August 1939 nach Zandvoort umgezogen. Annetje *war* wenige Tage später, im September, unmittelbar nach Ouds Tod, bei ihm eingezogen. Und zwei Wochen nach Mansborgs Scheidung von Pij waren er und Annetje ein Ehepaar. Es musste also vorher etwas passiert sein. Andererseits hatte Pij ihrer Herzensfreundin Annetje noch Ende September geschrieben: ›Glaube mir, ich wäre nicht freiwillig gegangen. Ich habe die Entscheidung voll und ganz Christiaan überlassen.‹ Wie konnte sie denn da immer noch nichts von der bevorstehenden Eheschließung vermuten, ganz zu schweigen von einem bereits bestehenden Verhältnis zwischen Annetje und ihrem Ehemann?

Dass mein Vater Lepel mir bereitwillig Auskunft über dieses Thema geben würde, brauchte ich nicht zu erwarten. Er war in dieser Angelegenheit völlig verstockt. Ich beschloss daher, meine Tante Cora in Belgien anzurufen.

»Warum haben sich Oma Overtoom und Großvater eigentlich so plötzlich scheiden lassen?«, begann ich nach ein paar einleitenden Phrasen. »Ihr Geliebter Pim wurde doch so viele Jahre geduldet.«

»Ach, Kind. Die Ehe war ganz bestimmt kein Vergnügen mehr. Und schließlich ist *sie* ja weggegangen. Dein Opa war nicht so tatkräftig. Wenn es nach ihm gegangen wäre, dann hätte er, glaube ich, alles so belassen, wie es war.«

»Aber die Scheidung war nicht Pijs Idee«, wandte ich ein. »Sie hat Oma Annetje selber geschrieben, dass sie nie freiwillig weggegangen wäre. Und gleich nach der Scheidung haben Großvater und Oma Annetje geheiratet ...«

Tante Cora fegte all diese Einwände weg. »Ach was, Kind. Das war *Jahre* später.«

»Jahre später? Einen Monat später. Im Dezember 1939. Wo sie doch seit beinahe zwanzig Jahren Nachbarinnen, ja sogar Freundinnen waren.«

»Wieso interessierst du dich denn auf einmal so für Oma?«, fragte Tante Cora argwöhnisch.

Und in einem Ton, der deutlich abgekühlt war: »Dieses Herumbohren in der Vergangenheit ist nicht gesund!«

Ich ahnte schon, was da los war. Mein Vater Lepel hatte seiner Schwester bei seinen wöchentlichen Telefonaten sicher von meinem jüngsten Interesse für Oma Annetje berichtet. Anscheinend fand das auch bei Tante Cora wenig Zustimmung – oder sie war von Lepel instruiert worden.

Das Gespräch stockte: Tante Cora musste dringend auflegen.

Ich war gekränkt. Ich hing an dieser Tante.

Es muss irgendwas los gewesen sein mit der Scheidung, dachte ich. Hatte Annetje die Oberin vom Overtoom für sich eingespannt? Eine Abmachung, ein Komplott? Zwischen Oud und Großvater und möglicherweise auch Lepel, obwohl er damals erst achtzehn war; vielleicht sogar mit Tante Coras Wissen?

Und dann war da noch die andere, nicht weniger rätselhafte Geschichte von den zehntausend Gulden, die die Oberin dem alten Oud für Annetje abgeschwatzt haben sollte. Hatte sie nicht davon Vosseveld kaufen können?

So hatte es mir mein Vater erzählt, aber inzwischen neigte ich dazu, auch diese Geschichte mit einem Fragezeichen zu versehen. Oud

hatte in jenem letzten Nikolausgedicht ja von
Versuchen, ›für die liebe Ann zu sorgen‹ gesprochen. Trotz Perioden von Entfremdung
hatte er sich bis zuletzt um ihr Schicksal gekümmert. Schließlich war sie ja nicht nur seine
›Hausgefährtin‹, sondern immer auch die Mutter seines jüngsten Enkels gewesen.

Ich beschloss, noch einmal Tante Tini in
Arnheim zu Rate zu ziehen. Die war 1939
schon längst mit Onkel Rob Vlek verlobt und
kannte Oma Annetje damals auch schon.

Zandvoort und weiter

Zu meiner Verblüffung bestätigte Tante Tini Lepels Geschichte, und zwar in genau demselben Wortlaut.

»Tante Ann hat mir selber erzählt, wie sich das zugetragen hat. Sie drohte nach Ouds Tod auf der Straße zu landen. Das war Oma Braakensiek zu Ohren gekommen – der Mutter deiner Großmutter Pij, die sehr sozial eingestellt war. Sie ist damals auf ihren Krücken zu Ouds Haus gehumpelt, er lag da schon im Sterben, und hat ihn gefragt: ›Oud, hast du was für Ann getan?‹ Das war aber wohl nicht der Fall. Sie ist eine halbe Stunde lang bei ihm in seinem Schlafzimmer geblieben. Als sie nach dieser halben Stunde wieder rauskam, sagte sie: ›So, Ann. Alles geregelt.‹«

Die Geschichte schien also zu stimmen.

»Schon merkwürdig, dass Oud nicht selbst auf die Idee gekommen ist«, grübelte ich laut vor mich hin. »Er hat Oma Annetje, aber auch Tante Vera und ihrer Familie« – sagte ich mit Nachdruck, aber der Wink entging Tante Tini –

»doch immer geholfen, wo er konnte. Hätte er Oma Annetje wirklich nach all den Jahren ohne einen Cent zurückgelassen?«

Ich hatte Ouds letztes Nikolausgedicht für Tante Tini mitgenommen. Ich zitierte: ›Nacht wie Tag sind Deine guten Taten in meinen Gedanken … Jedenfalls sind dies Versuche, um für die liebe Ann zu sorgen.‹ »Dann muss er doch irgendwas Substanzielles für sie getan haben«, setzte ich hinzu. »Und dazu hatte er auch allen Grund. Oma Annetje hat ihn schließlich das letzte Jahr die ganze Zeit pflegen müssen.«

Das ließ Tante Tini nun doch nachdenklich werden.

»In der Tat, sie hat ihn bis zu seinem Tod gepflegt. Sie musste sogar seine Geschäfte für ihn wahrnehmen, und das, obwohl sie davon nicht die geringste Ahnung hatte. Jeden Morgen telefonierte sie ewig lange mit einem Versicherungsunternehmen. Sie hatte ganz schön viel um die Ohren.«

»Mit einem Versicherungsunternehmen?«

»Jetzt fällt's mir wieder ein. Sie betreute ein Versicherungsportefeuille für ihn, und weil sie sich allmählich mit der Materie vertraut gemacht hatte, durfte sie es behalten. Das würde ihr noch eine Kleinigkeit einbringen. Aber es war nicht genug, glaube ich – und Ouds Söhne wollten nicht, dass sie etwas erbte.«

»Aber wenn die Söhne nicht wollten, dass sie erbt, wie ist sie dann an die zehntausend Gulden gekommen?«

Das konnte Tante Tini sich auch nicht erklären. »So hat's Tante Ann mir erzählt«, sagte sie.

Da ich nun gerade in Arnheim war (und wieder nicht willkommen bei meinem Vater Lepel), beschloss ich, auf gut Glück bei Onkel Henk vorbeizuschauen, dem ältesten Sohn aus Großvaters erster Ehe, der auf Oma Annetjes Beerdigung gesprochen hatte. Er war Buchhalter gewesen. Wer weiß, vielleicht konnte er sich noch an irgendwelche der diversen Transaktionen erinnern.

Onkel Henk war schon alt und zittrig, und sein Gedächtnis war nicht mehr das Beste. Er erinnerte sich nicht mehr an viele Einzelheiten über den Kauf des Hauses.

»Vosseveld? Auf ihren Namen? Das ist gut möglich. Ann hatte eigenes Geld. Ein Legat, glaube ich, das der alte Oud ihr vermacht hatte.«

Dieselbe Geschichte. Ein Legat von Oud. Da musste sich doch mehr drüber erfahren lassen.

»Hast du eigentlich noch Sachen aus der Zeit – Fotos, Briefe, Papiere?«, fragte ich.

»Nein, mein Kind, ich habe alles schon vor langer Zeit weggetan.«

»Weißt du vielleicht noch, wie viel genau sie von dem alten Oud geerbt hatte?«

Onkel Henks kornblumenblaue Augen sahen mich an, als hätte er meine Frage gar nicht gehört. Währenddessen hatte Tante Flor ein Fotoalbum ausgegraben, in dem Henks Mutter vielfältig vertreten war mit ihren Kindern Johan, Rita und dem kleinen Henk selbst. Mein Großvater Christiaan Mansborg fehlte natürlich auf den meisten Familienschnappschüssen. Auf den frühen, weil er sie selbst aufgenommen hatte; auf den späteren, weil er da schon mit Pij fortgegangen war, die er 1915 geheiratet hatte. Seine erste Frau Dora war damals vierzig, obwohl sie viel älter wirkte, mit leidenden Zügen und großen, traurigen Augen, die ungläubig in die Kamera blicken.

»Henk war noch keine zwei Jahre alt, als dein Großvater seine Familie wegen Pij verließ«, sagte Flor in leicht vorwurfsvollem Ton. Sie schien sich inzwischen in der Vergangenheit der Familie Mansborg besser auszukennen als Onkel Henk selbst.

Großvaters erste Ehe interessierte mich allerdings nicht sonderlich, und ich versuchte das Gespräch wieder zurück auf Oma Annetje zu lenken. Mit einiger Mühe gelang das.

»Kanntest du denn Oma Annetje schon, bevor sie Großvater heiratete?«, fragte ich Onkel Henk.

»Sicher. Ich bin ihr öfter begegnet, wenn ich bei Vater am Overtoom war. Sie kam da öfter vorbei. Sie war eine Herzensfreundin von Pij. Sie war sehr schön, erinnere ich mich, und schick gekleidet. Aber sie hatte auch etwas Verschwommenes, Schwärmerisches, ich weiß nicht, wie ich das bezeichnen soll. Sie war für ihre übersinnlichen Fähigkeiten bekannt. Auf Vosseveld habe ich einmal einer Séance beigewohnt«, begann er und gab noch einmal dieselbe Geschichte von sich, die er in seiner Beerdigungsrede erzählt hatte – inklusive des Gags mit dem Hund.

Doch fügte Onkel Henk diesmal noch etwas Neues hinzu: »Einmal ist Ann auch zu meiner Mutter durchgekommen, die damals erst vor kurzem gestorben war. ›Ist da jemand?‹, hat sie gefragt. ›Wer ist da?‹ Und da hab ich mit eigenen Augen gesehen, wie das Kreuz auf die Initialen meiner Mutter gezeigt hat. Dann bin ich weggegangen, ich wollte nichts damit zu tun haben.«

»Henk war damals furchtbar erschrocken«, bestätigte Tante Flor. »Stimmt's, Henk?«

Als ich die Möglichkeit eines Verhältnisses zwischen Großvater und Oma Annetje ansprach, noch vor seiner Scheidung von Pij, wirkte Henk wie vom Schlag getroffen. »Warum willst du bloß so was wissen? Doch nicht etwa für die Sachen in *Neerlands Diep*?«

Untypisch für Onkel Henk, so argwöhnisch zu sein. Lepel musste auch ihn vor meiner Neugier gewarnt haben.

Ich drängte nicht weiter. Wenn irgendwas gewesen war zwischen Großvater und Oma Annetje, dann war es Onkel Henks kornblumenblauen Augen entgangen.

»Hast du vielleicht noch Briefe von Oma Annetje?«, fragte ich wider besseres Wissen.

»Nein, mein Kind, ich sagte doch schon, ich hab alles schon vor langer Zeit weggetan.«

»Wie schade.«

»Aber Henk. Du hast doch diesen Ordner gehabt«, sagte Flor. »Du hast für Ann doch immer die Buchhaltung gemacht. Die Unterlagen hast du aufgehoben, mit noch ein paar Briefen, die du nicht wegwerfen wolltest. Du hast mir da sogar noch draus vorgelesen, auch aus den Briefen von deiner Mutter.«

»Ach ja?«

≈ 259 ≈

Flor zwinkerte mir zu. Sie fand das Ganze inzwischen selbst schon recht spannend. Sie flüsterte, dass sie mal eben nachsehen wolle.

Beim Abschied kam sie mit einem dicken Ordner an. »Hier müssen die dabei sein. Ich such sie gerne für dich raus, und wenn du dann das nächste Mal herkommst ...«

Ich nahm ihr den Ordner schnell aus der Hand und sagte: »Ich komm schon zurecht, Flor. Ich bringe alles wieder zurück. Versprochen.«

So saß ich dann etwas später mit dem Ordner in meinem Zug zurück nach Amsterdam.

Eine Abteilung ›Mutter‹ enthielt Briefe und Dokumente, die Großvaters erste Scheidung betrafen. Ich blätterte sie flüchtig durch. Dora scheint mit aller Macht gehofft zu haben, dass es mit Großvater doch wieder gut werden würde; und auf einem mit Bleistift geschriebenen kurzen Brief ließ sie Familienmitglieder, die mir unbekannt waren, grüßen. ›So kann ich nicht mehr leben‹, stand da. Kein Datum. Die arme Person wird doch nicht etwa Selbstmord begangen haben?

Ich blätterte weiter. Es gab Vorsatzblätter mit ›Briefe Vater‹, ›Ann/Vosseveld‹ und ›Finanzen‹. Alles war ordentlich nach Datum ge-

ordnet. Unter ›Vater‹ fand ich einen langen
Brief von Christaan Mansborg, datiert vom
16. Oktober 1939 – sechs Wochen nach dem
Tod des alten Oud.

Lieber Henk, wenn auch die Stimmung vielleicht nicht gerade fröhlich sein dürfte, ver-
lier nicht die Zuversicht. Wenn der Krieg
vorbei ist, kehrt vielleicht auch wieder die
Ruhe und ein Lichtstrahl zurück, nach diesen dunklen Zeiten.
Für uns bricht nun die Zeit an, da Ann Beets
zu uns kommt, und in dieser Erwartung haben wir hart geschuftet und gearbeitet und
alle Haushaltsdinge selbst erledigt. Morgen
früh kommt der letzte Umzug, und da wird
unser Haus zum erneuten, aber dann auch
zum letzten Male zum Chaos. Ab übermor-
gen ist jede Ordnung dann eine endgültige,
und das gibt mir ein wunderbares Gefühl.
Auch die geistige Unordnung im Familienleben hat dann ein Ende. Wenn Du sie erst einmal näher kennengelernt hast, wirst Du
selbst feststellen, wie lieb sie ist und was für
eine gesellige Atmosphäre sie zu schaffen
versteht, und damit soll mein liebster Wunsch
in Erfüllung gehen, diese Frau nicht als
›Haushälterin‹ sondern als Gattin mein Ei-

261

gen nennen zu können. Die Scheidung wird in ein paar Wochen ausgesprochen sein, und dann steht uns nichts mehr im Wege, diesen Plan auszuführen.

Kommenden Sonnabend werde ich Anns Familie kennenlernen. Dann hoffen wir, dass sie bei uns einzieht. Diese Neuigkeit wird Dich gewiss veranlassen, die Hände vor Erstaunen zusammenzuschlagen. Doch ist dies alles zum Guten, was sollen zwei Männer ohne eine Frau und dann auch noch ohne so eine. Du weißt vielleicht, dass Ann auch einen Billardtisch mitbringt, der dem Herrn Oud gehört hat?

Bedauerlicherweise geht es mit Lepel noch nicht so gut. Eine Erkältung folgt der anderen, und das ist für sein Lernen ein großes Handicap. Die weibliche Sorge von Ann, die früher Krankenschwester war, wird ihm da sicherlich guttun. Darüber hinaus ist Ann in der schwierigen Zeit, die er wegen der Familienumstände durchgemacht hat, stets seine Beichtmutter gewesen. Ich kann Dir nicht sagen, wie glücklich und wie erleichtert wir uns fühlen.

Pij ist leider nicht glücklich, und die Erfüllung von dem, was sie sich selbst erwünscht hat, bringt ihr keine Ruhe. Für uns ist kein Zurück gewünscht und auch nicht möglich. Wir würden nur noch unglücklicher werden und ein noch trostloseres Leben führen.

Großvater hatte sich also tatsächlich mit seinem ganzen Haushalt in Zandvoort niedergelassen, in froher Erwartung von Oma Annetjes Ankunft. Und Oma Annetje und ihr künftiger Stiefsohn Lepel hatten sich auch schon seit Jahren gekannt, wie hätte sie sonst jahrelang seine ›Beichtmutter‹ sein können? Warum hatte mein Vater mir dann so nachdrücklich versichert, dass er sich nicht erinnere, sie am Overtoom jemals gesehen zu haben?

Etwas ging aus diesem Brief unumstößlich hervor, nämlich, dass meine Oma Pij von dem ganzen Arrangement unangenehm überrascht worden war.

›… ist jede Ordnung dann eine endgültige‹, schrieb Großvater. Ironie des Schicksals: Letztendlich sollten sie zu dritt kaum ein Jahr in Zandvoort bleiben, bis Großvater und Oma Annetje – nein, nur Oma Annetje – im Oktober 1940 Vosseveld kaufte.

Ich blätterte die Abteilung ›Finanzen‹ durch und stieß auf ein Bündel karierter Blätter mit minutiös geführter Buchhaltung von Onkel

Henk, die sich über die Jahre 1935–1955 erstreckte. Wie jemand für so etwas die Geduld aufbringen konnte, war mir ein Rätsel. Wirklich alles stand dort aufgelistet und belegt – bis zur Anschaffung von Rasiermessern, Rückfahrkarten nach Soest, einer Schachtel Pralinen für ›Ankies Geburtstag‹, einer neuen Zahnbürste.

Ich fand aber auch einen Brief vom alten Oud an Henk, vom 5. April 1939.

Herrn Mansborg jr., Buchhalter.
Danke für Ihr freundliches Schreiben – ich bin sehr froh, dass ich die Verrechnungen derart habe auflösen können, dass ich Sie zufriedenstellen kann – mit der vollen Abschlussprovision. Die bezahle ich mit der Abrechnung für Ihren Papa an Sie aus.
Meine Hochachtung für Ihre Familie veranlasste mich dazu, diese Transaktion vorzunehmen. Mein Brief ist kurz – mein Unwohlsein ist dafür der Grund. Es will einfach noch nicht in die gewünschte Richtung gehen.
Mit herzlichem Gruß, hochachtungsvoll
H. C. Oud

Eine Verrechnung – eine Abschlussprovision. Da sollte man doch beinahe an eine Versicherung denken. Vielleicht hatte das Versicherungsunternehmen, von dem Tante Tini sprach, irgendetwas damit zu tun? Um welchen Betrag wird es gegangen sein? Auch der schien in Onkel Henks Kassenbuch zu stehen.

Am 30. April war ein Betrag von ƒ 8300 bei Henk eingegangen. Am nächsten Tag waren davon ƒ 8000 ›auf Vaters Konto‹ überwiesen worden. Die restlichen ƒ 300 verblieben als ›Provision‹ auf Onkel Henks eigenem Konto. Achttausend Gulden. Das muss 1939 ein Vermögen gewesen sein. Da ging es um Hunderttausende in heutigem Geld.

›Diese Transaktion‹, schrieb Oud. ›Meine Hochachtung für Ihre Familie‹.

Und das alles ein halbes Jahr vor seinem Tod. Dann war die ›Verrechnung‹ vielleicht eine listige Art gewesen, um Geld zu seiner ›liebsten Ann‹ zu schleusen und so die Söhne zu umgehen. Die Abschlussprovision konnte eine Verschleierungsmaßnahme für die Söhne gewesen sein – für den Fall, dass sie sich nach dem Tod ihres Vaters mit seinen Finanzen näher beschäftigen sollten.

War das dann vielleicht die Erbschaft gewesen, die die Oberin für Oma Annetje losgeeist hatte, und waren die Beträge ein und dieselbe Schenkung gewesen? Zwar keine zehntausend Gulden, aber weit davon entfernt auch nicht.

Aber die Oberin hatte die zehntausend Gulden dem alten Oud doch erst auf seinem Sterbebett abgeschwatzt! Darin waren Lepel und Tante Tini sich einig gewesen.

Im Herbst 1938 hatte Oud seinen ersten Anfall gehabt und gedacht, dass er Nikolaus nicht mehr erleben würde. Im Frühjahr 1939, als er den Brief an Henk schrieb, ging es ihm gerade wieder mal besser. Die Fotos vom Sommer beweisen, dass er noch mit seiner Ann bei Vera zu Besuch gewesen war und dort wie ein Pascha in einem Liegestuhl im Garten gelegen hatte.

›Meine Hochachtung für Ihre Familie veranlasste mich dazu, diese Transaktion vorzunehmen.‹

Das *konnte* sich nicht auf eine Versicherung beziehen, beschloss ich. Die achttausend Gulden mussten eine Schenkung gewesen sein, und zwar an Christiaan Mansborg, nicht an Oma Annetje.

Ich hatte eine Eingebung. Wenn nun der alte Oud das Glück, das er Oma Annetje so nachdrücklich gönnte, ihr hatte erkaufen wollen? Wenn er nun, als er sein Ende nahen fühlte, seinen Nachbarn dazu überredet hatte, sich von Pij scheiden zu lassen, rechtzeitig, lange vor seinem Tod, um sicherzugehen, dass Annetje versorgt war?

Dann hatte Oud meinen Großvater mit anderen Worten *gekauft*. Dann war die Scheidung ein abgekartetes Spiel.

Pijs Brief an Oma Annetje fiel mir wieder ein: ›Ein Missverständnis will ich freilich aus der Welt schaffen. Glaub mir, ich wäre nicht freiwillig weggegangen.‹

Wieder ging es um die Chronologie, dachte ich. Angenommen, dass Großvater die achttausend Gulden tatsächlich Ende April von Oud erhalten hatte im Austausch für das Versprechen, sich von Pij scheiden zu lassen und Annetje zu heiraten. Ein *Gentleman's Agreement*. Dann hatte Großvater, von April bis, sagen wir, August 1939, Zeit gehabt, um sich von Pij loszueisen. Hatte er gezögert und vielleicht sogar einen Rückzieher machen wollen?

Die Geschichte über die Oberin stimmte dann also doch nicht. Oder – sie war verdreht. War es denkbar, dass die Oberin, anstelle des alten Oud, Großvater die Leviten gelesen hatte, als es aussah, als wolle er einen Rückzieher machen? Dass sie ihn an sein Heiratsversprechen erinnerte, das er Annetje gegeben hatte? Die Oberin hatte ihn sich ja schon einmal vorgeknöpft, als sie ihn 1915 unter Vortäuschung falscher Tatsachen überredet hatte, sich von seiner ersten Frau Dora scheiden zu lassen. Hatte sie sich jetzt mit dem gleichen Elan für die charmante Annetje eingesetzt? Sogar gegen die eigene Tochter? Das erschien unwahrscheinlich.

Außerdem blieb dann die Frage, wie Oma Annetje selber an die zehntausend Gulden gekommen war, um Vosseveld zu kaufen.

Ich suchte unter der Überschrift ›Ann/Vosseveld‹, ob ich über den Kauf noch etwas mehr aufspüren könnte, und fand hinten eine Notiz in Oma Annetjes Handschrift:

Henk, die betreffende Mappe hab ich nicht mehr, darin wirst Du alle Angaben finden. Im Nachhinein meine ich mich zu erinnern, dass ich sie einmal Dir oder Johan gab. Bei Rita ist sie auch nicht zu finden. Ich meine, dass es eine marmorierte graue alte Mappe ist… Einen weiteren Beweis besitze ich nicht…

Und noch weiter hinten fand ich eine Notiz von Onkel Henk:

Die Kaufsumme für Vosseveld betrug ƒ 10 000, für die Ann nach eigenem Bekunden ihre Anteile von der Niederländischen Eisenbahn verkauft hat (keine Belege mehr vorhanden).

Da waren sie also doch – die zehntausend Gulden. Aber jetzt waren es auf einmal wieder Anteile von der Niederländischen Eisenbahn gewesen. Dann musste der alte Oud sie ihr gegeben haben, zum Nikolaus von 1938, in seinen ›Versuchen, um für die liebe Ann zu sorgen‹.

Allmählich wurde mir schwindlig. Wo war Oma Annetjes Geld hergekommen und wo war es geblieben? Sie hatte doch immer alles aufgehoben. Aber hier war die Rede von nicht aufspürbaren Belegen. Von einer Mappe, die verloren gegangen war.

Irgendwas stimmte hier nicht. Eine ganze Menge stimmte nicht. Lepels wiederholte Behauptung, dass sein Vater ›keinen Cent‹ gehabt habe, zum Beispiel. Onkel Henk hatte eine Übersicht gemacht von dem Jahreseinkommen, über das Christiaan Mansborg seit seiner Pensionierung 1939 verfügte: die vierteljährlichen Auszahlungen von drei Leibrenten plus eine kleine Rente vom Konservatorium; zusammengenommen belief sich das auf zweieinhalbtausend Gulden im Jahr. Für die damalige Zeit war das ein fürstliches Einkommen. Und bei seinem Tod sollten noch einmal fünftausend Gulden ausbezahlt werden!

Und dann noch die achttausend Gulden von Oud.

Großvater war also nicht arm gewesen, er war reich. Er hatte unbekümmert ein Haus in Zandvoort mieten und einrichten können und Annetje dort willkommen heißen als seine neue, dritte Frau.

Mein Vater hatte diesbezüglich also gelogen. Ich wollte ihn um Aufklärung bitten und griff schon zum Telefon. Dann zögerte ich. Lepel war in letzter Zeit so verschlossen und mürrisch gewesen. Und dann noch das Geklüngel mit seiner Schwester und seinem Halbbruder Henk. Es war besser zu warten, bis ich ihn wieder einmal persönlich sprechen konnte, und die Frage dann nebenbei zur Sprache zu bringen.

Ich schreckte auf, als das Telefon unter meiner Hand plötzlich klingelte.

Lepel, dachte ich. Telepathie.

Aber es war nicht Lepel. Es war Diny, die Tochter von H. C. Ouds jüngstem Sohn Gerrit. Sie hatte mir, auch schon wieder vor Wochen, versprochen, nach Briefen von Oma Annetje an ihren Vater zu suchen. Die hatte sie inzwischen tatsächlich gefunden. Auf ihrem Dachboden, aufgerollt in einer Papprolle.

»Sie hat sich damals auch noch ein Versicherungsportefeuille unter den Nagel reißen wollen!«, sagte Diny entrüstet. »Nach all dem, was sie schon aus dem Haus am Overtoom wegge-

schleppt hatte … sogar die Bücher sind haufenweise nach Zandvoort gegangen. Jetzt erinnere
ich mich wieder, wie mein Vater noch Jahre
später darüber geschimpft hat.«

Ich eilte zu Diny, um mir die Briefe anzusehen. Die Blätter steckten fest ineinandergerollt.
Ich entfaltete sie vorsichtig, eins nach dem andern. Der erste Brief stammte von Mitte November 1939, drei Wochen vor Annetjes Heirat
mit Großvater, geschrieben in Zandvoort.

Lieber Gerrit, hier muss noch hart gearbeitet
werden, denn alles stand noch Kopf, deswegen habe ich auch so auf Eile gedrängt. Ich
gehe nächste Woche noch mal kurz zum
Overtoom, ich hab noch einen Schlüssel,
und ich hab eigentlich noch nicht richtig Abschied von dem Haus genommen. Ihr habt
gewiss schon meine zugeschickten Episteln
empfangen, ich erhielt auch wieder einen
Brief von der Eersten Nederlandschen. Sie
hören einfach nicht auf zu nörgeln, obwohl
sie selber zugeben, dass die Fa. Oldenborgh
alles sehr gut gemacht hat.
Es wird letztendlich übrigens alles doch anders laufen, als ich gedacht habe, denn Mansborg und die Fam. Braakensiek wollen unbedingt, dass wir heiraten. Es klingt schon

verrückt, aber ich sehe das alles sehr sachlich, und ich glaube auch, dass sie recht haben. Es ist schon besser, vor allem in so einem kleinen Ort, da wird man sonst natürlich scheel angesehen … Dann soll es also mal ruhig geschehen. Die Vorstellung, wieder allerlei andere Dinge zu beginnen, zieht mich jetzt auch nicht so schrecklich an …

Das hörte sich nicht wildverliebt an. Das hörte sich nach einer Vernunftehe an. Es sei denn, dass Annetje es nur gegenüber der Famile Oud so darstellen wollte, weil sie sich genierte, so schnell gleich eine neue Liebe aufgetan zu haben. Die ›anderen Dinge‹, die sie nicht hatte wieder beginnen wollen, bezogen sich wahrscheinlich auf eine alternative Zukunft als ansehnlich bejahrte Wochenpflegerin. Ein ganzes Stück weniger anziehend, in der Tat, als sich Frau Mansborg nennen zu dürfen, die gesetzliche Gattin eines berühmten Mannes.

Am 8. Januar 1940, einen Monat nach ihrer Heirat mit Christiaan Mansborg, schreibt Annetje an Gerrit:

Ich musste mit meiner Antwort ein wenig warten, weil ich wegen Logierbesuch und so nicht direkt nach Amsterdam konnte, und auch dort musste ich mich selber erst von jemand anderem ins Bild setzen lassen, weil ich nicht kapierte, was da eigentlich los war. Ich hatte näml. von der Firma Oldenborgh jemanden hier, der wissen wollte, was die Firma denn falsch gemacht hat, dass das Portefeuille einfach so, ohne sie zu informieren, von der Eersten Ned. auf die Twent'sche Bank übertragen wurde. Ich fand das sehr bedauerlich, weil ich weiß, was die Firma alles für uns getan hat. Auch wenn ich sie am Tag 20-mal anrief, waren sie stets höflich und bereitwillig. Wie hoffnungslos wäre alles schiefgelaufen, wenn wir die nicht gehabt hätten!

Ich ging also zur Firma Oldenborgh, um zu erzählen, dass die E. Ned. als Bedingung gestellt hat, dass ich in Amsterdam bleiben müsse – dass ich das wegen meiner Heirat aber nicht könne. Danach war das Erstaunen groß. Die Herren fanden, dass ich schon sehr leichtfertig mit dieser Hinterlassenschaft umspringe. Es ist ein festes Einkommen, und mit einem kleinen Aufwand ist es leicht aufrechtzuerhalten. Ich ging dann noch zu Notar Zwart, und auch der gab mir den Rat, da sehr gründlich drüber nachzudenken. Es sei doch der Wunsch des alten

Herrn Oud gewesen, mir etwas zu hinterlassen, wovon ich ein festes Einkommen hätte. Aus diesem Grund würde ich gern von Dir wissen, wie Du ehrlich darüber denkst. Wenn ich das Gefühl hätte, dass ich es selber nie brauchen werde, dann kennt ihr meinen Charakter gut genug, um zu wissen, dass ich solchen Streit eigentlich schrecklich verabscheue. Aber unser Einkommen ist nicht derart, dass ich mir eine so großzügige Geste erlauben kann –

Eine merkwürdige Bedingung, mit der das Versicherungsunternehmen, die *Eerste Nederlandsche Verzeekerings Maatschappij*, jetzt auf einmal ankam. Man könnte beinahe meinen, dass Gerrit dahintersteckte. Der, so erzählte Diny, seinen Vater als Direktor der Twent'sche Bank beerbt hatte …

Annetjes dritter Brief an Gerrit, vom 22. Januar 1940, war denn auch eine Antwort auf eine wahrscheinlich verstimmte Reaktion seinerseits.

Lieber Gerrit, ich habe keine Lust, alles noch einmal zu erklären. Ich habe nie gesagt, dass ich das Portefeuille nicht länger behalten könne, denn es lief alles bestens. Die Firma van Oldenborgh sorgte dafür und schrieb meinem Konto 2/3 der Provision gut. Ich schrieb lediglich, dass Du tun musst, was Du selbst für das Beste hältst. Ich bin sportlich genug, um es zu schätzen, dass Du für Dich selbst sorgst. Aber ich habe doch ein leicht unbehagliches Gefühl, dass ich hier ausgebootet worden bin, denn ich habe geglaubt, Du würdest wie ein eigener Bruder mit diesen Dingen verfahren. Wir sind doch all die Jahre auf diese Weise miteinander umgegangen, all die Liebe und das Leid sind doch nicht auf einmal vergessen. – Basta, ich habe davon genug. Von Herzen gönne ich euch das Allerbeste –

Ich lauschte mit halbem Ohr nach Dinys Kommentar: »... das Portefeuille stand meinem Vater zu ... der war damals gerade Direktor der Twent'sche Bank geworden ... Ann war so raffgierig – Ann war berechnend – Ann ...«

Ich würde diesen Brief anders deuten: Der alte Oud hatte seiner Ann tatsächlich etwas vererbt. Er hatte ihr sogar ein festes Einkommen hinterlassen wollen, um das sie sich freilich, durch Unwissenheit, Unkenntnis, Ungeschicktheit und Gerrits Schläue, prellen ließ.

Es blieb immer noch die Frage offen, von

welchem Geld sie dann eigentlich Vosseveld gekauft hatte. Vielleicht hatte sie doch noch zusätzlich durch Vermittlung der Oberin in letzter Minute die zehntausend Gulden bekommen, in Form von Anteilen der Niederländischen Eisenbahn. Dann wäre es ihr trotz allem noch sehr gut gegangen. Aber auch das musste ich überprüfen.

Sowie ich von meinem Besuch bei Diny wieder zu Hause war, rief ich beim Notariatsarchiv an und erkundigte mich nach den Testamenten von Oma Annetje und Großvater. Wie sich herausstellte, war das nicht so einfach. Ich musste einen schriftlichen Antrag stellen und wochenlang warten. Endlich, nachdem ich noch mehrfach angerufen hatte, bekam ich die Dokumente geschickt, zusammen mit einer Kopie des Ehevertrags.

Ich studierte zuerst die handgeschriebenen Testamente. Großvater hatte seine Ehefrau als Alleinerbin eingesetzt, ihr lebenslangen Nießbrauch an seinem gesamten Besitz zuerkannt und sie zur Testamentsvollstreckerin und Ausrichterin seiner Beerdigung ernannt.

Annetje Beets hatte ihrem Ehemann Christiaan Mansborg, sollte sie vor ihm sterben (Aber wie groß war die Wahrscheinlichkeit? Er war sechsundsechzig, sie zweiundfünfzig!), ebenfalls den Nießbrauch an ihrem Eigentum zuerkannt. Sollte er inzwischen verstorben sein, dann hatte sie, neben ihrer Schwester Vera und ihren Söhnen, ihren Stiefsohn zum Erben benannt – Lepel, meinen Vater.

Lepel und seine neue Stiefmutter hatten also gleich ein enges Band miteinander gehabt. Das brachte mich auf einen neuen Gedanken. Lepel hatte allen Grund, auf Vosseveld zu spekulieren. Er – nicht Großvaters andere Kinder – sollte das Haus einmal erben; nicht von seinem Vater, sondern von seiner Stiefmutter. Das Hickhack nach Großvaters Tod musste damit zu tun gehabt haben.

Der Ehevertrag, ein getipptes Dokument von fünf Seiten Länge, schien einer näheren Betrachtung wert.

Nur Oma Annetjes Eigentum wurde darin beschrieben; ›was nicht beschrieben ist‹, wurde betrachtet als das, ›was dem Ehegatten oder seinen Erben zufallen soll‹.

Ich musste schmunzeln, als ich die Liste von Hausrat und Möbeln sah. Diny hatte schon ein bisschen recht mit ihren Vorwürfen an Oma Annetjes Adresse. Das komplette Vosseveld-Inventar schien aus dem Haus am Overtoom zu stammen, einschließlich des Sonnenschirms und der Gartenmöbel.

… nebst Kleidungsstücken, Schmuckstücken und dem Körper dienendem Zubehör die folgenden beweglichen Gegenstände: im Wohnzimmer: Billardtisch mit Tischtuch, Sekretär mit Stuhl, Bücherschrank samt Inhalt, sechs Stühle, kleiner Tisch, Bilder, Kamin mit Kamingerät, Schirmlampen, Teemobiliar mit Inhalt, Wohnzimmerschrank mit Inhalt (Glaswaren, Ess- und Teeservice, Messer, Gabeln, Löffel u. dgl.); im Musikzimmer: zwei Lehnstühle mit Kissen, Bilder, Schirmlampen, Schrank mit Inhalt, kleine Tische, Ofenbank; im Wintergarten: Bücherschrank mit Büchern, Wintergartenmöbel; außerdem Garderobe mit Wandbehang und blaue Vasen, Deckenkiste, das gesamte Schlafzimmermobiliar mit feststehendem Waschbecken, drei alte Stühle, Nähmaschine mit Nähtisch, Gartenmöbel, Sonnenschirm, Liegestuhl; Fahrrad, Wäscheschrank mit Haushaltswäsche, einige Koffer und Handtaschen; das gesamte Kücheninventar, Bodenbedeckung und Gardinen für das gesamte Haus, Treppen- und Flurläufer mit Stangen.

Unten auf der Seite folgte eine Auflistung von Oma Annetjes Aktien und Wertpapieren. Die setzte sich auf Seite vier fort, aber das war eine einzige Schmiererei. Der gesamte linke Rand war voller Korrekturen. Dass sie das im Notarsbüro nicht kurz mal ordentlich hatten neu tippen können, dachte ich noch. Ein Schuldanerkenntnis gegenüber Bruder Han von achthundert Gulden war durchgestrichen; drei Obligationen zu fünfzig Gulden auch. An den Rand waren zahlreiche Änderungen gekritzelt, jede mit Großvaters und Oma Annetjes Paraphe versehen.

Es waren keine Aktien der Niederländischen Eisenbahn aufgeführt. Ich berechnete über den Daumen gepeilt den Gesamtwert der Obligationen: noch keine dreitausend Gulden. Davon konnte Oma Annetje Vosseveld nicht bezahlt haben.

Ich versuchte, aus dem Wirrwarr schlau zu werden. Einer ›Einlage bei der Reichspostsparkasse in Höhe von siebenhundert Gulden‹ folgte ein Hinweiszeichen. Das wurde über einem unlesbaren Gekritzel am Rand wiederholt. Ich musste mir alle Mühe geben, es zu entziffern.

›Die Rechte auf das ihr durch verst. Herrn H. C. Oud übertragene Legat von f 8000,–.‹ Auch diese Textstelle war mit beider Paraphen versehen.

〜 279 〜

Eine Weile starrte ich verwundert auf das Papier. Achttausend Gulden. Genau der Betrag, den Christaan Mansborg von Oud erhalten hatte. Dann stimmte es also – dann war die Schenkung also doch für Ann bestimmt, lautete meine erste Schlussfolgerung. Ich beugte mich noch einmal über das Gekrakel.

Wenn die achttausend wirklich für Oma Annetje bestimmt gewesen waren und Großvater mit dem Arrangement einverstanden gewesen war – dann sollte man einen derart ansehnlichen Betrag doch im getippten Text erwarten. Nicht handschriftlich in den Rand gekritzelt, als ginge es um irgendeinen nebensächlichen Zusatz, kaum lesbar für das bloße Auge …

Ich erstarrte. *Kaum lesbar.*

Wenn *ich* schon Mühe hatte, den Text zu entziffern – Großvater war sechsundsechzig gewesen, als er dieses Dokument unterzeichnete, und stark kurzsichtig, dem Funkeln in seiner Brille zum Trotz. Er dürfte die Hinzufügung, ebenso wie die anderen – unbedeutenden – Korrekturen, ungelesen paraphiert haben.

Und wer war der Notar, der sich hierzu hergegeben hatte?

Genau. Ouds alter Freund Zwart aus Amsterdam. Der über Ouds Pläne mit seiner Ann bereits auf dem Laufenden gewesen war. Der, nachdem Ouds geplante Vorkehrungen für sie in Rauch aufgegangen waren, das Seine getan hatte, um zu retten, was noch zu retten war.

Vosseveld wurde nicht von den Zehntausend gekauft, die die Oberin dem alten Oud angeblich abgeschwatzt hatte. Es wurde auch nicht von unauffindbaren Eisenbahnanteilen gekauft. Derlei Geschichten musste Oma Annetje später gestreut haben, als sich, nach Großvaters Tod, Fragen über die Eigentümerschaft des Hauses erhoben.

Vosseveld wurde von Großvaters achttausend Gulden gekauft.

Ich nahm den Kaufvertrag für Vosseveld dazu, den ich vor Monaten aus dem Papierkorb meines Vaters gerettet hatte.

Das Haus hatte zehntausend Gulden gekostet. Die achttausend von Großvater mussten also mit Mitteln von Oma Annetje ergänzt worden sein; wer weiß, vielleicht hatte Großvater auch eigenes Gespartes draufgelegt.

Aber das Haus war einzig und allein auf ihren Namen eingetragen.

Die Kaufakte gab bei näherem Studium übrigens auch zu denken. Großvaters Name war oben neben dem von Oma Annetje genannt. Auch unterschrieben hatte er neben Annetje. Dass er kein gleichberechtigter Käufer des

Hauses war, ging nur aus der Bemerkung hervor, er sei ›zum Beistand seiner Ehefrau‹ beim Notar erschienen. Wenn Notar Zwart, beim Vorlesen der Urkunde, diese Einschränkung weggelassen hatte, dann hatte mein Großvater vermutlich gar nicht gemerkt, dass er mit dem Kaufvertrag nicht Miteigentümer des Hauses geworden war!

Großvater hatte sicher gefunden, dass der Kauf ein guter Bestimmungszweck für das von Oud empfangene Geld war. Aber dann konnte es ein böses Erwachen gegeben haben an dem Tag, an dem er entdeckte, dass Oma Annetje ihn reingelegt hatte …

Die Zandvoort-Periode ist in die Familiengeschichte als eine doppelte Idylle eingegangen. Schon bald sprang das Glück vom frischvermählten älteren auf das junge Paar über: Lepel und Mary, meine Eltern. Dafür hatte Annetje gesorgt.

Als sie zum Nikolausfest von 1939 mit ihrer neuen kleinen Familie bei ihrer Schwester Jopie auftauchte, hatte sie ihre Nichte, aber auch ihren Stiefsohn, so sorgfältig auf ihre erste Begegnung vorbereitet, dass sie alle beide schrecklich nervös waren. Lepel hatte sich – aus welchen Gründen auch immer – für die

Gelegenheit so ungepflegt und unanziehend wie möglich gekleidet: einen Zweitagebart, krummer Rücken, Jacke linksherum angezogen. Was er dann bitter bereute, als er die Enttäuschung auf Marys süßem Gesicht sah.

Aber letztendlich lief alles gut: Annetjes Plan hätte gar nicht besser klappen können. Als Lepel etwas später, rot vor Verlegenheit, dann doch seine wahre Gestalt zeigte, hatte Mary sich sofort Hals über Kopf in ihn verliebt.

Ob es zwischen Oma Annetje und Großvater eigentlich auch so romantisch zugegangen war – das war die Frage, die sich mir jetzt immer dringender stellte.

Ich suchte in Oma Annetjes Fotoalbum die Bilder aus Zandvoort vom Sommer, Herbst und Winter 1939. Die Bilder von dem jungen verliebten Paar waren allseits bekannt. Dem älteren Paar hatte ich nie besonders viel Aufmerksamkeit geschenkt. Jetzt betrachtete ich sie mit dem Wissen, das ich inzwischen über meine Protagonisten gesammelt hatte.

Es waren die Tage, Wochen, Monate nach Ouds Tod. Man sieht einen Großvater, der seine Augen nicht von Annetje lassen kann. *Sicher das glücklichste Jahr meiner Ehe*, steht unter einem der Bilder.

Wenn dies das glücklichste Jahr gewesen

war, dann blieben wenig Illusionen für die Jahre übrig, die noch kamen. Denn Annetje sah alles andere als glücklich aus. Man sieht einen schief gezogenen Mund und flüchtige Augen. Was dieses spitze, bleiche Gesicht auch ausstrahlen mochte – Glück war es nicht. Mir fiel nur ein Wort dazu ein: Verlegenheit.

Wenn ich weitermachen wollte mit ihrer Lebensgeschichte, musste ich die ersten Jahre ihrer Ehe einmal genauer betrachten. Aber wie? Lepel war ein weiteres Mal unansprechbar geblieben: Er habe Kopfschmerzen und leide an Schlaflosigkeit, sagte er; je weniger Besuch desto besser.

Aber es gab noch die Briefe. Meine Eltern hatten sich in den ersten Kriegsjahren beinahe täglich geschrieben, bis zu ihrer Heirat im Jahr 1943, und meine Mutter hatte mich auf dem Sterbebett noch gebeten, die Schuhschachtel aus dem Schrank zu holen, in der die Briefe in völligem Durcheinander herumlagen.

Ich sehe es noch vor mir, wie meine Mutter die Schachtel auf ihrem Bett umkippte und ohnmächtig all die Briefe durch ihre Hände gleiten ließ, zu müde, um sie zu lesen, ihr Gesicht kreideweiß, das Haar aufgelöst auf dem Kissen. Lepels Briefe waren dicke Päckchen, unlesbar geschrieben in seiner engen, kleinen Handschrift – aber die wollte Mary auch gar nicht sehen. Sie wollte ihre eigenen Briefe lesen, Blätter, auf denen ihr Name aufgedruckt war, in einer breiten Mädchenhandschrift. Da lag auch ein Tagebuch dazwischen, das sie mir damals mitgab; Kalender aus den ersten Kriegsjahren, die Tage mit grimmigem Schwung durchgekreuzt, mit Anmerkungen wie *Cold cold cold, How am I longing* und *Noch 25 Tage*, und ganze Wälder von Ausrufezeichen, wenn Lepel dann kam.

Ich habe Mary damals ein paar Briefe vorgelesen und die Schachtel dann mit nach Hause genommen, um alles für sie zu sortieren.

Aber sie starb, bevor es zu weiterem Vorlesen kam.

Luftschlösser

Der Briefwechsel zwischen meinen Eltern begann im August 1940, nach einem langen Besuch Marys in Zandvoort, als die Verbindung mit ihrem neuen, angeheirateten Cousin offiziell wurde:

Arnheim, 14. August 1940
Ich wollte euch zuallererst noch einmal danken für die herrlichen Wochen in Zandvoort. Es ist jetzt so seltsam ohne euch; wir waren so lange zusammen. Und was vermisse ich die Musik!! Montagmorgen habe ich meine Freundin Lot vom Büro abgeholt und bin mit zu ihr nach Hause gegangen. Die Rheinbrücke ist zum Glück nicht mehr so hässlich anzusehen; der Bogen wurde völlig entfernt. Was ist es doch schlimm da im Süden. Heute habe ich nur 2 Flugzeuge gesehen. Nachts hört man überhaupt nichts.
Jetzt wisst ihr, wie es in unserm gemütlichen langweiligen Städtchen zugeht. Liebe Leute, ich komme zum Schluss. Lepel, grüß mir

Tante Ann, Onkel Christiaan, tschüs, du alter Hering!

Am Anfang gab sich die kaum achtzehnjährige Mary offenbar Mühe, mit den dicken ›philosophischen Episteln‹ des zwei Jahre älteren Lepel noch mitzuhalten.

Arnheim, 27. August 1940

Danke für Deinen schönen langen Brief, ich war wirklich glücklich darüber. Es ist so ein herrliches Gefühl, zu wissen, dass es jemanden gibt, der einen liebt und nach einem verlangt!

Ich glaube schon, dass ich Deine ›schwere philosophische Epistel‹ ein wenig begreife. Aber weißt Du, Du kannst alles, was Du fühlst, so gut in Worte fassen. Ich erkenne eine ganze Menge meiner eigenen Gedanken in Deinem Brief; ich glaube auch, dass, wenn man einander vertrauen und begreifen kann, dies die Grundlage für eine gute Gemeinschaft ist. Du bist so eine große Stütze für mich; seltsam, wie sich das ganze Leben verändert, wenn man ›den Wahren‹ gefunden hat. Die ganze Welt betrachtet man plitzplatz mit anderen Augen. Ich bin so oft verliebt gewesen, aber das hier ist etwas so anderes. Weißt Du, ich fühlte mich immer so ziellos und stand mir selber im Weg. Und dieses Gefühl versuchte ich zu verdrängen, indem ich billige Romane las und viel ins Kino ging und ausgeführt werden wollte; zu Hause hatte ich nie Ruhe. Du warst der Erste, der mir half, als Du mich die Sätze von Maeterlinck lesen ließest. Dass das Glück in uns selbst liegt ... Da fing ich an, über Dinge nachzudenken, die ich früher ängstlich von mir weggeschoben habe. Ich steh mir manchmal selbst im Weg, weißt Du! Aber ich will jetzt probieren, nicht alles an mir vorbeigleiten zu lassen, mehr zu leben und in allen Dingen das Gute zu sehen ...

Mary hielt das allerdings nicht lange durch. Ihre Briefe wurden immer kürzer, und bald musste sie spürbar nach Themen suchen. Allerdings schrieb sie voller Bewunderung über ihren künftigen Schwiegervater. Sie hatte ja auch noch etwas von seinen guten Jahren mitbekommen.

24. September 1940
Gegenwärtig werden ziemlich oft Schubertlieder im Radio gesendet. Aber was sind wir doch schrecklich verwöhnt worden von

Deinem Vater! Das ist doch ein Riesenunterschied! Darling, ich denke so häufig an das eine Mal, als Onkel Christiaan *Ungeduld* von Schubert sang. Was für ein unvergesslicher Augenblick ... Ach, wenn Du wüßtest, wie es mich danach verlangt, ihn wieder zu hören! Na ja, es dauert nicht mehr so lange. Nun, jetzt bin ich schon am Ende, kriege ich bald wieder ein Lebenszeichen von Dir?

Hoppla, dachte ich. War der berühmte Schwiegervater womöglich der entscheidende Faktor bei der Partnerwahl Marys gewesen? Soweit man von einer Wahl sprechen konnte.

Im Dezember erinnerte sie sich an ihre erste Begegnung mit Lepel:

Es ist jetzt genau ein Jahr her, dass ich Dich zum ersten Mal sah! War es nicht der 5. Dez.? Ja, ich habe dem guten alten Nikolaus ganz schön viel zu verdanken. Und meiner Tante ...

Jetzt, wo ich die ganze Geschichte zum ersten Mal chronologisch durchlas, begann ich mich zu fragen, ob Annetje ihrer Nichte wirklich einen guten Dienst erwiesen hatte. Mary,

~ 289 ~

schmachtend nach Tanz, Kino und Partys, war bei dem ernsten, asketischen Lepel nicht gerade an der richtigen Adresse.

Oh dear me, wie gerne würde ich mal einen Film sehen! Ich hab manchmal so eine heftige Lust auszugehen, schön zu bummeln, ich verblöde völlig! Und vom Tanzen hast Du ja eigenartige Vorstellungen! Es ist überhaupt nicht ermüdend, schon gar nicht, wenn man einen Slowfox tanzt. Dass ich verd… noch mal nie zu einem schönen Tanzabend gehen kann! Liebster, ich langweile Dich nicht länger und krieche ins Bett. (13. September 1940)

Mary meinte sich sogar für ihre Liebe zum Jazz entschuldigen zu müssen.

Im Moment wird meine Lieblingsmelodie gespielt: *Midnight in Mayfair.* Ein herrliches Stück! Du hättest mich früher mal sehen müssen, wie Lot und ich am Radio hingen, wenn das AVRO-Tanzorchester spielte! Nie kann jemand sich vorstellen, dass ich klassische Musik genauso wie Tanzmusik liebe. Das kommt nicht oft vor! Der Rhythmus ist so erregend und mitreißend. Ich meine jetzt

nicht direkt die Saxofone, was man wirklich
unter ›Jazz‹ versteht; da bin ich auch nicht
so wild drauf.

Mary, die ihre geliebten Tanzplatten nur spielte, wenn Lepel nicht zu Hause war, war dann
ein anderer Mensch. Mary, die sagen konnte:
»Nie hab ich so herrlich getanzt wie mit meinen Vettern Rob und Piet. Euern Vater brachten ja keine zehn Pferde zum Tanzen …«
Jetzt glaubte ich, in diesen frühen Briefen
meiner Eltern bereits Anzeichen ihrer Entfremdung zu finden.

… Ehrlich gesagt, finde ich dies einen ziemlich beunruhigenden Briefwechsel. Dazu
kommt, dass ich viel lieber alles mit Dir be-
spreche. In mancherlei Hinsicht fühle ich
mich Dir doch noch so fern und fremd, was
weiß ich eigentlich über Deine Gedanken
und Du über meine … (3. März 1940)

Berührend fand ich es schon – die junge, noch
schwankende Liebe vor dem Hintergrund der
grimmigen Kriegsjahre. Die haben sie zwar re-
lativ gut überstanden, aber Marys Möglichkeiten wurden doch sehr eingeschränkt.

∼ 291 ∼

Die schönsten Jahre unserer Jugend gehen jetzt so dahin. Oh, ich kann in letzter Zeit so grauenhaft rebellisch sein! Aber das ist dann auch das einzige Gefühl, zu dem ich in der Lage bin. Und was mich besonders rasend macht, ist das dumme Gequatsche im Radio. Den einen Tag: »Der Krieg ist schneller vorbei, als Sie denken.« Ein andermal: »Der Krieg kann noch viele Monate dauern.« Wie lange soll dieser elende Zustand noch anhalten! Wir haben wenig vom Krieg gemerkt, wir durften unsere ganze Familie behalten; wie muss es dann für Menschen sein, die alles verloren haben, ihr Haus, ihren Besitz und die Familie? Ich hab Deinen Brief gelesen und fand ihn schön, nur – warum ist alles so alt und so niedergedrückt? Liebster, ich würde Dich so gern einmal jung und feurig erleben. Aber das kommt bestimmt von der Zeit und den widrigen Umständen! Aber nach dem Krieg, dann will ich mit Dir genießen und alles aus dem Leben herausholen, was drin ist. Wird die Zeit jemals kommen?

War die Zeit jemals gekommen? Der Bruder meiner Mutter hatte nach dem Krieg in Delft studieren dürfen, aber da war sie schon längst verheiratet. Die Kälte, die Langeweile, die ewige Bedrohung, die Dunkelheit… und 1944 mussten sie ihr Haus verlassen. Nach der Befreiung stellten sie fest, dass es ausgeräumt worden war, die Möbel kurz und klein geschlagen, Marys Schallplatten – von Beethoven bis zu den *Ramblers* – über den Balkon geschmissen, einige zerbrochen, andere kaputt gespielt, die Hüllen grau von Feuchtigkeit und Staub. Das Klavier wurde allerdings entgegen ihren Erwartungen wiedergefunden, im Garten der Nachbarn, nicht einmal irreparabel ramponiert.

Ich musste schon lächeln bei Marys Berichten über das ständige Verschieben der Möbel, das wir von später so gut kannten, von Vosseveld:

Als ich nach Hause kam, hatten die Eltern die Zimmer wieder so umgestellt, dass es hier genauso aussah wie im Dezember, als Du da warst. (17. Januar 1941)

Endlich stieß ich auf die erste Erwähnung von Vosseveld, in einem Brief vom 30. September 1940. Mary schrieb:

… Unglaublich schön wäre es, wenn ihr näher hierherziehen würdet. Ich bin schreck-

lich neugierig auf ›das Haus‹ und warte
sehnsüchtig auf den versprochenen Anruf!

Über die finanziellen Aspekte berichten Marys
Briefe nichts: Die hatten sie sicher auch nicht
interessiert. Allerdings schien der Kauf von
Vosseveld nicht gerade reibungslos zu verlaufen. Davon hatte ich bisher nichts gewusst.
Bei all den Geschichten über das junge Glück
war die Geschichte des Hauses stets unter-
belichtet geblieben. Am 4. November schrieb
Mary:

> Warum dauert es denn so lange, bis ihr et-
> was über das ›Vosje‹ hört? Oder hast Du
> mich ein bisschen vergessen? Es wäre in der
> Tat eine tolle Idee, wenn Du das Kutschhaus
> für Dich allein kriegen könntest.

Erst scheint es, als würde es mit dem Haus
klappen, aber dann kommt Sand ins Getriebe.

> … Was für ein schrecklich gemeiner Streich
> von diesem De Vries! Wenn ihr wirklich bis
> März '42 in Zandvoort bleibt, dann such ich
> mir aber einen anderen Galan! Für Tante
> Ann und Onkel Christiaan scheint mir das
> auch alles andere als angenehm zu sein, ein

gutes Jahr warten zu müssen, bevor sie in ihr Haus können.

Endlich, am 28. Januar 1941, schreibt Mary:

> … Wie herrlich, endlich Sicherheit wegen Vosseveld! Jetzt können wir zumindest Luftschlösser bauen. Hast Du schon angefangen, Deine Sachen zu packen? Unglaublich, dass Du doch Dein Kutschhaus kriegst. ›Vosseveld‹ – das klingt so echt! Ja, ich bin auch ein bisschen dünkelhaft, wie meine geliebte Tante!

Neugierig suchte ich nach den ersten Eindrücken von dem Haus. Aber am 1. April 1941, eine volle Woche nach dem Umzug, war Mary noch immer nicht auf Vosseveld gewesen. Es war etwas mit Oma Annetjes Fuß.

> Gerade Deinen Brief erhalten. Wie bedauerlich, das mit Tante Anns Fuß! Wie schafft sie das nur? Eine Marmorplatte! Hat sie noch Schmerzen?

Am Palmsonntag – 6. April 1941 – übernachtet Lepel bei Mary in Arnheim. Kurz vor Ostern soll sie endlich nach Vosseveld kommen, aber

da, so sah ich, war wieder ein neues Unglück
geschehen.

Wie fürchterlich schade, das mit Onkel
Christiaan. Ich hoffe schrecklich, dass er zu
Ostern wieder nach Hause kommen kann.
Liebster, ich bin froh, dass ihr mich trotz-
dem empfangen wollt, ich verlange so da-
nach! (9. April 1941)

›Nach Hause kommen kann.‹ Großvater hatte
demnach anscheinend in einem Krankenhaus
gelegen. Allzu ernst konnte es nicht gewesen
sein: Am Tag vor Marys Besuch war er schon
wieder zu Hause.
Zu Ostern, als Lepel und Mary sich sehen
und sprechen konnten, schweigt die Berichter-
stattung natürlich. In ihrem ersten Brief nach
ihrer Abreise, vom 15. April, erwähnt Mary die
›herrlichen Tage‹, die sie verlebt hätten. Es ent-
stehen immer mehr Lücken im Briefwechsel,
weil das Paar sich jetzt öfter sieht: Lepel fährt
mit dem Fahrrad nach Arnheim und bleibt dort
übers Wochenende. Am 8. Mai schreibt Mary:

Geht es immer noch gut mit Onkel Christiaan? Du hast gar nichts mehr drüber geschrieben.

≈ 296 ≈

Am 13. Mai fragt Mary erneut nach Lepels Vater – und jetzt ist wirklich etwas gar nicht in Ordnung.

… Lieber Schatz, ich hab Deine 2 Briefe empfangen. Wie schrecklich, das mit Deinem Vater wieder. Ein Glück, dass Du uns so oft berichtest, wie es mit ihm geht. Lästig, dass euer eigenes Telefon noch nicht angeschlossen ist. Es ist eine grauenhafte Zeit, dieses Warten! Aber umso mehr denke ich an euch. Dein letzter Brief war so pessimistisch. Lieber Schatz, Du musst den Träumen doch nicht zu viel Bedeutung beimessen! Mama hat mir gerade eben noch erzählt, wie sie vor etlichen Jahren dreimal hintereinander einen Alptraum über einen ihrer Brüder gehabt hat, den sie tot in seinem Sarg liegen sah. Das hat sich auch nicht bewahrheitet. Alle ihre Brüder leben noch. Denk jetzt mal nicht so viel daran, ich kann auch nicht dran glauben, solange Dein Vater noch am Leben ist!

›Über einen ihrer Brüder.‹ Welchen Bruder konnte Oma Jopie, Marys Mutter, gemeint haben? Alle ihre Brüder waren alt geworden. Doch war Oma Jopie, ebenso wie ihre Schwes-

ter Annetje, immer notorisch hellseherisch gewesen. Mit dem Unterschied, dass Oma Jopies
Ahnungen sich oft bewahrheitet hatten.

Vielleicht, dachte ich, hatte sie die drei Träume schon 1924 gehabt, und sie betrafen gar
nicht ihre Brüder, sondern ihren Schwager Jacob – Veras Ehemann, der in London ums Leben kam. Aber das wird sie ihren Kindern
wohl nicht gesagt haben.

›Solange Dein Vater noch am Leben ist.‹ Es
wurde demnach ernsthaft um Großvaters Leben gefürchtet.

Aber seltsam. Am 20. Mai scheint sich die
Situation schon wieder geklärt zu haben:

… Wie herrlich, dass es Onkel so viel besser
geht. Es muss eine beängstigende Zeit für
euch gewesen sein! Und dass wir nicht die
geringste Vermutung hatten! Es wäre schön,
wenn euer Telefon wieder funktionieren
würde, damit wir uns jeden Tag erkundigen
können.

Christiaan Mansborg ging es also schon wieder
besser. Aber wie konnten Mary und ihre Eltern
›nicht die geringste Vermutung‹ von seiner
Krankheit gehabt haben? Es schien so, als hätte
Oma Annetje die Familie ihrer Schwester aus

~ 298 ~

irgendeinem Grund da heraushalten wollen.
Vielleicht war ja auch alles nicht so gefährlich
gewesen, denn Großvater erholte sich zum Erstaunen aller schnell wieder, wie ich Marys folgenden Briefen entnahm.

… Wie toll, dass Dein Vater schon wieder
gespielt und gesungen hat! Wie wunderlich
schnell ist er doch genesen, findest Du nicht?
Fein, dass immer so gutes Wetter ist, dass er
den Garten genießen kann. (9. Juni 1941)

… Ist doch herrlich, dass Onkel Christiaan
solche Fortschritte macht. Liebster, ich habe
große Lust, Sonnabend in einer Woche mit
Dir nach Vosseveld mitzukommen! Und sag
jetzt bitte nicht wieder nein. Und am liebsten mit dem Fahrrad, wenn Du das nicht
lästig findest. (15. Juni 1941)

›Und sag jetzt bitte nicht wieder nein … lästig
findest …‹ Bei den letzten Worten blieb ich
stecken. Großvater so wunderlich schnell genesen – und doch durfte Mary nicht kommen?
Es sah beinahe so aus, als hätte Lepel seine Geliebte von Vosseveld fernhalten wollen. Wo er
doch ebenso verliebt in sie war wie sie in ihn.
Welcher verliebte junge Mann findet es denn,

❧ 299 ❧

bitteschön, ›lästig‹, sein Mädchen mit dem Fahrrad abzuholen?

Und es erhoben sich noch mehr Fragen. Am 17. Juli 1941 war wieder etwas mit Großvater:

Was für eine traurige Geschichte jetzt wieder mit Deinem Vater. Sollte es wirklich eine Frage von Monaten werden? Das Haus scheint euch nur lauter Unglück zu bringen …

›Eine Frage von Monaten.‹ Hatte diese ›traurige Geschichte‹ womöglich etwas mit Großvaters Geistesverwirrung zu tun? Dann hatten er und Annetje sich wirklich nicht lange ihres neuen Hauses erfreuen können, bevor dieses Elend begann!

Ich nahm Marys Tagebuch dazu, in der Hoffnung, dort Näheres über diese Geschichte zu finden. Aber sie hatte es erst kurz vor ihrer Heirat, 1943, begonnen, mit einem Bericht über ihren Abschied aus dem Büro.

Am 21. Juni 1943, zwei Wochen vor ihrer Heirat, schrieb sie in Andeutungen über etwas Schreckliches, das sie nicht näher benannte.

Gute drei Wochen sind vorübergegangen, seit ich das letzte Mal schrieb. In diesen Wochen haben wir sehr schöne Augenblicke erlebt, aber auch angstvolle und angespannte Momente. Was kann das Leben doch seltsame, schreckliche Wendungen nehmen! Werden wir in einem Monat glücklich verheiratet in unserm eigenen Haus wohnen oder … werden wir jeder für uns allein sein, fern voneinander? Die Unsicherheit und die Spannung sind schier unerträglich. Was spürt man doch, gerade in schlechten Zeiten, wie sehr man sich liebt und wie sehr man sich gegenseitig braucht.

Jetzt wage ich es kaum, an morgen zu denken. Was werden uns die kommenden Tage bringen? Es ist jetzt Montag, und Donnerstag sind wir offiziell für die Außenwelt Braut und Bräutigam.

Gestern, Sonntag, war ein schrecklicher Tag, einer der grauenhaftesten Tage, die ich je erlebt habe. Was war es doch für eine große Erleichterung, als ich endlich sein Pfeifen hörte. Heute Morgen ist er wieder gegangen. Grauenhaft, dass er jetzt allein ist, er nimmt sich alles so zu Herzen; er hat aber auch abscheuliche Dinge erlebt. Oh, wann wird die Welt endlich wieder normal sein, wann können wir der Zukunft unbesorgt entgegensehen?!

~ 301 ~

Warum hatte ich meiner Mutter vor ihrem Tod keine Fragen gestellt, ausgehend von diesem Tagebuch? Sie hatte es mir sicher nicht ohne Grund mitgegeben, als ich sie besuchte. Vielleicht hatte sie darüber reden wollen. Was war schiefgelaufen? Hatten die Deutschen meinen Vater zu einem Arbeitseinsatz einziehen wollen? Vielleicht war er nur ganz knapp darum herumgekommen. Vielleicht hatten die ›abscheulichen Dinge‹, die er erlebt hatte, aber auch etwas mit Großvaters Krankheit zu tun. Oder hatte sich etwas zwischen den beiden ereignet?

Ihre Heirat wäre ja beinahe nicht zustande gekommen.

Meine Mutter nahm ihre Aufzeichnungen erst im Sommer 1949 wieder auf. Ich war damals drei, Lieske zwei, Bennie war unterwegs. Sie war alleine mit uns auf Vosseveld, ohne Lepel.

… hoffentlich lässt er mich nicht wieder so lange allein. Es sind jetzt schon 3 Wochen, und mir reicht's. Vielleicht doch heute? Morgen ist Sonntag, sonnabends reist er natürlich lieber nicht. Ich rechne dann also mit noch zwei einsamen Nächten. Mich verlangt sehr nach geistiger Ruhe. Aber ich habe

manchmal so schreckliche Angst, dass eine noch viel schwierigere Zeit anbrechen könnte. Ich will gerne aufbauende Gedanken haben, vor allem wo ich ein Baby erwarte. Aber er schrieb, dass er zwei Karten kaufen will. Was soll das denn bedeuten??? Die Freundschaft war doch jetzt vorbei? Was sehne ich mich doch danach, endlich eine vereinte Familie zu haben. Wann …?
(3. August 1949)

Die Ehe war in eine Krise geraten. Anscheinend war eine dritte Person im Spiel. Ich hoffte, darüber etwas Näheres zu finden, aber das Tagebuch wurde erst im September 1951 wieder aufgenommen. Ich war damals schon fünf, Lieske vier – und Lepel war wieder alleine auf Urlaub.

Sonntag, 16. September 1951. Wir sind jetzt seit Freitag in Vosseveld, die Mädchen und ich. Ohne Bennie, der sich in Arnheim vorbildlich benimmt ohne meine Anwesenheit. Für alle Parteien also eine Atempause. Herrlich, mal ausschlafen zu können und nicht um halb 7 für Bennie rauszumüssen. Von Lepel gute Nachrichten, er amüsiert sich gut. Es ist jetzt nach acht, und die Mädchen liegen im

Bett. Ich sitze oben in meinem Zimmer und schreibe beim warmen Licht einer Kerze und der roten Lampe, die früher am Overtoom hing. Lieske hat Angst vor dem Dunkeln, sie schläft im großen Bett neben mir. Emma ist noch wach, ich sehe ihre frechen Augen vom Schrank aus herüberblicken.

Ann sitzt unten mit ihren Kreuzworträtseln, und Schwiegerpapa ist in seinem Musikzimmer. Die Dämpfer am Flügel wurden für eine Reparatur entfernt, und wenn man jetzt ein paar Tasten anschlägt, dann fließen die Töne hässlich ineinander. Dennoch wagt er es ab und zu, dem ramponierten Instrument einige Klänge zu entlocken. Dann klingen geisterhaft hohle Töne durchs Haus. Schon passend für die Zustände hier, was ist das Alter doch grausam, wenn der Mensch so abbaut!

Ich habe manchmal große Sehnsucht nach Lepel. Vielleicht bin ich wie der Flügel, ein seltsames, nutzloses Instrument, wenn er nicht bei mir ist.

Lepel hatte also Mary wieder allein mit uns nach Vosseveld abgeschoben. Aber wollte er Vosseveld entfliehen oder Mary? Seinem Vater mit all seinen Problemen oder Annetje?

Beim Lesen von Marys Bericht kamen wie-

der alle Erinnerungen hoch. Das alte Gästezimmer, der Urhafen unserer Welt. Das fran-
zösische Bett, das Nachtschränkchen mit der
Alabasterfigur von Apollo und Daphne, die
ich als Kind für innig ineinander verstrickte
Freundinnen hielt. Der Dachkammerschrank,
in dem wir Kinder auf einer Matratze schliefen
und von wo aus wir Mary sehen konnten, wie
sie bei der roten Lampe mit den Bommeln lag
und las.

Nur Lepels Briefe konnten Aufklärung bringen. Ich fing an, den Stapel vollgeschriebener,
schwer zu lesender Blätter durchzupflügen.
Die philosophischen und literarischen Ab-
handlungen konnte ich mir schenken; ich suchte nach Berichten über Vosseveld.

Am 26. September 1940 schrieb er an Mary:

… übrigens richte ich mich hier ein, als hätte
ich vor, die nächsten fünfzig Jahre hierzu-
bleiben. Während Ann und ich notabene einen viel schöneren Plan ausbrüten. Ann will
nämlich ein Haus kaufen, bevor das Geld
nichts mehr wert ist. Das muss in nächster
Nähe von Amsterdam sein, weil ich jede Woche dort hin muss. Ann ist dafür auch sehr zu
haben, nur Vater kann dem noch nicht so viel
abgewinnen. Aber nach sorgfältigen Vorbe-

reitungen, die unser sämtliches strategisches Können erfordern, haben wir ihn jetzt schon so weit, dass er ein paar Agenturen anschreiben will! Natürlich bleiben wir diesen Winter noch in Zandvoort, aber es ist nicht unmöglich, dass wir kommendes Frühjahr umziehen. Das Schönste ist natürlich, dass ich dann so viel näher bei Dir sein werde!

Es war also Annetjes Idee gewesen, ein Haus zu kaufen. Das war mir neu. Ich hatte die Erzählungen immer so verstanden, dass Großvater derjenige gewesen sei, der sich auf den ersten Blick in Vosseveld verliebt und darauf bestanden hatte, dort einzuziehen; so wie ich auch irrigerweise angenommen hatte, dass das Haus ihm gehört hatte.

Annetje hatte sich sogar mit ihrem Stiefsohn verschworen, um Großvater für den Plan zu gewinnen.

Neben einigen amüsanten Anekdoten enthielten Lepels Briefe vor allem sehr anschauliche Berichte über die zunehmende Spannung rund um den Kauf des Hauses.

… Beim Luftschutz finden große Veränderungen statt. Unterzeichneter lieferte heute Nachmittag seinen Krempel ab, zusammen mit einem Entlassungsgesuch und einem ärztlichen Attest, das ich noch von der Milizmusterung hatte. Ich bekam sogleich zu hören, dass, mit oder ohne Attest, Entlassung unmöglich sei, es sei denn, ich gehe nach Deutschland oder irgendwo anders hin. Worauf ich natürlich gleich mit eiserner Miene erklärte, dass wir demnächst umziehen würden. Und ich bin tatsächlich davongekommen! (10. Oktober 1940)

… Ganz wie wir erwartet haben, ist das Obergeschoss von Vosseveld ein Problem. Zwei Schlafzimmer. Eigentlich hatten sie schon ganz verzichten wollen, weil wir keine Übernachtungsgäste unterbringen könnten, aber dann hatte Ann eine tolle Idee. Die Garage ist nämlich gar keine Garage, sondern ein Kutschhaus. Solide gebaut, mit Heizmöglichkeit, völlig freistehend, mit einem Rieddach! Wenn wir Vosseveld kriegen, werde ich in meinem eigenen Haus daneben wohnen!
(21. Oktober 1940)

… Immer noch keine Entscheidung. Natürlich brenne ich sehnsüchtig darauf, Dir von dem Haus zu berichten. Aber ich beherrsche mich, da wir noch nichts sicher wissen. Eigentlich dachten wir, es Donnerstag schon in Händen zu haben, als auf einmal der derzeitige Mieter mit einem gemeinen Streich daherkam. Während seine Frau Vater gesagt hatte, dass sie auf die übrigen drei Jahre ihres Mietvertrags verzichten wollten, erklärte dieses Ekel plötzlich, dass er nicht daran denke, zum März auszuziehen, wenn er nicht seinen Umzug vergütet bekommt. Jetzt ist der Makler dabei, zu unterhandeln, und wir warten sehnsüchtig auf Neuigkeiten. Vater schläft nicht. Ann schläft nicht und ich schlafe nicht! Außerdem sitzen wir jede Nacht in gewaltigem Feuerwerk, und die Fensterscheiben haben noch nie so viel geklirrt. Wir kriegen allmählich Probleme mit unsern Nerven … Montagmorgen. Dies ist wirklich ein sehr eintöniger Brief. Es friert gewaltig, mein Ofen ist aus, und ich sitze mit Handschuhen an der Schreibmaschine.

Ha, Hurra! Ein Eilschreiben! Fortan bist Du verlobt mit Junker Mansborg zu Vosseveld! (29. Oktober 1940)

… So, meine Skizze von dem Haus ist fertig. Sie ist nicht so genau, aber Hauptsache, Du kriegst eine Vorstellung. In der Fassade befindet sich ein Giebelstein, die Klöntür mit Klopfer und antiker schmiedeeiserner Klingel ist wirklich sehr edel. Der Garten mit Obstbäumen und Kiefern ist leicht verwahrlost, aber man kann alles Mögliche draus machen. Der Pfirsichbaum, der dort wächst, hat dieses Jahr 500 Früchte getragen! Die Zimmer sind verteufelt schön. Stell dir schon mal ein offenes Holzfeuer vor, in einem Zimmer mit niedriger Eichenholzdecke und vielen Fenstern. Ich denke, dass es unglaublich gemütlich wird! (30. Oktober 1940)

… wirklich November. Es stürmt hier jetzt schon seit Tagen. Das ganze Haus stöhnt unter den andauernden Windstößen. Von meinem Bett aus kann ich das Feuerwerk über Noordwijk und Scheveningen sehen. Inzwischen sind wir in Gedanken schon beim Umzug. Es wird wohl nicht mehr lange dauern, und dann geht's los mit Packen. Nein, Liebes, natürlich macht es nichts, wenn Du nicht so viel zu schreiben hast. Ich bin immer so froh, wenn ich Dein Gekrakel sehe, gerade so, als wären wir zusammen. Es herrschen doch elende Zeiten. Die Berichte im Radio und in den Zeitungen machen einen

mürbe, überall begegnen einem Rachege-
danken, und die Menschen haben nur Hass
im Sinn. Nachts dröhnen die Flugzeuge und
donnert das Geschütz. In dem Getöse der
Brandung höre ich die Stimmen von Millio-
nen. In den toten Bäumen, die drohend ihre
Äste gen Himmel schütteln, sehe ich die Verzweiflung dieses Krieges. Höchstens eine
Woche lang bin ich in einer glücklichen
Stimmung, dann dringt das Echo des Welt-
leidens wieder zu mir durch, und ich sehne
mich nach einem Vorboten besserer Zeiten.
Und das ist jeder Brief von Dir, Kleine, auch
wenn Du nur ganz gewöhnliche alltägliche
Dinge schreibst. (4. November 1940)

… dicke graue Nebel machen alles unsicht-
bar, und man erschreckt sich zu Tode, wenn
dann plötzlich die Schatten von deutschen
Militärfahrzeugen aus dem Dunst auftauchen. Die letzten Tage wurde in den Dünen
gewaltig geübt. Gestern wurde den ganzen
Tag lang geschossen. Nachmittags ist ein
Flugzeug ständig über uns gekreist. Es wird
mit Rauchgardinen und Gasmasken ope-
riert. Was ist das doch für eine traurige Vorstellung, all die jungen Burschen, die da exer-
zieren, nur um so tadellos wie möglich in den

Tod zu marschieren. Und das jetzt schon über drei Erdteile. (23. November 1940)

… Heute Morgen waren stundenlang sechs englische Flugzeuge über den Dünen und haben eine prächtige Widmung an Wilhelmina und Juliana in den Himmel geschrieben. Zuerst ein sehr großes W mit der Krone darunter; links unten ein großes J und ein kleines W und rechts oben idem, aber dann umgekehrt. Ann und ich haben mit Erstaunen zugesehen. Leider war Vater gerade weg, um den Notar anzurufen. Aber er brachte die Kunde, dass es mit Vosseveld klappt! Kind, was bin ich froh! Ann dachte schon, dass es sich endgültig erledigt hat. (29. Januar 1941)

… jetzt heißt es für mich erst mal kampieren in Vosseveld. Ich gehe Wache schieben, bis die Maler fertig sind, denn das Haus darf natürlich nicht leer stehen. Ich sehe mich da schon ein Pfeifchen rauchen in dem leeren Haus. (22. Februar 1941)

… Es stürmt noch immer, und der Regen peitscht gegen die Scheiben. Aber heute Morgen begann auf einmal eine Amsel im

≈ 311 ≈

Garten zu singen. Ich rief es Ann zu, die sich im gleichen Moment aus der Küche vernehmen ließ, dass da eine Amsel singe! … Noch immer stürmt es, und der Frühling, Vosseveld, alles wirkt so unwirklich. Es ist alles so nahe und noch so schrecklich weit weg. (28. Februar 1941)

… Heute Morgen hörte ich von Ann, dass eine englische Maschine zuerst ganz tief übers Haus geflogen sei und dann Bomben abgeworfen habe. Hier ganz in der Nähe. Verrückt, dass ich nicht davon aufgewacht bin. Heute Nachmittag haben Ann und ich wie zwei Schatzgräber den Boden vom Gartenschuppen aufgebrochen und unseren Vorrat Würstchen ausgegraben. Draußen wird wieder eifrig geschossen. Gestern war der Arzt da. Vaters Blutdruck war jetzt wieder vollkommen normal. (3. März 1941)

Amüsant und lebendig wie sie waren, befremdete mich doch etwas an Lepels Briefen. ›Hörte ich von Ann. Ich rief Ann zu.‹ Lepel schien sehr vertraut mit seiner neuen Stiefmutter. Er schrieb mehr über sie als über seinen Vater. Und seiner eigenen Mutter widmete er kein Wort. Von einem jungen Mann von neunzehn, zwanzig sollte man doch eher Aufsässigkeit oder Ablehnung gegenüber dieser neuen, späten Ehe seines Vaters erwarten. Hier schien das Band immer stärker zu werden.

Annetje hatte ihren Stiefsohn sogar in ihr Testament aufgenommen, und Lepel muss das gewusst haben. Beweise dafür sind seine schönen Zukunftspläne mit Mary auf Vosseveld. (Die sich übrigens erheblich weniger rosig erweisen sollten, als er sich das vorgestellt hatte.)

Vom 22. März 1941 an schreibt mein Vater aus Vosseveld an meine Mutter und liefert einen kompletten Tag-für-Tag-Bericht über die erste Woche im neuen Haus.

... 5 Uhr. Ich sitze in der Diele und esse gefüllte Teilchen. Über meinem Kopf wird eifrig geflogen, aber ansonsten ist es hier so ruhig wie nur was. Keine Nachbarn. Kein Verkehr. Nur Vögel. Und wieder habe ich sehr stark das Gefühl, dass wir zwei hier wohnen werden.

... 8 Uhr. Ich kann beinahe nichts mehr sehen, und es gibt natürlich noch keine Verdunkelung. Ich liege also schon im Bett, direkt vor der Veranda, und draußen pladdert der Regen. Der Umzugswagen ist gekommen, ich habe schon 10 Kisten ausgepackt.

Dies ist erst die Hälfte, und das Haus steht schon voll. Heute wurde das Kutschhaus gestrichen und der Boden gebeizt. Liebes Mädchen, es ist so verrückt, aber es fühlt sich an, als ob alles, was ich auspacke, von uns ist und als ob ich unser Haus einrichtete. Draußen singt die Amsel, und schwarz türmen sich die Kiefernsilhouetten gegen das immer fahler werdende Licht …

… Jetzt, da der Billardtisch aufgebaut ist, scheint das Vorderzimmer doch viel größer zu sein, als ich dachte. Er wirkt wie ein normaler Tisch! Der Flügel kommt mit der zweiten Fuhre. Der wird vorläufig in die Diele kommen. Zwei Bücherschränke von Ann habe ich gestern gefüllt, einen im Vorderzimmer und einen im Gästezimmer. Die Diele hat jetzt eine echt altholländische Ausstrahlung, mit den Kacheln, dem antiken Schrank und dem Kronleuchter. Das Linoleum kam erst Freitagabend, sodass ich gestern die Leute schrecklich antreiben musste, denn es musste noch während des Umzugs gelegt werden.

… Gestern war hier im Dorf ein Reiterfest. Für diese Gelegenheit hatten die Bewohner die Verkehrsschilder umgedreht, sodass alle Autos Richtung Amsterdam nach Utrecht fuhren usw. Jetzt hat die Gemeinde eine Strafe aufgebrummt bekommen. Alle männlichen Einwohner müssen bei den Richtungsschildern Wache stehen, 2 x 24 Stunden lang. Mich wollten sie auch haben, aber zum Glück wohne ich offiziell noch in Zandvoort. Wenn ich in dieser Kälte auch noch hätte draußen stehen müssen, wäre das recht dumm gewesen …

… Zum ersten Mal sitze ich in meinem Kutschhaus und schreibe. Nach einer schrecklich kalten Nacht bin ich zum Schmied geeilt und habe meinen Ofen setzen lassen. Der steht in einer Ecke und brennt jetzt schön. Mein Bett habe ich auch erst mal hier aufgebaut, sodass ich heute Nacht ›zu Hause‹ schlafe … schade, dass ich morgen zurück nach Zandvoort muss für die zweite Fuhre. Am liebsten würde ich gleich hierbleiben.

… Freitag, 28. März! Hurra, es ist so weit! Gestern Morgen bin ich mit dem zweiten Umzugswagen mitgefahren. Ein Schneckentempo, das Ding hat so gezittert, dass mir die Zähne von hinten nach vorne geholpert sind. Jetzt hocken wir hier in einem unbeschreiblichen Chaos, aber gesund und wohl, und Ann und Vater sind so begeistert von dem

Haus! Allerdings fiel Ann gleich am ersten
Tag eine Marmorplatte auf den Fuß, und
jetzt humpelt sie herum und krümmt sich
vor Schmerz, die Ärmste!
Zandvoort war diese letzten Tage in einen
düsteren Dunst gehüllt. Ohne das geringste
Bedauern nahm ich Abschied von dem Haus.
Ach Mädchen, was sind wir glücklich. Endlich in Vosseveld. Nur 54 km von Arnheim!
Die Vögel jubilieren im Garten, und überall
schießt das Laub aus den Knospen. Schade,
dass das Wetter so schlecht ist, der Anstrei-
cher kommt mit dem Außenanstrich nicht
voran, du siehst es also noch nicht in vollen-
detem Zustand.
… Der erste Sonntag auf Vosseveld, und die
Sonne scheint jetzt auch. Wir haben alle drei
das herrlich ruhige Gefühl, dass wir jetzt für
immer hierbleiben werden. Dass Krieg ist,
vergisst man hier völlig. Mit Anns Fuß geht
es zum Glück viel besser, zumindest kann sie
wieder recht gut laufen. Vater döst ein bisschen auf dem Sofa im Vorderzimmer. Ann
schält Kartoffeln vor dem Kamin in der Diele, und ich sitze vor meinem Ofen …

Hier hörten Lepels Briefe auf. Der letzte war
vom 30. März 1941, kurz bevor sich die ersten

Katastrophen ankündigten, auf die ich so neugierig war.

Die Briefe aus den folgenden Jahren hatte es aber gegeben. Ich hatte sie selber gesehen, an Marys Sterbebett. Außerdem gingen Marys Briefe durch bis Juli 1943 – als sie und Lepel, mitten im Krieg und nach jener geheimnisvollen Periode der Unsicherheit, doch noch geheiratet hatten.

Lepel musste damals seinen Anteil an der Korrespondenz aus der Schachtel herausgenommen haben, an dem Tag, als ich sie von meiner Mutter holte. Aber warum hatte er das getan?

Zum Glück war da noch der Ordner von Onkel Henk. Unter dem Trennblatt ›Vater‹ fand ich einen Brief, den Lepel seinem Halbbruder am 8. April 1941 – noch keine zwei Wochen nach dem Umzug – geschrieben hatte.

Lieber Henk, heute war ein Unglückstag. Vater ging zum Einkaufen nach Soestdijk, und wir bekamen um halb elf die telefonische Mitteilung, dass er gestürzt sei und sich das Bein verletzt habe. Weedestraat 2 b, Soestdijk. Natürlich bin ich gleich mit dem Fahrrad dorthin gerast, und wie ich es schon

erwartet hatte, war das Bein gebrochen. Er ist über die Schwelle eines Ladens gefallen! Es musste ein Röntgenbild gemacht werden, und er wurde dafür direkt zum Elisabeth-Hospital gebracht. Der Krankenwagen ist gerade hier gewesen, um Ann mitzunehmen, und bringt Vater jetzt nach Amersfoort. Was für ein Glück, dass ich gestern schon zurückgekommen bin. Ich hatte schon eine Vorahnung, dass sie mich hier dringend brauchen würden.
Ich halte Dich auf dem Laufenden, in Eile, Lepel

Großvater hatte also einen Unfall gehabt. Worauf dann schnell die geheimnisvolle Krankheit gefolgt war, der er beinahe erlag. Und sehr bald danach wurde er in die Nervenheilanstalt in Den Dolder eingeliefert. Ich stieß auf einen Brief von Lepel, der darauf Bezug nahm.

Vosseveld, 17. Juli 1941

Lieber Henk,
ich wurde Dienstagmorgen vom Arzt telefonisch aus Arnheim hierhergerufen, da Vater sehr unruhig war. Ich hatte Dir ja schon früher davon erzählt. Die Symptome werden immer besorgniserregender, und als ich her-

kam, wollte er nichts mehr essen oder trinken. Dachte, dass überall Gift drin sei. Er war böse auf Ann und mich. Warum? Seine Augen blickten völlig abwesend und waren grau. Ich sah sogleich, dass sein Denkvermögen nicht in Ordnung war. Am selben Tag wurde alles geregelt für eine Einlieferung ins ›Willem Arntsz-Hoeve‹ in Den Dolder, und abends wurde er abgeholt. Viel kann ich noch nicht darüber berichten. Wir sind alle beide noch sehr mitgenommen. Es war ein schrecklicher Tag. Vorläufig besucht ihn niemand, er muss erst vollkommen zur Ruhe kommen. Auf das Urteil der Ärzte müssen wir noch warten bis nach den ersten Observationen, aber es ist schon sicher, dass dieser Zustand zu einem großen Teil auf die vorangegangene Krankheit zurückzuführen ist.

Mary schien also recht gehabt zu haben, als sie auf ihrem Sterbebett behauptete, es habe ein Fluch auf Vosseveld gelegen. Das Pech hatte die Bewohner von Anfang an verfolgt. Das Geld von H. C. Oud schien – wie gut es auch gemeint war – ein weiteres Mal eine katastrophale Auswirkung auf die Begünstigten gehabt zu haben. Annetje hatte sich das Haus widerrechtlich angeeignet und ihren Ehemann be-

trogen. Die Strafe für diese Sünde war anscheinend nicht ausgeblieben. Aber was hatte sich
wirklich in Vosseveld abgespielt?

Keine weiteren Briefe von Lepel aus dieser
entscheidenden Periode. Dabei hatte er sich
gerade als ein guter Berichterstatter erwiesen.
Nun blieb eine Lücke.

Um die zweite Hälfte von Annetjes Leben,
die so unentwirrbar mit Vosseveld verbunden
war, beschreiben zu können, würde ich mich
mit dem behelfen müssen, was tatsächlich verfügbar war.

Die kleine Gemeinde Soest liegt, zur Hälfte
von Wäldern umschlossen, etwa zehn Kilometer westlich von Amersfoort an der Bahnstre-
cke Hilversum–Utrecht. Das Haus Vosseveld
lag an der Vosseveldlaan, einer Seitenstraße der
Birktstraat. Ich fuhr nach Soest, um den Ort
aufzusuchen, wo es gestanden hatte.

Die Hecke war noch da, verwildert und breit
ausgewuchert, mit den noch nicht völlig zuge-
wachsenen Öffnungen, wo einmal die Garten-
tore gewesen waren. Der Halbkreis des Weges
war noch undeutlich nachzuvollziehen. Die
Akazie hatte standgehalten, kahl, entlaubt,
nicht viel mehr als ein Stamm. An der Nordsei-
te ragten Stümpfe aus einem Bett von Hühner-

hirse und Lupinen hervor: der Apfelbaum, gefällt. Der Fingerhut blühte und das Silberblatt.
Ein Rhododendron markierte den Standort
der einstigen Gartenlaube. Es stand sogar noch
ein Überbleibsel unseres Kiefernverstecks.

Wo waren sie geblieben, die sorgfältig in kleine Stücke geschlagenen Überreste von Mar-
morplatten, die meine Mutter seinerzeit ergat-
tert hatte, weiß, grau, rosa, schwarz, aus denen
mein Vater Lepel den Mosaikboden für die Terrasse gelegt hatte? Wo waren die Salamander,
die Frösche, der Drachen?

Vom Haus war nichts übrig, kein Splitter,
kein Stein. Äste, Müll, Unkraut und Moos
bedeckten den ausgelöschten Grundriss. Ich
musste schätzen, wo das Kutschhaus gestanden hatte, wo die Diele begonnen hatte und
wo der neue Anbau. Zehn Jahre lang lag das
Grundstück jetzt brach, seit die Bulldozer es
plattgewalzt hatten, und aus dem geplanten
Neubau war noch immer nichts geworden.

Dritter Teil

Vosseveld

Vosseveld

Das Haus war voller Gerüche, Schatten und
Verstecke.

Oben im Flur stand die Singer-Tretnähma-
schine, die sich Annetje im Jahr 1909 zusam-
mengespart hatte und auf der sie zuerst ihre
eigenen und später unsere Krankenschwes-
ternschürzen genäht hatte. Dort stand auch
der Sekretär, in dem sie die Briefe aufbewahrte,
die ich mittlerweile bis zum Überdruss studiert hatte, und das Fotoalbum, das ich schon
beinahe zerfleddert hatte.

Das Loch unter der Treppe, hinter dem ja-
panischen Ziehharmonikaschirm, war unser
Lieblingsversteck, zwischen alten Koffern und
aufgerollten Stücken Linoleum. Hinter der
Treppe der mannshohe Spiegel, in dem man
sich, wenn man aus der Küche trat, immer herankommen sah; und jedes Mal diese
Schrecksekunde. Die Tür zum Keller, aus dem
uns immer der dicke, feuchte Geruch von
Kartoffeln, Butter, Äpfeln und Mehl entge-
genschlug. Rechts war die Tür zum WC, wo

sich meine Schwester Lieske nie alleine rein-
traute.

Der Erker, wo es spukte. Lieske hatte dort
einen Mann gesehen.

»Was für einen Mann?«

»Ein Mann, der nicht will, dass wir hier
wohnen.«

War es derselbe Mann, der einmal am Zaun
entlanggelaufen war, kehrtgemacht und dann
minutenlang zu uns hereingestarrt hatte? Ich
sehe Oma Annetje noch im Erker stehen, bewegungslos, den Atem anhaltend; ihre Erleichterung, als der Mann endlich weiterging.

Im Schlafzimmer von Oma Annetje und
Großvater waren die Hohlräume, die sich zu
beiden Seiten zwischen Dachschräge und Zim-
merwänden ergaben, als Schränke genutzt
worden. Der eine war ein Kleiderschrank, die
Tür des anderen wurde durch das Doppelbett
blockiert. Der obere Teil der Tür war durch
eine von Großvaters Waldansichten getarnt.
Man konnte also nicht in den Schrank – außer
über den geheimen Eingang, die Luke im Badezimmer, hinter dem Wäschekorb.

Einmal musste Oma Annetje dort etwas suchen. Lieske und ich waren hinter ihr her
durch die Luke gekrochen und leuchteten uns
mit ihrer Dynamotaschenlampe. Was für ein

Schreck, als plötzlich aus der Dunkelheit unter dem schrägen Dach eine Gestalt auftauchte – ein großer schwarzer Mann.

Oma Annetje gewann als Erste ihre Kaltblütigkeit zurück. »Du da«, sagte sie und gab dem Mann eine Ohrfeige, sodass er einknickte und zusammenfiel und leicht hin und her schaukelte, als ob er den Kopf schüttelte.

Es war Großvaters Frack, der an einem Bügel an einem Nagel hing.

Darunter stand Schuhwerk, gefüllt mit hölzernen Spannern: schwarze Stiefel, glänzende schwarze Lackschuhe, altmodische Bergstiefel, sogar riesige Turnschuhe. Und ein Kabinenkoffer. Was befand sich darin? Jetzt wollten wir auch alles wissen.

Oma Annetje rüttelte an dem Schloss. Der schwere Deckel ging auf – und was lag da? Ein Schwert, ein Helm, ein Ritterkostüm. Wir waren in einem Märchen gelandet.

Oma Annetje erklärte es uns. Sie erzählte von Großvaters Konzertreisen; einmal hatte er in Deutschland ein Engagement als Gurnemanz im *Parsifal*. Weil man dort kein Kostüm in Großvaters Größe vorrätig hatte, musste er sein eigenes maßgeschneidertes Kostüm mitbringen. »An der Grenze musste er die Koffer aufmachen. Als der Zollbeamte den Helm und

das Schwert sah, hat er gleich Haltung angenommen.«

Es folgte die uns weidlich bekannte Geschichte von Onkel Rob und Onkel Piet, die
sich hier während des Krieges versteckt hatten,
als sie von den Deutschen für den Arbeits-
dienst gesucht wurden. Oma Annetje hatte
noch eine Fortsetzung auf Lager.

»Einmal kamen zwei«, erzählte sie. »Großvater war gerade nicht zu Hause. Der wäre mit
denen schon fertig geworden. Der hätte sie mit
seinem tiefen Bass angeblafft: ›*Schert euch fort!
Was machen Sie hier! Blitz und Donner!*‹«

»Und dann?«

»Ich war allein. Sie hatten Gewehre«, brachte Oma Annetje mit unvergleichlichem Gefühl
für Timing hervor. »Ich musste sie schon her-
einlassen. Sie sind nach oben gegangen. Dann
hat einer der Soldaten mit seinem Gewehr an
die Wand geklopft.«

Sie machte es mit Großvaters Wanderstock
nach.

»Hört ihr? Hohl.«

»Und dann?«

Oma Annetje blickte flehend, mit erhobe-
nen Händen, zum imaginären anderen Soldaten hoch und flüsterte: »*Mein Sohn.*«

»Und haben sie das geglaubt?!«

≈ 328 ≈

»Und wie. Der andere Soldat hat dann zu dem einen gesagt: ›Komm. Da ist nichts.‹ Und dann sind sie gegangen.«

Kein Wunder, dachte ich jetzt, dass sie ihr geglaubt hatten. Sie hatte die Wahrheit gesprochen. Onkel Piet war wirklich ihr Sohn gewesen – untergetaucht bei seiner eigenen Mutter.

Im April 1953 feierte Großvater seinen achtzigsten Geburtstag. Es war ein warmer Frühlingstag. Ich war sieben, und ich erinnere mich noch gut an den Rummel, an die Berge von Blumen und Gestecken. Großvater saß im Garten, umgeben von ehemaligen Schülern und alten Kollegen – wir wussten damals noch nicht, dass bald seine letzten Wochen anbrechen sollten, in denen wir von Vosseveld ferngehalten wurden.

Lieske und ich flüsterten abends im Bett und gruselten uns im Dunkeln. Hauptrolle in unseren Fantasien spielte der Mann, der neben dem Flügel hing, in einem länglichen Rahmen. Ein magerer, nackter Mann mit durchbohrten Händen und Füßen und einem Kranz von spitzen Zweigen auf seinem blutigen Kopf. Wir wussten es genau. So würde Großvater daliegen, sterbend oder schon tot, auf dem Diwan im Vorderzimmer.

~ 329 ~

Oma Annetje hatte das mit dem Diwan stets mit aller Heftigkeit bestritten. Aber die Grabrede, die Onkel Henk für Großvater hielt und von der ich einen Entwurf in seinem Ordner fand, gab uns nachträglich recht.

… es war in letzter Zeit wenig Veränderung in Vaters Zustand eingetreten, bis wir plötzlich am Montagabend, den 24. August, von Lepel angerufen wurden, der erzählte, dass es sehr schlecht um Vater stehe und dass Ann finde, dass wir noch einmal kommen sollten. Wir wollten nicht das Risiko eingehen, dass Vater starb, ohne dass wir ihn noch einmal gesehen hatten. Wir sind dann am Dienstagmorgen gefahren, aber in jener Nacht hat es offenbar Momente gegeben, in denen Ann es bereute, dass sie uns nicht schon am selben Abend hatte kommen lassen. Das waren dann Anfälle von Atemnot, wobei man nicht wusste, ob sein Herz durchhalten würde. In solchen Phasen hatte der Ärmste schon arge Beklemmungen, war aber zum Glück meist ganz oder halb bewusstlos.
Als wir am Dienstagnachmittag zu ihm kamen, ging es ihm wieder besser. Er hatte keine Atemnot, erkannte uns gleich alle drei, war aber sehr schwach. Einige Mal sprach er

ausschließlich flüsternd, manchmal sogar unhörbar. Geistig war er meistens weit weg und rastlos mit allerlei Gedanken beschäftigt. Ich habe den Eindruck, dass es alles typische Traum- und Kindheitsgedanken waren. So bildete er sich ständig ein, er würde am Klavier sitzen. Er drückte die Finger auf die Decke, hörte andächtig zu und sagte dann ganz enttäuscht: Man hört nichts. Es geht nicht. Es ist zu leise (er meinte die Decke damit). Dann wieder wollte er die Decke weg haben und probierte es erneut. Einmal – ich war gerade allein bei ihm – wollte er raus. Er richtete sich ganz auf, streckte sein Bein über den Rand, noch recht stark, und bat mich, ihm zu helfen. Aufstehen ging freilich nicht, ich traute mich auch nicht, ihm zu helfen. Als Ann dazukam, haben wir ihn doch kurz zusammen aufrecht bekommen, obwohl er mit seinem ganzen Oberkörper vorgekrümmt dastand und das Gesicht völlig zu Boden gerichtet hatte.

Später war er so ermüdet, dass er ein paar Stunden lang schlief. Da wirkte er sehr ruhig. Als er wieder wach wurde, war er freilich so schwach, dass er seine Augenlider nicht ganz auftat, nur flüsternd redete, beinahe ausschließlich unzusammenhängende

Dinge. Wir wissen nicht, ob es zu ihm durchdrang, wer genau bei ihm war. Doch hat er am folgenden Tag (da waren wir schon weg) noch im Bett gesungen, Anns Schwester Vera war da bei ihm. Es war sehr ergreifend, obwohl nicht gut auszumachen war, was er sang. Es waren, wenn ich es richtig verstanden habe, eher Übungen.

Donnerstagabend rief Lepel an, dass Vater soeben gestorben sei (Viertel vor eins). Er hatte die letzten Stunden Atemnot und Schmerzen in der unteren Körperhälfte gehabt, doch die wurden mit einer Spritze gelindert.

Natürlich sind wir dann so schnell wie möglich nach Soest gefahren. Wir waren dort gegen 4 Uhr, als Vater mittlerweile gewaschen war. Da lag er noch oben auf seinem eigenen Bett, am selben Abend wurde er nach unten gebracht, ins große Musikzimmer. Sein Gesicht war noch glatt und ziemlich jugendlich, nicht das eines alten Mannes, eine großartige Erinnerung, auch wegen der Ruhe, die nach seinen verwirrten Gedanken endlich eingetreten war.

Gerne möchte ich euch allen danken, dass ihr in so großer Zahl gekommen seid, um Abschied von Vater zu nehmen. Zwei seiner

Kinder können in diesen Augenblicken nur aus dem fernen Indonesien versuchen, Anteil zu nehmen. Auch sie werden sich gestärkt wissen durch euer Mitgefühl. Möge die Erinnerung an Vater bei euch und uns lebendig bleiben, um das Viele und Große, das er für uns und für die Musik geleistet hat.

Erst nach Großvaters Einäscherung durften wir nach Vosseveld zurück.

War Oma Annetje traurig? Ich wusste es nicht mehr. Eher in Panik. Dazu hatte sie auch allen Grund. Die Briefe von den *Indiërs*, die ich in Onkel Henks Ordner gefunden hatte, enthielten dementsprechende Hinweise. So hatte Tante Rita ihrem Bruder ein paar Wochen vor Großvaters Tod geschrieben:

Tja, das habe ich von Ann schon lange erwartet! Sie hat es tatsächlich sehr schwer, aber warum nimmt sie sich denn auch keine Hilfe? Das kann sie natürlich nicht, weil sie es ja nicht erträgt, dass jemand Fremdes an ihre Sachen geht. Wir glauben auch, dass es ihr um das Geld geht, für später, weil sie dann, es sei denn, sie verkauft das Haus, nur schwer über die Runden kommen wird. Ich halte sie wirklich für eine schwierige Zeitgenossin, auch wenn sie viel für Vater tut und getan hat. Aber wir haben ihr diese Ehe doch nicht aufgezwungen? Ist so vielleicht ein bisschen unnett gesagt, aber warum hat sie Vater denn eigentlich geheiratet? Doch nur, um sich irgendwann finanziell zu sanieren. Ich kann mir vorstellen, dass es ihr über den Kopf wächst. Ihre Nerven sind schon so lange kaputt, und Vater ist keiner, an dem ein anderer viel hat, dafür ist er zu sehr mit sich selbst beschäftigt. Und jetzt, wo er wieder wirr ist und außerdem ein Pflegefall wird, wird es sicher sehr triste. Aber falsch finde ich es von ihr, dass sie keine Hilfe annehmen will und andererseits durchblicken lässt, dass wir angeblich unseren ›Verpflichtungen nicht nachkommen‹. Wir wissen nicht recht, was sie erwartet, weil es uns nicht in den Kopf will, dass Vater von seiner Pension nicht leben kann. Es scheint uns das Beste, uns um die Beets'sche Tyrannei nicht zu scheren, denn wir haben nicht vor, Ann auszuzahlen. Und sollte sie jetzt wirklich so viel dabei eingebüßt haben? Keinen Speck für Lepel oder Beets, dafür müssen wir viel zu hart arbeiten!

Lauter Misstrauen und Anschuldigungen an Oma Annetjes Adresse. Die nach Großvaters Tod nicht weniger wurden:

Gestern Nachmittag kam der Brief mit allen Einzelheiten über das Sterben und die Einäscherung von Vater. Es war so, als wäre ich selbst dabei gewesen. Ja, Henk, es ist, wie Du schreibst, da wird jetzt sicher eine große Leere sein, nicht so sehr weil der Vater der letzten Jahre nicht mehr ist, denn er war ja nur noch ein Schatten seiner selbst. Aber man sah und spürte in ihm doch immer noch den Vater von früher, und dadurch hing man trotz allem noch so stark an ihm. So ging es mir zumindest, und ich habe nach viel Grübeln schon begriffen, dass das der Grund ist, warum Ann es nicht mehr ertragen konnte. Sie war noch nicht lange mit ihm verheiratet, ist mehr aus Mitleid für ihn und Lepel diese Ehe eingegangen. Deshalb hat da auch die wahre Zuneigung und Verbundenheit gefehlt, deshalb wird es sehr schwierig gewesen sein, all das Hässliche zu verarbeiten. So will ich es zumindest versuchen zu sehen, um mich besser in sie hineinversetzen zu können.
Dass Vater eingeäschert werden sollte, wußte ich, auch Ann wünschte das. Aber dass er

bei Mama begraben sein möchte, hat Ann mir erst letztes Jahr erzählt. Ich hatte immer das Gefühl, derartige sentimentale Vorstellungen wurden ihm hauptsächlich von ihr eingeflüstert; ich selber finde es eine etwas seltsame Geschichte.

Es ist für Dich eine schwierige Zeit, Henk, auch was die Entscheidungen für Ann betrifft. Nein, sie wird wohl nicht überleben können, wenn sie das Haus zu behalten wünscht, und dann helfen wir alle mit, um sie zu unterstützen. Aber lassen wir die Dinge erst mal auf sich beruhen. Ann soll vorläufig erst einmal ruhig im Haus bleiben, um über die letzte Zeit hinwegzukommen, was ja auch sehr verständlich ist. Sofort zu entscheiden und gleich die Zelte abzubrechen ist ja auch etwas krude. Ich habe ihr geraten, für die erste Zeit alles so zu lassen, wie es ist, und noch nicht an Verteilung usw. zu denken. Aber wir sollten die Dinge schon im Auge behalten, findest Du nicht? Ann ist nicht *straight* in dieser Hinsicht, davon sind wir überzeugt!

Was geht einem nicht alles so durch den Kopf, nach so einem Sterben, nicht wahr? Vater hat uns doch so viel Gutes beschert, das vergisst man ja nie. Dass seine letzten

Jahre so ganz anders waren, dafür konnte er schließlich nichts. Und zu sagen, wär's doch endlich vorbei, das ist ein hässlicher Gedanke …

(7. September 1953)

Wo es Oma Annetje gelungen war, Lepel und Onkel Henk, die alten Braakensieks, Tante Cora und natürlich den alten Oud vor ihren Karren zu spannen, hatte sie mit den *Indiërs* doch einen erheblich schwereren Stand. Das sah man auch den Fotos an, die während ihres ersten Urlaubs nach dem Krieg gemacht worden waren, im Jahr 1946. Es war ihre erste Begegnung mit ›Vaters Haus‹, wie es Tante Rita hartnäckig nannte, aber auch mit der dritten Frau ihres Vaters. Die Gesellschaft steht unbehaglich da. Annetje hat das Gesicht abgewandt und zupft an ihrer Strickjacke. An den Mienen der *Indiërs* ist abzulesen, wie erschrocken sie sind von dem Anblick, den ihr Vater bietet, nach seiner schrecklichen Krankheit.

Im November schreibt Tante Rita:

Tja, das war doch unangenehm, nicht Henk, die Frage mit dem Testament. Wir haben aus Deinen Briefen schon gespürt, dass alles nicht gerade nett verlaufen ist, und dann kommt ein Moment, wo es einem zu viel wird. Die Beetsen sind nun einmal Leute, die in den meisten Hinsichten nicht auf unserer Linie liegen! Und das Über-Sentimentale bringt bei Menschen wie uns doch nur Widerwille hervor. Schade ist, dass das alles nicht nötig gewesen wäre, wenn der Notar diesen Fehler nicht begangen hätte; aber daran lässt sich jetzt nichts mehr ändern. Dass Cora auch darüber gestolpert ist, ist für Ann also schon ein Hinweis, dass das nicht in Ordnung war, und das spürt sie auch selber. Lepels Brief war aufgeregt, aber eben so wie er immer ist, übertrieben pathetisch!

In diesen Briefen steht einiges über das Hickhack um Vosseveld nach Großvaters Tod. ›Ann‹ hatte alles geerbt, das Haus gehörte ihr; damit hatten die *Indiërs* sich abgefunden. Aber als es so aussah, als ob ›Ann‹ das Haus nicht allein unterhalten konnte und trotzdem nicht raus wollte, sondern auch noch Hilfe von ihnen erwartete, war das Maß voll. Im Dezember 1953 schrieb Tante Rita:

Die allerbesten Wünsche zum Jahreswechsel und hoffentlich nicht so viel Hickhack mehr mit Ann und Konsorten. Was stellt die sich an, ich kapier das nicht mehr! Sollte sie etwa von uns allen prompt ein Monatsgeld erwartet haben? Das wäre doch zu absurd gewesen, mit eigenem Kapital. Sie ist wirklich sehr misstrauisch geworden, was doch sehr ärgerlich ist.

Dazu kam der Zwist zwischen Oma Annetje einerseits und meinen Eltern andererseits: Mary und Lepel, die vergeblich auf geräumigere Behausung hofften. Seit Jaapjes Geburt platze unsere kleine Reihenhauswohnung aus allen Nähten, so hörten wir meine Mutter klagen.

Gerade in dieser Zeit, an einem Sonntag im Februar 1954, erlitt ich einen hässlichen Sturz auf der Treppe. Ich musste über eine der ewig losen Teppichstangen gestolpert sein und kullerte bis auf die Fliesen der Diele hinunter. Oma Annetje trug mich zum Diwan. Mein Bein wurde fachkundig betastet, und Doktor Veldkamp, eilends von gegenüber herbeigerufen, bestätigte Oma Annetjes Diagnose: gebrochen. Angesichts dessen, dass ein pflegebedürftiges Kind das Letzte war, was meine Eltern noch gebrauchen konnten, durfte ich die vollen sechs Wochen meiner Genesung auf Vosseveld bleiben.

Wie schwer es Oma Annetje in dieser Zeit

auch gehabt haben mochte, für mich war es eine goldene Zeit. Noch nie waren wir uns so nahe gewesen. Ich schlief auf Großvaters Seite in dem großen Doppelbett. Oma Annetje saß bis spät in die Nacht an ihren Kreuzworträtseln und war, wenn der Tag anbrach, immer schon wach. Sie saß aufrecht in den Kissen, mit ihrem alten, mit Pflastern zuammengeflickten Van-Dale-Wörterbuch auf den Knien und der Lesebrille auf der Nase. Die Balkontür stand offen. Die Amseln sangen, der Hahn des Nachbarn krähte, die Holztaube rief ihr Klagelied, auf das Großvater die Worte gedichtet hatte: »Der Ruhkumm ruht nicht! Der Ruhkumm ruht nicht! Der …!«

Auch das Radio war an – war es eigentlich aus gewesen in der Nacht? – und brachte gerade Nachrichten. Es ging um den Kongo und Kasawubu. Danach folgten Wetter und Wasserstände.

»Was für ein Luder«, schimpfte Annetje. Sie zählte Kästchen, schmeckte Worte auf der Zunge, biss auf ihren Kuli: »Kabinettskrise. Oxydation … nein. Oxydationsprozess? Hab's! Ein Sternzeichen, letzter Buchstabe r … Widder? Nein. Das sind sechs.« Sie kratzte sich mit dem Kuli im Haar, das ihr lose über die Schulter fiel. »Ich hab's. Stier.«

Höchste Zeit für sie aufzustehen. Oma Annetje zog ihren seidenen Morgenrock an und ging auf den Balkon. Es nieselte. Oma Annetje schüttelte sich die Tropfen aus den Haaren.

»Ich werde alt«, sagte sie. »Mir gefällt jedes Wetter.«

Durch den Spalt der Badezimmertür konnte man sie ein bisschen bei ihrer Morgentoilette beobachten. Ich sah, wie sie das Korsett aus Walfischknochen anzog, dann den unpraktischen Büstenhalter, darauf den seidenen Unterrock, den sie gerade geflickt hatte.

Danach bürstete sie sich, vor dem Frisiertisch sitzend, das weiße Haar mit der silbernen Bürste, auf der ihre Initialen eingraviert waren, so wie auch auf ihrem Handspiegel und der Kleiderbürste – Geschenke zweifellos vom alten Oud. Sie lächelte mir im Spiegel zu. Mit einem Griff packte sie ihre Haare, drehte sie und steckte sie zu einem eleganten Dutt fest. Darauf wurde dann ausgiebig Lavendel aus dem Kristallflakon gesprüht.

Nach meinem Frühstück im Bett trug sie mich die Treppe hinunter und brachte mich in Großvaters Sessel unter, wo ich Zeichenutensilien, Spiele und Bücher in Reichweite hatte.

Wir waren glücklich, damals. Ich auf jeden Fall. Aber sie auch. Sie genoss das Haus, den

Garten, das Wetter und uns – die Kinder, die zu Besuch kamen. Sie war erleichtert nach Großvaters Tod, und wer konnte ihr das übel nehmen.

Wenn ich damals geahnt hätte, was sich hinter diesem lieben Gesicht und diesem Engelshaar verbarg!

Oma Annetje bestand darauf, dass ich nachmittags eine Stunde auf dem Diwan im Wohnzimmer ruhte. Dann deckte sie mich zu, zwischen den rauen, steifen Kissen, die nach Großvater rochen. Die Tür zur Diele blieb einen Spalt breit auf, sodass ich sie die Patience-Karten mischen, im Schrank kramen und beim Kreuzworträtsel pfeifen hörte.

Meistens wachte ich erst auf, wenn der Tee schon bereit stand. Manchmal konnte ich auch nicht einschlafen. Dann spürte ich das hohe Zimmer um mich herum. Das Haus war voller Geräusche. Es knarzte. Es seufzte. Nachmittags ging es noch, aber abends, als das Zimmer voller Dunkelheit hing, war ich hier nicht gern allein.

Im Erker stand noch Großvaters Staffelei mit seiner letzten, unvollendeten Waldansicht. Die Wände waren mit seinen Bildern behängt: Stämme, an einer Seite von der Sonne beschienen, hier und dort ein Häuschen zwischen dem Grün. Auf dem Flügel lagen noch Stapel von Noten. Dort standen auch die Elefanten aus Ebenholz, die er – scheinbar angestrengt – für uns hochhievte, wobei er den größten ›beinahe‹ fallen ließ – wir fielen immer drauf rein. Auf dem Kamin thronte der Porzellanbuddha; links davon stand Großvaters Foto: ein ruhiges, freundliches Gesicht mit kleinen Augen hinter runden Brillengläsern. Wenn sich die Gardine im Luftzug wölbte, schien es, als könne er jeden Moment hinter seinem Flügel auftauchen.

Doktor Veldkamp kam jetzt nicht mehr seinetwegen, sondern meinetwegen. Ich konnte ihn schon von der anderen Straßenseite herüberkommen sehen. Ich hörte die Windfangtür quietschend aufgehen und die leisen Stimmen in der Vorhalle.

»... noch Todesängste ausgestanden ...« (Oma Annetje)

»... die letzten Jahre doch ruhig?« (Doktor)

»... da war ein Loch in seinem Gedächtnis.« (Oma Annetje)

Das ging also gar nicht um mich. »Hallo, ich bin wa-hach!«, rief ich, und Doktor Veldkamp kam das tun, wofür er gekommen war: Er sah nach meinem Bein.

Als ich erst einmal einen Gehgips hatte,

humpelte ich Oma Annetje durchs Haus hinterher. In der Küche roch es nach Äpfeln und Scheuerpulver. Die Anrichte aus Granit war rau an den Rändern, ein paar schwarzweiß karierte Kacheln im Spülbecken waren lose, die Knöpfe an den Schranktüren wackelten, doch in dem gläsernen Geschirrschrank prunkten Porzellantassen und -schalen.

Oma Annetje harkte die Wege und grub im Garten um. Sie schippte Kohlen im Schuppen, leerte sie eimerweise in den Rachen des Heizungskessels. Sie inspizierte die Vorräte im Keller, wo Kastanien, Nüsse und Äpfel auf Zeitungspapier zum Trocknen auslagen: noch genug Zucker und Mehl? Zimt nicht vergessen.

Die Lieferanten kamen hintenrum an die Küchentür. Oma Annetje ging mit ihnen in einem knappen und sachlichen Ton um. Der Fleischer brachte Schnitzel, der Schuster die neubesohlten Schuhe. Wurde einer von ihnen wegen Schnee oder Regen hereingebeten, dann musste er sich zuerst die Füße abwischen. Bekam er Kaffee, dann in einer der alten Tassen, die keine Untertasse mehr hatte.

Der Bäcker hielt Oma Annetje seinen Korb unter die Nase. Sie wählte das knusprigste halbe Weißbrot und das braunste Vollkornbrot aus. Vor dem Verzehr wurde es zur Desinfizierung durch die Gasflamme gezogen. Wenn das Pferd des Gemüsehändlers vor dem Tor hielt, humpelte Oma Annetje hinaus, um einen prüfenden Blick auf die Ware zu werfen: »Die Bohnen sehen ja nicht so frisch aus, Hoef. Gib mir heute mal die Karotten.«

Zwischendurch raspelte und pellte Oma Annetje, schüttelte Salat aus, brach Bohnen oder briet Hackfleisch. Sie summte bei der Arbeit – Ansätze zu Melodien, die, bevor sie so richtig aufblühen konnten, schon wieder im Keime erstickt wurden.

Sie gab mir Haushaltsunterricht. »Das Geheimnis ist: Immer alles aufräumen. Und alles vorher vorbereiten. Dann muss das Essen nur noch aufgesetzt werden, und man hat Zeit für schöne Dinge.« Die Erfahrung musste sie bei ihren vielen Wochenpflegen und im vornehmen Haus von Oud gemacht haben.

Ich half ihr beim Kartoffelschälen. War eine Schale bis zum Schluss ganz geblieben, dann warf Oma Annetje sie über ihre linke Schulter, um zu sehen, wen ich heiraten würde. Ein F, fand sie; ich fand, dass es eher aussah wie ein S.

Schalen und Strünke wurden für den Abfallsammler aufbewahrt, in dem viereckigen Schaleneimer, aber die Knochen und Essensreste waren für Boenia, den Hund der Nachbarn.

≈ 345 ≈

Jeden Morgen hörte man die Nachbarn rufen: »Boe-nia-a! Hier!«

»Na, komm mal hierher, du Vogelscheuche«, murmelte Oma Annetje und gab ihm eine kalte Kartoffel und ein paar Bohnen, mit einem Blick zum Nachbarhaus rechts, hinter den Edelkastanien, wo man sich, ihr zufolge, nicht genug um ihn kümmerte.

Vielleicht war dies wirklich ihre glücklichste Zeit. Sie war Herrin im eigenen Haus, dem ersten Haus ihres Lebens. Bezahlt – zugegeben – mit Ouds Geld. Mit Geld, das er Großvater geschenkt hatte. Aber sie war davongekommen mit ihrem kleinen Täuschungsmanöver. Onkel Henk hatte es verstanden, die Proteste zu besänftigen. Bei der Familienzusammenkunft sitzt sie strahlend hinter ihrem Teeservice, umgeben von Mansborgs, ein aufgeräumter Lepel an ihrer Seite. Noch einige Jahre lang konnte sie ihre Festung verteidigen, bis sie dem Druck nicht länger standhielt und an Nikolaus des Jahres 1957 diesen beinahe tödlichen Fahrradunfall hatte.

Die Kunde schien schon bald nach Indonesien durchgedrungen zu sein. Tante Rita schrieb darüber am 18. Dezember 1957 – kaum zwei Wochen nach dem Ereignis.

Gestern waren wir in Medan bei Johan und lasen dort von Anks Unfall, und abends fanden wir Deinen Brief vor. Was für eine traurige Geschichte und was wird die Ärmste für Schmerzen haben, denn es hat sie ja ganz schön erwischt! Eine Gehirnerschütterung, gerissene Niere und Wirbelfraktur. Ja, Lepel ist da mal wieder gut bei weggekommen, was ist er doch für ein wundersamer Junge! Wenn Du uns nicht geschrieben hättest, würden wir von alledem immer noch nichts wissen! Und was soll jetzt mit ihr geschehen? Sie ist doch schon so bejahrt und wird wahrscheinlich auf Hilfe angewiesen bleiben. Denn nur weil sie andere Menschen gepflegt hat, kann sie sich jetzt ja nicht um sich selbst kümmern. Nun ja, das ist für später, schlimmer ist, dass es ihr passiert ist, vor allem ihr, die fremde Hilfe nicht erträgt.

Nach Oma Annetjes Unfall entstand der Plan, Vosseveld umzubauen, damit wir dort einziehen könnten.

Meine Mutter hat später oft geseufzt: »Wir hätten nie damit anfangen sollen.«

Wir Kinder sollten das alte Gästezimmer kriegen, das durch eine Zwischenwand in zwei Räume aufgeteilt wurde, einen für die Jungs und einen für Lieske und mich. Das alte Fenster mit den Läden musste dran glauben; stattdessen kamen zwei kleine Fenster, für jedes Zimmerchen eines.

Die Diele und das Schlafzimmer mit dem Balkon blieben Oma Annetjes Domäne; das Vorderzimmer sollte unser Wohnzimmer werden. Das Seitenfenster auf der Boenia-Seite wurde zugemauert. Dort wurde das neue Schlafzimmer für meine Eltern angebaut, das Vestibül aus Naturstein, unser neues Badezimmer und der Traum meiner Mutter: die hellgrün gespritzte Bruynzeel-Wohnküche, wofür die Außenmauer von Oma Annetjes alter Küche entfernt wurde. An die Stelle, wo ihr Küchenschrank gestanden hatte, kam eine separate kleine Anrichte, an der Oma Annetje ungestört weiterhin ihre eigenen Sachen zubereiten konnte.

Eine solide, moderne Haustür aus verstärktem Glas, neben der erweiterten Fassade, bot Zugang zu unserem Anbau.

Im Frühjahr 1958 war alles fertig, und wir zogen nach Vosseveld um.

Wir hatten uns so lange darauf gefreut, und doch wurde es kein glücklicher Anfang. Ostern stand vor der Tür, das erste Ostern im neuen Haus. Es wurde Palmsonntag, aber mein

Vater sagte, dass ihm der Sinn nicht nach der *Matthäus-Passion* stehe. Auch meine Mutter hatte Bedenken.

In früheren Jahren, in unserm Reihenhaus, hatten wir dem Osterkonzert schon Wochen zuvor entgegengefiebert. Mein Vater war stundenlang mit allerlei Kabeln beschäftigt. Beim Testen des Stereo-Effekts ertönte es aus dem kleinen Radio: »Vom linken Empfänger zum…« Und aus dem großen Philips: »… rechten Empfänger. Vom rechten Empfänger zum … linken Empfänger.«

Im Hintergrund erklang erwartungsvolles Gescharre und Gehuste aus dem Großen Saal des Concertgebouw. Die lange Liste von Sängern und Instrumentalisten wurde vorgelesen. Der Dirigent wurde angekündigt: Eduard van Beinum. Ein kurzer Applaus, der wie durch Zauberstreich verstummte. Geticke, Gehuste, Geknarze mit einem Stuhl. Eine lange Stille, in der ich unverwandt auf meine Hände blickte und wusste, dass Marys Nasenflügel zitterten. Dann der unerbittliche Akkord, die pumpenden Bässe, die ominösen Oboen und die strahlende Klage des Chors.

Diesmal saß ich allein am Radio im gerade bezogenen Vorderzimmer, Großvaters uralte Partitur auf dem Schoß. Das kleine Radio war im Kutschhaus geblieben. Meine Eltern saßen mit Oma Annetje in der Diele beim Kaffee. Es wurde angeregt geplaudert, ich hörte Mary lachen. Danach ging jeder seines Weges. Mary in die Küche, Lepel ins Kutschhaus, mein kleiner Bruder Bennie nach draußen, meine Schwester Lieske nach oben. Nur Jaapje blieb bei Oma Annetje.

Jetzt musste ich versuchen, den Text allein zu verfolgen.

Die Höhepunkte waren mir bekannt. Die Frage des Judas: *Bin ich's, Rabbi?* – die Verleugnungen des Petrus, das Krähen des Hahnes, Judas' Verrat, der Tod am Kreuz: Sie boten genügend Anknüpfungspunkte. Doch bald steckte Oma Annetje den Kopf in die Tür zur Diele, um zu fragen, ob der Hahn schon dran gewesen sei.

»Gleich«, sagte ich fachkundig.

Oma Annetjes Blick schoss scheu zu den neuen Gardinen. Zu dem neuen Bücherschrank, von Lepel gezimmert und von Mary sonnig gelb lackiert. Zum Klavier, das nach viel Geschiebe auf der Boenia-Seite gelandet war, wo Großvaters Flügel gestanden hatte.

Sie hörte eine Weile mit, aber der Hahn wollte nicht kommen.

Ich musste zugeben: *Ehe der Hahn krähen*

wird, wirst du mich dreimal verleugnen war schon gewesen, aber die Verleugnung selbst kam erst im zweiten Teil.

Lieske platzte mit der Frage herein, ob ich nach draußen spielen kommen wolle. Herablassend wies ich sie zurecht.

Mein Vater erschien von der Boenia-Seite, ausgerechnet als Judas sagte: *Er ist's. Den greifet*, worauf er Jesus küsste. Dadurch fiel Jesu traurige Antwort: *Mein Freund, warum bist du gekommen?* für mich ins Wasser. Mein Vater suchte etwas in dem neuen, gelblackierten Bücherschrank und hatte mir den Rücken zugekehrt. Anscheinend fand er es nicht und verschwand wieder, ohne ein Wort zu sagen. Meine Mutter kam hereingeschneit, um das *Erbarme dich* zu hören. Aber noch bevor die Arie zu Ende war, wollte sie sich schon wieder in unseren neuen Wohntrakt zurückziehen.

»Findet ihr es denn nicht mehr schön?«, rief ich ihr hinterher.

Sie drehte sich in der neuen Türöffnung um. Ihre Nasenflügel zitterten. »Wir finden es *zu* schön, mein Kind«, sagte sie, die Hand auf der Klinke. »Und deinen Vater erinnert es zu sehr an seinen Vater.«

Das verstand ich schon. Jetzt, da der Flügel weg war und alles so leer und hell; jetzt, da

Großvaters Bilder abgehängt waren, das frische Weiß nur durch ein einziges buntes Aquarell durchbrochen, schien der Raum umso stärker zu sprechen.

Mit all dem hatte ich jetzt den Faden verloren. *Denn es ist Blutgeld, denn es ist Blutgeld…* das gehörte zu Judas' Verrat, oder kam das erst später? Ich blätterte und blätterte, fand es aber nicht. Ich hatte Mühe, meine Gedanken noch bei der Musik zu behalten. Bei den langen Arien im zweiten Teil gab ich auf.

Das Vorderzimmer lastete schwer. Es hing hier alter Kummer. Vom Erker aus sah ich die Jansen-Schwestern von gegenüber aus dem Auto ihres Vaters steigen, zurück von der Kirche. Sie trugen neue Faltenröcke und Lackschuhe mit Bändchen. Ihr blondes Haar glänzte wie Gold in der Sonne. Ihr Bruder Ron drehte auf seinem Rennrad Runden um sie herum.

Aus reiner Dickköpfigkeit blieb ich im Wohnzimmer. Es war, als hätte das Werk seinen Glanz, das Überwältigende plötzlich verloren, jetzt, da niemand mehr mithören wollte.

Es war nicht die einzige Enttäuschung, die uns nach dem Umzug erwartete. Denn die Aufteilung in zwei separate Wohneinheiten schien in der Praxis nicht zu funktionieren. Unser Eingang lag rechts um die Ecke der neuen Fassade. Zwar hatte Lepel die Gartenpforte an unserer Seite verbreitert und ein pfeilförmiges Schild aufgestellt: EINGANG DIESE SEITE. Aber Nicht-Eingeweihte waren anscheinend blind für das Schild. Besuch für uns ging weiterhin hartnäckig durch das alte Tor und klingelte dann, zur beiderseitigen Verärgerung, bei Oma Annetje.

Das neue Badezimmer war ein Wunder an Komfort. Aber wir Kinder schliefen oben. Wenn wir nachts mal mussten, hieß das: Wir mussten die Treppe hinunter und durch das Vorderzimmer, um unser Bad zu erreichen. Oma Annetjes altes WC dagegen lag direkt hinter der Treppe. Schon bald wurde das Verbot, Oma Annetjes WC zu benutzen, mit Füßen getreten, zur Zufriedenheit von Oma Annetje, doch zum Zorn meiner Eltern.

Die neue Wohnküche, Hoffnung und Stolz meiner Mutter, war zum beabsichtigten Mittelpunkt unseres Familienlebens geworden. Doch der neue Speiseschrank gab einen sonderbaren Geruch ab, der alles, was darin gelagert wurde, durchdrang, einschließlich des Hagelzuckers und der Aniszuckerstreusel.

Die altersschwache Kohlenheizung war

durch eine moderne Ölheizung ersetzt worden. Doch der Heizkessel, der neben der neu-
en Anrichte auf Oma Annetjes Seite der Küche
installiert war, brach alle Viertelstunde in ein
dröhnendes Gerassel aus, um Minuten später
wieder glucksend zu verstummen. War es wegen dieses Ungetüms, dass Oma Annetje die
Küche zunehmend mied?

Die sonntäglichen Familienessen waren ab-
geschafft, jetzt, da wir uns doch täglich sahen.
Anfangs hatte meine Mutter Oma Annetje
noch manchmal gebeten, sich zu uns an den
Tisch zu setzen. Sie war nie darauf eingegangen. Jetzt sahen wir sie lange vor der Essens-
zeit mit ihrem Teller in die Diele verschwinden. Als wir später die Treppe hinaufgingen,
zu unserm Zimmer, saß sie dort allein mit ihrem Kreuzworträtsel oder ihren Patience-Karten. Immer öfter zog sie sich in ihr Schlafzimmer zurück.

Wenn ich bei ihr hereinschlüpfte, bevor ich
meine Hausaufgaben machen musste, lag sie
auf dem Bett und hörte Radio. Die Sendungen
mit dem Schriftsteller Godfried Bomans. Ein
Exemplar des *Denksports* lag aufgeschlagen
auf der Decke. Es war ein einziges Wort eingetragen: Quarantäne. Es war ziemlich eng hier.
Die Möbel aus dem Vorder- und dem Gäste-

zimmer passten nicht alle in die Diele. Der Buddha stand jetzt auf dem Radio, daneben eine Vase. Apollo und Daphne standen wackelig auf dem Bücherschrank; Großvaters Elefanten träumten gemeinsam auf dem Sekretär, der aus dem Treppenhaus hatte weichen müssen und jetzt gegen Oma Annetjes Frisiertisch geklemmt war.

Auf dem Nachtschränkchen, zwischen ihrem Patience-Kartenspiel und dem Brillenetui, stand eine halb volle Tasse Milchkaffee mit einem Häutchen. Da lag auch das Fotoalbum. Hatte sie da reingeschaut, bevor ich kam?

Oma Annetje sagte, an ihrem Schal zupfend: »Geh jetzt mal wieder, Liebes. Deine Mutter will nicht, dass du so oft hier bist.«

»Sie wissen doch nicht, dass ich hier bin«, sagte ich leise und streichelte ihr den Arm. Ich blätterte etwas in dem Album. Seit wir nicht mehr mit dem Puppenbett spielten, waren die Krankenschwestergeschichten außer Gebrauch gekommen. Ich versuchte, Oma Annetje eine Krankenhausanekdote zu entlocken. Sie war nicht in Stimmung. Allerdings lebte sie einigermaßen auf, als ich ihr von der Schule erzählte, von meinem neuesten Schwarm. Dann mischte sie ihre Karten.

»Hm. Kreuzbube … Nun ja, Mädchen, ich

habe ganz stark das Gefühl, dass du jung heiraten wirst.«

Unsere Vertrautheit konnte nicht verhindern, dass der Konflikt mit meinen Eltern eskalierte. Wir Kinder waren der Stein des Anstoßes, wenn wir auch nie ganz verstanden warum.

Erst heute, wo ich ihre ganze Geschichte kenne, beginne ich zu begreifen, wo das Problem für sie lag. Das Haus, das ihr gehörte, gehörte ihr nicht mehr. Wieder wohnte sie zusammen mit einer Familie, wo sie außen vor stand, so wie früher bei Vera und danach bei den Ouds. Ihre Eifersucht auf ihre Nichte Mary wird dabei mitgespielt haben. Und umgekehrt. Wenn Oma Annetje und Lepel zusammen in der Diele gesessen und geplaudert hatten, gab es zwischen meinen Eltern oft Streit.

»Bin ich hier vielleicht nicht mehr erwünscht?«, herrschte meine Mutter ihn an.

Lepel muss letztendlich wohl Partei für seine Frau ergriffen haben. Oma Annetje wurde die Außenstehende, Lepel wandte sich gegen sie. Das zumindest nahm ich jetzt an – in Unkenntnis der anderen Faktoren, die möglicherweise sonst noch dabei mitgespielt hatten.

Unter der Abteilung ›Ann/Vosseveld‹ fand ich jedenfalls in Onkel Henks Ordner eine lange Epistel aus der Zeit, als das so frohgemut begonnene Zusammenwohnen schon hoffnungslos gescheitert war:

Soest, 2. Jan. 1959

Guter lieber Henk,

böse? Aber nein, dafür verstehe ich Deine gute Absicht zu gut. Mein erster Impuls war, erst einmal still zu sein, Henk, es ist leider nur schon allzu viel darüber gesprochen worden. Ich meine, dass ich nicht gerade als jemand bekannt bin, der so dumm ist, die Leitung einer jungen Familie übernehmen zu wollen. Dazu habe ich doch zu viel Lebenserfahrung. Alles ist einfach auf die Spitze getrieben und der Umgang so grob, dass ich dieses große Fragezeichen wohl nie mehr loswerde. Solange L + M in Soest wohnten (ca. 5 Jahre), wurden die Kinder ständig zu mir gebracht, beinahe jeden Sonntag aß die Familie bei mir.

Mary zufolge hatte sie es mehr als satt, diese ewige Töpfchenwirtschaft mit den Kindern, fast jeden Tag brachte sie Jaap morgens zu mir und holte ihn am Nachmittag wieder ab.

Angeblich taten sie das alles nur, um mir nach Vaters Tod Ablenkung zu verschaffen, und ich will das gern glauben und dankbar dafür sein …

Von 5 Jahren alles aufzulisten, wäre sinnlos, ich will nur ein paar Punkte nennen: Wenn sie ins Konzert gingen und ich bei ihnen die Kinder hütete und manchmal um elf Uhr in Schnee und Regen nach Hause tippelte, habe ich das nie als ein Opfer empfunden.

Seit sie hier im Haus wohnen, habe ich (das dachte ich jedenfalls) alles so taktvoll wie möglich getan. Aber dass ich mich zu ihnen an den Tisch setze, das muss erst noch geschehen. Ich habe auch kein Bedürfnis danach, habe selber Dinge zu tun und ich bin gern allein. Und mich in irgendwas einmischen? Ich hab mir den Kopf zerbrochen, weiß aber immer noch nicht, was sie damit meinen. Zu allem hab ich geschwiegen, auch wenn Dinge mir wehtaten in unserm geliebten Haus oder Garten. Einmal hab ich gesagt, dass es ein Ende haben muss mit dem Löchergraben im Garten; es waren an die vier, vollgestopft mit allerlei Lappen, Holz und kaputten Blumentöpfen. Ich hab dann selber den ganzen Kram zugeschüttet und den schlimmsten Müll weggeräumt. Das ist meines Wissens das einzige Mal, dass ich mal meine Meinung gesagt habe.

Natürlich habe ich meine großen Schwächen, aber darum geht es doch offenbar gar nicht. Die Kinder würden zu viel bei mir ein und aus gehen, heißt es jetzt plötzlich. Aber das war doch schon die ganzen Jahre so. Und jetzt haben sie wegen der Hausaufgaben ohnehin kaum noch Zeit.

Sie kamen schon alle vier gute Nacht sagen, aber höchstens eine Viertelstunde, dann verschwanden sie mit einer Süßigkeit und einem halben Apfel, nur Jaap war öfter hier, besonders bei schlechtem Wetter. Es kann schon sein, dass er zu viel zu mir kam, aber glaub bitte nicht, dass ich ihn extra gelockt habe. Ich fürchte, der Fehler lag schon bei ihnen selber. Das Kind zieht es nun einmal dorthin, wo's ihm gerade am meisten zusagt.

Das Ergebnis ist, dass alles sehr grob angepackt wird, den Kindern wird verboten, mich zu besuchen. M + L sagen, dass sie es aus eigenen Stücken nicht mehr tun, aber ich bin doch nicht taub, und ich weiß, dass das einfach nicht wahr ist –

Was vorgefallen ist, würden wir, denke ich,

beide liebend gerne ungeschehen machen, aber – ist ein Wort einmal über die Lippen, kommt es nie wieder rein.

Eine völlige Trennung, das ist nicht möglich, dafür ist alles finanziell zu sehr ineinander verstrickt. Meinen eigenen Platz allerdings kenne ich jetzt und werde mir auch Respekt zu verschaffen wissen. Das klingt nicht nett, aber es scheint leider nötig zu sein, und die scharfen Ränder werden sich vielleicht doch noch abschleifen …

Und jetzt will ich nie wieder mit wem auch immer nur ein Wort darüber reden müssen, ich habe das alles so satt. Ich habe wirklich Stoßgebete nach oben geschickt, um diese Woche vielleicht für immer einschlafen zu können. Man kann so müde werden von allem, aber es wird uns leider nicht gegeben, um auf unseren eigenen Wunsch ›Amen‹ sagen zu dürfen …

P. S. Mach Dir weiter keine Sorgen drum, Henk, bei dergleichen Exzessen erhitzen sich nun mal die Gemüter, aber es wird nie so heiß gegessen, wie es gekocht wird – Dir alles Gute …

Der Konflikt war aber wohl nicht mehr zu kitten. Die Stimmung wurde immer grimmiger.

≈ 360 ≈

Ich erinnere mich an den Zorn meines Vaters, als wir das Verbot, Oma Annetje zu besuchen, wieder einmal übertreten hatten; Oma Annetjes hinkendes Gepolter durchs Haus; unser Mitleid, wenn wir sie alleine in der Diele sitzen sahen. Die Spannung wurde schließlich so groß, dass Oma Annetje den Rückzug antreten und ausziehen musste. Angesichts der fehlenden Alternativen ließ sie ihre Einrichtung vorläufig in Vosseveld zurück. Die ein Jahr dauernde Odyssee, die dann für sie anbrach, lässt sich in groben Zügen aus ihren Briefen an Onkel Henk rekonstruieren.

Ede, 7. Juli 1959

Lieber Henk,

mit Wohnung habe ich noch kein Glück. Es ist aber auch eine schwierige Zeit, die Leute warten die Ferien ab, sie können auch in Hülle und Fülle Leute kriegen mit aushäusiger Beschäftigung; und recht haben sie, ständig ein fremdes Gesicht im Haus ist auch kein Spaß. Ich probierte auch selber eine Anzeige in die Zeitung zu setzen. Alkmaar, Arnheim, Utrecht: Überall taten Familie und Freunde ihr Bestes. Ich habe schon leichte Hilfe im Haushalt angeboten, aber meine siebzig Lenze flößen offenbar nicht viel Vertrauen ein. Na ja, im Herbst vielleicht mehr Glück. Mitte Juli gehe ich wieder nach Alkmaar, sitze da gut und brauche mich nicht ›überflüssig‹ zu fühlen. Leider ist freilich ihr Haus nicht geeignet, um dort ein eigenes Zimmer zu haben, was jeder Mensch nun einmal braucht.

Jopie geht morgen für ein paar Tage nach Vosseveld, um die Kinder zu hüten, dann nehme ich die Gelegenheit wahr, um sie mal zu besuchen. Ich sehne mich schon sehr danach, alles mal wieder zu sehen …

Ich verschreibe gegenwärtig ein Vermögen an Porto, aber ein Mensch plaudert nach außen hin so daher. Wie es innen bei einem aussieht, kann niemand auch nur annähernd wissen …

In letzter Zeit liest man immer öfter Anzeigen für sogenannte Eigentumswohnungen für f 2000.– und Mietkauf. Ich werde mir das mal genauer ansehen, denn ich muss doch was haben.

Im Oktober 1959 wurde das Eigentum von Vosseveld offiziell meinem Vater übertragen. Wenn er damit gerechnet hatte, das Haus zu erben, hatte er sich getäuscht. Er hatte es Annetje abkaufen müssen, in der Form einer lebenslangen, in monatlichen Raten zu zahlenden Leibrente. Es sollten noch viele Witze darüber gemacht werden. »Ich habe es sicher schon dreimal abbezahlt«, pflegte er zu behaupten, als ihr Ableben immer länger auf sich warten ließ.

Was nicht bedeutete, dass Oma Annetje von der monatlichen Rente im Jahr 1959 einfach so ohne Weiteres hätte zweitausend Gulden auf den Tisch legen können. Dennoch schrieb sie sich für ein Mietkauf-Appartement in Baarn – fünf Kilometer entfernt von Vosseveld – ein. Sie nahm dafür ein Darlehen auf bei … Lous Oud! Wie zu lesen ist in Onkel Henks Abteilung ›Ann/Vosseveld‹. Ein weiteres Mal hatte ihr die Familie Oud aus der Patsche geholfen. Es dauerte noch knapp ein halbes Jahr, bevor sie in die Baarner Wohnung einziehen konnte.

Wenn das klappt, dann werde ich in Baarn wohnen, nur sehr unangenehm, dass es erst Anfang 1960 einzugsbereit ist. Aber auch das werde ich wohl überstehen. September oder Ende August dann wieder nach Alkmaar. Hoffentlich wird es ohne Komplikationen verlaufen. Das Sprichwort ›Gast und Fisch bleiben 3 Tage frisch‹ werde ich mir lieber nicht übers Bett hängen.

Im Dezember wanderte sie noch immer umher, von Familie zu Familie:

Bei Lena sind sie ganz wunderbar zu mir, und auch von der Familie und Freunden bekomme ich nette Aufmerksamkeiten. Aber ich bin gegenwärtig ein undankbares Hündchen und knurre weiter – wo ich die kommenden Wochen bin, weiß ich noch nicht ...

Im Februar 1960 wurde das Appartement dann endlich übergeben. Oma Annetje musste nur noch ihre Möbel, soweit sie in ihrer Wohnung aufgestellt werden konnten, aus Vosseveld abholen.

Meine Eltern sorgten wohlweislich dafür, dass sie bei dieser Aktion nicht anwesend waren. Auch ich hatte mich feige gedrückt. Nur Lieske war geblieben. Sie hat gesehen, wie Oma Annetje, von ihrem demontierten Bett aus, zu den Bäumen sah, Tränen in den Augen. Wie sie, während Oma Jopie und Opa Ger aus Arnheim ihr mit ihren Sachen halfen und ihre Koffer zum Auto trugen, humpelnd ihre letzte Runde durch das Haus gemacht hat. Wie sie, während das Auto schon vor der Tür stand und Opa Ger den letzten Koffer über den Kies forttrug, einen wilden Blick zurückgeworfen hat, in die

Diele hinein, bevor die schwere Windfangtür quietschend hinter ihr zufiel.

Als das Auto wegfuhr, hielt sie sich die Hand vors Gesicht. Sie hat meiner Schwester nicht gewunken.

Christiaan Mansborg

Ich blieb mit der Lücke der Jahre ab 1941 sitzen. Was nach dem Einzug in Vosseveld wirklich passiert war und woher all die geheimnisvollen Unfälle und Krankheiten kamen, blieb weiter im Dunkeln. Auch waren die Vorgänge um den Kauf des Hauses noch keineswegs gänzlich geklärt.

Ich sah mir im Fotoalbum meiner Mutter die ersten Bilder an, die mein Vater Anfang 1941 gemacht hatte. Das Haus ist ganz in seinem ursprünglichen Zustand. Der Erker trägt noch seine Riedbedeckung, die Schornsteine mit den Pagodenhauben stehen noch auf dem Dach. Die Fenster sind schwarz, ohne Gardinen, wie Augenhöhlen. Der Efeu streckt erst ein paar tastende Tentakel auf der Fassade aus. Der fürstliche Eingang mit der schweren, zweiteiligen Eichentür, dem kupfernen Klopfer und der schmiedeeisernen Zugklingel wartet noch auf den Eintritt der neuen Bewohner.

Unendlich schade, dass mein Vater nicht mehr Fotos gemacht hat. Keine Reportage über die Ankunft der Umzugswagen. Wie hatten sie das alles regeln können, mitten im Krieg? Nichts über die Ankunft von Oma Annetje und Großvater, am 25. März 1941, als sie mit der zweiten Fuhre aus Zandvoort mitkamen; kein Bild vom Ausladen des Flügels, der Bücherschränke und Lehnstühle, der Schirmlampen und Teppiche, des Doppelbetts von Großvater, das in seine Einzelteile zerlegt zum großen Schlafzimmer hinaufgeschleppt werden musste. Dazu die Sachen von Oma Annetje – der ganze Ballast zweier nicht mehr junger Leben.

Nicht einmal vom ersten Osterfest auf Vosseveld, als Mary das Haus zum ersten Mal besucht hatte, scheint es ein Foto zu geben.

Erst zu Pfingsten wird das Versäumte nachgeholt. Da ist es schon Anfang Juni, und Mary geht in einem gestreiften Sommerkleid über den Rasen. Sie posiert – ohne Brille, mit großen kurzsichtigen Augen – vor dem üppig blühenden Pfirsichbaum, blickt lächelnd hoch zu Lepel, dieser in einem lockeren Sakko und einer Reithose, ein Grinsen auf seinem Gesicht. Die Arnheimer Familie liegt ausgebreitet auf dem Gartenmobiliar, die Türen des Kutschhauses stehen sperrangelweit offen, sodass man in Lepels Heiligtum hineinblicken kann.

Oma Annetje ist nur auf einem Bild zu sehen, von hinten, erkennbar an ihren hochgesteckten weißen Haaren. Sie pult gerade Erbsen oder schält Kartoffeln.

Ihr Ehemann, Christiaan Mansborg, der seit kurzem pensionierte Sänger, unser späterer Großvater, fehlt auf sämtlichen Bildern. Der wird damals oben im Bett gelegen haben oder vielleicht auf dem Diwan im Vorderzimmer, obwohl er Marys Berichten zufolge damals gerade wieder von der Krankheit genesen war, der er beinahe erlegen wäre.

Es muss eine vorübergehende Schwäche gewesen sein. Am Tag nach Pfingsten – am 4. Juni 1941, als Mary und ihre Eltern gerade wieder nach Arnheim zurückgekehrt waren – macht Lepel endlich das erste Bild von Oma Annetje und Großvater zusammen.

Großvater sitzt in einem altmodischen Rollstuhl mit riesigen Rädern, in einer gestreiften Hausjacke, über seinen Knien die Karodecke. Seine Krücke weist nach vorne, wie eine Waffe im Anschlag. Er trägt eine Sonnenbrille, was ihm etwas Schneidiges verleiht, trotz seiner achtundsechzig Jahre. Er lächelt, triumphierend, sogar übermütig, sein mächtiges Haupt erhoben. Das weiße Haar leuchtet in der Sonne.

Hinter ihm, die Hände am Steuerbügel, steht Oma Annetje – ältlich, besiegt, ihre Erscheinung hoffnungslos antiquiert, den Mund verzogen, als ob sie lächeln will, aber nicht kann. Sie wird es auch schwer genug gehabt haben in den vorangegangenen Wochen: zuerst die Pflege ihres Ehemanns, dann noch die Gäste zu Pfingsten, in Kriegszeiten.

Erst einen Monat später – am 9. Juli – wurde wieder ein Foto gemacht. Sie gehen zusammen durch den Garten, Großvater mit einem Gehstock, lächelnd. Die Zähne blitzen weiß in der Sonne. Oma Annetje guckt zur Seite, die Augen zugekniffen gegen das Licht.

Das restliche Jahr steht das Fotoalbum im Zeichen von Marys und Lepels Romanze: sommerliche Ruderpartien auf den Loosdrechtse Seen, Radtouren in den Wäldern bei Soest und zu Weihnachten ihre Verlobung. Mary in einem hübschen Gazekleid, mit Augen, die kurzsichtig in die Linse gucken. Lepel, diesmal in einem feinen Anzug, hat den Arm um sie gelegt, ein zufriedenes Grinsen auf dem Gesicht.

Großvater war damals in der psychiatrischen Anstalt Den Dolder oder Zeist eingesperrt, das wurde mir jetzt erst klar. Wenn sein Sohn deswegen traumatisiert gewesen sein

soll, dann war ihm das jedenfalls nicht anzusehen.

Ich nahm wieder Onkel Henks Ordner hinzu und suchte noch einmal den Brief, den mein
Vater seinem Bruder darüber geschrieben hatte, am 17. Juli 1941.

Vosseveld, 17. Juli 1941

Lieber Henk,
ich wurde Dienstagmorgen vom Arzt telefonisch aus Arnheim hierhergerufen, da Vater
sehr unruhig war. Ich hatte Dir ja schon früher davon erzählt. Die Symptome werden
immer besorgniserregender, und als ich her-
kam, wollte er nichts mehr essen oder trinken. Dachte, dass überall Gift drin sei. Er
war böse auf Ann und mich. Warum? Seine
Augen blickten völlig abwesend und waren
grau. Ich sah sogleich, dass sein Denkvermögen nicht in Ordnung war. Am selben Tag
wurde alles geregelt für eine Einlieferung ins
›Willem Arntsz-Hoeve‹ in Den Dolder, und
abends wurde er abgeholt. Viel kann ich
noch nicht darüber berichten. Wir sind alle
beide noch sehr mitgenommen. Es war ein
schrecklicher Tag. Vorläufig besucht ihn niemand, er muss erst vollkommen zur Ruhe
kommen. Auf das Urteil der Ärzte müssen

wir noch warten bis nach den ersten Observationen, aber es ist schon sicher, dass dieser
Zustand zu einem großen Teil auf die vorangegangene Krankheit zurückzuführen ist.

Bei den Worten ›böse auf Ann und mich‹ blieb
ich hängen. Großvater war böse gewesen. ›Am
selben Tag alles geregelt …‹

Ich fühlte, wie mir ein eiskalter Schauer über
den Rücken lief. Fieberhaft blätterte ich zurück in Onkel Henks Ordner. Wann genau
hatten die Probleme mit Großvaters Denkvermögen begonnen? War das vielleicht an dem
Tag gewesen, als ihm klar wurde, wie übel Annetje ihm mit dem Haus mitgespielt hatte?

Zurückblätternd im Ordner fand ich einen
Brief von Großvater aus Zandvoort, geschrieben kurz vor dem Umzug nach Vosseveld.

Zandvoort, 8. März 1941

Liebe allerseits!
Es geht uns gut. Wir sind gewaltig am
Packen und sitzen in einem Riesenchaos.
Der Wechsel nach Soest geht jetzt in einem
erhöhten Tempo vonstatten. Am 14. März
fährt Lepel hin, um dort die Oberaufsicht
zu übernehmen, und wenn alles gut geht,
wird dort mit Mann und Macht gearbeitet,

Putzfrau, Maler-Tapezierer-Bodenverleger und Zimmermann. Was uns am meisten erfreuen würde, wäre natürlich die Räumung des Kutschhauses, in dem jetzt noch die Wehrmacht haust. Ich habe dem Bürgermeister von Soest Jhr des Tombe deswegen geschrieben. Das ist schon 10 Tage her, aber ich habe leider noch keine Antwort erhalten. Die erste Sendung Möbel geht am 22. März ab. Dann fahren wir, Ann und ich, nach Vosseveld, und Lepel geht wieder in Zandvoort aufpassen. Am 28. März wird dann der zweite Teil umgezogen. Ich habe mich bei N. V. van Doorn erkundigt wegen des Transports von Schrank, Spiegel und Ofen. Das geht doch nicht so reibungslos. Man kann zwar die Sendung versichern (es kostet nur ein Kwartje pro f 100), aber für Glas ist das ausgeschlossen. Es hat unterwegs schon mal Malheur und Sabotage gegeben. Van Doorn riet an, den Spiegel und die Glastüren der Bücherschränke in eine Spiegelkiste zu packen. Ob das gelingen wird, bei der Seltenheit und Kostspieligkeit von Brettern und in Anbetracht dessen, dass ihr Gebrauch verboten ist? ... Zum Glück konstatierte der Doktor diese Woche bei mir einen normalen Blutdruck von 150 Max

90 Minimum. Doch darf ich mich natürlich nicht aufregen, und das ist im Augenblick doch schwierig.

Großvater klang ebenso euphorisch wie Lepel in seinen Briefen aus jener Zeit und schien bestens imstande zu sein, alle seine Geschäfte wahrzunehmen. Anscheinend hatte es ein Problem mit seinem Blutdruck gegeben, aber geistig fehlte ihm eindeutig nichts.

Es gab auch einen Brief von ihm von Mitte Juni 1941, nach der Genesung von seiner Krankheit. Er hatte eine Verabredung mit seinem Sohn Henk machen wollen, der, als Buchhalter-Assistent, angeboten hatte, ihm bei seiner Steuererklärung zu helfen. Wegen seiner Krankheit war Großvater Aufschub gewährt worden – eine völlig stimmige Geschichte. War es jemals zu jener Verabredung gekommen?

Ich fand eine Ansichtskarte von Onkel Henks Verlobten Thea, vom 20. Juli 1941. Sie war anscheinend kurz nach Großvaters Einlieferung auf Vosseveld gewesen und schrieb ihrem Schatz: »In Soest kriegt man Dinge zu hören, die ziemlich merkwürdig sind.« Tante Thea hatte sich also Fragen gestellt wegen Großvaters Einweisung.

Ich suchte nach weiterem Material, fand aber nichts, bis mir auf einmal wieder dieses halb verkohlte Päckchen einfiel, das ich vor so vielen Monaten aus Lepels Kamin gefischt, aber damals nur flüchtig angeschaut hatte. Es waren Briefe von Großvater aus der Nervenheilanstalt Den Dolder und aus Zeist. Sie hatten ziemlich wirr ausgesehen, zu schlimm, um mich lange darin zu vertiefen.

Ich grub das Päckchen aus meinem Papierberg aus, zupfte es behutsam auseinander und fing an, die Blätter nach Datum zu ordnen. Einige Seiten waren noch ziemlich intakt, andere fast völlig verkohlt. Anscheinend waren es nicht alles Briefe von Großvater. Der früheste, vom 18. Juni 1941, war von Barend van der Wey, einem befreundeten Dichter, von dem Großvater viele Verse vertont hatte. Er schrieb über Großvaters Beinbruch.

Armer Pechvogel, ich habe mich schon ein bisschen gewundert, dass ich gar nichts mehr von Dir hörte. Aber so ist das eben – der eine schreibt, der andere weniger. Aber ich hätte nicht im Traume gedacht, dass *so etwas* der Grund für die Verzögerung sein könnte. Dass jemand sich vierzig Jahre lang täglich mit heilen Knochen durch das Gewirr von

Trams, Autos, Fahrradfahrern, Karrengäulen und hastenden Menschen bewegt hat und danach binnen vierzehn Tagen sich ein so kostbares Körperteil wie das Bein bricht – in einem vergleichsweise stillen Dörfchen wie Soest. Wenn Du es nicht selber geschrieben hättest, hätte ich's nicht geglaubt. Mensch, wie hast Du das bloß geschafft? Ein Schnellläufer bist Du doch nicht. Waren da Tommies am Himmel? Oder bist Du wie Hans-Guck-in-die-Luft herumgewandelt, weil Du gedacht hast: Was kann mir in Soest schon passieren? Ich habe mich seinerzeit wenigstens noch von einem Auto über den Haufen fahren lassen. Das ist noch erklärbar und sogar zu verteidigen. Aber einfach so guten Mutes ohne Mitwirkung von so einem Ding sich das beste Körperteil zu brechen, das ist starker Tobak. Was für eine Ruine von Luftschlössern! Armer Kerl! Aber zum Glück scheinst Du der optimistischen Spezies von Pechvögeln anzugehören ... Dass Du prima Hilfe hast, hättest Du gar nicht zu schreiben brauchen. Ich habe doch keine Tomaten auf den Augen. Aber bedauerlich ist es doch für euch beide, denn es ist viel von dem Glück, das Du Dir vorgestellt hast, für euch beide dahin. Und doch ist es noch ein

Glück, dass Du außerhalb wohnst und somit nicht in einem düsteren Stadtgefängnis herumhumpeln musst. Und der Sommer ist erst im Werden und kann noch viel Schönes bringen. Wenn Dein Bein so gut verheilt wie mein Arm, dann hast Du noch eine Menge Wanderungen vor Dir, zumindest… wenn Du in Zukunft gut Acht gibst.

Halt Dich gut, lieber Kerl. Grüße mir die Gattin und Lepel. Bald hoffe ich euch allen dreien die Hände drücken zu können.

Nun, wie es zu dem Beinbruch gekommen war, wusste ich ja bereits. Wichtig war mir allerdings auch, dass Barend van der Wey meinen Großvater offenbar noch in Zandvoort besucht hatte, kurz vor dem Umzug nach Vosseveld, und dabei nichts Beunruhigendes an seinem Freund bemerkt hatte.

Es folgten einige Briefe von Großvater selbst. Verwirrt oder nicht, sie vermittelten einen einigermaßen detaillierten Eindruck von dem, was sich damals nach dem Umzug abgespielt hatte.

Liebe Frau, heute ist der 16. September 1941, also der dritte Dienstag. Für mich bedeutet das eine grausige Erinnerung an die schreckliche Reise am 2. Sept. – Warum ist Lepel so spät gekommen? Ich hatte ihn schon morgens erwartet, harrte seiner in ängstlicher Anspannung. Ich dachte bei mir: Wenn wir wirklich nach Dinxperlo müssen, dann wird er doch sicher früh da sein. Warum hat man mir nicht mitgeteilt, wann er kommen würde? Nun vergingen Stunden über Stunden, aber wer erschien – kein Lepel. Meine Nervenanspannung wird davon nicht besser. Ich glaube, es war schon halb zwölf, als er endlich kam, begleitet von Dr. und Schwester D. Ich war von der Tortur des Wartens etwas benommen. Da dachte ich: Sollte er jetzt nicht fragen, wann wir abreisen würden? Nichts dergleichen. Wir tranken Kaffee in dem bekannten Besucherzimmer. Nun erwartete ich, dass wir jetzt endlich aufbrechen würden. Von wegen! Es zog sich hin. Ungefähr um ein Uhr sind wir dann von Swammerdam aufgebrochen. Ein dummer Fußmarsch zum Bahnhof Den Dolder. Dort stellte sich heraus, dass wir mindestens noch eine Stunde warten mussten. Nicht die geringste Erklärung, warum wir so spät aufbrechen mussten. Ich meinerseits hüllte mich in Schweigen und wartete ab. Endlich kam der Zug nach Utrecht. Proppevoll. In

Utrecht zuerst langes Warten, dann Umsteigen in den Zug nach Arnheim. Auf dem Bahnhof dort herrschte ein grauenvolles Gedränge. Wir gingen nach draußen und setzten uns unter ein Vordach. Für mich schrecklich! All die Menschen!! Es war zu schlimm, unbeschreiblich... später der Bus... und dann viel später Dinxperlo.
Aber heute ist nach zwei schlaflosen Nächten plötzlich eine herrliche Verbesserung eingetreten. Soweit der 3. Dienstag. Morgen weiter.

...

Eine schreckliche Nacht – will ich unten das WC benutzen, dann ist es ein Tasten und Fühlen, und meistens lande ich ganz woanders, als ich gedacht habe. Die Stufen tastend hinunter, und dann muss ich mich eilen, sonst passiert ein Missgeschick. Die Zimmer hier sind einfach Eisschränke. Die Kälte legt sich einem schwer auf den Leib. Selbst die Eingeborenen, so will ich sie mal nennen, zittern und bibbern. Da halte ich es doch noch sehr gut aus. Über die Kleidungsstücke, die ich gerne hätte, schreibe ich noch. Ich trage nichts anderes als den beigen Sommeranzug ohne Weste, den wir zusammen gekauft haben. Ansonsten ist da nur noch der dicke Winteranzug. Wie es möglich ist, dass ich nur diese zwei Dinge habe, ist mir ein Rätsel. Das gehört auch zu den Dingen, die aus meinem Kopf hin und wieder einen Bienenschwarm machen.

[hier war ein Teil des Papiers verbrannt]

Was Du während meiner Krankheit geleistet hast, grenzt ans Übermenschliche. Dass Du dadurch selber vollkommen die Beherrschung über deine Nerven und Kräfte verloren hast, wie konnte es anders sein? Und ich – ich war zu weit entfernt, um das alles bemerken zu können, lebte dahin ohne Bezug zur Welt um mich herum, hatte absolut kein Bewusstsein, wie groß Deine aufopfernde Liebe für mich eigentlich war –
Ich kann mich nicht mehr genau daran erinnern, was Du in einem Deiner ersten Briefe geschrieben hast: Irgendwas von wegen ich sollte zur alten Vertrautheit mit Dora zurückfinden. Nein, das ist unmöglich! Es gab bei mir nur ein paar Erinnerungen an die Zeit meiner ersten Ehe. Nichts veranlasste mich, etwa tatsächlich in Dinxperlo sein zu wollen. Es ist zu absurd! Ich hätte das unter normalen Umständen sofort abgelehnt. Von

wem kam doch dieser Vorschlag? Sollte ich diesem Plan tatsächlich zugestimmt haben, dann nur in dem unausgesprochenen Gedanken, dass es eine List wäre, mich aus dem ›Gefängnis‹ zu kriegen. Der peinigende Gedanke, absichtlich festgehalten zu werden durch die Verschwörung von Menschen, die da etwas ausgeheckt haben.

Großvater, gerade erst aus Den Dolder entlassen, hatte sich offensichtlich gefragt, warum, und durch wen veranlasst, er nach Dinxperlo gebracht worden war, in den kleinen Ort, wo seine erste Frau Dora und ihre Familie wohnten: eine lange, heiße Reise mitten im Krieg, während Vosseveld nur einen Steinwurf entfernt von Den Dolder lag, nur eine Station mit dem Zug.

Oma Annetje kann doch nicht wirklich gehofft haben, ihn mit Dora zu versöhnen, so wie er es anscheinend verstanden hatte? Er war doch schließlich mit *ihr* verheiratet, und das schon seit anderthalb Jahren! Und warum hatte er so wenig Kleidung bei sich gehabt?

Von einem folgenden Brief waren die Ränder weggebrannt, aber aus den Resten, auf frischen A4-Blättern geordnet, ließ sich Folgendes rekonstruieren:

… Frau,

… mich doch aus diesem Elend erlösen. Ich liege schon wochenlang zu Bett und nichts …

… Ödem ist verschwunden, aber gehen kann ich nicht …

… Kleidung und alles versteckt ist.

… bedauerlich, dass ich Lepel nicht mit mehr Entschlossenheit auf dem Laufenden …

… ist. Komm dann auf alle Fälle selber. Meine Zähne und Lippen sind wieder …

… nichtsdestotrotz ich die sog. Medikamente einnehme von Dr. D.

… durch die Untergebenen beim Namen genannt …

… ich sehne mich nach unserm Wiedersehen und den glücklichen Tagen mit Dir …

… marken, um diese zu verschicken. Übrigens alles, was ich gerne …

… meine Füße und Beine nicht bewegen kann, das habe ich schon … Komm doch und hol mich hier weg. Ich sehne mich so sehr nach …

… Lepel muss Dir erzählt haben, wie sehr ich mich sehne …

… Du weißt wahrscheinlich nicht, wie ich in diesem Zustand …

… nach Soest zu kommen, ohne dass ich meine Füße und Beine …

... irgend könnt, komm mich dann hier wegholen. Ich sehne ...

... zuerst in Zeist erholen ist Unsinn. Jetzt ...

... die Gardinen zu, wodurch das Sehen mir beinahe unmöglich ...

... In diesem Nebengebäude Pavillon 3 ist es am schlimmsten ... ... beginnt das Geschrei von beinahe Unzurechnungsfähigen ...

... aus dem Bett geholt und das Dienstpersonal ...

... dass, wenn Lepel kommt, er natürlich keinen guten Eindruck ...

... Ich bin hier inmitten von Menschen, die einen um den Verstand ...

... noch nicht ist. Glaube jetzt nicht an eine andere Erklärung ...

... Zögere nicht, sondern hol mich fort aus diesem Unglücksor...

... üben. Nur dann kann ich vollständige Besserung erwart...

... meinem Schicksal überlassen, denn dann bin ich endgültig ...

... auf alles vorbereitet und will alles ertragen, nur ...

... Wenn es nicht anders geht, sage es geradeheraus, dann werde ich mein ...

... das ist unmöglich, und ich weiß auch, dass Du ...

∼ 382 ∼

… holen und achte nicht auf die Berichte
der …

… Schrift wirkt schon, als würde ich irre reden, aber es ist nicht so …

… sind die Chrysanthemen, die ich malte,
wo die schöne …

… Kopf in meine Hände, um mal alles Leid
hinauszuschrei…

… Dein Christiaan …

Der Brief war in Zeist geschrieben, wo Großvater anscheinend nach seinem Aufenthalt in
Dinxperlo gelandet war.

Irre reden? Vielleicht. Aber die Botschaft
war deutlich. Er hatte nach Hause gewollt.
Und an Oma Annetjes Liebe gezweifelt.

Im selben Umschlag steckte noch ein be-
schriebener Zettel, der unversehrt geblieben
war; dem Anschein nach aus einem Heft
herausgerissen, ohne Anhang oder Jahreszahl.
Auch dieses Blatt musste also aus Zeist stammen. Großvater erwähnte in seinem Brief ein
Datum: 1. Februar. Das kann nur der Februar
1942 gewesen sein.

Anmerkungen zur Schocktherapie. Bediente
sich zuerst ausschließlich Dr. Donkers dieser Methode, wurden später einige Behand-

lungen unternommen in der Gegenwart von Dr. H. und die sog. Frau Dr. V. Nach einer einzigen Demonstration schaffte Dr. H. auch einen Schockapparat an und wandte ihn bei einigen seiner Patienten an. Seit Dez. wurde ich nicht mehr behandelt: fühlte mich hervorragend. Warum dann wieder geschockt an dem Morgen, als Lepel und Cora kommen sollten? Das war doch vollkommen unnötig. Sie haben übrigens selber feststellen können, wie es mir ging, nur lag ich im Bett, und deswegen konnte der Besuch nur kurz dauern (von 10 vor 12 bis 10 nach 12), das hat zumindest mein Mitpatient gesagt. Scheint das keine Absicht zu sein? Jetzt bin ich seit über einer Woche nicht aus dem Saal gewesen, durfte nicht einmal auf den Flur (grobe Behandlung durch die Pfleger, grässlich und unnötig). Durfte nicht einmal an meinen eigenen Schrank, kein Buch, keine Noten hervorholen. Sonntag, 1. Februar, bitte ich um den Schlüssel für meinen Schrank, um daraus ein paar Kompositionen zu holen und das eine oder andere zu kontrollieren. Hierauf die folg. Antw., die ich gleich danach aufgeschrieben habe:

– Der Dr. hat gesagt, Hr. Mansborg darf keinen Schlüssel haben.

– Der Dr. hat gesagt, die Schwester darf Hr. Mansborg nicht nach unten gehen lassen. Das haben wir abgespr.
Auf die Frage: Wer ist ›wir‹? die folg. Antw.: Dr. und ich.
Kann man da denn nicht die Beherrschung verlieren?
Ich bin neugierig, ob ich heute günstigere Umstände erleben werde.
Nachmittags halb vier:
Auch heute keine Zustimmung, meine Oberbekleidung anziehen oder nach unten gehen zu dürfen. Dann werde ich mich also in Geduld fassen!

Großvater war in Zeist also mehrmals mit Elektroschocks behandelt worden. Sogar an dem Morgen, als seine Tochter Cora, zweifellos nach sehr viel Mühe, mitten im Krieg die Gelegenheit gesehen hatte, aus Belgien herüberzukommen, um ihrem Vater einen Besuch abzustatten.

Seine Handschrift war kräftig und regelmäßig. Keine Briefe eines Geistesverwirrten.

Die übrigen Briefe stammten aus späteren Jahren, von Großvaters altem Freund, dem Komponisten und Dirigenten Peter van Anrooy, unter dem er oft als Solist geglänzt hatte. Die Ränder waren versengt, der Text selber war noch einigermaßen lesbar. Die alten Herren waren anscheinend bis kurz vor Großvaters Tod in Verbindung geblieben.

Scheveningen, 1. November 1947

Lieber Freund,

Dein Brief, den ich heute Morgen in Amsterdam erhielt, war eine erfreuliche Überraschung! Was hast Du mir damit doch für eine Freude beschert. Wir waren nach Hilversum und Bussum evakuiert worden und kamen 6 Monate nach der Befreiung wieder in unser Haus zurück.

Und Du wohnst also mit Deiner neuen Frau in Soest, nicht weit vom alten Utrecht. Wie wunderbar, dass Du Dir meine Radio-Viertelstunden anhörst! Sie sind allerdings nicht für solche Insider wie Dich bestimmt, aber die genießen sie vielleicht gerade, weil sie ein bestimmtes Werk kennen. Du hast also Gott sei Dank Deine Liebe zu Brahms noch nicht verloren. In der Tat, das Requiem gehört auch für mich zum Erhabensten, was in der Sprache der Musik je gesagt wurde. Aber wie wenige verstehen diese Sprache noch. Wo ist die Liebe zur Musik geblieben? Es stürzte alles in Trümmer, so wie die ganze Welt.

Ob ich mich noch an die A-Dur Sonate von Mozart erinnere, die wir zusammen spielten? Ich weiß sogar noch, wie Du Dich im Musikalischen Zirkel Utrecht zum ersten Mal bei Deinen Liedern begleitet hast. Der Musikalische Zirkel. Er war, bei Lichte betrachtet, doch recht kleinbürgerlich, unter dem Niveau von Wagenaar. Aber immerhin ist der *Doge von Venetien* daraus hervorgegangen … An wie viele Gesangspartien von Dir ich mich doch noch erinnere! Zuallererst an den *Barbier von Bagdad* von Cornelius – nie übertroffen, nicht einmal durch Lipschitz. Und 1920 hast Du unter mir so großartig die Basspartie im *Requiem* von Verdi gesungen.

Ich könnte noch Stunden so fortfahren. Aber ich komme zum Ende. Komm uns doch einmal besuchen! *Last not least:* Du hast also doch gehörig viel Krankheit, Schmerzen und Unglück ertragen müssen. Ein Glück, dass Du jetzt wieder einigermaßen auf dem Damm bist. Als Gärtner habe ich Dich noch nie erlebt! Und jetzt herzliche Grüße von Haus zu Haus und ganz viel Dank für Deinen allerköstlichsten Brief.

Anscheinend war Großvater 1947 also wieder imstande, »köstliche Briefe« zu schreiben. Aus keinem Wort ging hervor, dass van Anrooy ihn nicht für vollständig *compos mentis* hielt. Großvater hatte dann sogar allein die Reise nach Scheveningen unternommen, entnahm ich aus van Anrooys Brief vom 20. Januar 1953:

Lieber alter Freund Mansborg,
wie lange trage ich schon das Vorhaben mit mir herum, Dir einmal zu schreiben. Aber vielleicht hast Du auch erfahren, dass nicht nur der Weg zur Hölle mit guten Vorsätzen gepflastert ist!
Doch gerade weil ich erst vor kurzem voller ›Brahms‹ war, erinnerte ich mich plötzlich, dass es fünf Jahre her sein muss, dass Du uns einen netten Besuch abstattetest, damals hatte ich in meiner Sendung gerade über das Requiem gesprochen. Du hattest damals solche schönen Lieder von Dir selbst mitgebracht. Fünf Jahre – das ist eine ganz schön lange Zeit in unserem Alter, und wie viel kann in dieser Zeit geschehen. Zum Glück vernahm ich über Umwege, dass Du noch am Leben bist. Du wirst jetzt wohl auf die 80 zugehen, denn an die 7 Jahre liegen doch sicher zwischen uns. Als ich 14 war, warst Du

für mich ein großer Herr – heutzutage machen die 7 Jahre nicht mehr so viel aus. Ich schreibe doch ein bisschen auf gut Glück, in der Hoffnung, dass Du noch an derselben Adresse wohnst.

Es wird Dir wohl so gehen wie mir. Der Lebensweg wird, je länger er wird, umso steiler und einsamer. Wie viele unserer Freunde von früher sind schon von uns geschieden, vor kurzem erst Willem Wagenaar – einer der letzten Mohikaner. Man lebt mitten in einer Generation, die keine Vorstellung hat von den goldenen Zeiten ohne Krieg und Elend. Und jetzt habe ich meine Frau noch bei mir, zum Glück noch immer die große Stütze, ein Fels in der Brandung. Aber nein, das Altern ist kein Vergnügen, und doch will man sich vom Leben noch nicht verabschieden. Ich habe in den 5 Jahren ein gehöriges Stück abgebaut, und mit dem Herzen beginnt's zu hapern, kein Wunder nach einem ganzen Leben Plagerei mit Orchestern, Intendanten, Kritikern und anderen Ärgernissen. Doch genug hierüber. Wie geht es Dir, das würde ich gerne einmal hören? Arbeitest Du noch? Kannst Du noch spazieren gehen? Ich komme nur noch selten vor die Tür, und komme nicht einmal eine Treppe hinauf. Sogar mein

Radio-Treiben geschieht hier von Zuhause
aus. In einen Zug komme ich auch nicht
mehr. Aber vielleicht bist Du in besserer
Verfassung als ich, und wir können uns noch
einmal hier treffen? Du bist jederzeit 100%
willkommen und warte nicht auf eine Einladung, nur gerne ein telefon. Zeichen vorab.
Mit vielen herzl. Grüßen auch von meiner
Frau.
P S Ich wage es nicht so recht, mich nach
Deiner Frau zu erkundigen. Ich weiß nicht:
Ist sie noch bei Dir, oder ist auch sie schon
verschieden – oder habt ihr euch scheiden
lassen? Ich frage das mal ganz offen.

Ich blieb bei dem P S hängen. Aus van Anrooys
ängstlicher Frage, ob sein Freund eigentlich
noch mit Annetje verheiratet sei, könnte man
schließen, er habe den Eindruck gewonnen,
dass zwischen den beiden nicht immer nur eitel
Sonnenschein geherrscht hatte.

Van Anrooys letzter Brief datierte vom
27. Februar 1953 – ein halbes Jahr vor Großvaters Tod.

Lieber Freund Christiaan,
bereits vor einem Monat erhielt ich Deinen
Brief. Du schreibst darin so viele traurige

Dinge über Dich selbst, Dinge, über die ich nicht die geringste Vermutung haben konnte, sodass ich darauf doch jetzt einmal antworten möchte!

Auf jeden Fall: eine ›Luftpause‹ von so langer Dauer können wir uns in unserm Alter nicht mehr erlauben, da hast Du wohl recht. Was Du über Dein ›Lebensschiff‹ schriebst, und wie es gestrandet sei, tat mir aufrichtig leid. Was für ein Elend ist das mit Deinen Augen und wie musst Du Dich dann abgequält haben mit Deinem ausführlichen Brief! Schlimmer ist es, wenn man die Noten nicht mehr gut lesen kann oder man muss sich die Einsätze aufschreiben. Auf jeden Fall hast Du ein herrliches Haus mit einem schönen Garten. Das ist ein großes Privileg, wenn man bedenkt, wie elendig viele Menschen heutzutage noch wohnen – ganz zu schweigen von dem großen Unglück in Zeeland. Wir würden nur allzu gern einmal zu Besuch kommen, aber das ist vorläufig wenig wahrscheinlich – es sei denn, es nimmt uns jemand in einem Auto mit. Tut Deine Stimme es noch? Unvergesslich bleibt für mich Deine Darstellung des Barbier und von so viel mehr …

Ermüde Deine Augen so wenig wie möglich, gelegentlich ein Kärtchen ist auch schön.

›Dein Lebensschiff gestrandet‹. Großvater hatte also noch kurz vor seinem Tod seinem alten Freund sein Herz ausgeschüttet. Worum mag es dabei wohl gegangen sein?

Und diese Briefe hatte Lepel vernichten wollen!

Ich kehrte zum Fotoalbum meiner Mutter zurück. Im Sommer 1942 ist der Garten bis dicht ans Haus vorgerückt. Bäume, die in unserer Zeit schon gerodet waren, standen noch in voller Pracht da, der Efeu hat die Fassade so weit überwuchert, dass er sich fast schon an den Giebelstein klammert – und Großvater ist auch wieder in Vosseveld. Er steht im Eingang, auf die untere Hälfte der Tür gelehnt, und lächelt Oma Annetje zu, die auf der Schwelle steht in einem getüpfelten Sommerkleid, an ihrem Schal zupfend. Schade, dass der Fotograf nicht noch kurz mit dem Knipsen gewartet hatte: Ihr Kopf ist so verkrampft, ihr Mund so verbissen. Als würde sie sagen: Noch nicht, nicht jetzt.

Einen Schnappschuss davor oder danach steht Großvater neben ihr vor der Tür, die Haustür hinter ihnen geöffnet, sodass man einen ganz kleinen Blick in die Vorhalle hat, mit Oma Annetjes vorsintflutlichem Parkettbohnerbesen und dem Regenschirmhalter. Der Hutständer, das hölzerne Barometer und die Bleiglastür zur Diele verlieren sich in den Schatten.

Großvater wirkt gut gelaunt. Welche Probleme es auch gegeben haben mochten – der ›Sturm im Wasserglas‹ hat sich gelegt.

In den folgenden Jahren kommt immer mehr Verwandtschaft nach Vosseveld zu Besuch, mit Fotoapparaten und neuem Familienzuwachs. Mein Vetter Philip, 1944, als blondes Baby in den Armen eines dürren Großvaters; erste Schritte hinterm Haus, Richtung Küchentür, festgeklammert an Großvaters Hosenbein; Großvater, der ihn noch auf den Arm nimmt, in Anbetung des blonden Knaben.

Mary kommt, mit mir als Baby, als Kleinkind; Lieske und Bennie folgen. Alle nacheinander liegen wir im Garten in Großvaters Armen, sitzen auf seinem Schoß – und bei jedem Enkelkind ist er aufs Neue entzückt.

Annetje, Ann, Ans, Ankie, Antie ist jetzt ›Oma‹ Annetje geworden, mit weißen Haaren, hängenden Augenlidern. Die Jahre meiner eigenen Erinnerungen sind angebrochen.

Die Diele mit dem ausziehbaren runden Tisch, darüber eine persische Tischdecke;

393

rechts vom Kamin der antike Schrank mit den schwarzen Paneelen, der außer Oma Annetjes Kristallgläsern und Messerbänkchen, ihrem Silberbesteck, ihren Damasttischdecken und geblümten Servietten die Schätze unserer Kindheit enthält: das Murmelspiel, die Tapetenmusterbücher, den Topf mit selbst gemachtem Leim, der so lecker roch; die Legepuzzles, das hölzerne Mosaik, das Gänsespiel und die Mahjonggsteine; den Bausteinkasten, die Buntstifte und die Seifenblasenröhrchen und – *last but not least* – die Wybertpastillen und Pfefferminzbonbons, unentbehrlich bei unserm Krankenhausspiel, als der Teewagen auf Rädern zum Puppenbett umfunktioniert worden war.

Für jemanden, der selbst offiziell nie Kinder gehabt hat, ein ansehnliches Arsenal. Es war Spielzeug, mit dem ihr eigenes Kind gespielt hatte, früher, am Overtoom …

Aber wie stand es mittlerweile um Oma Annetje selbst?

Was ich inzwischen über sie in Erfahrung gebracht hatte, begann meine Erinnerungen zu überlagern wie ein Schleier auf einer Scheibe, auf die jemand Worte geschrieben hat. Plötzlich sah ich nur noch diese Geschichte: Sie hatte einen Mann geliebt, den sie nicht bekam; sie hatte ein Kind zur Welt gebracht, das sie nicht selber großziehen durfte. Sie war um ihre Erbschaft geprellt worden, sie hatte ein Haus gekauft von Geld, das ihr streng genommen nicht zukam. Allerdings waren erst nach Großvaters Tod deswegen Probleme entstanden. Oder doch schon viel eher?

Großvater war zornig gewesen. Verrückt vor Zorn?

Ich hatte Großvater nie zornig erlebt, immer ruhig, sogar gelassen. Wenn wir ihm zu laut waren, zog er sich einfach ins Vorderzimmer zurück. Er machte die Tür zu, und dann begannen die Spaziergänge seiner Finger über die Tasten, die das Vorspiel wurden zu einem Lied.

Der düstere Hugo Wolf: *Kein Schlaf noch kühlt das Auge mir.* Oder: *Tödlich graute mir der Morgen.*

Der liebliche Brahms. *Es kehrt die dunkle Schwalbe...* oder *Immer leiser wird mein Schlummer*, und obwohl der deutsche Text mir noch unverständlich war, sah ich die Nasenflügel meiner Mutter zittern und wusste, worum es ging: um wehmütige Erinnerungen an eine Jugend, die nie gewesen war, um Glück, das nie kommen würde, um Lieblichkeit, die sich verflüchtigt hatte, bevor sie überhaupt begonnen hatte.

In der Diele, unterdessen, wurde geflüstert. Oma Annetje bog sich zu Lepel hinüber.

»... wieder schwierig letzte Nacht?«

»... schon stark verschlimmert ...«

»Wenn man so an seine glorreiche Zeit denkt«, sagte Mary. Für mich war es immer noch seine glorreiche Zeit. Was konnte schöner sein als dieser Gesang?

Als das Lied vorbei war, verstummten auch die Stimmen. Im Vorderzimmer war Gescharre zu hören, Geknarze vom Parkett, von Großvater, der da herumschlurfte und, Oma Annetje zufolge, Notenstapel von einer Ecke zur anderen trug.

Der Sturm mochte sich gelegt haben, es blieb doch immer eine Spannung, eine Bedrohung, als brenne da eine Lunte, als könne irgendwas explodieren.

Doch auf einem verschwommenen Foto, von meiner Mutter geschossen, sitzt Großvater zurückgelehnt auf einem Gartenstuhl, ich zwischen seinen Knien, mein kleines drei Jahre altes Händchen wie ein Seestern auf seinem Arm, in einer Gebärde vollkommenen Vertrauens. Woher dann Oma Annetjes Blick: Beachte ihn einfach nicht? Woher Lepels kritisches Stirnrunzeln?

Wenn Doktor Veldkamp von gegenüber herankam, lief Oma Annetje ihm immer entgegen. Wenn sie ihn hinausließ, blieben sie vor der Tür stehen und flüsterten heimlich.

Ich tauchte noch einmal in Onkel Henks Ordner ein. Es gab Briefe aus späteren Jahren, die ich noch nicht gelesen hatte. So stieß ich auf einen Brief von Großvater aus dem Sommer 1949. Er hatte damals seine Tochter Cora in Belgien besucht.

Lieber Henk, heute fühle ich mich zum ersten Mal wieder besser. Ich war, bevor wir auf Reisen gingen, todmüde, wäre lieber zu Hause geblieben als mitgegangen. Es musste natürlich sein, und als wir erst einmal unterwegs waren in dem großen Auto, in dem man sich bequem ausstrecken konnte, begann mein Interesse für die Landschaft die Oberhand zu gewinnen. Größtenteils war sie neu für mich. Doch war die Reise ermüdend, weil ich die Reise eigentlich schon ermüdet antrat und die verschiedenen Medikamente viel Unruhe stifteten in meinem Leib.

Ich hatte damit selber schon eine Regelung gefunden. Ich nahm nur nachmittags ein Morphiumpuder, nicht mehr morgens und abends, und habe heute angefangen, auch dieses ganz auszusetzen. Dank dem Istyzin (3 Past. jedes Mal) ist der Stuhlgang wieder recht gut geworden. Nur meine Tropfen nehme ich regelmäßig und halte den Rest gut im Auge. Ich ruhe viel und komme nur wenig hinaus. Hoffentlich kann Ann sich jetzt auch mal gut ausruhen. Es war für uns alle beide die höchste Zeit, dass dies geschah. Wir waren ja wirklich am Siedepunkt angelangt.

Mir klappte der Kiefer herunter: Großvater, der nur eine Dosis Morphium nahm statt zwei? Wenn er unerträgliche Schmerzen gehabt hätte, wofür Morphium verschrieben wurde – wie konnte er sich dann so gut erholt haben, als er es abgesetzt hatte? Morphium, wovon einem schwindlig und schläfrig wird, wovon man Verstopfung kriegt, wogegen wiederum das andere gemeine Zeug – Istyzin – Abhilfe schaffen sollte?

Nicht schwer zu raten, wer ihm diese ›Medikamente‹ aufgeschwatzt hatte. Annetje war ja am Siedepunkt angelangt …

Nicht nur hatte Oma Annetje Großvater in die Anstalt abgeschoben, als er wegen der Hausfrage explodiert war. Sie hatte danach auch dafür gesorgt, dass er benebelt blieb, für den Fall, dass er sich in seinen lichten Momenten einmal an die Ursache seiner sogenannten ›Geistesverwirrung‹ erinnern sollte. Mit einem Gehirn, das vielleicht noch nicht genug Elektroschocks erhalten hatte, um vollkommen verwüstet zu sein. Und wenn sie noch 1949 dergleichen Mittel für nötig befunden hatte, konnte sie die auch schon früher angewendet haben. Im Frühjahr 1941 zum Beispiel.

Großvater dachte, er würde vergiftet, hatte Lepel geschrieben. Eine ›Halluzination‹, die zweifellos dazu beigetragen hatte, dass er für ›geistesverwirrt‹ erklärt wurde.

Mit Morphium vergiftet – oder hatte sie noch andere Mittelchen in petto? Ich dachte an die unheimliche Auflistung von Giften und deren Wirkung in ihrem schwarzen Notizbuch *Lehrgang 1914* – von wegen!

Fieberhaft suchte ich nach weiteren möglichen Hinweisen. Am 10. August 1953 – zwei Wochen vor Großvaters Tod – hatte sie an Onkel Henk geschrieben:

Als Du anriefst, war ich wirklich mit meinem Rat am Ende, Christiaan ist geistig so unerreichbar für jedes vernünftige Wort, macht Laken und Kleidung nass und findet das ganz normal. Gestern Morgen spuckte er außerdem wie ein kleines Kind die Sachen aus, aber um 8 Uhr rief er dann selber Dr. Veldkamp an, musste also selber die Tel. Nr. suchen und regelte das Gespräch selbst, sagte, dass der Dr. sofort kommen solle. Der sagte, er könne erst nach der Sprechstunde kommen, weil das Wartezimmer voller Patienten sei. Vater reagierte darauf ganz normal, gab sehr höfliche Antworten und legte das Tel. gut auf die Gabel. Ich verfolgte natürlich heimlich alles oben von der Treppe. Ich muss Dir sagen, mir ist das alles ganz unbegreiflich – draußen fing ich den Dr. ab und fragte ihn, ob er bei einem wirklichen Anlass bitte für Einlieferung in ein Krankenhaus zur Observation sorgen wolle. Ich sagte, dass ich wirklich am Ende meiner Kräfte sei. Im Gegensatz dazu geht es Vater körperlich viel besser als noch vor kurzem, auch sein Herz, es ist wirklich ein Rätsel. Allerdings konnte der Dr. gut mit ihm umgehen, ich meine: Vater hat Vertrauen zu ihm. Er wollte etwas verschreiben, aber ich sagte: Überlassen Sie das mal mir. Wieder mindestens ƒ 2.20 für so einen Unsinnstrank, ich lass mir schon was einfallen. Ich hab ihm dann Erbsenbrühe gemacht, danach noch einen Löffel Sirup,

Baldrian und ein paar Tr. Pfefferminzöl, und
es hilft bestens.

Ich sah die Szene vor mir: Oma Annetje, die
den Arzt abfängt, flüsternd auf Einlieferung
dringt, Großvater dargestellt als nahezu senil.
Anscheinend war Doktor Veldkamp nicht
ohne Weiteres darauf reingefallen. Der hatte ja
vielmehr befunden, dass es Großvater, zu Oma
Annetjes offensichtlicher Enttäuschung, ›körperlich viel besser‹ gehe.

Trotzdem war ihr Ehemann zwei Wochen
später tot.

Ich erinnerte mich noch gut an den Tag. Mein
Vater war morgens auf Vosseveld gewesen. Er
war gerade zu uns zurückgekehrt – wir hatten
mit dem Mittagessen gewartet –, als unser
Nachbar, der Telefon hatte, vorbeikam. Oma
Annetje habe ihn angerufen: Großvater sei vor
wenigen Minuten gestorben.

Die genaue Todesursache wurde nie festgestellt, wie mein Vetter Philip bei Omas Beerdigung schon gesagt hatte. Onkel Henks Bericht
brachte wenig Aufklärung. Doch Oma Annetje war in seiner Sterbestunde mit ihm alleine
gewesen. Dann hatte er also von ihr die Spritze
bekommen gegen ›Schmerzen in der unteren

Körperhälfte‹, wie Onkel Henk schrieb. Untere Körperhälfte. Aber in welchem Teil davon – Beine, Bauch, Füße – blieb vage.

Wenn Oma Annetje bei Großvaters Sterben nachgeholfen hatte, war es ihr jedenfalls gelungen, jegliche Spur zu verwischen: Großvater wurde ja – recht revolutionär für jene Zeit – eingeäschert. Worüber Tante Rita in ihren Briefen noch ihre Verwunderung geäußert hatte. Oma Annetje zufolge ›wünschte Vater das selber‹ – so ein Brief von ihr an Onkel Henk zu der Frage. Für *die* Entscheidung hatte Oma Annetje ihn also für hinreichend zurechnungsfähig erachtet.

Hier war nichts mehr zu beweisen. Die sogenannte Geistesverwirrung allerdings war eine andere Geschichte.

Ich verschaffte mir eine Studie über *Pflege von Geisteskranken in den Niederlanden zwischen den beiden Weltkriegen*. Darin wurde ausführlich beschrieben, was man alles an Papierkram für so eine Zwangseinweisung brauchte. Eine Vollmacht des Bürgermeisters – Zustimmung des Amtsrichters – eine Geistesgestörtheitserklärung – eine Überweisung eines unabhängigen Arztes.

Da mussten also eine Menge Spuren geblieben sein. Ich rief beim Psychiatrischen Zentrum Willem Arntszhoeve an mit der Frage, ob die Akte von Großvater noch irgendwo aufzuspüren sei.

Nein, lautete die Antwort. »Alles aus den Jahren ist schon seit langem vernichtet worden. Und selbst wenn es die noch gäbe, dann dürften Sie die nicht so ohne Weiteres einsehen. Die Akten fallen unter das Arztgeheimnis.«

»Ist da wirklich nichts mehr?«, insistierte ich.

»Es werden aus jedem Jahr immer ein paar Akten aufgehoben, für Untersuchungszwecke«, erzählte die freundliche Mitarbeiterin. »Die Chance, dass sich die Akte Ihres Großvaters da noch befindet? Das wäre schon ein Wunder.«

»Wunder geschehen immer noch. Würden Sie wenigstens mal für mich nachsehen?«

Die Mitarbeiterin zeigte viel Verständnis. Sie müsse an einem der nächsten Tage ja ohnehin ins Archiv. Dann wolle sie mal nachsehen, aber ich müsse zuerst schriftlich einen begründeten Antrag vorlegen.

»Das werde ich tun.«

Ich legte den Antrag vor. Es wurde nachgesehen. Großvaters Akte kam nicht zum Vorschein, aber seine Aufnahmekarte. Angesichts

dessen, dass die offenbar nicht unter das Arztgeheimnis fiel, bekam ich eine Kopie zuge-
schickt.

Großvaters Name, bürgerlicher Stand und
frühere Ehen waren dort sorgfältig eingetragen. Wie auch das ›Datum der Einweisung in
die Anstaltsabteilung‹: 15. Juli 1941. Ebenfalls
sein Probeurlaub, schon nach drei Wochen,
wonach Verlegung auf eine mildere ›Nerven-
abteilung‹ erfolgte. Ferner Datum und Art der
Entlassung aus der Anstalt: *Am 15. Oktober
1941 als hinrd. genesen entlassen.*

Hinreichend genesen – doch Großvater war
bald wieder zurück in Zeist und musste dort
bis Mitte 1942 bleiben.

Die Aufnahmediagnose war nicht verzeichnet. Allerdings fand ich auf der Rückseite der
Karte *Name und Vorname desjenigen, der die
richterliche Ermächtigung zur Einweisung in
die Anstaltsabteilung beantragt hat.*

Dort wurde kein Arzt genannt, kein Psychiater, kein beratender Mediziner. Dort stand lediglich: *Frau A. Mansborg, Ehefrau, 52, geboren 25–8–1888.*

Annetje hatte ganz allein Großvaters Einweisung beantragt.

Das meuternde Haus

Wir saßen uns gegenüber, ich mit den Papieren auf dem Schoß, die ich mitgebracht hatte: die Testamente von Oma Annetje und Großvater, ihr Ehevertrag, der bewusste Brief von Oud, doch mein Vater zeigte sich nicht sehr interessiert.

»Großvater hatte achttausend Gulden von Oud erhalten«, begann ich noch einmal. »Vielleicht sollte er damit überredet werden, sich von deiner Mutter zu trennen und Oma Annetje zu heiraten.«

»Das war Jahre später«, sagte mein Vater brummig.

»Aber Ouds Brief ist von 1939! Geschrieben fünf Monate vor seinem Tod. Im November desselben Jahres hat sich Großvater von deiner Mutter scheiden lassen, und kurz darauf haben er und Oma Annetje geheiratet.«

Lepels Fuß machte eine drehende Bewegung, ohne zum tatsächlichen Wippen überzugehen.

»Die achttausend Gulden hat Oud an Großvater überwiesen«, fuhr ich fort. »Das Geld wurde später dazu gebraucht, um Vosseveld zu kaufen.«

»Schon möglich«, entgegnete Lepel.

»Doch das Haus war nur auf Oma Annetjes Namen eingetragen.«

Lepel grinste. »Das Geld stand ihr ja *auch* zu.«

»Dann hätten sie es doch auf beide Namen eintragen lassen können?«

»Ach!«, sagte Lepel. »Das verstehe ich schon. Vater war ein notorischer Schürzenjäger. Er war ja schon zweimal geschieden. Er hatte immer Bewunderinnen. Die Nachbarmädchen in Soest waren sofort hin und weg von ihm. Wahrscheinlich hatte Ann Angst, dass er noch mal mit einer anderen davonläuft.«

»In seinem Alter?«

»Kurz davor war er ja auch Pij weggelaufen«, sagte Lepel listig.

»Dazu hat der alte Oud ihn aber überreden müssen. Mit den achttausend Gulden.«

»Da hab ich nie was drüber gehört«, reagierte Lepel verärgert.

»Das kann schon sein. Du warst damals erst siebzehn, achtzehn. Aber später? Hast du den Braten denn nicht gerochen? Ich hab Marys

406

Briefe noch einmal gelesen. All die Katastrophen auf Vosseveld. Erst der Unfall …«

»Unfall?«

»Großvater hat sich ein Bein gebrochen, kurz nach eurem Einzug.«

»Ach das.« Lepel sah mich ausdruckslos an. »Das stimmt. Er ist über die Schwelle eines Ladens gestolpert und unglücklich gefallen.«

»Er hat damals im Krankenhaus gelegen, und kaum war er zu Hause, ist er ernsthaft krank geworden.«

»Mein Gott, ja«, erinnerte Lepel sich. »Er war ganz schön krank. Aber – Menschenskind. Das ist jetzt schon ein halbes Jahrhundert her.«

»Ihr habt damals sogar um sein Leben gefürchtet.«

»Ja. Er hatte eine Lungenentzündung. Sie hatten wohl im Krankenhaus ein Fenster offen gelassen.«

Lepels Fuß wippte jetzt.

»Im Mai hatte er sich davon erholt«, fuhr ich fort.

»Ja«, sagte Lepel. »Davon hat er sich erholt.«

»Aber kurz danach, im Juli, ist er plötzlich ›geisteskrank‹ geworden.«

Lepel hatte sich zu seinem Hund gewandt, der durch das Wippen unruhig geworden war.

»Nein, nachher, Hündchen«, besänftigte er ihn. »Nachher gibt dir Herrchen dein Fressen.«

»Was hat Großvater eigentlich gefehlt?«

Lepel hatte sich den Hund auf den Schoß gehoben. Sein hechelndes Maul verdeckte jetzt teilweise Lepels Gesicht. Er konnte jetzt nur noch mit einem Auge an dem Tier vorbeisehen – ein Bild, das ich nie vergessen werde.

Ich sah ihm in das eine Auge.

»Es war ein Notfall«, sagte Lepel und fingerte nach seinem Tabakbeutel. Dann begann er, sich eine Pfeife zu stopfen. Bildete ich mir das ein, oder zitterten seine Hände?

»Notfall?«

»Er war gefährlich! Ihm war im Haus nicht mehr beizukommen. Die Streits waren bis ins Kutschhaus zu hören …«

»Streits? Kein Wunder. Er hat natürlich entdeckt, dass Oma Annetje ihn bei dem Hauskauf übers Ohr gehauen hatte. Aber deswegen war er ja wohl noch lange nicht geisteskrank?«

Lepel zündete seine Pfeife an. Das dauerte etwas.

»Was waren denn die Symptome?«

»Nach dem Unfall bekam er die Lungenentzündung«, sagte Lepel schließlich. »Dafür bekam er ein Mittel – Dagenan hieß es, ja! Jetzt weiß ich es wieder. Ein neues Präparat mit hässlichen Nebenwirkungen. Davon bekam er einen wirren Kopf, und dann wurde es immer schlimmer ...«

Lepel wurde durch einen vorbeikommenden Nachbarn auf der Straße abgelenkt. Es wurde genickt und gewunken, der Hund begann laut zu bellen.

»So einfach war das aber nicht, jemanden einweisen zu lassen«, fing ich erneut an, als der Hund sich wieder beruhigt hatte. »Man musste eine Überweisung von einem unabhängigen Arzt oder Psychiater haben.«

»Das ist auch geschehen. Das war ... tja, wie hieß der doch gleich wieder. Ein kleines, dürres Männchen war es. Ach ja. Doktor Wildvanck. Vater konnte ihn nicht ausstehen.«

»Doktor Wildvanck? Das war doch euer Hausarzt? Mary erwähnte ihn in einem ihrer Briefe. Ihr habt euch sogar so gut mit ihm verstanden, dass er euch regelmäßig als Freund besucht hat. Wenn er Großvater in eine Anstalt überwiesen hat, dann hat er sich jedenfalls nicht an die Vorschriften gehalten.«

Lepel zog bedächtig an seiner Pfeife.

»Nein. Es waren davor schon zwei Ärzte bei ihm gewesen«, erinnerte er sich plötzlich. »Schon im April. Da laborierte er noch an der Lungenentzündung herum. Die haben damals schon festgestellt, dass etwas mit seinem Denkvermögen nicht stimmte.«

»Damals schon?«, fragte ich perplex. »Wie kann es denn sein, dass niemand was davon gemerkt hat? Die Arnheimer waren völlig überrascht von der Meldung. Auch Tante Thea. Und Tante Paula, die oft auf Vosseveld war, ist auch nie etwas Seltsames an ihm aufgefallen.«

»Oh, aber es ging auch ständig auf und ab.«

Ich holte das Buch über die Pflege von Geisteskranken aus meiner Tasche. »Für eine Zwangseinweisung musste jemand entweder eine Gefahr für seine Umgebung darstellen oder eine Gefahr für sich selbst. Großvater wurde zum Paviljoen Donders gebracht – in die Abteilung für die schwersten Fälle. Das bedeutete Isolierzelle, Zwangsernährung, Zwangsjacke, kalte Bäder – allein schon davon konnte man verrückt werden, wenn man es nicht schon war. Was ja auch oft geschehen ist. Ganz zu schweigen von der Elektroschocktherapie, mit der sie damals so großzügig verfahren sind. Die bleibende Schäden im Gehirn verursachen und das Gedächtnis verwüsten kann.«

»Tja, die Schocks. Das machen sie ja inzwischen nicht mehr«, meinte Lepel.

Es entstand eine Stille. Ich holte einen Brief von Notar Zwart aus der Tasche, vom 1. September 1941, den ich im letzten Moment noch in Oma Annetjes Papieren gefunden hatte, und las ihn Lepel vor:

Im Anschluss an unser Schreiben vom 23. August d. J. möchte ich Ihnen hiermit die Abschrift des Bescheides des Landgerichts zu Utrecht vom 21. August 1941 zukommen lassen, bezüglich Ihrer Bestellung zum provisorischen Vormund in Sachen Wahrnehmung der Geschäfte Ihres Herrn Gemahls. Nach dem Gesetz vom 27. April 1884 Artikel 33 verfällt diese Bestellung automatisch, wenn der Patient aus der psychiatrischen Einrichtung entlassen wird. Meines Wissens ist dies inzwischen geschehen. Von Herzen freue ich mich über die hieraus abzulesende Besserung; dementsprechend wird Herr Mansborg nunmehr gegebenenfalls seine Geschäfte wieder in eigener Person führen können und müssen.

»Oma Annetje hat also unmittelbar die Wahrnehmung von Großvaters Geschäften beantragt.«

»Das musste sie«, sagte Lepel. »Das verlangte das Gesetz.«

»Das Gesetz war für den Fall vorgesehen,

dass Patienten ihre eigenen Geschäfte nicht wahrnehmen konnten. Großvater war aber nach drei Wochen schon wieder für genesen erklärt worden. Ich würde gerne wissen wovon.«

»Genesen!«, rief Lepel. »Er war überhaupt nicht genesen! Das hat die Familie in Dinxperlo sehr wohl gewusst, als sie ihn partout nicht bei sich haben wollte.«

»Warum ist er dann nicht nach Vosseveld zurückgegangen?«

»Ach – er brauchte mal dringend eine Luftveränderung.«

»Wieso Luftveränderung? Er war doch gerade erst nach Vosseveld umgezogen.«

»Er musste erst einmal ganz zur Ruhe kommen. Er war noch sehr verwirrt.«

»Kein Wunder, nach einem Aufenthalt im Paviljoen Donders. Hat es denn keine freundlichere Lösung gegeben?«

»Es lag am nächsten«, antwortete Lepel und zog an seiner Pfeife. »Den Dolder, Zeist. Praktisch für Besuche.«

»Für Besuche? Oma Annetje und du haben ihn monatelang da alleingelassen.«

Lepel stand auf, der Hund schlug an. »Was willst du eigentlich?«, rief er über den Krach.

»Ich will jetzt endlich die ganze Geschichte hören.«

～ 412 ～

»Warum?«

»Weil ich Oma Annetje nicht traue.«

»Unsinn, ihr auf einmal für alles die Schuld zu geben. Und jetzt hör mal gut zu. Ich hab seit dem Tod deiner Mutter genug Mühe gehabt, meine Gemütsruhe wiederzufinden. Ich hab vorher schon nicht so gut geschlafen, und dieses Herumwühlen in der Vergangenheit macht das alles noch schlimmer. Ich bitte dich dringend, nicht mehr auf diese Fragen zurückzukommen.«

Ich bin heute zum letzten Mal hier, schoss es mir plötzlich durch den Kopf. Ich ließ den Blick durch das Zimmer schweifen. Es war im vergangenen Jahr allmählich von Marys Krimskrams befreit worden, von ihren zahllosen Vasen und Schalen, ihren Blöcken und Büchlein, ihren Kalendern, mit denen sie die Zeit im Zaum halten wollte. Nur eine strenge Auswahl von Eiern und bemalten Schachteln waren noch in Marys Schrein ausgestellt.

Lepel hatte das Haus gesäubert. Der Sog von Chaos und Überfluss, der durch die Zimmer gezogen war, hatte sich plötzlich gelegt; die Türen, die auf Marys Befehl immer offen bleiben mussten (wie auf Vosseveld), waren jetzt alle geschlossen.

Das Haus in Arnheim war für mich nie ein

Elternhaus gewesen. Es fehlte ihm an Persönlichkeit. Willig hatte es sich Marys letztem Lebenstrieb gefügt, ohne eine Spur von Widerstand, so wie Vosseveld ihn geboten hatte. Was noch aus Vosseveld stammte – die alten Kirchenstühle, der Tisch mit den Kugelfüßen, die Uhr mit Atlas und den flankierenden Engeln –, betonte nur die Ungereimtheiten der Umgebung. Sogar Lepels Arbeitszimmer oben, ein braves Zimmer zur Straße hin, war ein Witz verglichen mit seiner früheren wilden Arbeitshöhle, dem Kutschhaus hinter Vosseveld.

»Ist es noch immer dieses Buch über Ann?«, fragte Lepel.

»Es geht mir schon lange nicht mehr um ein Buch. Derartige Geheimnisse können großen Schaden anrichten in einer Familie.«

Lepel lächelte abschätzig. »Schaden. Und für wen?«

»Für mich, zum Beispiel«, sagte ich. »Und für Lieske, und Bennie, und Jaap – ganz zu schweigen von Mary.«

»Mary hatte damit nichts zu tun«, sagte Lepel scharf.

»Genau. Weil ihr sie sorgfältig aus allem *rausgehalten* habt.«

Lepel schwieg. Ich sah zu Marys Schrein. Da stand sie, als junge Frau, mit großen kurzsich-

tigen Augen und einer Deanna-Durbin-Frisur.
Dort saß sie, als Mutter mittleren Alters, in ihrem schwarzen Pulli mit U-Boot-Ausschnitt
und ihrem Faltenrock. Auf dem letzten Foto
(in einem neuen, silbernen Rahmen) hatte sie
ihre Perücke auf und lächelte ein letztes, tapferes Lächeln. Heilig gesprochen. Aber was hilft
eine Heiligsprechung, wenn man als Lebender
nicht für voll genommen wurde?

Ich hatte vor kurzem eine Fernsehsendung
gesehen über die polnischen Soldaten, die 1944
in der Schlacht um Arnheim gekämpft hatten
und deren Opfer nie gebührend gewürdigt
worden war. Eine ehemalige Krankenschwester, die so einen Jungen in ihren Armen hatte
sterben sehen, hatte gesagt: »Wenn man dem
Leid keinen Platz im Leben geben kann, dann
geht man daran zugrunde.«

»Du steigerst dich da in etwas hinein«, sagte
Lepel.

Der Abschied war kurz und kühl. Üblicherweise winkten wir uns immer zu. Diesmal
blieb das Fenster, als ich mich umdrehte, leer.

Doch Lepel hatte mir, ungewollt, entscheidende Informationen geliefert.

Die Lungenentzündung, zum Beispiel, die
sich Großvater angeblich im Krankenhaus ge-

holt hatte. Mary hatte Lepel zu Ostern geschrieben: ›Was waren es herrliche Tage.‹ Kein Wort über eine Lungenentzündung bei Großvater. Die Lungenentzündung muss sich also erst nach Marys Abreise gezeigt haben. Wenn irgendwo ein Fenster offen gelassen worden war, schloss ich – dann musste das auf Vosseveld gewesen sein. Jetzt wurde die Geschichte ganz und gar schauerlich. Offenbar hatte Oma Annetje versucht, Großvater den Garaus zu machen. Zuerst sollte er sich durch ein absichtlich offen gelassenes Fenster eine Lungenentzündung holen. Als er die überlebte, versuchte sie es als nächstes mit Gift, was Großvater aber merkte und worüber er sich dann auch beschwerte. Daraufhin ließ sie ihn, mit tätiger Mithilfe eines perfiden Hausarztes, in die Anstalt den Dolder einweisen. Wobei die Beschwerden über den Giftanschlag wahrscheinlich sogar noch als Argument für die Einweisung herhalten mussten!

Und Lepel? Hatte er von alledem gewusst? Er hatte Vosseveld ja immer als sein zukünftiges Haus betrachtet – für sich und Mary. Er hatte ein Interesse am Tod seines Vaters. Dann hätte er allein – und nicht seine anderen Geschwister – das Haus von Oma Annetje geerbt.

Ich wollte ihn nicht vorschnell verurteilen.

Vielleicht waren Oma Annetjes Aktionen ja erst viel später zu ihm durchgedrungen. Vielleicht war das erst geschehen, kurz nachdem wir selber in Vosseveld eingezogen waren. Vielleicht war das die tiefere Ursache für all die Konflikte gewesen. Vielleicht hatte Lepel seine Stiefmutter gerade deswegen später so gehasst.

Und all die Zeit war meine Mutter völlig ahnungslos gewesen.

Marys heldenhafter Kampf mit dem Haus kam in all seinen Phasen zum Vorschein. Sie war damals jünger als ich jetzt, wurde mir wehmütig klar.

Oma Annetjes Auszug war der Startschuss zu Säuberungen in großem Stil gewesen. Der alte Eingang wurde mit sofortiger Wirkung seiner Funktion enthoben, die schöne, zweiteilige Eichentür wurde verriegelt, die Vorhalle, nach gründlichem Bohnern und tagelangem Lüften, zu einer Abstellkammer degradiert. Doch der scharfe, alte Geruch, der dort hing, war anscheinend nur schwer zu vertreiben, und erst nachdem Mary an die fünf Dosen Tannenduft in alle Ecken und Löcher gesprült hatte, betrachtete sie die Atmosphäre als genügend erfrischt, um dort, neben Oma Annetjes zurückgebliebenem Parkettbohnerbesen, ihren eigenen Mopp und Besen zu verstauen.

Um Nicht-Eingeweihte über die Außerbetriebnahme zu informieren, hatte Mary ein Stück Karton hinter das kleine Fenster der Haustür geschoben: KEIN ZUGANG. EINGANG ANDERE SEITE, in grimmigen roten Buchstaben. Ansonsten musste das pfeilartige Schild auf der Boenia-Seite genügen. Nichtsdestotrotz blieben die geistig Trägeren, zu Marys Verärgerung, dabei, sich zur alten Haustür zu begeben, den bronzenen Klopfer zu berühren, den Lepel mit einem Bolzen befestigt hatte, dann die Kupferklingel zu suchen, die Lepel entfernt hatte, bis ihr befremdeter Blick auf Mary stieß, die hinter dem Seitenfenster stand, an die Scheibe klopfte und zur Seite deutete.

»Da! Da! Da lang!«, zeigte sie, eine Hand in die Hüfte gestemmt, die Nase in die Höhe gereckt und die Stirn in tiefe Falten gelegt. Sie knurrte: »Sehen die denn nicht, dass der Eingang da ist, *da-ha*?!«

Die Intelligenz der Besucher wurde an der Geschwindigkeit gemessen, mit der die Anweisungen begriffen und befolgt wurden.

»Na, na. Der ist auch nicht helle«, lautete ihre Schlussfolgerung auch über Freunde und Freundinnen, die sich verirrten. »Der hat das

Pulver auch nicht erfunden«, urteilte sie über nichtsahnende Fremde, die ihre ersten Schritte auf unsern Weg setzten. »Ach, sieh mal. Wahrhaftig. Der hat's begriffen!«, spottete sie, als ein gescheiter Neuling nach dem Lesen der verschiedenen Texte folgsam zur Boenia-Seite eilte.

So wurde zahllosen Besuchern auf Vosseveld eine verwirrende erste Begrüßung beschert. Einschließlich der Psychologin, die kam, um meinem Bruder Bennie mit Gesprächen zurück auf den rechten Pfad zu helfen. Einschließlich des Pfarrers, der kam, um uns die Nachricht von Bennies Tod zu überbringen.

Die Haustür war aber nur der Anfang. Das alte Badezimmer wurde nach Oma Annetjes Weggang neu gestrichen, das alte Schlafzimmer komplett modernisiert. Oma Annetjes Frisiertisch musste einer weißen Kommode weichen, die Waldansicht über dem Spiegel einem bunten Aquarell. Es folgte die Platzierung des Ehebettes, das auf Marys ausdrücklichen Wunsch mit dem Fußende gegen die andere Wand gestellt wurde, eine unlogische Anordnung, denn die Schlafenden lagen jetzt mit dem Kopf direkt an der Tür. Außerdem war das Badezimmer nicht mehr, so wie früher, praktisch mit einem Schritt aus dem Bett zu erreichen.

Ein Vorteil war es schon, dass der ›geheime‹ Schrank jetzt nicht mehr durch das Bett verbarrikadiert wurde. Mary hatte ihn ausgemistet, eingeseift, mit Tannenduft eingesprüht und eingerichtet als Stauraum für Sommer- und Winterkleidung, Koffer, Decken und überflüssiges Mobiliar.

In unserem angrenzenden Mädchenzimmer hatten Lieske und ich von Oma Annetjes Anwesenheit nie etwas gemerkt. Aber von dem Moment an, da meine Eltern das Schlafzimmer übernahmen, waren durch die dünne Wand bis nach elf Uhr Kommentare über unser explosives Familienleben zu hören und unseren wenig erbaulichen Anteil daran.

Auf unserer Seite ging es ebenso unfriedlich zu. So lieb Lieske mir war, sie brachte mich oft zur Raserei. Sie redete mit ihren Puppen, während ich mich mit Homer abrackerte. Sie war immer erkältet. Ein Schränkchen diente als Trennwand, damit wir uns zumindest nicht zu sehen brauchten. Aber zu hören war sie noch, und nicht nur sie. Das Holzwändchen, das uns von unsern Brüdern trennte, dämpfte die Aussicht, aber nicht das Getöse. Auch sie waren ständig erkältet.

Erst wenn alle Geräusche verstummt waren, brach mein Nachtleben an. Im Dunkeln den *Erlkönig* rezitieren. Auf dem Plattenspieler in meinem Kopf *Die Winterreise* abspielen. Vor dem Einschlafen Stammformen und mathematische Gleichungen aufsagen. Viel zu schnell kam der kalte, graue Morgen, und das Zimmer verhüllte nicht mehr, es stellte bloß.

Als Lieske das frühere Elternschlafzimmer beziehen durfte, das Mary noch einige Jahre lang als Näh- und Hobbybollwerk verteidigt hatte, bekam ich das Mädchenzimmer endlich für mich allein. Die Schräge unter dem Dach war der ausgewählte Platz für das Bett. Obwohl die rechte Wand unter dem Fenster auch Vorteile hatte: in der Frühe Hausaufgaben machen bei Vogelgezwitscher und Akazienduft, Aussicht auf das Haus von Ron, dem jungen Mann, der mir so gut gefiel und mit dem es etwas zu werden versprach. Bis das Bett wieder zur hinteren Wand verschwand, unter einer Collage von Dutzenden Romy Schneiders und einem Gérard Souzay, der, an seinen Flügel gelehnt, über mein gebrochenes Herz wachte.

Die Diele verkümmerte nach Oma Annetjes Weggang zu einem gähnenden Loch. Was nicht in das Appartement in Baarn gepasst hatte, war dort zurückgeblieben. Mary wollte nichts davon aufbewahren. Sogar die Pflanzen in Oma Annetjes gekacheltem Blumenbehälter waren ihr ein Dorn im Auge.

»Weg«, sagte Mary zu Oma Annetjes Bärlapp, Geranien und Passionsblumen. Der Behälter wurde leer geräumt, vertrocknete Pflanzenwurzeln, tote Asseln, Blätterreste, Sand und Staub wurden schubkarrenweise zum Komposthaufen geschafft. Der Behälter wurde mit Spanplatten zugezimmert, die so entstandene ›Fensterbank‹ vollgestellt mit Marys Vasen und Pöttchen, besonderen Steinen und einem selbst gemachten Trockenbouquet.

Oma Annetjes schwere Sessel wurden durch leichte Rattanmöbel ersetzt. Auch der antike runde Tisch musste weg. Mary trieb ein etwas kleineres Exemplar auf, ebenso ausziehbar, das nach der Behandlung mit Abbeizmittel, geschmirgelt und glänzend weiß lackiert, ein völlig anderes Bild ergab – ihr zufolge. »Weg damit!«, sagte Mary zu Oma Annetjes zurückgebliebenen Perserteppichen. Sie rief den Lumpensammler an und kaufte eine runde Kokosmatte, die sich frisch abhob gegen die roten Fliesen.

»Weg damit!«, sagte Mary zu Oma Annetjes schweren Samtvorhängen. Neue Vorhänge hielt sie für überflüssig, niemand schaute ja vom Wald aus herein. Andererseits schrak sie zurück vor dem kalten Dunkel, das abends das Haus von allen Seiten beschlich. Sie säumte und faltete eine Borte aus heiter geblümtem Kattun, die sie über die ganze Länge der Fenster aufhängte.

Die Diele war wieder bewohnbar, aber niemand fand es dort besonders gemütlich. Der Durchgangscharakter, der immer schon da war – wegen der freien Treppe und der vielen Türen –, wurde noch dadurch verstärkt, dass die Tür des Vorderzimmers, die früher immer geschlossen bleiben musste, jetzt auf Marys ausdrücklichen Befehl immer offen zu sein hatte.

Ihr Vorhaben, die Diele als Esszimmer zu nutzen, verlief schnell im Sand. Die Bruynzeel-Küche war ja geräumig genug, vor allem seit wir Oma Annetjes Teil noch dazu bekommen hatten.

So stand der runde weiße Tisch verloren im Raum, und die Rattan-Sitzecke am Kamin blieb unbenutzt. Wir bevorzugten die Couchgarnitur im Vorderzimmer.

Aber Mary gab noch nicht auf und entschied sich zu einem Tausch. Die Couchgarnitur wurde mit vereinten Kräften Richtung Diele geschleppt, der runde Tisch auf der Seite zum Vorderzimmer gerollt.

Aber niemand teilte ihre Begeisterung, und alsbald war alles wieder an seinem alten Platz.

Erst als unser erster Fernseher seinen Einzug hielt, bekam die Diele schließlich noch eine Funktion: Wir sahen dort fern. Manchmal machte Lepel den Kamin an, und Mary, die sich dazu in einen der Rattansessel setzte, rauchte demonstrativ eine Mentholzigarette Marke Alaska. Aber so viele Sendungen gab es in jener Zeit noch nicht zu sehen. So haftete der Diele, solange wir dort wohnten, ein Ruch von Überflüssigkeit an.

Und Marys Kampf war noch nicht zu Ende. Jetzt mussten die Malerarbeiten beginnen. Es wurde ein Maler engagiert, die Außenwände zu tünchen. Niemals werde ich Oma Annetjes Entsetzen vergessen, als ihr das zu Ohren kam.

Eines Tages meldete sich an der alten Haustür ein Vertreter, der durch seine rasche Reaktion auf die Umleitungsschilder und Marys Nicken positiv auffiel. Er ging guter Dinge zur Boenia-Seite und verstand es, Mary binnen einer halben Stunde einen Apparat anzudrehen, der mit Hilfe verschiedener Aufsätze unter anderem als Staubsauger, Haartrockner und Farbspritze dienen konnte. Als die Kapazitäten als Staubsauger die Erwartungen übertrafen, aber die Leistung als Fön sehr enttäuschte (Staubteile neigten dazu, einem ins Haar zu geraten), beschloss Mary, den Gebrauch als Farbspritze zu testen. Sie füllte die dafür bestimmte Tülle mit roter Farbe und spritzte – auf einem mit Zeitungen bedeckten Fleck hinterm Haus – zwei Schränke, eine Kommode und Oma Annetjes komplettes Gartenmobiliar rot. Und als sich herausstellte, dass Spritztülle und Aufsätze sich von da an für keine andere Farbe mehr eigneten, wurden auch noch zwei Hocker, ein Stuhl und das aufklappbare Küchentreppchen rot angespritzt.

Für den hellgrünen Anstrich des oberen Flures griff Mary notgedrungen auf Pinsel zurück.

»Ich krieg dich noch klein«, hörten wir sie brummeln.

»Was denn?«, fragten wir.

»Dieses Haus«, knurrte sie.

Was war das genau, wogegen Mary so heftig kämpfte?

Wenn es die Spuren ihrer Tante waren, die sie auslöschen wollte – vielleicht wegen der ungeklärten Beziehung, die diese mit ihrem Mann hatte –, dann hatte sie ihre Mission auf den ersten Blick drastisch erfüllt.

Aber die gewünschte Wirkung blieb aus. Das Haus blieb Oma Annetje treu. Es war zu hart erstritten worden. Es barg eine lebenslange Sehnsucht. Es verankerte Sünden, von denen Mary nichts wusste. Und ein Kampf gegen das Unbekannte ist nicht zu gewinnen.

Dass Vosseveld nicht nachgab, sah jedes Kind. Es schmollte. Es spottete. Es meuterte. Lieske schwor, dass sie nachts Geschlurfe hörte, böse Stimmen und Schritte. Beim Öffnen der Bleiglastür schlug einem der alte Geruch der Vorhalle entgegen. In dem frisch getünchten Badezimmer oben brach unter dem neuen Putz der Decke eine sirupartige Substanz hervor, die am Heizungsrohr herunterkroch und ihren üblen Geruch an die Schränke abgab.

Der Staub, der sich jahrelang behaglich in Oma Annetjes Vorhängen, Kissen und Teppichen eingenistet hatte, fiel wie aus Rache in täglich neuen Wolken auf die kahlen Fliesen der Diele herunter. Hatte er früher in der Erde von Oma Annetjes Blumenbehälter ein organisches Unterkommen gefunden, so heftete er sich jetzt schmierig und wie gelangweilt an Marys Krimskrams, an ihren Plastikfarn und ihre Trockenblumensträuße.

Das Haus verlangte tägliches Saugen, Staubwischen und Nasswischen. Wenn es nur das gewesen wäre.

Der offene Kamin, der zu Oma Annetjes Zeit immer problemlos gezogen hatte, hatte nach den jüngsten Reparaturen am Dach zu rauchen angefangen. Ruß paktierte mit Staub.

Auch das war noch nicht das Schlimmste. Die neue Ölheizung schien der Feuchtigkeit nicht gewachsen, die, ungehindert von Marys Schaumstoffsichtungen, durch Scheiben und Fensterrahmen hereinsickerte, die Stufen der läuferlosen Treppe knarren ließ und Rost in die Scharniere jagte, die mit einem Geruch von modrigem Laub und Moos durch den Boden nach oben drang, in die Abflussrinnen tropfte und im Rieddach brütete.

Mary hatte ihren Kampf verloren. Im Geruch und Moder, in Feuchtigkeit und Staub triumphierten die Erinnerungen und das Gestern über das Heute.

Im Laufe der Jahre zeigten sich Anzeichen strukturellen Verfalls.

Der Tragebalken über dem Schornstein war eines Tages mit singendem Ton gebrochen. Das Rieddach drohte, mangels einer soliden Unterstützung, die Fenster der Diele unter seinem Gewicht zu zerdrücken. In aller Eile wurden drei Stahlsäulen auf dem Rand des vormaligen Blumenbehälters angebracht und eine bei der Treppe, um die akute Einsturzgefahr zu bannen.

Auch kamen Absenkungen im Boden zum Vorschein, der, wie sich jetzt erst herausstellte, einfach so auf den Sand gelegt worden war. Dem Haus fehlte ein Fundament.

Im Herbst 1965 kam der Pfarrer, der sich an der verkehrten Haustür meldete, dann aber doch den Weg zu unserem unsichtbaren Seiteneingang zu finden wusste.

Ich öffnete ihm. Er stellte sich vor. Der Pfarrer? Niemand in diesem Haus war gläubig. Wollte der Mann uns etwa bekehren? Skeptisch ließ ich ihn herein. Als er Mary begrüßt hatte und ich auf seine befremdliche Bitte hin Lepel aus dem Kutschhaus und Jaap und Lieske aus ihren Zimmern geholt hatte, sprach er die Worte aus, die seitdem hundert- und tausendmal in meinem Kopf nachgehallt haben.

»Ein Unglück. Ein schwerer Unfall.« Ein Schweigen, das ein Lichtjahr dauerte. »Leider sehr schlimm.«

Der einzige Abwesende war Bennie. Sein Name brauchte nicht einmal erwähnt zu werden.

Ich bin auf Mary zugestürmt. Auf Mary, meine Mutter, ohne Zögern. Während Lepel doch auch in dem Raum war, und Lieske, und Jaap.

Sie wehrte mich ab: »Ach, Kind!«

Sie weinte nicht. Ich habe sie nicht weinen sehen. Sie war nicht einmal erstaunt. Als hätte sie es schon gewusst.

Aus den darauffolgenden Jahren gibt es die Fotos, die Jaap als Junge mit seinem allerersten Fotoapparat gemacht hat. Die weiße Fassade, vom Efeu befreit. Die tristen Augen der oberen Fenster. Im Frühling blass lächelnde Familienmitglieder im Garten. Im Sommer, eine zersprengte Familie auf der sonnenüberfluteten Terrasse. Im strengen Winter von 1967/68 Vosseveld im Brautkostüm, die Eiszapfen als Spitzenwerk unten am Rieddach; Mary auf dem schneebedeckten Rasen, ihr Blick an der Linse vorbei auf das Haus gerichtet.

Nicht lange danach kündigte sich Marys Krankheit an, als sie, in dem jetzt so unheimlichen Badezimmer, wo der stinkende Sirup aus den Wänden tropfte, zum ersten Mal ihre ominösen Knötchen fühlte.

Das Haus war mittlerweile verrottet, verzehrt, eingesackt unter seinem eigenen Ge-

wicht. Stützen und Stangen nützten nichts
mehr. Kurz vor dem Abbruch gaben Lepel
und Mary einem Fotografen den Auftrag, das
Interieur festzuhalten. Obwohl die Fotos
überbelichtet sind, mit Schlagschatten nach allen Richtungen, und abgedruckt auf mattem
Papier mit einer Maserung, hat der Mann wenig Ecken und Durchblicke ausgelassen. Es
sind triste Fotos. Marys Offensiven waren
nach hinten losgegangen. Die Möbel konnten
den Raum nicht füllen. Die Wände waren zu
weiß und zu leer, die Böden zu kahl, und
Marys Schirmlampen und Krimskrams konnten den Eindruck fortschreitender Verspieße-
rung nicht verdecken.

Ich war nicht dabei, als Vosseveld abgebrochen wurde. Auch Lieske nicht. Da ist nur der
Brief, den Jaap uns darüber schrieb. Er hat als
Letzter die Runde gemacht, war noch einmal
an allen unseren Stellen gewesen. Hatte noch
einmal den Lichtschalter umgedreht, unten an
der Treppe, der immer zweimal gedreht werden musste, wenn jemand oben den Schalter
gebraucht hatte. Hatte die Kachel mit der See-
landschaft aus dem Blumenbehälter herausge-
schlagen, die danach noch jahrelang oben bei
Lepel darauf wartete, in das Arnheimer Haus
eingemauert zu werden, wozu dann aber nie-

430

mand mehr gekommen ist wegen Marys Krankheit und Tod.

Jaap sah, wie die Bulldozer die Kiefern platt-machten, bevor sie die Mauern rammten und umrissen. Als er noch einmal zurückging, um bei den Nachbarn etwas abzuholen, stand da nur noch ein Querschnitt – die Hälfte des Hauses war bereits weggeschlagen.

Das Bild sucht ihn jetzt noch heim, in den Nächten, in Kanada, bis zum heutigen Tage.

Eine Rekonstruktion

Entgegen allen Erwartungen bekam ich doch noch Nachricht aus der psychiatrischen Anstalt Den Dolder. Großvaters Patientenakte war aufgetaucht. Einsehen durfte ich sie allerdings nicht. Aber ich durfte kommen. Mir wurden Teile daraus vorgelesen. So vernahm ich unter anderem die Diagnose.

Es war kein Notfall gewesen, keine Rede von Gefährdung für andere. Großvaters Einweisung wurde als ›erwünscht‹ erachtet wegen der Vermutung seiner Ehefrau, dass er, dieser bärenstarke, lebenslustige Mann, möglicherweise selbstmordgefährdet sei.

Als Symptome für seine Geisteskrankheit wurden Halluzinationen angeführt; Großvater habe ›Hunde bellen hören, die es nicht gab‹ (wer hatte das überprüft und wie?). Die ›Symptome‹ hatten schon im Mai begonnen, als der ›Patient‹ beim Pflücken von Pfirsichen merkwürdige Bemerkungen über die Nachbarn gemacht habe, die sie angeblich stehlen wollten.

Pfirsiche, im Mai. Als der Pfirsichbaum an der Seitenfassade gerade in Blüte stand.

Auch soll der ›Patient‹ seine Frau verdächtigt haben, Gift in sein Essen gemischt zu haben – ›Vergiftungswahn‹ wurden derartige Vermutungen genannt. Schließlich soll der ›Patient‹ immer gesagt haben: ›Ich bin nicht geisteskrank. Sie sagen, dass ich geistesverwirrt bin, aber das stimmt nicht.‹ Vermutlich der überzeugendste Beweis für jemandes Geisteskrankheit.

Es wurde Zeit, mich in Großvaters Drama zu vertiefen. Wie er seinen Leidensweg erlebt hatte, ob er jemals begriffen hatte, was ihm geschah.

Jetzt, da sich meine schlimmsten Vermutungen bewahrheitet hatten, schienen auch andere auf einmal plausibel zu klingen. Die Vergiftungsversuche, das offene Fenster, die Lungenentzündung – sogar Großvaters Unfall, direkt nach dem Umzug, schien mir plötzlich verdächtig.

Zwar stimmten Lepels heutige Erklärungen mit seinem Brief an Onkel Henk vom 8. April 1941 überein: Großvater soll beim Einkaufen in Soestdijk über eine Schwelle gestolpert sein. Aber wie hatte sich das genau zugetragen?

Ich las seinen Brief noch einmal durch. Und

noch einmal. Und fragte mich, wie ich bei jedem Durchlesen so viel hatte übersehen können.

Vater ging zum Einkaufen nach Soestdijk, und wir bekamen um halb elf die telefonische Mitteilung, dass er gestürzt sei und sich das Bein verletzt habe. Weedestraat 2 b Soestdijk. Natürlich bin ich gleich mit dem Fahrrad dorthin gerast, und wie ich es schon erwartet hatte, war das Bein gebrochen. Er ist über die Schwelle eines Ladens gefallen! Es musste ein Röntgenbild gemacht werden, und er wurde dafür direkt zum Elisabeth-Krankenhaus gebracht. Der Krankenwagen ist gerade hier gewesen, um Ann mitzunehmen, und bringt Vater jetzt nach Amersfoort.

Noch einmal. Zeile für Zeile.

›Vater ging zum Einkaufen nach Soestdijk‹. Was für Einkäufe konnten das gewesen sein? Einen Steinwurf von Vosseveld entfernt gab es doch alle möglichen Läden. Was war das für ein Laden, wo Großvater es geschafft haben sollte, über eine ›Schwelle‹ zu stolpern?

Ich fuhr nach Soestdijk. Die Van Weedestraat beginnt direkt hinter den Bahngleisen. Nummer 2 ist das erste Haus rechts. Es ist kein

Laden. Es ist eine Villa aus dem 19. Jahrhundert mit Auffahrt und Garten. Es gibt keine ›Schwelle‹, aber dafür eine Veranda mit einem kolossalen Eingang, und damals wohnte dort, so entdeckte ich über das Gemeindearchiv, ein Korsettgroßhändler. Nicht gerade ein nahe liegendes Ziel für einen pensionierten Sänger, an einem frühen Dienstagmorgen.

Das Soester Archiv besaß noch ein *Namensverzeichnis für den interlokalen Telefondienst, Ausgabe Januar 1941*, in dem Soest gerade mal vier Seiten füllt. Ich suchte nach Adressen in der direkten Umgebung. So stieß ich auf die Van Weedestraat 27. Dort wohnte damals ein Notar.

Bislang hatte ich angenommen, dass der Streit zwischen Oma Annetje und Großvater im Juni ausgebrochen sein musste, oder Anfang Juli, kurz vor Großvaters Einweisung in Den Dolder.

Aber angenommen, es hatte sofort Krach gegeben, schon Anfang April, gleich nach dem Einzug; dann erschien auch der Unfall plötzlich in einem andern Licht.

Bis Donnerstag, 4. April, war alles bestens gewesen, das konnte man Marys Briefen entnehmen. Am Freitag, den 5. April, war Lepel nach Arnheim gereist, um das Wochenende mit

ihr zu verbringen. Wenn er von seinem Kutschhaus aus Streit gehört hatte zwischen seinem
Vater und Oma Annetje, so wie er erzählte,
dann musste der *vor* seiner Reise ausgebrochen
sein. Am vierten oder allerspätestens am Morgen des fünften.

Großvater könnte demnach am Donnerstag-
nachmittag, oder Freitagmorgen, entdeckt haben, dass die ihm von Oud geschenkten achttausend Gulden mit dem Kauf des Hauses in
Oma Annetjes Hände übergegangen waren,
und vor Zorn durchgedreht sein.

In dem Fall hätte er natürlich einen Notar
einschalten wollen, vielleicht in der Hoffnung,
den Kaufvertrag noch rückgängig machen zu
können, aber auf jeden Fall, um sein Testament
zugunsten seiner Kinder zu ändern. Jetzt sollte
Oma Annetje bei seinem Tod noch den Nießbrauch an seinem gesamten Besitz erhalten –
einschließlich der fünftausend Gulden, die die
Lebensversicherung ausbezahlen würde. Das
wird er ihr, nach seiner Entdeckung, nicht
mehr gegönnt haben.

Er wird den einzigen Notar angerufen haben, über den das Dorf verfügte: Notar Dammers in der Van Weedestraat 27. Der ihn natürlich vor dem Wochenende nicht mehr empfangen konnte.

In alten Exemplaren des *Soester Courant* begegnete ich dem Namen Dammers regelmäßig. Am Montag, den 7. April, hatte er eine Besprechung mit Anteilseignern gehabt, so meldete eine Nachricht. Das Treffen konnte also frühestens für den Dienstag vereinbart worden sein: den 8. April.

Was für ein Wochenende wird das gewesen sein, auf Vosseveld! Was für ein Palmsonntag. Oma Annetje, die mit aller Macht versucht haben muss, ihren vor Wut kochenden Ehemann zu beruhigen, mit Flehen, Vorwürfen, Drohungen. Es stand ja viel für sie auf dem Spiel. Ihre Zukunft drohte eine bittere Wiederholung der Situation am Overtoom zu werden, nach Ouds Tod. Sollten die anderen Mansborgs von der Angelegenheit Wind bekommen, dann würde sie wieder einer feindseligen Familie gegenüberstehen; einer, die einen Hass auf sie hätte. Die sie im schlimmsten Fall aus dem Haus vertreiben würde, das sie sich auf so schlaue Weise zu eigen gemacht hatte.

Ihr Haus. Ihr erstes eigenes Haus.

Das alte Schreckensbild muss wieder aufgetaucht sein: auf der Straße zu landen. Und diesmal war da kein alter Oud mehr, der auf alles Rat wusste; sogar der Stiefsohn, der ihr so zugeneigt war, befand sich an diesem Wochenende in Arnheim, bei dem Schatz, den sie ihm selber besorgt hatte.

Am 7. April kommt Lepel, früher als geplant, aus Arnheim zurück, genau rechtzeitig für den Unfall seines Vaters, wegen ›einer Vorahnung, dass sie mich hier dringend brauchen würden‹.

Die verzweifelte Ann wird ihn geradezu nach Soest zurückgerufen haben – aber wie? Telefon gab es noch nicht auf Vosseveld. Im Mai, zur Zeit von Großvaters Lungenentzündung, hatte Mary ja geschrieben: ›Es wäre schön, wenn euer Telefon wieder funktionieren würde, damit wir uns jeden Tag erkundigen können.‹

Und doch schreibt Lepel über das Unglück seines Vaters: ›Wir bekamen um halb elf die telefonische Mitteilung.‹

Dann gab es also doch Telefon. Wieder half der *Soester Courant*. Die neuen Umzüge und Telefonanschlüsse wurden monatlich in einer separaten Rubrik verzeichnet. Großvaters Anschluss – unsere alte, vertraute Nummer – war erst für Juni angekündigt. Aber es gab auch eine Rubrik ›Umgezogen‹. Dort suchte ich den Namen des vorherigen Bewohners von Vosseveld, des Herrn C. De Vries. Dessen Umzug in der Tat erst für Mai gemeldet wurde. Seine Num-

~ 438 ~

mer konnte also in den ersten Aprilwochen durchaus noch angeschlossen gewesen sein.

Folgende Frage: Wer hatte das Telefon auf Vosseveld in die Hand genommen? Lepel hatte ja ›wir‹ geschrieben.

Ich stellte mir die Situation vor. Der schwarze Bakelitapparat stand in der Diele. Im Kutschhaus war das Klingeln nicht zu hören. Lepel muss an dem bewussten Morgen also im Haupthaus gewesen sein. Dann konnte man annehmen, dass er dort einen Anruf *erwartet* hatte.

›Natürlich bin ich sogleich mit dem Fahrrad dorthin gerast, und wie ich es schon erwartet hatte, war das Bein gebrochen.‹

Eine Erwartung, die ihm nur durch den Anrufer oder die Anruferin eingegeben worden sein konnte.

›Es musste ein Röntgenbild gemacht werden, und er wurde dafür direkt zum Elisabeth-Krankenhaus gebracht.‹

›Direkt.‹

Ich sah es nach. Den einzigen Krankenwagen der Gegend, einen majestätischen Bentley, den Stolz von Soest, besaß damals das Taxiunternehmen Klomp am Koninginnenweg, nur einen Steinwurf von der Unglücksstelle entfernt.

Ich fuhr Lepels Route auf einem Mietfahrrad mit Gangschaltung ab. Lepel war vielleicht schneller geradelt, aber ohne Gangschaltung hatte er unmöglich schneller sein können als ich.

Ich brauchte eine gute Viertelstunde.

Zu dem Zeitpunkt, als Lepel in Soestdijk eintraf, konnte er also höchstens noch gesehen haben, wie sein Vater auf der Krankentrage festgebunden wurde. Danach nahm der Krankenwagen eilends Kurs auf Amersfoort – in die Richtung, aus der Lepel gerade gekommen war. Wenn der Krankenwagen um die Zeit nicht schon längst zum Krankenhaus unterwegs war.

Aber zu welchem Zweck war Lepel dann eigentlich noch gekommen?

›Der Krankenwagen ist gerade hier gewesen, um Ann mitzunehmen, und bringt Vater jetzt nach Amersfoort.‹

Lepel, wie ein Tornado nach Vosseveld zurückgeflitzt, kommt dort eine Viertelstunde später atemlos an, beginnt sofort, einen Brief an seinen Bruder Henk zu schreiben (an seinen Bruder – nicht an seinen Schatz Mary); wird mitten beim Schreiben aufgeschreckt durch die Ankunft immer noch desselben Krankenwagens – der dann wohl nach Vosseveld gekrochen sein muss, wenn er so viel später als Lepel ankommen wollte, und der sich außerdem den Umweg über Vosseveld leistet, um ›Ann mitzunehmen‹. ›Ann‹ – die die ganze Zeit schweigend neben ihrem schreibenden Stiefsohn sitzt und darauf brennt, ›mitgenommen‹ zu werden. Barer Unsinn. Die Schlussfolgerungen lagen auf der Hand:

a. Lepel hatte auf Vosseveld einen Anruf erwartet.

b. Der Anrufer oder die Anruferin kannte die alte Nummer von Vosseveld.

c. Der Anrufer oder die Anruferin war bei dem Unglück anwesend.

d. Der Krankenwagen war direkt nach Amersfoort gefahren und hatte den Anrufer oder die Anruferin mitgenommen.

e. Die Anruferin konnte einzig und allein Oma Annetje gewesen sein.

f. Lepel hat seinen Brief später geschrieben. Als Beweismittel. Als Alibi für Oma Annetje.

g. Lepel hatte von Anfang an Bescheid gewusst.

Ich durchforstete den *Soester Courant* von damals noch einmal, stieß aber – zwischen den durchgegangenen Pferden, gestohlenen Fahrrädern und nächtlichen Einbrüchen – auf keinen Bericht von Großvaters Unglück. Aber dafür auf eine andere interessante Meldung:

VANDALISMUS
Nach den vielen Zerstörungen, die vorige Woche in der Birktstraat begangen wurden, hat jetzt Dr. Wildvanck an der Van Weedestraat wieder bei der Polizei Anzeige erstattet wegen Zerstörung eines Schildes, das in seinem Garten aufgestellt war.

Doktor Wildvanck wohnte also auch in der Van Weedestraat. Seine Adresse fand ich im Telefonverzeichnis. Haus Nummer 17. Es steht noch. Schräg gegenüber Nummer 2.

Jetzt fügten sich die Teile zu einem Gesamtbild. Doktor Wildvanck war zur Unglücksstelle gerufen worden, hatte Erste Hilfe angeboten und den Krankenwagen gerufen, der sofort gekommen war, eine Fahrt von drei Minuten vom Koninginnenweg. Oma Annetje, die am Unglücksort war, hatte sich als verzweifelte Ehefrau auf den jungen Arzt gestürzt, der, wie aus dem Personenregister der Gemeinde hervorgeht, erst seit kurzem in Soestdijk praktizierte. Sie wird ihm zweifellos *en passant* ihre Zweifel bezüglich Großvaters Geisteszustand eingeflüstert haben, um eventuelle peinliche Enthüllungen von dieser Seite im Voraus zu entkräften – und Doktor Wildvanck war ihr auf den Leim gegangen.

Womit sofort klar wird, warum dieser selbe Doktor Wildvanck aus Soestdijk auch bei Großvaters Lungenentzündung ein paar Tage später hinzugezogen wurde und danach als Hausarzt galt, obwohl direkt gegenüber von Vosseveld noch ein Arzt wohnte: unser eigener Hausarzt, Doktor Veldkamp.

So wird auch plötzlich plausibel, wie dieser selbe Doktor Wildvanck bei Großvaters Zwangseinweisung mitwirken konnte, ohne dass in Den Dolder auch nur ein Hahn nach seiner ›Unabhängigkeit‹ gekräht hatte.

Bemerkenswert ist auch, dass Großvater nach Wildvancks Wegzug aus Soestdijk, Ende 1942, nie wieder in eine Anstalt gesperrt wurde. Der weniger manipulierbare Veldkamp hätte sich ohne dringende Notwendigkeit sicher nicht für etwas Derartiges hergegeben.

Jetzt fehlte nur noch ein Stück des Puzzles: der Ablauf des Unfalls selbst.

Könnte ich jetzt, da ich alles rekonstruiert hatte, doch nur einen Film daraus machen, die Szenen gegengeschnitten, und natürlich mit Musik! Eine Fuge! Großvater, Richtung Soestdijk gehend: der *basso continuo*. Annetje, die ihm hinterherfährt: der dramatische Alt. Lepel, aus dem Kutschhaus kommend, als die lauten Stimmen verstummt waren: der aufgeregte Tenor. Und ich, Emma – die ungeborene Enkelin: der schrille Sopran. Der *cantus firmus*: *O Mensch, bewein' dein' Sünde groß.* Die oberste Stimme im Chor der Nachkommen, flehend, beschwörend: *Lasst ihn! Haltet! Bindet nicht!*

Aber ich hatte keine Kamera, keinen Ton. Ich hatte nur Worte zur Verfügung, um alle meine Vermutungen und Erinnerungen und alle Briefe, die ich gelesen hatte, und alle mühsam gesammelten Dokumente zu einem Ganzen zu kombinieren.

Das letzte bittere Kapitel von Oma Annetjes Lebensgeschichte. In der die Hauptrolle Großvater zufiel, in seiner letzten, tragischen Rolle.

Der Kreuzweg

Es ist der Morgen des 8. April 1941. Die Sonne ist ungefähr um 7 vor 7 aufgegangen, so lässt sich, unter der Überschrift: »Wann muss verdunkelt werden?«, im *Soester Courant* lesen.

Es ist sonnig und mild, nach der Kälte der letzten Wochen. *Die linden Lüfte sind erwacht,* denkt Christiaan Mansborg skeptisch. *Nun muss sich alles wenden.* Und tatsächlich: *Alles hat sich ja gewendet.*

Er ist um Viertel vor zehn von Vosseveld fortgegangen, wissend, wie lange man nach Soestdijk läuft. Er hat denselben Weg vor zwei Wochen schon einmal zurückgelegt, um sich ins ›Einwohnerregister‹ einzutragen als ›Hauptbewohner‹, weil er da noch der Annahme war, dass er Eigentümer des Hauses sei.

Seine Stimmung, während des vorangegangenen Spaziergangs, war geradezu euphorisch gewesen. Den Umzug hatten sie hinter sich, jetzt begann der Aufbau. Vosseveld hatte einen frischen Anstrich bekommen, die Fensterläden waren jetzt rot, grün und weiß gestrichen,

~ 445 ~

die Pflaumenbäume und der Jasmin standen in voller Blüte. Sie hatten alle drei hart gearbeitet: Ann hatte Schränke eingeräumt und Vorhänge genäht, er hatte sich nützlich gemacht, indem er seine Bilder aufhängte. Dann hatte er seine Bücher und Noten in den Schränken untergebracht. Anns Warnung, sich wegen seines Blutdrucks nicht zu sehr anzustrengen, hatte er in den Wind geschlagen. Er fühlte sich prächtig. Er hat gesungen und gespielt, während seine Ann vor dem offenen Kamin Bohnen putzte, ihr graues Haar silber glänzend in der Glut des Feuers, ihr geprellter Fuß auf dem Lederpuff, der Schmerz hatte zum Glück inzwischen schon nachgelassen: *Auf Flügeln des Gesanges, Herzliebchen, trag ich dich fort.*

Er hätte besser singen sollen: *Die Liebe hat gelogen.* Jetzt geht er erbost durch die Vosseveldlaan, auf dem Weg zum Notar. Er hat keinen Blick mehr für die blühenden Bäume, keine Nase für ihren Duft, kein Ohr für die Amseln, die im Grün jubilieren. Er sieht alles wieder vor sich, wie sie, im vergangenen Dezember, den Kauf des Hauses besiegelt hatten, beim Notar Zwart, von dem Ann so schwärmt. Er hört wieder das komische Gemurmel beim Verlesen des Kaufvertrags, der, wie sich jetzt gezeigt hat, gar nicht vollständig vorgelesen

446

worden war. »Etcetera, etcetera«, hatte der Notar immer wieder gesagt, und er, ein Mansborg, ist da hineingetappt und konnte sich später nur noch dafür verfluchen, dass er nicht besser aufgepasst hatte. *Reiner Tor*, der er ist. Er hatte nur Augen für Ann gehabt, mit ihrem hübschen Hut und dem eleganten Cape, die ihm mit einem verschwörerischen Lächeln zugeflüstert hatte: »Alter Junge, es ist geschafft! Wir haben das Haus!« Er hatte lächelnd seine Unterschrift auf die angegebene Stelle gesetzt. Nicht hingesehen, was direkt dort drüber stand: *In Begleitung ihres hier zu ihrem Beistand erschienenen Ehemanns.*

Dass er es doch noch entdeckt hat, grenzt an ein Wunder. Er hatte nach Noten gesucht, die er nicht fand, hatte alles von unten nach oben durchsucht und war dabei auf die marmorierte Mappe gestoßen, die ganz zuunterst in der Schublade der Chiffonière lag – wo Ann sie offensichtlich versteckt hatte.

Er hatte gedacht: Stimmt, ich muss noch meine Steuererklärung machen. Hatte seine Lesebrille aufgesetzt und nach der Police seiner Leibrente gesucht. Plötzlich hatte er den Kaufvertrag in der Hand, und dann war sein Blick auf die eine Zeile gefallen. Daraufhin hatte er sich auch ihren Ehevertrag noch einmal sorgfältig angesehen. Und plötzlich alles begriffen.

Aber falls er Geld und Haus wirklich unwiderruflich verloren haben sollte, konnte er auf jeden Fall sein Testament noch ändern. Er konnte Ann enterben zugunsten seiner Kinder. Johan, Rita, Henk, Cora und … Lepel.

Lepel muss von diesem Betrug gewusst haben. Der hat fortwährend mit Ann unter einer Decke gesteckt, sich mit ihr zusammengetan, um ihn aus Zandvoort wegzubekommen.

Und Lepel steht in Anns Testament, das hat er gesehen. Er hat bei dem Kauf ganz offensichtlich ein Eigeninteresse gehabt.

Als Christiaan an der Kreuzung links geht, in die Birktstraat, hockt dort unter der großen Edelkastanie eine Krähe. Sofort fällt ihm Schuberts Lied ein.

Eine Krähe war mit mir
Aus der Stadt gezogen,
Ist bis heute für und für
Um mein Haupt geflogen.
Krähe, wunderliches Tier
Willst mich nicht verlassen?
Meinst wohl bald als Beute hier
Meinen Leib zu fassen?

Kann Ann denn auf seinen baldigen Tod hoffen? Jetzt, da sie das Haus hat – was soll sie da noch mit ihm? Ist es so schlimm? Vielleicht sogar noch schlimmer. Und wenn sie ihn nie geliebt hat? Wenn sie ihn nur wegen Ouds Geld geheiratet hat?

Krähe, lass mich endlich seh'n
Treue bis zum Grabe!

Er kommt an der Busstation von Tensen vorbei. Der Fahrplan war vor dem Krieg schon nicht zuverlässig, jetzt fahren die Busse überhaupt nicht mehr.

Auf halber Strecke die Kerkstraat hinunter kommt er an der Buchhandlung Vissers vorbei, wo er mal, es kommt ihm wie gestern vor, fehlende Verdunkelungssachen geholt hat. Sie werden im Schaufenster wie Festartikel angepriesen:

Schrankpapier
Reißzwecken
Verdunkelungs-Karton
Immer vorrätig bei
Buchhandlung Vissers.
WANN MUSS VERDUNKELT WERDEN?

Seine eigene Verfinsterung hat er nicht kommen sehen. So wie Ann ihn betrogen hat. Doch fällt es ihm selbst jetzt noch schwer, so schlecht von ihr zu denken. So besorgt, wie sie ist. Wie sie trotz allem heute Morgen noch seinen Blutdruck gemessen hat: »Mmm. Wieder auf der hohen Seite.« Sie fand, dass er blass aussah. Sein Kopf fühlt sich tatsächlich nicht gut an. Sicher von der Aufregung, von diesem elenden Streit der vergangenen Tage.

Sie hat ihm eine Pille gegeben.

Er nähert sich dem Turm der Oude Kerk. An der Kirchentür klebt eine Bekanntmachung. Er bremst seinen Schritt, bleibt stehen, um zu lesen.

Chorvereinigung Excelsior – Soest.
Dirigent Jan Bartelsman.
Aufführung von *Die Schöpfung*
Oratorium von Haydn
am Montagnachmittag den 14. April (Ostermontag).

Er denkt an seine eigene letzte *Schöpfung*, 1930, in Eindhoven. Davor noch 1928, in Rotterdam und Delft. Also keine *Matthäus-Passion*. Auch hier nicht.

Vorigen Sonntag – Palmsonntag – hat er, zum ersten Mal seit so vielen Jahren, keine *Matthäus* gehört. Seit er sie selbst nicht mehr singt, ist er jedes Jahr wenigstens noch ins Concertgebouw gegangen. Seine letzte war 1935, in Zwolle, auch das schon wieder sechs Jahre her. Seine allererste war 1904, in Utrecht, unter Wagenaar, als er für den erkrankten Jesus einspringen durfte. Des einen Tod, des anderen Brot. So hatte seine Karriere begonnen. Seine Eltern saßen in der Kirche. Sein Vater, seine Mutter. Was waren sie stolz auf ihn gewesen!

Er hat sie ständig im Kopf. Besonders die paar Takte, die zu singen er jetzt nicht in der Lage ist – er kann jetzt nicht singen. Er spricht sie, flüstert sie, seinen Schritt den träge sägenden Kontrabässen anpassend:

*Meine Seele ist betrübt
bis an den Tod.*

Er ist die Middelwijkstraat beinahe durch. Dann noch die Steenhoffstraat. Bei der Nummer 56 hat er vorige Woche die Passfotos machen lassen für seine Kennkarte. Was haben sie zusammen gelacht, Annetje und er, über die Anzeige im *Soester Courant:*

~ 451 ~

Wollen Sie nicht 5 Jahre lang
ein hässliches Porträt
in Ihrer KENNKARTE *haben,*
dann lassen Sie Ihr Foto
von Fotograf Drost machen.

Er hatte noch einen Scherz gemacht über den Film, der angekündigt wurde: *Jagd ohne Gnade*, ob sie da nicht lieber hin sollten statt zur *Matthäus-Passion* im Concertgebouw.

Was fühlen sich seine Beine schlapp an! Er verlangsamt seine Schritte, bleibt stehen, um Atem zu schöpfen, saugt seine Sängerlunge voll.

Und setzt seinen Weg fort. Es ist weiter, als er dachte. Vorige Woche war er diese gleiche Strecke wie ein junger Spund gegangen. Er nähert sich der folgenden Kreuzung: dem Kruisweg. Der Kreuzweg. Dass ihm das nicht schon beim ersten Mal aufgefallen ist.

Ich will den Kreuzstab gerne tragen.

Er überquert den Platz mit der weißen katholischen Kirche. Jetzt ist er fast da. Links ist schon das Rathaus. Noch über die Gleise, dort beginnt die Van Weedestraat. Dann kann die Nummer 27 nicht mehr weit sein.

Inzwischen, auf Vosseveld: Christiaan ist eben durch die Gartenpforte gegangen, die Allee hinunter, und Annetje blickt ihm vom Erker aus nach.

Lepel ist aus dem Kutschhaus gekommen, als die Stimmen verstummt waren. Sie begegnen sich in der Diele. Er legt die Arme um sie. Sie schmiegt für einen Moment ihr Gesicht an seine magere Brust. Sie reden, gedämpft, und sie nickt.

Sie fasst sich ein Herz. Lepel stößt die Glastür zur Vorhalle auf, in der es nach Silberputzmittel riecht, und hilft ihr in ihren Mantel. Dann schließt er die Haustür auf.

Annetje geht, noch etwas humpelnd, zur Gartenlaube, um sich ihr Fahrrad zu holen. Lepel beobachtet vom Erker aus, wie sie schwankend aufsteigt und, überflüssigerweise, die Hand ausstreckt, bevor sie links abbiegt, in die Vosseveldlaan. Er starrt kurz hinaus, wendet sich dann um, geht aber nicht ins Kutschhaus zurück. Er setzt sich in die Diele, neben das Telefon, den Kopf in die Hände gestützt. Er wartet. Eine halbe Stunde. Länger. Eine Ewigkeit.

Währenddessen radelt Annetje die Vosseveldlaan entlang und biegt links ab, die Birktstraat hinunter.

Da geht er, Christiaan Mansborg, der berühmte Sänger im Ruhestand, ihr Ehemann. Sein Schritt ist federnd, seine hohe Stirn erhoben, der massige Leib etwas vorgebeugt im Schwung der Bewegung. Wie kommt es, dass er auf einmal etwas Lächerliches an sich hat, jetzt, da sie ihn von hinten beobachtet?

Langsam radelnd hält sie sich hinter ihm, in sicherem Abstand. Er darf sich jetzt bloß nicht umsehen! Für den Fall, dass das doch passiert, hat sie sich schon eine Geschichte zurechtgelegt. Sie sei beunruhigt gewesen wegen seines Blutdrucks, das habe ihr gar nicht gefallen, er habe so blass gewirkt und so weiter. Er sieht sich nicht um. Sein Gang ist flott, fast geschmeidig.

Sie hat ein paar von den Pillen in seinen Kaffee getan, dann noch die extra Tablette, bevor er ging. Sie werden seine Muskeln schwächen, seinen Gleichgewichtssinn durcheinanderbringen. Innerhalb einer Viertelstunde, schätzt sie.

Aber er ist schon eine Viertelstunde unterwegs, und da läuft er immer noch.

Zwanzig Minuten. Er geht jetzt schon die Kerkstraat hinunter, nähert sich der Oude Kerk – und bleibt stehen. Wankt er?

Sie nimmt das Tempo noch weiter zurück, steigt ab, ihre Augen tränen vom angespannten Beobachten.

454

Er liest in aller Seelenruhe eine Bekanntmachung, die an der Kirchentür klebt.

Sie wartet, bis er seinen Weg fortsetzt. Jetzt geht es nach Soestdijk immerzu geradeaus. Da wird es gefährlich. Hoffentlich kann sie unbemerkt hinter ihm bleiben. Sie könnte den Kerkpad nehmen. Aber wenn sie es dann nicht mitkriegt, wenn er …?

Den Kerkpad, beschließt sie. Dann kann sie versuchen, ihn zu überholen; ihn an der Ecke vorbeigehen lassen, dann weiter zur nächsten Kreuzung. Dort wieder warten. So kann sie ihn unbemerkt aus einiger Entfernung beobachten.

An der nächsten Ecke steigt sie ab. Sieht ihn kommen. Er geht über die Kreuzung, langsamer jetzt. Mühsam.

Sie steigt wieder auf, tritt in die Pedale, bleibt ihm voraus, bis zur nächsten Ecke.

Es ist die Ecke vom Kruisweg. Sie sieht ihn schon kommen, immer noch aufrecht, jetzt mit finsterer Miene, aber langsamer, viel langsamer jetzt.

Er nähert sich dem Rathaus. Da sind schon die Eisenbahngleise, wo die Van Weedestraat anfängt.

Und wenn er es schafft? Sie muss ihn unbedingt stoppen! Sie muss einen Vorsprung bekommen. Sie muss vor ihm herfahren, Zeit ge-

winnen, versuchen, die Hände freizubekom-
men, ihr Rad irgendwo abstellen. Sie fährt die
Steenhoffstraat hinunter, ohne sich umzublicken. Sie wagt es, radelt vor ihm her. Von hinten wird er sie schon nicht erkennen.

Sie hat die Gleise überquert. Beim erstbesten Haus steigt sie ab, einer Villa mit zwei Gartentoren. Die Auffahrt beschreibt wie auf Vosseveld einen Halbkreis. Es ist das Haus eines
Korsettfabrikanten. Sie guckt, ob sie jemand
von drinnen beobachtet, aber die Fenster sind
leer.

Da kommt er.

Sie schätzt den Abstand, der sie noch trennt.
Sie zählt die Häuser bis Nummer 27. Es muss
das große freistehende Haus nach der Kreuzung sein. Da will er hin.

Jetzt noch ihr Fahrrad verschwinden lassen.
Wenn sie niemanden sieht, sieht auch niemand
sie. Sie schiebt ihr Rad kurzentschlossen durch
das Tor in den Garten. Ein Schloss hat sie
nicht. Das ist schlecht. In diesen barbarischen
Zeiten werden einem Fahrräder sofort wegge-
stohlen. Gerade jetzt. Sie lehnt es an die große
Kastanie, wo es nicht so auffällt.

Da kommt er, ihr Ehemann. Es bleiben ihr
nur noch Minuten. Was sie tun wird, weiß sie
noch nicht. Auf jeden Fall muss es eine durch-

∾ 456 ∾

schlagende Wirkung haben. Sich auf ihn stürzen, ihm ein Bein stellen, ihn aufs Trottoir niederwerfen? In ihrer Krankenschwesterzeit hat sie gelernt, wie man mit schwierigen Patienten umgeht, die Griffe wurden ihr in der Ausbildung beigebracht. Aber es sind Menschen auf der Straße. Wenn jemand sie sieht!

Dann fällt ihr etwas ein, blitzartig. Etwas viel Schlaueres.

Sie postiert sich hinter der großen Kastanie.

Er kommt vorbei, passiert den Zaun.

Sie springt hinter ihm hervor und ruft, in einem tiefen, gequälten Ton: »Christiaaaaan!« Eine Stimme aus der Gruft!

Er bleibt wie erstarrt stehen. Sein Name. Träumt er? Wer war das? Ann? Er dreht sich ein Stück mit dem Oberkörper, um die Stimme zu orten, ohne die Stellung seiner Füße zu verändern. Es reißt etwas in seinem Schienbein. Er greift nach seinem linken Unterbein. Er strauchelt, fällt, das Bein knickt unter seinem schweren Körper ein. Sein Kopf sackt nach hinten.

Da liegt er bewegungslos auf dem Trottoir, mit kreideweißem Gesicht, geschlossenen Augen. Nur seine grauen Locken bewegen sich sachte in der Brise.

Annetje stürzt sich auf ihn. Er ist bewusstlos oder …

∼ 457 ∼

»Hilfe! Ein Arzt!«, ruft sie laut und winkt.

Ein Passant rennt zur anderen Seite, wo ein Arzt wohnt, Doktor Wildvanck, in der Nummer 17.

»Der Doktor wird gerade verständigt!«, ruft jemand.

Christiaan atmet noch. Seine mächtige Brust hebt und senkt sich.

Ein kleiner Mann in einer weißen Jacke kommt von der anderen Seite herbeigeeilt. Annetje steht auf, geht ihm entgegen, klammert sich an ihn und fängt an zu jammern.

Der Arzt kniet neben Christiaan Mansborg nieder, fühlt seinen Puls, zieht an seinen Schultern und kann das gebrochene Bein so befreien. Er legt es vorsichtig gerade. Er krempelt das Hosenbein hoch, befühlt Schienbein und Knie.

»… frühere Krankenschwester …«, stammelt Annetje. »Er war heute Morgen schon so verwirrt, ich wollte ihn nicht gehen lassen, er ist …« Sie schlägt die Augen gen Himmel und lässt den Zeigefinger an ihrer Schläfe kreisen.

Doktor Wildvanck nickt.

»So, wie sich's anfühlt, ist es ein doppelter Bruch«, lautet seine Diagnose. »Ich lass ihn nach Amersfoort bringen.«

Christiaan ins Krankenhaus – was jetzt? Ohne sie. Was ist, wenn er zu sich kommt, die ganze Geschichte erzählt, begriffen hat, zu welchem Zweck sie gekommen war? Sie musste, koste es, was es wolle, bei ihm bleiben. Also mit dem Krankenwagen mit. Aber ihr Fahrrad. Sie kann dem Doktor nicht gut erklären, wie das da hingekommen ist.

Lepel anrufen, sofort. Sie fragt den Arzt (oder vielleicht einen anderen Einwohner), ob sie sein Telefon benutzen darf, um ihren Stiefsohn anzurufen. Sie wählt die Nummer von Vosseveld. Es ist punkt halb elf – die Zeit von Christiaans Termin beim Notar.

Lepel nimmt sofort ab.

»Ich bin in Soestdijk. Dein Vater ist gestürzt – gestolpert über eine – äh – eine Schwelle – er ist bewusstlos. Bein gebrochen – sieht nicht gut aus ...« Aus dem Fenster kann sie Christiaan auf dem Trottoir liegen sehen. Wie eine Leiche. »Da kommt schon der Krankenwagen. Ich fahr mit zum Krankenhaus, aber mein Fahrrad ... wo? Van Weedestraat, Nummer 2.«

Am Karfreitag, als Mary endlich zum ersten Mal nach Vosseveld kommen darf, liegt Christiaan mit seinem gebrochenen Bein schon oben im Bett.

Mary ist vernarrt in das Haus. Was für ein

Pech jetzt für Onkel Christiaan, dass er so unglücklich gestürzt ist; aber trotzdem können sie von Glück reden. Es hätte viel schlimmer ausgehen können.

Mary will ihrem zukünftigen Schwiegervater guten Tag sagen. Sie geht die Treppe hoch und klopft an die Tür. Vielleicht ist ihre Tante Ann mit nach oben gegangen und hat aufgepasst, dass Christiaan nichts ausplaudern kann. Aber vielleicht schlief er ja sowieso, und Mary ist auf Zehenspitzen die Treppe wieder hinuntergegangen.

Auch in den Nächten, die sie im Gästezimmer mit der roten Lampe verbringt, ist Mary nichts Ungewöhnliches aufgefallen. Wenn es Ärger gegeben hätte, hätte sie das durch die Holzwand gehört.

Sie bleibt bis Dienstag. Am 16. April, kurz nach ihrer Rückkehr nach Arnheim, hört sie von Lepel, dass der arme Onkel Christiaan jetzt ernsthaft erkrankt sei.

Und er bleibt krank. Bis weit in den Mai hinein. Sein Zustand ist schwankend. Die Lungenentzündung wird mit einem neuen Mittel bekämpft, einem Schwefelpräparat, das sofort hilft. Trotzdem kommt die Krankheit noch zweimal wieder.

Gegen Pfingsten hat er es überstanden, das Bein ist aus dem Gips, er lernt wieder gehen, mit einem Stock. Aber während der Feiertage hat er plötzlich einen Rückfall und muss wieder das Bett hüten. Die Arnheimer kriegen ihn gar nicht oder nur wenig zu sehen.

Am Tag nach ihrer Abreise fühlt er seine Kräfte zurückkehren. Er ist ausgeruht, und kein Wunder. Er hat immerzu geschlafen. Was ist er müde gewesen, die letzten Tage.

Jetzt fühlt er sich wie neugeboren. Er hat ein wenig gesungen, jetzt will er in den Garten, den er seit Anfang April nicht mehr gesehen hat. Annetje fährt ihn in einem eilig geborgten Rollstuhl zur Laube. Dort sitzt er schön in der Sonne, geschützt vor dem Wind.

Jetzt, da seine alte Lebenslust wiederkehrt, ist auch die Erinnerung an seine missglückte Expedition nach Soestdijk wieder aufgetaucht. Der unbeholfene Sturz, danach die elende Lungenentzündung. Das Mittel, das er von Doktor Wildvanck bekommen hat, war offenbar gut. Es hat sofort geholfen. Aber die Nebenwirkungen. Alles schmeckte nach Gift und Tod. Er ist so krank davon geworden, so übel war ihm, dass er das Gefühl hatte, ihm würde sich der Magen umstülpen. Es ist ein Wunder, dass er noch lebt. Und Ann immer geschäftig, treppauf, treppab. Sie hat ihm tagein, tagaus einen kräftigen Trunk gebraut, ihn gewaschen und sauber gemacht, ihm seine Medikamente gegeben. Sie hat ihn da durchgeschleppt.

Er schaut in das volle Grün um ihn her, zu den gaukelnden Schmetterlingen, den fröhlichen Vögeln. Was hat er sich immer nach so einem Leben gesehnt. Dem Leben auf dem Lande. Pij hatte sich ja nie dafür erwärmen lassen, so wie sie an Amsterdam klebte. Trotz allem hat Ann gut daran getan, ihn dazu zu überreden. Die Probleme, die werden sie schon klären, hat sie ihm versichert.

Trotzdem muss er mit ihr reden, noch bevor Henk kommt, um die Steuererklärung für ihn zu machen. Sonst gehe ich doch noch zum Notar!, denkt er streitlustig.

Er hat Appetit. Sie hat ihm ein belegtes Brot versprochen. Sein Appetit ist zurückgekehrt, seine Arbeitslust – er hat wieder Lust auf alles – ja, auch auf Ann. Jetzt, da der Gips ab ist und er mit der Krücke so einigermaßen alleine zurechtkommt, wird der Rest auch schon wiederkommen. Wie lange ist es her, dass sie ihm zu Willen war? Hier draußen noch gar nicht. Noch kein einziges Mal auf Vosseveld. Er war zu krank. Sie hat immer im Gästezimmer geschlafen. Heute Morgen wollte er, aber sie hatte keine Zeit, sie musste aufstehen – gut, dann eben heute Abend. Aber dann gibt's keine Ausrede mehr.

Während er auf Annetjes Rückkehr wartet, summt er ein Lied. Schuberts *Ungeduld*: *Dein ist mein Herz, dein ist mein Herz, und soll es ewig, ewig bleiben!*

»Ann! Wo bleibst du?!«, lässt er seine Stimme durch die Bäume schallen. Zwischen den Kiefern hindurch kann er das Haus sehen, das charmante Rieddach, den Erker, die Fenster seines Musikzimmers mit den rot-weiß-grünen Fensterläden. Dahinter Lepels Kutschhaus.

Da hört er Ann rufen, irgendwo in der Ferne, beim Haus. Ruft sie ihn? Nein – den Gemüsehändler. Er hat mit seinem alten Klepper vor dem Tor haltgemacht, er sieht Ann mit dem Korb zur Straße gehen, um selber die Kartoffeln und das Gemüse auszusuchen. Das kann dauern.

Er gähnt, streckt sich, räkelt sich behaglicher in seinen Stuhl hinein. Er legt sein Bein auf dem Lederpuff, den ihm Lepel gebracht hat, in eine bequemere Stellung. Er saugt den Blütenduft ein, saugt seine Lunge voll. Der krumme Apfelbaum, den er bis jetzt nur kahl gesehen hat, ist in Wolken von Grün gehüllt – was ist er doch lange nicht mehr im Garten gewesen.

∼ 463 ∼

Schumann kommt ihm in den Sinn: *Du junges Grün, du frisches Gras, wie manches Herz durch dich genas.* Die violetten Blüten des Silberblatts sind zwischen den Farnen unter den Kiefern emporgeschossen und strahlende Kandelaber von Weiß, Lila und Rosa: Fingerhut.

Was Ann in den Beeten gesät hat, beginnt schon hochzukommen: Lupinen, ostindische Kirsche. *Die linden Lüfte sind erwacht. Nun muss sich alles, alles wenden!*

Alles hat sich schon gewendet – das hat er schon mal gedacht. Ja. Auf seinem Marsch nach Soestdijk. Als er so zornig war auf Ann. Als er an ihrer Liebe gezweifelt hatte …

Es erinnert ihn an Pijs Brief, den er noch immer nicht gelesen hat. Er spürt den Brief in seiner Westentasche. Er hat ihn heute Morgen geöffnet, wollte ihn aber nicht in Anns Gegenwart lesen. Es wird wohl wieder das alte Lied sein: Ann, eine Intrigantin – Ann, eine Schlange – Ann und ihre Vergangenheit.

Nach Jahren tiefster Vertraulichkeit – als Ann *une ange* war, die Erste, zu der Pij gerannt war, wenn es mal wieder schlecht stand zwischen ihnen – war sie jetzt ›die Schlange von Soest‹.

›Meinen Mann weggenommen, jetzt auch noch meinen Sohn‹ usw. usf.

Er muss zugeben: Etwas Wahres war da schon dran. Lepel hat sich für Ann entschieden, gegen seine Mutter. Schon als kleiner Junge war er ganz vernarrt in sie gewesen. Bei den Nachbarn war es so viel lustiger als zu Hause – er war immer mit seinen Schülern zu Hause, Pij ging ihren eigenen Beschäftigungen nach. Selten Gäste, wenig Besuch. Das vornehme Haus vom alten Oud, das immer für jeden offenstand; die schicke Einrichtung, die berühmten Söhne, die Geschenke und die elegante Ann, Mittelpunkt und herzliche Gastgeberin. Wenn sie dort streng genommen auch ›nur‹ die Haushälterin war, aber das war für einen Außenstehenden nicht zu merken. Oud hatte sie höchstens mal in den Hintern gekniffen. Das hat Ann sich dann wohl gefallen lassen, wenn auch nicht gern.

Unbegreiflich eigentlich, dass Oud sie nicht geheiratet hat, als seine Frau dann gestorben war. Aber die Söhne mochten Ann einfach nicht. Die wollten auch nicht, dass sie erbte. Deswegen die schlauen Manöver von diesem Notar Zwart – behauptete Ann. Ihr zufolge hatte Oud die Söhne umgehen wollen und darum das Geld noch zu Lebzeiten ihm – Christiaan – überwiesen.

Aber wenn der alte Oud das so bezweckt

hatte, hätte er ihm das doch wohl gesagt? Immerhin wurde von ihm eine Gegenleistung für das Geld erwartet. Es war eine Belohnung für sein Versprechen, dass er Ann heiraten würde. Oud wusste doch, dass sein Geld auch Ann zugute kommen würde – deswegen hatten sie das Haus doch auch zusammen gekauft – dachte er.

Jetzt, da seine Kräfte zurückgekehrt sind, kommt auch Christiaans Zorn wieder hoch. Böse Absicht. Sie hat gut für ihn gesorgt während seiner Krankheit, sicher. Aber muss er sich das gefallen lassen? Er blickt auf, als der Klepper des Gemüsehändlers weitertrottet. Da kommt sie also, Ann. Aber was soll das denn? Mit leeren Händen?

›Ich hab Hunger!‹, brüllt er aus seiner vollen, freigesungenen Brust.

›Ich bin noch nicht dazu gekommen!‹, ruft sie.

Er blickt ihr nach, wie sie zurückeilt, zwischen dem Grün, zurück zum Haus, sieht ihre volle Figur, die unter ihrem geblümten Kleid wippt und wackelt. Graue Haarsträhnen haben sich aus ihrem Knoten gelöst. Er grinst. Jetzt, da er doch noch ein bisschen Zeit hat, holt er Pijs Brief aus der Tasche und liest.

›… ein neues Leben? Hast Du gedacht, Du

kannst die Vergangenheit einfach ungestraft auslöschen? Hast Du Dir mal Gedanken über Anns Vergangenheit gemacht, von der Du nichts weißt …‹

Sie fragt nicht einmal, wie es ihm geht. Es ist anscheinend nicht zu ihr durchgedrungen, wie krank er gewesen ist. Man sollte doch meinen, dass Lepel sie informiert hätte. Der hat sie unlängst doch aufgesucht.

›… was Du als Liebe betrachtest. Dass es ihr in erster Linie um das Geld ging – Wusstest Du etwa auch nichts über ihre Affäre mit Ouds ältestem Sohn?‹

Mit einem Schrecken fährt er hoch. Er nimmt die Sonnenbrille ab, hält sich den Brief dicht vor die Augen und starrt auf Pijs energische Buchstaben. Ein Verhältnis? Der Politiker? Wie kommt Pij denn darauf? Ist das wahr? Sollte sie ihn noch immer lieben?

Und deswegen nicht ihn. Er starrt vor sich. Alpträume kommen ihm ins Gedächtnis. Fieberträume. Visionen von Ann, die ihn auslacht. Ihn verspottet. Die wünscht, dass er tot ist. Die einen anderen liebt.

Er liest weiter. ›… erst begriffen – dass ihr mir eine Falle gestellt habt. Mich habt bespitzeln lassen. Dass Du Dich hast kaufen lassen, um Dich von mir scheiden zu lassen … abgekartetes Spiel… wie billig, nach all den gemeinsamen Jahren…‹

Er lässt den Brief in seiner zitternden Hand sinken. Pij weiß also Bescheid über Ouds Geld. Er weiß auch woher. Die Oberin, die alles sieht und lenkt hinter ihren Spitzengardinen. Als Ann nach Ouds Tod auf der Straße zu landen drohte, hat sie Himmel und Hölle in Bewegung gesetzt, um ihre Ehe zustande zu bringen. Die ganze Familie, einschließlich Pij, war sich ja einig, dass es für Ann eine Lösung geben musste.

Nun, das war gelungen. Drei Fliegen mit einer Klappe. Er selbst gerettet aus einer hoffnungslos gescheiterten Ehe; Ann versorgt; Pij bequem untergebracht bei ihrem alten *amant*, mit dem sie anscheinend immer noch nicht gebrochen hat. Das haben sie ja nun allen bewiesen. Aber jetzt, da seine neue Ehe ein *fait accompli* ist und Pij sich nicht abgefunden hat mit der Entscheidung, die ihr – so wie sie es sieht – aufgezwungen worden ist, hat die Oberin offenbar ein neues Ziel für ihre Menschenliebe gefunden und wieder Partei für ihre Tochter ergriffen.

Sie hat ihr, gegen alle Abmachungen, Anns Geheimnisse verraten.

Frauen, denkt er, Frauen. Sie fordern unse-

ren Charakter heraus. Sie bringen das Schlech-
teste, das Schwächste in einem nach oben. Und
leider, leider! Allein unsere Schwächen beweisen, wer man letztendlich ist. Frauen sind der
Test, ob das Eis unserer Selbstbeherrschung
halten wird oder ob wir jämmerlich hindurch-
sinken – ein Eisloch, aus dem man nicht mehr
so leicht nach oben kommt.

Die Scheidung … ein abgekartetes Spiel, das
kann er nicht leugnen. Aber das hat sie sich
selbst zuzuschreiben. Die Affäre mit Pim, die
sich über Jahre hingezogen hat – es kommt ein
Punkt, wo man es nicht mehr schluckt. Sie hat
es mit gleicher Münze heimgezahlt bekommen. Und hat Pij, als sie ihn so dringend hatte
heiraten wollen, etwa Rücksicht auf Dora genommen?

Und er selbst, geht es ihm quälend durch
den Kopf. Hat er denn Rücksicht auf Dora genommen?

Als das mit Pij angefangen hatte – sie hatte
schließlich angefangen! – 1914, war Henk, sein
jüngster Sohn, noch kein Jahr alt gewesen. Pij,
seine Schülerin, die schöne, die leidenschaftli-
che Pij. Er hat sie durchs Abschlussexamen gezogen, obwohl sie kein großes Talent war. Er
war verliebt – und doch: Wenn die Oberin ihn
nicht einbestellt hätte (»Du hast sie geschwän-

gert, Christiaan. Du musst die Verantwortung übernehmen!«), hätte er dann Dora und die Kleinen verlassen?

Er war auch da reingelegt worden. Pij war gar nicht schwanger. Aber sie waren glücklich, am Anfang. Dann kamen die Kinder – Cora, Lepel. Kurz danach verlor sie ihre Stimme. Das war in der Zeit seines Frauenquartetts. Die Tourneen, auf die sie so neidisch war. Und ja, er hatte sich ab und zu mal einen Seitensprung geleistet. Aber nicht so öffentlich, so dauerhaft, so schamlos wie Pij. Und jetzt hat sie ihren Pim, und dann ist es auch wieder nicht recht. Wäre sie lieber bei ihm geblieben.

Weit entfernt, im Haus, klingelt das Telefon. Wenn das mal nicht wieder diese Schwester von Ann ist, die hier erst vor kurzem zu Gast war. Die ganze Zeit seiner Krankheit war sie hier. Das wird dann wieder stundenlanges Geklüngel über Krankheiten und Mittel gegen allerlei Leiden. Er hat Bruchstücke ihrer Gespräche mit Befremdung verfolgt.

Er wartet, die Ohren gespitzt. Dann holt er Pijs Brief wieder hervor.

›…Hochmut, zu denken, dass Du Deine Vergangenheit ungestraft verleugnen kannst. Wer die Vergangenheit verleugnet, wird durch sie eingeholt …‹

Was für ein Unsinn. Aber es tut weh, auch wenn es Unsinn ist. *Ce n'est que la vérité qui blesse*, hätte Pij gesagt, in ihrem vorzüglichen Französisch. Ist das wahr? Ist das Hochmut gewesen, seine Scheidung von Pij, seine Ehe mit Ann? Hochmut, die vor dem Fall kommt?

Er ist tatsächlich gefallen, buchstäblich. Aber Hochmut, was ist Hochmut? Nicht vollständig aufpassen, das ist es. Blindheit für die eigenen Grenzen. Blindheit, vielleicht, auch für das, was man anderen antut.

Er starrt zum Schatten des blühenden Maidorns, der sich sacht auf dem Rasen bewegt. Er hört den Wind in den Kiefern hinter der Laube. Er streicht das letzte Blatt von Pijs Brief glatt.

›Wärst Du wenigstens zu Dora zurückgegangen!‹, schrieb sie. ›Die beinahe vor Kummer gestorben ist, oder hast Du das etwa auch nicht begriffen?‹

Ai! Wieder ein Pfeil, der sitzt. Dora, seine Jugendliebe. Arme Dora, die sich kein zweites Leben hatte schaffen können, so wie er, geschweige denn ein drittes. Seit die zwei Ältesten nach Holländisch-Ostindien gegangen sind, ist sie allein geblieben mit dem Hund und dem Papagei, in ihrem Haus über der Post in Dinxperlo. Henk, ihr jüngster, der von ihr weggeholt wurde, hat ihm einmal ein Foto gezeigt.

Schrecklich. Er weiß sehr gut, dass sie da immer hinter den Gardinen stand, um einen Blick von ihm zu erhaschen, wenn er ins Dorf kam, um die Kinder bei ihrer Schwester zu besuchen, was besser war für jedermanns Gemütsruhe …

Sie kann doch nicht gehofft haben, dass er zu ihr zurückkehren würde, als es schiefgegangen war mit Pij? Dora, eine traurige, verwelkte Frau. Er ist in ihrem Alter, aber im Gegensatz zu ihr noch jugendlich vital. Wenn er Ann nicht begegnet wäre, hätte er die Qual der Wahl gehabt. Die Nachbarmädchen hier brennen darauf, Unterricht von ihm zu bekommen.

Denn alle Schuld rächt sich auf Erden, klingt es ihm vorwurfsvoll durch den Kopf. Der Schluss von etwas. Was war das doch gleich wieder?

Schubert. *Gesänge des Harfners*, weiß er plötzlich.

Wer nie sein Brot mit Tränen aß,
Wer nie die kummervollen Nächte
Auf seinem Bette weinend saß,
Der kennt euch nicht, ihr himmlischen
Mächte!

Wenn es stimmt, dass Dora gehofft hat, er würde zu ihr zurückkehren, war sie dann vielleicht deswegen zusammengebrochen, kurz nach seiner Eheschließung mit Ann? Sie hat allem ein Ende machen wollen. Man hatte sie gerade noch retten können. Henk fand eine mit Bleistift geschriebene Nachricht, in der sie von allen Abschied nahm – auch von ihm, Christiaan. »So kann ich nicht länger leben.« Ohne Vorwurf. Ohne Klage.

Denn alle Schuld rächt sich auf Erden.

Nein! Dora ist immer schon grüblerisch, sorgenvoll und kränklich gewesen. Es wird wieder so eine Unterstellung von Pij sein. Die, weil sie selber unglücklich ist, wie eine Wilde um sich schlägt, in der Hoffnung, *ihn* zu treffen. Ihre Ehe war zum Scheitern verurteilt. Lepel wollte ja auch nichts mehr von ihr wissen. Sie hat es selber so gewollt.

Du stolzes Herz, du hast es ja gewollt.
Du wolltest glücklich sein,
unendlich glücklich!
Oder unendlich elend … unendlich elend
Stolzes Herz, und jetzt so bist du elend!

Doch tut Pijs Brief seiner Gemütsruhe nicht gut. Es scheint so, als ob heute, ausgerechnet jetzt, da er wieder ordentlich bei Kräften ist, alle Brocken seines Lebens an ihm vorbeizie-

~ 473 ~

hen müssen. Wenn es mit Ann ebenfalls schief-
geht, wovor er manchmal Angst hat, dann ist
sein Lebensschiff gestrandet.

Sie wollen noch einmal zusammen zum Notar Zwart gehen und alles ehrlich regeln, hat sie
versprochen. Hat sie es sich jetzt anders überlegt? Sie weicht jedem Gespräch aus. Sie ver-
hält sich merkwürdig, die letzte Zeit. Hat sie
etwa darauf gehofft, dass er nicht wieder gesund wird, dass er es nicht schafft?

Sein Krankenbett ist beinahe sein Totenbett
geworden. Manchmal kommen Bruchstücke
nach oben, bunte Bilder, die er während seiner
Krankheit geträumt hat. Sein Sturz unterwegs
zum Notar. Was ist da eigentlich passiert? Er
muss von einem plötzlichen Schwindelgefühl
übermannt worden und einfach so zusammen-
gesackt sein. Er kann sich nur noch an den
unsäglichen Schmerz erinnern. Er wurde im
Krankenwagen nach Amersfoort gebracht. Als
er wieder zu sich kam, saß ein Pfleger mit einem Beatmungsgerät neben ihm. Ann saß auf
dem Klappstuhl am Fußende.

»Sie haben mich von zu Hause geholt«, sagte sie.

Wie war das eigentlich möglich, fragt er sich
jetzt. Wo war Ann auf einmal hergekommen?
Sie muss von jemandem alarmiert worden sein.

474

Aber wer in Soestdijk wusste denn, wo er wohnt?

Es sind Fragen, die sich ihm jetzt erst stellen. Und er verdrängt sie gleich wieder.

Im Krankenhaus, als sein Bein geschient war und sie kurz allein waren, hat sie gesagt: »Christiaan. Es wird bestimmt wieder gut. Reg dich nicht auf. Wir schaffen das zusammen. Wir lassen alles regeln, genau so, wie du willst.« Sie schien zu meinen, er läge im Sterben. Wo er doch schon nach einem Tag wieder nach Hause durfte. Wo er besser von Ann gepflegt werden konnte.

Er wurde von den Pflegern die Treppe hinaufgetragen. Das war am Gründonnerstag. Mary kam an Karfreitag zum Übernachten. Er hat sie kurz gesehen, hat ansonsten hauptsächlich geschlafen. Ann hat ab und zu nach ihm gesehen. Er ist viel alleine gewesen. Nach Marys Abreise ist Ann zum Schlafen ins Gästezimmer gezogen. Sonst bekäme sie kein Auge zu, sagte sie; und für ihn war es auch ruhiger so.

Er hat fantasiert und geträumt. Er habe im Bett gesungen, hat Ann ihm erzählt. *Kein Schlaf noch kühlt das Auge mir.* Aber was Träume sind und was Erinnerungen, lässt sich schwer auseinanderhalten. Manchmal lebte der Argwohn, den Ann ihm vorgeworfen hat, wieder auf.

»Aber Christiaan, du hast geträumt!«

»Du hattest hohes Fieber, Christiaan!«

»Solche Dinge musst du nicht sagen, Christiaan. Damit machst du mich sehr traurig.«

Wieder so ein Bruchstück. Er liegt im großen Bett, allein. Ann schläft im Gästezimmer. Es ist früh am Morgen, die Vögel erwachen – ein prächtiges Konzert. Aber kalt. So kalt. Er ist von der Kälte aufgewacht. Die Decke ist vom Bett geglitten. Er kann sich nur mühsam bewegen, mit dem Bein, kann die Decke nicht packen. Als er endlich einen Zipfel erwischt, kann er die Kraft nicht aufbringen, um das Ding vom Boden wieder aufs Bett zu ziehen. Die Kälte strömt an seinem Kopf entlang, an seinem halb entblößten Oberkörper. Er liegt im Zug. Er hört eine Taube im Wald rufen, sehr laut: *Der Ruhkumm ruht nicht! Der Ruhkumm ruht nicht! Der…* Er hört den Hahn des Nachbarn krähen, so laut, als säße er neben ihm auf dem Nachtkästchen.

Eine der Balkontüren steht offen. Aufgeweht. Wie konnte denn das passieren? Die Gardine im benachbarten Bad weht ein bisschen. Das Badezimmerfenster ist also auch offen. Ist denn Sturm gewesen? *War doch heut Nacht ein Sturm gewesen, bis erst der Morgen sich geregt!* Aber er erinnert sich an keine Sturmnacht. Ann muss bei ihrer Runde gestern Abend vergessen haben, die Fenster zu schließen. Jetzt liegt er im Zug, was er absolut nicht verträgt, das weiß sie doch – und er kann nicht aus dem Bett mit seinem Bein.

Er ruft. Nicht laut genug. Vielleicht ist sie noch mal eingeschlafen, sie schläft oft erst gegen Morgen ein.

Lepel. Das Kutschhaus steht direkt hinterm Haus, sein Fenster ist gleich unterm Balkon. Er ruft, ruft, ruft. Erschöpft sackt er zurück und schläft ein.

Folgender Blitz. Alles in heller Aufregung. Der Doktor ist gekommen. Doktor Wildvanck, dem er nicht vertraut, auch wenn Lepel und er noch so dick miteinander sind. Er kommt sogar als Freund hier zu Besuch.

»Eine doppelte Lungenentzündung«, hört er. Er muss weit weg gewesen sein, sie fürchten um sein Leben. Lepel kommt sich verabschieden, bevor er wieder fürs Wochenende zu Mary geht. Er hat Tränen in den Augen. Er sitzt schweigend auf dem Rand des Bettes, seine Hand in seiner; zärtlich, so wie sie es selten miteinander gewesen sind. Warum Tränen, denkt er. Ich erhole mich schon wieder. Zu müde, um zu reden.

Später – Tage, Wochen später – hörte er Ann

zum Doktor sagen, dass er merkwürdige Dinge von sich gebe. Dass er nicht essen wolle; weil er denke, dass er vergiftet werde. Das stimmt. Man erkennt es, auch wenn man es noch nie zuvor geschmeckt hat, so wie man Leichengeruch erkennt, ohne ihn jemals zuvor gerochen zu haben.

Von da an wollte er nicht mehr essen, er traute dem nicht, auch nicht den Getränken, die Ann für ihn braute. Er schlief gut danach, aber ihm wurde auch schwindlig davon. Selbst den Pillen des Doktors vertraute er nicht, er warf sie zum Fenster hinaus.

Drei Ärzte um sein Bett. Warum drei? Steht es so schlimm mit ihm? Doktor Wildvanck kennt er, auch wenn er ihm nicht vertraut. Wer sind die andern beiden? Er strengt sich an, um zu verstehen, was sie sagen.

»Vergiftungserscheinungen ...«

»Möglicherweise das neue Mittel ...«

»Beschuldigungen? Aber gnädige Frau ... normal für ein Fieberdelirium ...«

»... ihn deswegen nicht einweisen lassen ...«

Einweisen! Sie wollen ihn wieder ins Krankenhaus bringen.

Als Ann die Ärzte hinausbegleitet hat, braust er gegen sie auf. Sie versucht ihn zu beruhigen. Sie versichert ihm, er müsse nicht zurück ins

Krankenhaus. Dann muss er sich übergeben. Sie schüttelt den Kopf über die Schweinerei, die er anrichtet. Sie sagt, es käme von dem neuen Präparat.

Da ist sie nun, endlich. Er sieht sie über den kleinen Weg näher kommen, mit einem Tablett. Ihr Gesicht ist erhitzt, Strähnen haben sich aus ihrem Knoten gelöst. Es ist irgendwas. Was ist das bloß an ihr, was nicht stimmt, denkt er. Es stimmt etwas nicht, aber was?

»Wo hast du denn gesteckt?«, sagt er. »Ich warte schon eine Ewigkeit.«

Als sie an seinem Rollstuhl vorbeikommt, greift er ihr unter den Rock. Seine Hand tastet nach ihrem Hintern, unter dem kühlen geblümten Stoff, sein Blick ist auf ihre Brüste geheftet.

Sie reißt sich los. Sie keucht. Ihr Mund ist ein fester Streifen.

»Christiaan!«, weint sie beinahe. »Du hast versprochen, mich zu achten.«

Er grinst. Er nimmt das Tablett entgegen.

»Das werden wir noch sehen.«

Wer immer *unendlich glücklich* sein mag – Ann ist es jedenfalls nicht.

Einen guten Monat später wird Christiaan Mansborg in die Nervenheilanstalt Willem

Arntzshoeve in Den Dolder eingewiesen. Die Aktion muss sorgfältig vorbereitet gewesen sein. Annetje wusste ja genau, wie die Prozedur vonstattenging. Sie hatte es alles schon einmal bei der Frau des alten Oud mitgemacht, die, als sie erst einmal in Santpoort eingewiesen worden war, dort sehr zufrieden war und nie wieder einen Fuß in ihr eigenes Haus setzte. Annetje hatte sich der Unterstützung von Doktor Wildvanck versichert. Man kann sich also fragen, warum sie noch bis Mitte Juli gewartet hat.

Der *Soester Courant* gibt uns Antwort. Doktor Wildvanck war, wie aus einer Anzeige hervorgeht, von Ende Juni bis Mitte Juli im Urlaub.

Nur *eine* entscheidende Frage kann noch gestellt werden. Hat Annetje gewusst, dass die Behandlungsmethoden der vorangegangenen Jahre tiefgreifend verändert worden waren? Dass Christiaan kein friedliches Pflanzenleben in einem sonnigen Sanatorium erwartete, sondern eine Hölle auf Erden; dass Patienten zwangsernährt wurden, was sie ihre Zähne kosten konnte; dass sie in eine Zwangsjacke gesteckt wurden, wenn sie sich erregten – oder rasend wurden; dass ihnen bei den geringsten Anzeichen von Renitenz die Isolierzelle drohte und ansonsten eben Elektroschocks, die im günstigsten Fall ein Loch ins Gedächtnis schlugen?

Ein Loch im Gedächtnis, das ihr im Übrigen gut zupasskam. Das – wenn es nach ihr ging – unbedingt bleiben musste. Koste es, was es wolle.

Rückkehr nach Vosseveld

Die Tatsachen standen jetzt fest. Oma Annetje hatte einen Anschlag auf Großvaters Leben verübt, und der war misslungen. Sie hat es noch mal versucht, und noch einmal. Als auch diese Versuche misslangen, hat sie ihn, krank wie er war, im Mai für geisteskrank erklären und entmündigen lassen wollen. Auch das misslang beim ersten Versuch.

Wollte sie noch einen weiteren Versuch wagen, dann musste sie besser gewappnet sein. Eine Zwangseinweisung verlangte sorgfältige Vorbereitung. Sie brauchte die Mitarbeit des gutgläubigen Doktor Wildvanck, der freilich im Urlaub war.

Sodass Oma Annetje, als endlich alles bereit war, nur noch auf seine Rückkehr zu warten brauchte.

Wie, so fragte ich mich, wird die Situation von Anfang Juni bis Mitte Juli gewesen sein?

Der Patientenakte vom Willem Arntzshoeve zufolge hatte ›der Patient einen Wutanfall, widersetzte sich gegen alles, darum wurde

Einweisung gewünscht‹. Was im Widerstreit zu stehen schien mit der »Suizidgefahr«, mit der sie es auch versucht hatte. Großvater war wütend gewesen. Aufgebracht, nicht aggressiv. Nicht ausreichend, jedenfalls, um eine Gefahr für seine Umgebung darzustellen; sonst wäre *das* ja als Grund für seine Einweisung angegeben worden.

Die Hausfrage kam in der Akte gar nicht zur Sprache. Aber es war mir etwas anderes aufgefallen, eine Formulierung, die mich befremdet hatte: ›Patient denkt, dass seine Frau einen andern liebt‹. Auch soll ›Patient unangenehme Kritik gegen seine Frau und seinen Sohn geäußert haben‹.

Was dann wieder mit dem übereinstimmte, was Lepel seinem Bruder geschrieben hatte: ›Vater war böse auf Ann und mich. Warum, ja warum‹.

Es muss neben der Hausfrage, oder danach, noch etwas anderes im Spiel gewesen sein. Etwas Neues, etwas Akutes. So, wie es mir vorgelesen wurde, wollte der ›Patient hier nicht weiter drüber sprechen, da es zu schmerzhaft für ihn sei‹. Betraf das, so ging mir auf, vielleicht Oma Annetjes frühere Affäre mit Piet Oud?

Die konnte doch wohl kaum mehr eine Bedrohung für ihre Beziehung zu ihrem Mann dargestellt haben. Nichts deutete ja darauf hin, dass Oma Annetje in den Kriegsjahren irgendeinen Kontakt mit ihrem früheren Geliebten gehabt hätte. Der letzte Brief, den sie von ihm aufbewahrt hat, stammte von 1966 – zwei Jahre vor seinem Tod. Es war eine Antwort auf ein Schreiben von ihr.

Liebe Ann,
lass mich beginnen, indem ich Dir herzlich danke für Deinen langen Brief. Ich anworte Dir nur auf der Schreibmaschine. Tippen fällt mir etwas leichter als schreiben.
Es ist wirklich sehr lange her, dass wir voneinander gehört haben. Und was hatten wir für gute Vorsätze. Weißt Du noch, dass wir nach dem Hinscheiden meines Vaters die jährlichen Familienzusammenkünfte abhalten wollten? Einmal, 1939, haben wir das auch geschafft. Danach hat der Krieg alles durcheinandergebracht.
Dein Brief hat einiges an Erinnerungen wachgerufen. Wie schön, dass mit den Kindern Deiner Schwester alles so gut gegangen ist. Erinnerst Du Dich noch, wie wir mit den Jungs am Strand in Scheveningen waren? Als sie sich ausziehen wollten, kam ein Polizist, der sagte, dass dies für einen großen Jungen

wie Jan verboten sei. Er war damals sicher
nicht älter als zehn oder so. Das sollte man
heute mal erleben. Die Zeiten haben sich
doch ganz schön verändert.
Ich empfinde es noch immer als einen großen Verlust, dass ich Jo verlieren musste. Sie
ist jetzt vor beinahe acht Jahren gestorben.
Mit haushälterischer Hilfe habe ich es gut
getroffen. Ich habe schon seit neun Jahren
eine fürsorgliche Hausgenossin, die erwach-
sene Kinder und Enkel hat und nach einem
langjährigen Aufenthalt in Indonesien nach
Holland zurückgekehrt ist ...

Aus Ouds behutsamem Verweis auf Scheveningen kann man schließen, dass er seine frühere Liebe keineswegs vergessen hatte.
Und der Gedanke an ihren gemeinsamen
heimlichen Sohn dürfte ihn immer noch umge-
trieben haben. Aber falls Oma Annetje bei ihm
hinsichtlich einer möglichen Wiedervereini-
gung vorfühlen wollte, in der Hoffnung auf einen letzten sicheren Hafen bei ihrem alten Geliebten, so wie früher bei seinem Vater – dann
war dieser Platz offenbar schon vergeben. Für
den Herrn war gesorgt.
Unwahrscheinlich also, dass die alte Liebe
damals, in Soest, 1941, anderthalb Jahre nach

der Heirat mit Christiaan Mansborg, noch so virulent war. Blieb die Frage, was es dann gewesen war.

Kurzentschlossen kehrte ich noch einmal zurück nach Soest. Es war ein später Sonntagnachmittag, und das Dorf döste still vor sich hin. Während ich durch die Vosseveldlaan ging, kam mir ein Lied von Hugo Wolf in den Sinn: *Auf ein altes Bild*. Ein sehr in sich gekehrtes Lied, das Großvater besonders geliebt hatte.

In grüner Landschaft Sommerflor,
Bei kühlem Wasser, Schilf und Rohr,
Schau, wie das Knäblein sündelos
Frei spielet auf der Jungfrau Schoß!

Auf ein altes Bild. Maria mit dem Jesuskind. Alles ist rein und unverdorben. Das Bild passte zu der Welle von Wehmut, die mich überspülte, als ich jetzt an das Vosseveld meiner Jugend dachte; an die Zeiten von Großvater und Oma Annetje; an den blühenden Jasmin und die Pflaumenbäumchen; an die Winter, Vosseveld in festlichem Weiß – und wenn es dann taute und auf einmal wieder fror: das Spitzenwerk von Eiszapfen, das sich vom Rieddach herabsenkte. Wir Kinder brachen die Zapfen ab, lutschten an ihnen wie an Zuckerstangen,

∼ 486 ∼

obwohl Mary sagte, dass sie schmutzig wären, weil sie voller Dreck vom Dach seien.

Wir hatten den Staub von Vosseveld gegessen.

Damals waren die Dramen schon längst geschehen. Alles in unserm Leben war schon geschehen – wir wussten es nur nicht. Mary nicht, Lieske nicht, Bennie nicht, Jaapje nicht.

Nach all dem Unglück, nach dem Streit, nach Bennies Tod und Marys Krankheit ist unsere Familie auseinandergefallen wie ein Raumschiff nach dem Einschlag eines Meteoriten. Jaap ist der Vergangenheit entflohen, indem er auswanderte. Lieske hat vor kurzem jegliche Verbindung zur Familie abgebrochen. Meine Ehe ist ins Wanken geraten. Dazu kam jetzt auch noch der Bruch mit meinem Vater Lepel, der unwiderruflich schien.

Ich hatte ihm noch einen Brief geschrieben. Ich bekam eine Briefkarte zurück:

»Mir ist noch nicht danach, den Kontakt wiederherzustellen. Ich weigere mich, als Zielscheibe für meine fabulierende Tochter zu dienen ...«

Woher jetzt ausgerechnet Hugo Wolf mit dem Jesusknäblein, das noch nicht weiß, welches Leid ihn erwartet? Vielleicht weil es in Wirklichkeit eine Mutter und ihren kleinen

Sohn gegeben hatte, in der fernen Vergangenheit: Annetje und ihren ›Neffen‹ Piet.

Aber was hatte das mit Vosseveld zu tun,
grübelte ich weiter. Ich sah Oma Annetje wieder in der Diele sitzen, Lepel an ihrer Seite. Ihr
leises Gespräch verstummte bei meinem Eintritt. Ich erinnerte mich an meine halbbewusste
Verwunderung über ihre Intimität: Oma Annetje war ja Marys Tante, was war sie da eigentlich für ihn? Ich wusste damals nichts über ihre
gemeinsame Vergangenheit am Overtoom, die
Lepel immer so ängstlich verschwiegen und
sogar kategorisch geleugnet hatte.

In meinem Kopf modulierte das Lied Hugo
Wolfs zum erlösenden Dur.

Und dort im Walde wonnesam,
Ach, grünet schon des Kreuzes Stamm!

Erlösung, dachte ich. Aber für wen?

Alles hatte sich immer um Ann und Lepel
gedreht, um Lepel und Ann. Ich dachte daran,
dass Oma Annetje sich mit Großvater nicht
nur endlich einen eigenen Ehemann gesichert
hatte, sondern auch einen eigenen Sohn. Dazu
noch einen, der ihr so zugetan war, dass er für
sie bereit war, seine beiden Eltern zu verraten.

Vielleicht war der hingebungsvolle, beeinflussbare Sohn sogar noch wichtiger für sie gewesen als der Vater? Ein Ersatz für das Kind, das sie nie hatte haben dürfen? Wer weiß, vielleicht war er bei dieser doch recht lieblosen Ehe mit Großvater sogar der ausschlaggebende Faktor gewesen.

Die Parallele zur Situation mit Oud drängte sich auf. Auch dort ein Sohn und ein Vater. Den Sohn hatte sie aufgeben müssen, um sich notgedrungen mit dem Vater zufriedenzugeben. Erst 1939 bekam sie beides: Vater *und* Sohn.

Die Geschichte wiederholt sich immer, nur immer in anderem Gewand. Oft werden Dinge verschoben. Vielleicht hatte dieser Vater – Christiaan – büßen müssen für etwas, was der andere – der alte Oud – Annetje angetan hatte. Oud, der vor langer Zeit gefordert hatte, dass sie das Kind in ihrem Bauch totmachen lassen solle. Gegen Bezahlung. *Blutgeld.* Der alte Oud, der sie am Overtoom verwöhnt, aber auch erniedrigt hatte, und sicher nicht nur mit einem gelegentlichen Kniff in den Hintern.

Der Zorn von Jahren kann aufgeflammt sein, als sie sich erneut in die Enge getrieben fühlte, erneut einem Mann zu Willen sein musste. Diesmal einem, mit dem sie keine gemeinsame Vergangenheit hatte; einem, der sie nicht verwöhnte im Tausch für die Versorgung, die sie ihm bot. Einem, der gewohnt war, sich den ganzen Tag mit sich selbst zu beschäftigen, wie seine Tochter Rita geschrieben hatte.

Dann war der ganze aufgestaute Groll auf Großvaters Haupt gelandet.

Und was hatte ihn so aufgebracht? Die Geldfrage wird sicher mitgespielt haben. Aber was für Oma Annetje so lebenswichtig gewesen war, hatte für ihn wahrscheinlich weniger schwer gewogen als Verrat. Wie wichtig ist Geld für einen Mansborg? Auch ich bin eine Mansborg. Auch ich bin einmal finanziell in großem Stil betrogen worden. Aber das war nichts – nichts – verglichen mit dem Verrat in der Liebe.

Ich stellte mir, die Vosseveldlaan entlanggehend, die Situation vom Juli 1941 noch einmal vor. Lepel war, als sich der fatale Tag näherte, in Arnheim gewesen. Er wurde von Oma Annetje wieder nach Soest gerufen – genau wie vor dem Unfall im April. War er so lang und so oft in Arnheim gewesen, weil er sich nicht entscheiden konnte, für wen er Partei ergreifen sollte in dem Konflikt zwischen seiner Stiefmutter und seinem Vater – oder war er selber vielleicht eine Seite?

»Unangemessener Zorn auf Gattin und Sohn.«

Ich hatte die Ecke erreicht von unserer Allee, die noch immer von einem Blätterdach überspannt wurde. Ann und Lepel, dachte ich. Langsam näherte ich mich. Ich dachte daran, was Hans Oud mir einmal erzählt hatte, in dem alten Haus am Overtoom. Dass er als Junge Oma Annetjes Brüste genossen habe. Ich hatte die Geschichte damals so absurd gefunden, dass ich sie sofort verdrängt hatte. Doch Hans Oud und Lepel waren im selben Jahr geboren. Was, wenn Oma Annetje nicht nur dem kleinen Hans jenen Genuss verschafft hatte, sondern auch mal dem kleinen Lepel? Und nicht nur damals am Overtoom? Wenn die alte Gewohnheit auch in Vosseveld wieder aufgelebt war? Und wenn Großvater sie dabei ertappt hatte? Dann hatte seine neue Frau tatsächlich »einen anderen geliebt«: seinen Sohn. Dann hatte Großvater vielleicht deswegen nie jemanden in dieser Sache ins Vertrauen gezogen: weil die Geschichte einfach zu beschämend und peinlich war.

Dann hatte Lepel, der einzige Betroffene, der noch am Leben war, seine Karten deswegen nicht auf den Tisch legen wollen. Weil er sich schämte. Ein Knoten aus der Vergangenheit, aus dem er sich nie hatte befreien können.

Und Mary, die gedacht hatte, dass es alles an

Vosseveld läge. Aber Mary war tot. Es war alles Jahrzehnte her.

Ein Choral aus der *Matthäus-Passion* hatte das Marienlied in meinem Kopf verdrängt.

Ich verleugne nicht die Schuld
Aber Deine Gnad und Huld
Ist viel größer als die Sünde,
Die ich stets in mir befinde.

Ich stand vor der Leere, wo einst Vosseveld war. Die Hecke war weg, bis auf ein paar Reste links und rechts, wo früher die Eingänge gewesen waren. Das Gelände war gesäubert worden. Es lagen keine Äste und Stämme mehr herum, keine Abfallhaufen oder alte Planken. Selbst die Stümpfe der Apfelbäume waren jetzt nicht mehr da.

In der Parzelle dahinter zeichneten sich noch die vertrauten Silhouetten der Kiefern ab. Rechts vorne, mit einem frischen Gewirr von Ästen und knospendem Laub, erhob sich die treue Akazie. Aber wo früher die Gartenlaube gestanden hatte, lagen jetzt glänzende Aluminiumzäune und schwere Betonblöcke.

Es sollte gebaut werden.

Erst jetzt kam mir ein Traum in Erinnerung, den ich vor kurzem gehabt hatte: Wir waren alle wieder auf Vosseveld, Lepel, Mary, Lieske, Bennie – der noch lebte; auch Oma Annetje und Großvater. Das Haus war verfallen, alles krumm und schief eingesackt, und wir hatten uns mit dem drohenden Abbruch abgefunden. Aber dann hatte ich eine Eingebung. Ich sagte: Warum restaurieren wir es nicht? Was würde es kosten? Lasst es uns doch wiederaufbauen! Das erschien uns allen eine großartige Lösung.

Ich war aufgewacht und hatte lange in der Nacht wachgelegen, bevor mir wieder bewusst wurde, dass das Grundstück schon vor Jahren verkauft worden war, dass das Haus nicht mehr stand. Dass es nicht mehr möglich gewesen wäre, auch wenn wir gewollt hätten.

Ich starrte auf die leere Stelle. Rundherum standen die Nachbarhäuser, dieselben Bäume wie früher. Es sangen dieselben Amseln, es blühten dieselben Blumen. Der Wind fuhr durch die Kronen und die Taube rief ihre Klage. *Der Ruhkumm ruht nicht! Der Ruhkumm ruht nicht! Der …*

Dramatis Personae

Annetje Beets (1888–1988), alias **Ann, Ant, Anneke, Tanneke, Ans, Ank:** Wochenpflegerin bis 1919. In den Jahren 1914–1917 Geliebte des Politikers P. J. Oud (siehe unten). Von 1919–1939 Haushälterin und Geliebte von dessen Vater, des viel älteren Geschäftsmannes H. C. Oud (siehe unten). Heiratete 1939 den pensionierten Sänger Christiaan Mansborg.

Vera Beets (1882–1971): ältere Schwester von Annetje Beets, verheiratet mit Jacob Vlek, Fayencenhersteller. Söhne Jan, Rob und Piet Vlek.

Mien Braakensiek (1889–1966), alias **Pij,** alias **Oma Overtoom:** älteste Tochter von Johan Braakensiek, Karikaturist, und Großmutter Braakensiek, genannt die **Oberin vom Overtoom.** Heiratete 1915 Christiaan Mansborg (siehe unten); 1939 geschieden. Heiratete 1940 ihren Geliebten Pim.

Christiaan Mansborg (1878–1953): berühmter Konzert- und Oratoriensänger. 1899 erste Ehe mit Dora, aus der drei Kinder hervorgehen: Johan, Rita und Henk Mansborg. Johan und Rita Mansborg und ihre Familien werden auch die *Indiërs* genannt. 1915 zweite Ehe mit Mien Braakensiek (siehe oben), **Pij** genannt. Sie haben zwei Kinder, Tochter Cora und Sohn Lepel Mansborg. 1939 dritte Ehe mit Annetje Beets.

Lepel Mansborg (1921–2007): jüngster Sohn von Christiaan Mansborg und Mien Braakensiek (Pij); nach deren Scheidung und Mansborgs Wiederverheiratung wird Annetje seine Stiefmutter.

Mary Mansborg (1923–1986): Tochter von Annetjes jüngster Schwester Jopie, alias **Oma Jopie**, und **Opa Ger**. Heiratete 1943 **Lepel Mansborg**. Kinder: **Emma** (Verfasserin dieser Chronik), Lieske, Bennie und Jaap Mansborg.

H. C. Oud (1861–1939): Persönlichkeit des öffentlichen Lebens in Purmerend bis 1916, Bankier, Immobilien- und Aktienmakler, Vater des Politikers P. J. Oud (siehe unten), des Architekten J. J. P. Oud sowie von Gerrit Oud. Von 1919 bis zu seinem Tod Annetjes Gönner und Lebensgefährte.

P. J. Oud (1886–1968): ältester Sohn von H. C. Oud (siehe oben). Staatsmann, Historiker, Staatsrechtsgelehrter und Parteiführer der liberalen Parteien VDB und VVD. Begann seine Laufbahn als Steuerinspektor. Wurde 1917 für den VDB ins Parlament gewählt. Ab 1948 Parteiführer der liberalen Partei VVD. Von 1938–1941 und von 1945–1952 Bürgermeister von Rotterdam.

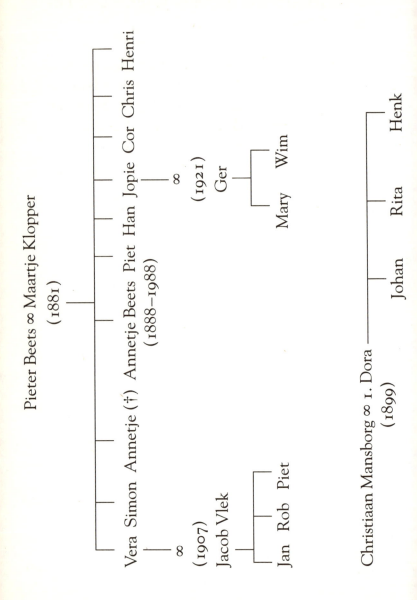

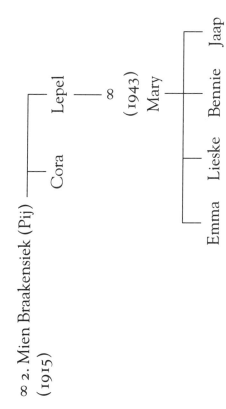

∞ 2. Mien Braakensiek (Pij)
(1915)

Cora — Lepel ∞ (1943) Mary

Emma Lieske Bennie Jaap

∞ 3. Annetje Beets
(1939)

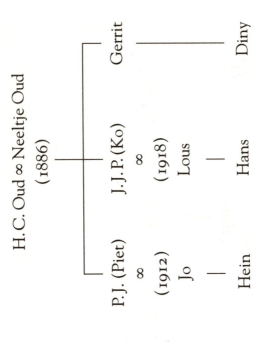

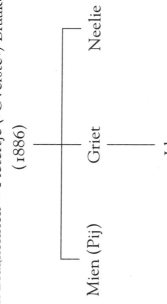

Danksagungen

Großen Dank schulde ich: Peter Verstegen, der entscheidende Geburtshilfe bei meinem Buch geleistet hat, Rosemarijn Milo für Rat und Recherche in juristischen Fragen, Martien Kappers für seinen Kommentar zu Text und Inhalt, Wieneke Fuks für die gemeinsame Erschließung der Vergangenheit; Onkel Henk und seiner Witwe Ton Arons, meinem Vater, meinem Bruder Franc, Tante Tini, meinen Neffen Peter, Bob und Marten, Tante Paula, Tante Jet, Jaap und Marja für ihre Alben, Dokumente und Erinnerungen; Tante Guus Hamer; Lidy Melchers, Peter Oud, Simon Korteweg, Elsje Scheen, Lammy Hadders, Hanneke van der Klippe (Trimbosinstituut), Jeroen Kappers, Rob Delhez, Eva Cossée, Laurens van Krevelen, Anneke Brassinga, Joyce Roodnat, Wiebe Hogendoorn und Lambert van Aalsvoort für ihren Rat; Maarten 't Hart, Aafke Komter, Els van Laer, Gaby van Otterloo, Inge Cohen, Carolijn Visser, Willem Vermeer, Machteld van Woerden und Hans Driessen für ihre nie nachlassende moralische Unterstützung, und dem Fotoservice Digitally Chinatown Amsterdam.

Archive: Waterland-Archiv Purmerend, Gemeindearchiv Soestdijk (Joop Piekema), Gemeindearchiv Amsterdam (Jaap Verseput), Staatsarchiv Den Haag, Fotoarchiv Haarlem, Stadtarchiv Utrecht, Gemeindearchiv Coevorden, Historische Vereinigung Zweelo, Notariatsarchiv Den Haag, Musikbibliothek KB, Willem Arntzshoeve.

Und, *last but not least*: Herausgeber Christoph Buchwald vom Verlag Cossee, dem zu verdanken ist, dass dieses Buch, als es schon fertig schien, noch einmal vollkommen auseinandergenommen wurde, sodass es seine endgültige Gestalt finden konnte.

Nachbemerkung

In diesem Buch kommen ausschließlich Personen vor, die tatsächlich gelebt haben oder leben. Einige von ihnen haben zum Schutz der Privatsphäre fiktive Namen erhalten.

Beschreibungen von Begebenheiten beruhen auf sorgfältiger Abwägung von eigener Wahrnehmung, Recherchen und anderer zur Verfügung stehender Fakten.

Zitate sind authentischen Quellen und Dokumenten entnommen.

Dorinde van Oort

Annetje, Schwesternschülerin, ca. 1910

Jopie, Annetje, Vera

Annetje,
offizielles Porträt,
ca. 1916

Annetje, während der Ausbildung in Utrecht, 1911

Sitzend:
Annetje, Jopie,
Vera

P. J. Oud, Passfoto, ca. 1914

Hotel van Wely, Coevorden

Annetje, schwanger,
Arnheim, 1915

Kirche von Zweelo

Vera mit Piet, ca. 1916

Annetje im Couveuse-Raum, Wilhelmina-Hospital, 1916

Familie Beets, Oktober 1916

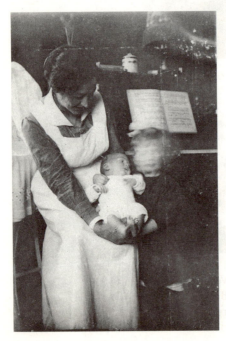

Annetje,
Wochenhelferin in
Bussum, 1917

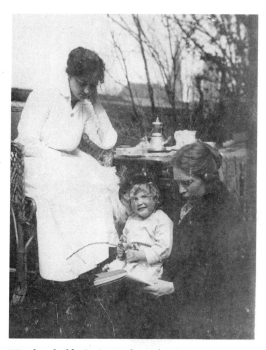

Wochenhelferin in Holwerd, Mai 1918

Scheveningen, 1920. Von links nach rechts:
P. J. Oud, Vera Vlek-Beets, Annetje, H. C. Oud, Jo Oud.
Die Jungen im Vordergrund sind, von links nach rechts:
Rob Vlek, Jan Vlek, Hein Oud und Piet Vlek.

H. C. Oud

Annetje mit
H. C. Oud,
zwanziger Jahre

Annetje mit ihrem Sohn Piet, ca. 1930

Annetje mit ihrem Sohn Piet und seinem Großvater
H. C. Oud

Annetje,
Passfoto 1938

Annetje mit
Christiaan Mansborg,
1. Januar 1940,
frisch verheiratet

Großmutter Braakensiek,
die ›Oberin vom Overtoom‹,
1914

Pij, 1915   Pij, 1915

Christiaan Mansborg, Lepel und Annetje, Zandvoort 1940.
»Das glücklichste Jahr meiner Ehe«, schrieb Annetje.

Vosseveld, ca. 1940

Annetje mit Christiaan im Garten von Vosseveld, Sommer 1941, kurz vor seiner Einweisung in Den Dolder

Christiaan mit Annetje und Mary
(und dem Hündchen des verstorbenen
H. C. Oud), Neujahr 1940

Christiaan und Annetje an der Klöntür

Christiaan im Rollstuhl, 4. Juni 1941

Christiaan am Flügel

Diele, nach der »Modernisierung«, 1977

Annetje, Baarn, siebziger Jahre

Annetje mit ihrer Enkelin Emma, 1987, ein Jahr vor ihrem Tod

Marie-Sabine Roger
im dtv großdruck

»Ein Buch, das Lebensmut und Lebensfreude schenkt.«
Denis Scheck, ARD druckfrisch

Marie-Sabine Roger

Das Labyrinth der Wörter

Roman

ISBN 978-3-423-**25338**-3

Mit Mitte 40 und ohne festen Job haust Germain in einem alten Wohnwagen, schnitzt Holzfiguren, baut Gemüse an und trifft sich ab und zu mit Annette – ob es Liebe ist, kann er nicht sagen, denn die hat er im Leben noch nie erfahren. Bis er eines Tages im Park die zierliche Margueritte kennenlernt. Obwohl sie unterschiedlicher nicht sein könnten, sind die beiden bald ein Herz und eine Seele. Als die alte Dame dem ungeschliffenen Germain anfängt vorzulesen, eröffnet sich ihm eine völlig neue Welt.

Eine bezaubernde Geschichte vom kleinen Glück.

Bitte besuchen Sie uns im Internet: www.dtv.de

Irene Dische im <u>dtv</u> großdruck

»Irene Dische schreibt so leicht und immer ein wenig ungeduldig flink. Sie besitzt einen Humor, der nicht den Zeigefinger hebt, sondern angelsächsisch hurtig ein Zwinkern vorzieht.«
Rolf Michaelis in der ›Zeit‹

Großmama packt aus
Roman
Übersetzt von
Reinhard Kaiser
ISBN 978-3-423-25282-9

Bekanntlich verstrickt sich jeder, der über sein eigenes Leben schreiben will, in ein Lügenknäuel. Mit einem Kunstgriff entzieht sich Irene Dische diesem Dilemma: an ihrer Statt erzählt Großmutter Elisabeth Rother, genannt Mops, und die Enkelin setzt sich lustvoll ihrem süffisanten, gnadenlos vorurteilsbeladenen Blick aus.

Bitte besuchen Sie uns im Internet: www.dtv.de